Lili Klondike
Tome II
de Mylène Gilbert-Dumas
est le huit cent quatre-vingt-septième ouvrage
publié chez
VLB ÉDITEUR.

La collection « Roman »
est dirigée par Jean-Yves Soucy.

Je remercie mes deux premiers lecteurs, Pierre Weber et Ghislain Lavoie, pour leurs précieuses observations. Merci aussi à Sylvain Guilbault pour la visite nocturne des Mines de Capelton.

Je tiens également à exprimer ma gratitude à l'historienne Micheline Dumont pour avoir partagé avec moi ses connaissances et ses références sur la vie sexuelle des Québécoises du XIXᵉ siècle.

Mylène Gilbert-Dumas

VLB éditeur bénéficie du soutien de la Société de développement des entreprises culturelles du Québec (SODEC) pour son programme d'édition.

Gouvernement du Québec – Programme de crédit d'impôt pour l'édition de livres – Gestion SODEC.

Nous reconnaissons l'aide financière du gouvernement du Canada par l'entremise du Programme d'aide au développement de l'industrie de l'édition (PADIÉ) pour nos activités d'édition.

Nous remercions le Conseil des Arts du Canada de l'aide accordée à notre programme de publication.

LILI KLONDIKE

Tome II

DE LA MÊME AUTEURE

Les dames de Beauchêne, t. I, Montréal, VLB éditeur, coll. « Roman », 2002.

Mystique, Montréal, La courte échelle, coll. « Mon roman », 2003.

Les dames de Beauchêne, t. II, Montréal, VLB éditeur, coll. « Roman », 2004.

Les dames de Beauchêne, t. III, Montréal, VLB éditeur, coll. « Roman », 2005.

Rhapsodie bohémienne, Saint-Lambert, Soulières éditeur, coll. « Graffiti », 2005.

1704, Montréal, VLB éditeur, coll. « Roman », 2006.

Lili Klondike, t. I, Montréal, VLB éditeur, coll. « Roman », 2008.

Mylène Gilbert-Dumas

LILI KLONDIKE

Tome II

roman

vlb éditeur
Une compagnie de Quebecor Media

VLB ÉDITEUR
Groupe Ville-Marie Littérature inc.
Une compagnie de Quebecor Media
1010, rue de La Gauchetière Est
Montréal (Québec) H2L 2N5
Tél.: 514 523-1182
Téléc.: 514 282-7530
Courriel: vml@sogides.com

Maquette de la couverture: Anne Bérubé
Illustration de la couverture: © Sybiline 2007
Cartographie: Julie Benoit

Catalogage avant publication de Bibliothèque et Archives nationales du Québec
et Bibliothèque et Archives Canada
     Gilbert-Dumas, Mylène, 1967-
     Lili Klondike: roman
     (Collection Roman)
     ISBN 978-2-89005-988-7 (v. 1)
     ISBN 978-2-89649-071-4 (v. 2)
     I. Titre.
PS8563.I474L54   2008   C843'.6   C2007-942466-X
PS9563.I474L54   2008

DISTRIBUTEURS EXCLUSIFS:

• Pour le Québec, le Canada
  et les États-Unis:
  LES MESSAGERIES ADP*
  2315, rue de la Province
  Longueuil (Québec) J4G 1G4
  Tél.: 450 640-1237
  Téléc.: 450 674-6237
  *filiale du Groupe Sogides inc.,
    filiale du Groupe Livre Quebecor Media inc.

• Pour la France et la Belgique:
  Librairie du Québec / DNM
  30, rue Gay-Lussac
  75005 Paris
  Tél.: 01 43 54 49 02
  Téléc.: 01 43 54 39 15
  Courriel: direction@librairieduquebec.fr
  Site Internet: www.librairieduquebec.fr

• Pour la Suisse:
  TRANSAT A
  C. P. 3625, 1211 Genève 3
  Tél.: 022 342 77 40
  Téléc.: 022 343 46 46
  Courriel: transat-diff@slatkine.com

Pour en savoir davantage sur nos publications,
visitez notre site: **www.edvlb.com**
Autres sites à visiter: www.edhexagone.com • www.edtypo.com
www.edjour.com • www.edhomme.com • www.edutilis.com

I wanted the gold, and I sought it;
I scrabbled and mucked like a slave.
Was it famine or scurvy – I fought it;
I hurled my youth into a grave.
I wanted the gold, and I got it –
Came out with a fortune last fall, –
Yet somehow life's not what I thought it,
And somehow the gold isn't all.

Je voulais de l'or, et j'en ai cherché
J'ai creusé dans la boue comme un
esclave
La faim ou le scorbut, je les ai combattus
J'ai foulé ma jeunesse aux pieds
Je voulais de l'or, et j'en ai trouvé
– Toute une fortune l'automne passé –
Mais la vie n'est pas comme je pensais
Ce n'est pas tout d'avoir de l'or.

ROBERT SERVICE
The spell of the Yukon

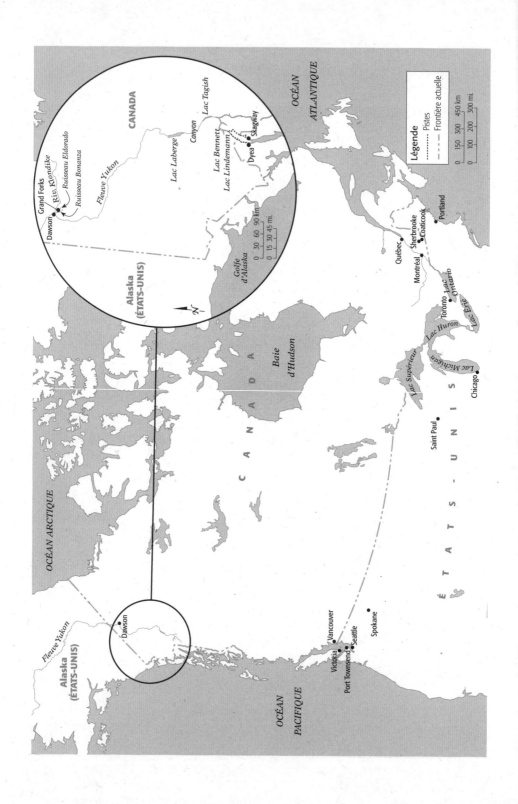

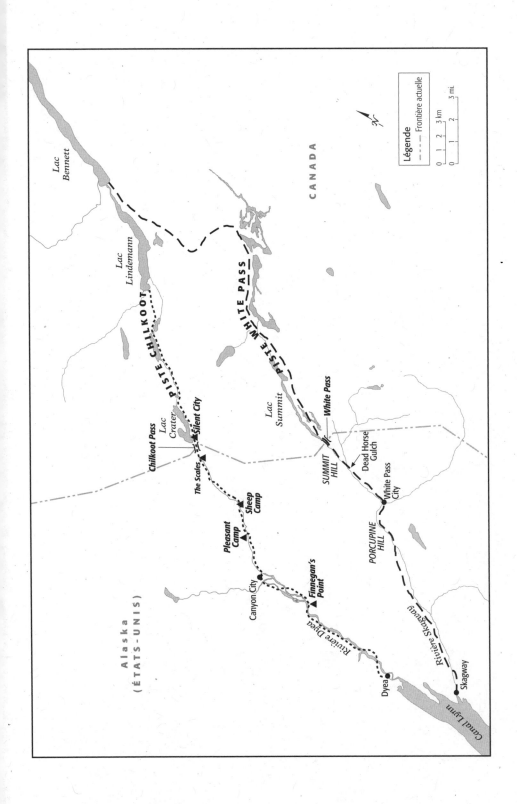

Résumé du tome i

Le 15 juillet 1897, le *SS Excelsior* accoste dans le port de San Francisco avec à son bord une tonne en pépites d'or. Deux jours plus tard, le *SS Portland* jette l'ancre à Seattle chargé d'une fortune semblable. La nouvelle, qui fait le tour de l'Amérique le jour même grâce au télégraphe, provoque la plus grande migration humaine depuis les croisades. Au théâtre, dans les veillées, chez les riches comme chez les pauvres, le sujet est sur toutes les lèvres. Ils sont bien cent mille personnes à prendre la route de Dawson City où, paraît-il, les rues sont pavées avec de l'or. Et, contrairement à ce qu'on aurait pu croire, plusieurs femmes sont du voyage…

Fille timide et taciturne, Liliane Doré surprend tout le monde en abandonnant son fiancé au pied de l'autel pour se sauver avec l'argent reçu en cadeau de noces. Après avoir traversé le Canada en train, elle débarque à Vancouver et se laisse rapidement envoûter par la fièvre de l'or. Afin de parfaire son éducation, elle s'associe à Mr. Noonan, un redoutable homme d'affaires, et entreprend avec lui la piste de la Chilkoot Pass. Lorsque la mauvaise santé de Mr. Noonan le force à faire demi-tour, Liliane se lie d'amitié avec Dolly La Belle, une jolie prostituée dont la débrouillardise ne cessera de l'impressionner. Toutes deux réussissent à franchir les montagnes Rocheuses et s'embarquent sur le fleuve Yukon à bord du bateau des frères Ashley. Malgré les attentions de ses compagnons de voyage, Liliane tombe sous le charme de Samuel Lawless, un jeune voleur qui veut se servir d'elle pour brouiller les pistes et semer le détective lancé à ses trousses.

Pour sa part, Rosalie Laliberté est une Canadienne française en exil. Grâce à son tempérament fougueux et impulsif, elle mord dans la vie comme d'autres mordent dans un fruit mûr. Dès que l'occasion se présente, elle n'hésite pas à quitter son poste de cuisinière chez de riches Américains du Maine pour suivre le pianiste Dennis-James Peterson sur la route du Klondike. Après avoir traversé les États-Unis jusqu'à Seattle, le couple s'embarque pour l'Alaska, jusqu'à Skagway, où Dennis-James se découvre un penchant pour les cartes et les saloons. Déçue, Rosalie l'abandonne et entreprend la piste de la White Pass en compagnie de son nouvel ami, le détective Perrin. La neige se charge cependant de ralentir leur progression et, lorsque les déplacements dans les montagnes deviennent quasi impossibles, Rosalie s'arrête à White Pass City où elle se fait embaucher comme cuisinière. Elle comptait y travailler jusqu'à la réouverture de la piste, mais une ruse de Dennis-James la ramène à Skagway. Quand le sol aura durci et que les rivières seront figées pour l'hiver, la grande marche vers le Klondike pourra reprendre. Mais, en attendant, Rosalie découvre les dangers de Skagway, qu'on surnomme déjà la dernière ville du Far West.

CHAPITRE PREMIER

Pour n'importe quel nouveau venu, Skagway, avec toute son effervescence, apparaîtrait comme le décor idéal pour un spectacle de Buffalo Bill. Construite sur la côte de l'océan Pacifique, à la pointe sud de l'Alaska, Skagway se détaille en cabanes de rondins, en édifices de planches à peine équarries, en tentes, en saloons, en bordels, en maisons de prêteurs sur gages et en salles de danse où l'on paie un dollar pour un tour de piste dans les bras d'une femme en belle toilette. Porte d'entrée vers le Klondike, Skagway est bien plus encore. On y compte déjà cinq mille personnes. Un nombre qui augmente à mesure que les navires déversent leur lot de passagers sur les battures boueuses et à demi gelées du canal Lynn. On y trouve une population hétéroclite et violente, l'arnaque à chaque coin de rue, les vols, les rixes, les meurtres et les disparitions mystérieuses. C'est le règne du chacun pour soi. Chacun veut de l'or. De l'or et rien d'autre.

En ce matin du 20 octobre 1897, ils sont plusieurs milliers à n'attendre qu'un signe de la nature pour quitter la ville, un froid plus intense et un vent plus sec, par exemple, qui figeraient la piste, les rivières et les ruisseaux afin de permettre à tout ce beau monde d'entreprendre enfin la traversée des montagnes. De l'autre côté, sur les rives du lac Bennett, ces futurs prospecteurs devront construire le bateau qui leur servira, le printemps venu, à descendre le fleuve Yukon en direction du Klondike. Certes, ils ne sont pas au bout de leurs peines, mais l'aimant qui les attire vers le nord brille avec une telle intensité dans leurs rêves qu'il faudrait être fou pour y renoncer.

À l'étage supérieur d'un des saloons de Skagway, dans une petite chambre encombrée de provisions de toutes sortes, Rosalie Laliberté dort, nue et blottie contre son amant. Depuis un moment déjà, elle perçoit son souffle chaud dans ses cheveux. Elle se love davantage dans la tiédeur du lit, contre la barbe naissante qui effleure son omoplate d'une caresse un peu rude. Deux coups de feu déchirent soudain le silence de l'aube. Désormais habituée aux rixes nocturnes, Rosalie tressaille à peine. L'air froid balaie pourtant son visage avec une insistance nouvelle et les bruits du dehors lui semblent étrangement présents. L'enseigne du saloon grince dans le vent, ses charnières geignant dans un mouvement régulier et plaintif. On dirait qu'il n'y a plus de vitre, plus de murs. La rue paraît dangereusement proche. Alors, seulement alors, Rosalie ouvre les yeux.

Elle n'aperçoit d'abord qu'une pièce sombre et une porte close. Malgré l'absence de rideaux à la fenêtre, aucun rayon de lumière ne vient toucher le plancher. Aussi loin au nord, et aussi tard dans la saison, la nuit dure longtemps. Le soleil ne se pointera pas avant dix heures, peut-être même après si des nuages voilent le ciel. C'est dans le mur, juste au-dessus de l'oreiller, que Rosalie découvre la provenance du courant d'air. Un orifice circulaire, à peine plus gros que le bout d'un doigt, permet au vent de s'engouffrer à l'intérieur. Contrariée, Rosalie enfouit son visage sous les couvertures et se blottit davantage contre Dennis-James. Ce n'est pas le trou laissé par une balle qui la fera sortir si tôt du lit.

*

Une main lui caresse la hanche, forçant Rosalie à émerger du sommeil. Les doigts remontent, déplacent la mèche de cheveux sombres qui lui couvrait les yeux. Rosalie fait mine de dormir encore. Elle aime la torpeur de ces matins qui n'en finissent plus. Elle aime la tiédeur du lit, celle du corps de Dennis-James collé contre le sien. Et elle l'aime, lui, comme jamais elle n'aurait cru pouvoir aimer.

Un genou se glisse entre les siens, les écarte à peine, tout juste pour que puisse se faufiler, entre ses cuisses, le sexe durci de Dennis-James. Elle sent le mouvement du bassin, d'abord timide, puis de plus en plus intense. La pression amplifie son désir à lui, attise son désir à elle. La main de Dennis-James s'est emparée d'un sein qu'il presse avec douceur, au rythme d'une respiration irrégulière que Rosalie entend près de son oreille. Elle se retourne d'un coup, le corps brûlant.

– Viens, murmure-t-elle en attirant son amant sur elle.

Il obéit et, dès qu'il pénètre en elle, Rosalie jouit brutalement, en une fraction de seconde.

*

Un peu de laine, un peu de résine. On mélange bien et on enduit le trou et son pourtour afin de cacher le jour. Accroupie près du mur, Rosalie appuie fortement son index pour faire pénétrer le plus loin possible cette mixture qu'elle vient de préparer en vue de mettre fin à l'infiltration d'air. Déjà, les bruits du dehors lui apparaissent plus diffus. Elle ne sait cependant si c'est là le résultat de l'obturation ou si cela est dû à la neige qui tombe depuis une heure et qui assourdit les pas des gens qui s'activent dans la rue. La ville s'est emmitouflée dans cette couverture duveteuse et seuls les saloons grouillent encore d'activité.

Quand il neige fort sur la côte, Rosalie ne peut s'empêcher de penser au détective Perrin. Elle le revoit, disparaissant dans la tempête, et se demande ce qu'il est advenu de lui. A-t-il réussi à passer ? À franchir la frontière par la White Pass malgré les caprices de cette nature déchaînée ? On n'était pourtant qu'à la fin de septembre, mais les traces laissées par les raquettes s'effaçaient rapidement dans le blizzard. Là-haut, à White Pass City, on se croyait en plein cœur de l'hiver, alors qu'ici, sur la côte, la saison paraît à peine entamée.

Depuis un moment déjà, la musique de Dennis-James monte jusqu'à l'étage, jusque dans leur petite chambre d'amoureux. Rosalie se laisse retomber sur le plancher. Elle dodeline de la tête, le rythme lui rappelant les caresses de son amant. Quand elle a décidé de quitter son emploi pour suivre au Klondike ce pianiste aventurier, c'est avant tout son talent qui l'avait séduite. Elle se souvient de l'effet produit par chacune des mélodies qu'il jouait dans le salon de Mrs. Wright. Elle en était subjuguée. Cette passion, autrefois aux couleurs de Bach et de

Mozart, se décline aujourd'hui en valses et en polkas endiablées, ponctuant la vie du saloon mieux que ne le ferait une horloge. Rosalie imagine le corps de son amant se balançant sur le banc. Ses longs doigts effleurent le clavier, sa frange blonde flottant devant ses paupières closes. Elle imagine ses pieds battant la mesure, son dos toujours droit, ses mains tendues, prêtes à se lancer dans une course éperdue ou à se bercer, lentement, sur un air suave et langoureux. Quand il lui fait l'amour, ce sont les mêmes gestes, la même passion qui l'habitent, et qui la transportent, elle, avec la plus grande intensité. Elle est à Skagway depuis deux semaines à peine, mais si tout l'hiver ressemble à cette douce journée d'octobre, Rosalie pourra conclure que le paradis existe pour vrai. Rien d'autre à faire qu'à aimer et se laisser aimer.

Chapitre II

Bien que l'hiver menace de figer le Nord à tout moment, bien que les lacs soient déjà pris dans la glace, le fleuve Yukon demeure libre en aval de Dawson City. On devine au loin les pics enneigés du cercle polaire arctique, mais devant la ville, seuls des amas de givre dessinent les contours de la rive, des quais et de la centaine d'embarcations qui s'y trouvent arrimées. Dans un ciel blanc éblouissant, le soleil se montre enfin au-dessus du sommet du Dôme, et ses rayons baignent les rues d'une lumière vaporeuse. Couverte de neige, l'énorme tache de sable qui déchire la montagne apparaît immaculée. Ainsi se dévoile, en ce petit matin du 21 octobre 1897, la capitale du pays de l'or, la *Paris of the North*, comme l'ont baptisée certains des plus grands quotidiens du monde.

Dans ce paysage d'une beauté à couper le souffle, une sirène retentit, masquant de son cri strident la clameur sourde de Dawson qui s'anime déjà. Un jet de fumée s'élève d'un des deux bateaux à aubes amarrés devant la ville. Le *Bella* et le *Weare* sont les derniers à quitter la région. Si le premier semble désert, autour du second règne la plus grande confusion. À la poupe, un marin place ses mains en porte-voix pour couvrir le tumulte environnant.

– *All aboard!* s'écrie-t-il avant de disparaître dans les entrailles du navire.

En entendant ces mots, Liliane Doré réprime un frisson, immobile au pied de la passerelle, le regard fixé sur ces hommes et ces femmes qui se ruent vers le pont. Ils s'en vont ; elle reste. Aboutissement inévitable, pour le meilleur et pour le pire.

– Vous devriez venir avec nous, insiste pour la énième fois Mr. Perrin. Si la famine menace le Klondike, ainsi qu'on le prétend, vous mourrez de faim comme les autres, Miss Lili.

Malgré la sollicitude du détective, Liliane secoue la tête en espérant que sa détermination soit visible sur son visage. Elle ne voudrait surtout pas que l'homme qui se tient à côté de lui perçoive sa détresse. Mais il faudrait, pour cela, qu'il se décide enfin à lui faire face. Or, depuis qu'on lui a passé les menottes, la veille au soir, Samuel Lawless, Spitfield de son vrai nom, évite de croiser son regard. A-t-il honte de ce qu'il a fait ? De ses mensonges ? De ses abus ?

Liliane aurait aimé avoir un moment seule avec lui. Quelques minutes à peine, le temps de l'interroger, de connaître ce qu'il y avait d'honnête dans ses promesses. Or, depuis son arrestation, ce damné menteur n'a rien dit. Pas un mot. Il n'a pas formulé d'excuse ni même poussé un seul soupir. Et maintenant que le détective l'emmène à bord du *Weare* et que le bateau s'apprête à quitter Dawson pour l'hiver, Liliane sent la panique la gagner. Si elle n'agit pas tout de suite, elle n'aura pas d'autre occasion.

– Le capitaine prétend qu'il est trop tard, poursuit Mr. Perrin, s'entêtant à vouloir la sauver. Il dit que les glaces prendront d'ici peu, mais l'inspecteur Constantine affirme qu'on doit quand même essayer. Selon lui, le fleuve sera praticable encore une semaine, peut-être même deux. C'est davantage qu'il n'en faut pour atteindre la mer. Montez donc! Je paierai votre billet. Je n'en suis pas à cinquante dollars près, vous savez. Et j'aurai au moins la conscience tranquille. Après tout, ce n'est pas de votre faute ce qui vous arrive.

Liliane secoue la tête. Le détective Perrin ne comprend pas. Elle ne peut plus partir, plus maintenant.

– Je vous remercie de votre offre, lance-t-elle en se tournant vers la ville, mais je préfère tenter ma chance ici. Ça ne peut pas être aussi grave qu'on l'affirme. Selon les vieux mineurs, on parle de famine tous les hivers et personne n'est jamais mort de faim.

Elle aimerait mieux lui dire la vérité, mais elle est convaincue qu'il ne pourrait pas saisir l'ampleur de sa déchéance. De toute façon, comment pourrait-elle admettre devant un étranger qu'elle préfère mourir de faim au Klondike plutôt que de s'humilier en retournant chez ses parents? Elle a peut-être atteint Dawson, comme elle l'avait tant souhaité, mais à quel prix! Son argent ne vaut plus rien, ses provisions se trouvent à plusieurs milles en amont, sur les rives du lac Laberge, et Liliane n'a d'ami que Dolly, une prostituée sur qui elle ne peut sans doute pas compter. Où sont donc ces rues pavées avec de l'or, celles que promettaient les journaux du Sud?

Dire qu'elle s'est elle-même réduite à la misère en se laissant séduire par un voleur! Mr. Noonan avait bien deviné le danger. Il l'avait mise en garde. Pourquoi diable ne l'a-t-elle pas écouté?

La sirène retentit de nouveau. Dernier avertissement. Perrin pousse son prisonnier sur la passerelle. Samuel fait un pas, puis deux, et Liliane a l'impression qu'on lui arrache le cœur.

– Soyez prudente, lance le détective en s'engageant à son tour. L'hiver est long dans ce coin de pays.

– Attendez!

Elle a crié en l'attrapant par le bras.

– J'aimerais lui parler, dit-elle en désignant Samuel. Juste cinq minutes, je vous en prie.

Samuel s'est immobilisé, un pied sur le pont. Il lève enfin les yeux vers elle. Mr. Perrin les regarde l'un après l'autre, avant d'acquiescer, indulgent:

– Cinq minutes. Pas plus.

D'un geste brusque, il fait redescendre son prisonnier dont les menottes tintent contre le garde-corps. Lorsque Samuel atteint la terre ferme, Liliane l'entraîne à l'écart.

– Tu perds ton temps, annonce-t-il avec froideur. Je n'ai rien à te dire.

Liliane voudrait le secouer, le frapper. N'importe quoi plutôt que son insupportable indifférence.

– Tu m'as menti.

Elle espère le piquer au vif, mais Samuel demeure stoïque.

– Je mens à tout le monde, Lili. À toi autant qu'aux autres.

– Mais pourquoi m'avoir privée de mes provisions? Si tu m'avais demandé de vivre avec toi, je...

Samuel se raidit et scrute son visage avec attention. Pour la première fois depuis l'arrestation, il lui manifeste de l'intérêt. Liliane saisit l'occasion comme elle saisirait une bouée de sauvetage.

– Je t'aimais, murmure-t-elle en plongeant son regard dans le sien. Tu as su dès le début que je t'aimais. Et tu en as abusé.

Elle perçoit un bref changement dans l'attitude de Samuel. Ses traits s'adoucissent, son front se détend et il esquisse un sourire.

– Je t'aime encore, Lili.

Liliane écarquille les yeux, incrédule. Est-ce possible qu'elle se soit trompée? Est-ce possible que cet homme l'aime vraiment? Qu'il ne se soit pas uniquement servi d'elle pour parvenir à ses fins?

– Ce n'est pas parce que je suis un voleur que je n'ai pas de sentiments, poursuit Samuel, la voix étranglée par l'émotion. Tu es une si belle femme, Lili, une si belle femme...

Le ton est différent, étrange et il rappelle à Liliane leurs moments d'intimité. Elle cherche dans ses yeux et dans ses gestes un signe de franchise, de vérité. Elle y trouve plutôt une tristesse qui l'émeut. Tout à coup, elle ose poser la question qui lui brûle les lèvres depuis l'arrestation :

– Pourquoi es-tu venu au Klondike? Avec les pierres précieuses, tu étais déjà riche. Tu aurais pu disparaître n'importe où aux États-Unis. Ou même ailleurs.

À cette idée, Samuel prend un air peiné et Liliane a l'impression que son cœur va exploser dans sa poitrine. Elle étouffe. Le souffle court, elle s'empare de ses mains.

– Je voulais refaire ma vie, murmure-t-il en glissant ses doigts entre les siens.

Puis, posant les yeux sur la ville avec une intensité nouvelle, il ajoute :

– Ici, au milieu de ces gens, je n'étais plus un bandit. J'étais un homme comme les autres.

Face à un tel aveu, Liliane sent les larmes lui brouiller la vue. Comment a-t-elle pu douter de lui ? D'un geste lent, Samuel dégage ses mains et étire les bras. Malgré l'entrave des menottes, il lui caresse la joue avec tendresse.

– Ne pleure pas, Lili, souffle-t-il en s'approchant.

Il se trouve maintenant si près que Liliane a le sentiment qu'il va l'embrasser, là, sur la place, devant tout le monde. Il ouvre la bouche et murmure tout bas :

– Ce n'est pas fini, nous deux. Tu peux encore m'aider si tu veux. Tu n'as qu'à distraire pendant un moment ce détective de malheur. J'ai besoin de quelques minutes à peine pour m'enfuir par le bois. Si tu fais ça, j'aurai peut-être une chance de vivre enfin comme un homme libre. Et je reviendrai te chercher. Je te le promets.

Ces mots ont l'effet d'une douche froide. Liliane recule d'un pas, sous le choc. Sur le visage de Samuel, le sourire n'a plus rien de charmant, ni de timide. C'est un sourire cynique, mesquin. Les lèvres tremblantes de colère, Liliane le gifle de toutes ses forces :

– Salaud !

Elle a prononcé ce mot les dents serrées, furieuse de découvrir qu'il essayait encore de se servir d'elle. Elle tourne brusquement les talons et se dirige vers la ville. Pas un adieu, pas un regard en direction du détective. Il y a des limites à se faire rabaisser. Elle entend la passerelle qu'on remonte, un nouveau sifflement de vapeur, les machines qu'on lance à pleine puissance. Le *Weare* quitte la rive et s'aventure dans les remous du fleuve, mais Liliane n'y jette même pas un œil. Si elle veut survivre à l'hiver, il lui faut oublier le passé et regarder vers l'avenir. Que Samuel s'appelle Lawless ou Spitfield n'a plus d'importance. Dans son esprit, et dans sa vie aussi, il est bel et bien mort.

*

– Vous seriez plus utile au *dance hall*.

Liliane accuse le coup, mais ne montre pas la détresse qui grandit en elle. Depuis le matin, elle a fait le tour de la ville et tous les propriétaires de restaurant lui ont répondu la même chose : « Les *dance halls* et les saloons ont toujours besoin de filles. » D'entendre ces propos pour la dixième fois en moins de sept heures a de quoi l'effaroucher. Elle soutient néanmoins le regard de Mr. Berton sans broncher. Le visage couvert d'une épaisse barbe brune, la tignasse en broussaille et l'œil vif, Mr. Berton est un bon homme d'affaires, certes, mais c'est également un homme du Nord, privé de femme depuis des lustres. L'idée de la prendre dans ses bras pour un tour de piste le séduit davantage que celle de l'avoir dans la cuisine de son restaurant. Il ne se gêne d'ailleurs pas pour détailler Liliane de la tête aux pieds, s'attardant plus longuement sur ses hanches larges, sur sa poitrine abondante et sur sa chevelure sombre roulée dans un chignon serré. Puis, avec un franc sourire, il ajoute, l'air entendu :

– Vous y feriez davantage d'argent.

Liliane sent ses joues s'empourprer, mais il ne lui vient pas à l'idée de répliquer.

– Je vous offre mes services en tant que cuisinière, précise-t-elle simplement en essayant de demeurer digne malgré les regards insistants de son interlocuteur.

Tous les restaurateurs de la ville lui ont fait le même commentaire et, en étudiant de près la clientèle du Sourdough's Café, Liliane doit admettre qu'ils ont raison. À chaque table, on rit et on boit en lui jetant des œillades concupiscentes. Comme dans les autres restaurants, les clients sont de riches prospecteurs qui n'hésiteraient pas un instant à ouvrir leur bourse pour elle. Mais Liliane ne peut se résoudre à une telle déchéance. Elle possède plusieurs talents et préfère choisir ceux qu'elle mettra à profit. De toute façon, l'établissement de Mr. Berton bénéficierait de la présence d'une femme en ses murs. Ne serait-ce que pour la propreté. Le plancher est couvert du traditionnel bran de scie, mais il s'est aggloméré à plusieurs endroits à force de liquides renversés sur le sol. Partout, on aperçoit de longues traces jaunâtres laissées par les chiqueurs de tabac ainsi que des morceaux de nourriture séchée, abandonnés sous les tables. Liliane en ressent une vive nausée, mais ne dit mot. Reprocher au propriétaire le pitoyable état des lieux n'arrangerait en rien sa situation. Ce qu'il faut, c'est montrer à Mr. Berton qu'il a tout à gagner de la prendre à son service. Tout à gagner, mais surtout rien à perdre. Elle se risque donc :

– Disons que je travaille pour vous pendant sept jours en échange du gîte et du couvert. Ça vous permettrait de voir si ma cuisine vous satisfait et si elle plaît à vos clients. Et puis ça vous coûterait, pour ainsi dire, uniquement ma nourriture.

Mr. Berton secoue la tête en précisant :

– Et la chambre? Ça vaut cher, une chambre, dans ce coin de pays.

Liliane n'avait pas envisagé le problème sous cet angle. Elle est un peu déçue que le restaurateur se montre aussi pingre, mais l'attitude de l'homme dénote tout de même une ouverture qu'elle compte bien saisir. Elle jette un regard circulaire dans le restaurant et une solution lui vient à l'esprit. À la nuit tombée, la salle à manger croulera sous les corps endormis. Les corps de ceux qui, comme elle, n'ont pas les moyens de se payer une chambre, un lit, ni même une place dans un lit. Ici, comme dans tous les édifices de Dawson, chaque pied carré sera occupé. Et avec l'hiver qui s'en vient, ces places se loueront de plus en plus cher. Passer la nuit sur une table entourée d'inconnus n'est peut-être pas invitant, mais ça l'est davantage que de s'allonger sur un bout de terre durcie par le froid sous un arbre fluet. Voilà donc ce qu'elle explique à Mr. Berton, qui approuve d'emblée :

– C'est un *deal*, déclare-t-il en lui tendant la main.

– Un *deal* pour le moment, précise Liliane en s'emparant de la main tendue.

– Pour le moment, répète Mr. Berton en désignant le comptoir. Vous commencez immédiatement si vous voulez dormir ici ce soir.

Liliane hoche la tête et se voit forcée de passer devant son nouveau patron pour atteindre la cuisine. Elle fait mine d'ignorer la main qui lui effleure une fesse. À l'avenir, il lui faudra probablement s'assurer de garder Mr. Berton à distance, mais cette situation est la moins mauvaise de toutes celles qui s'offrent à elle. Et puis, le restaurateur ne sait pas ce qui l'attend. Liliane n'a plus rien de la jeune fille naïve qu'elle était en quittant Sherbrooke. Elle en a appris des choses en quatre mois. D'abord avec Mr. Noonan, puis avec les frères Ashley, et ensuite avec ce damné Samuel Spitfield. Aucune de ses aventures n'a été inutile, et cette expérience lui permet d'envisager l'avenir avec conviction. Elle sait précisément ce qu'elle fera dans une semaine, car, dans une semaine, elle aura conquis les clients. S'il ne lui reste plus d'argent, elle a au moins ses épices. Elle en usera avec parcimonie, mais avec constance. Elle ne les a pas transportées depuis Vancouver pour rien. Elle s'en servira pour fidéliser la clientèle. Quand tous seront dépendants de ses bons petits plats, Liliane en profitera pour renégocier son entente avec Mr. Berton. À son avantage, évidemment.

*

Les jours passent et raccourcissent, le temps se refroidit, et la brume se fait de plus en plus présente dans tout le Klondike. Au Sourdough's Café, le savoir-faire de Liliane porte ses fruits, exactement comme elle l'avait prévu. Les clients entrent plus nombreux et ressortent plus contents. Mr. Berton jubile et en profite pour augmenter les prix.

En cet après-midi sombre et froid de la fin d'octobre, Liliane sourit en entendant son patron répéter ce qui semble être la devise de tous les hommes d'affaires rencontrés sur la route de l'or :

– Aussi loin de la civilisation, il n'y a pas de limites aux profits.

Ces mots, Mr. Berton les prononce sans s'en rendre compte, absorbé par les colonnes de chiffres qu'il aligne quotidiennement. Il ne peut pas deviner à quel point ses paroles plaisent à Liliane, car il ne sait pas qu'elle l'écoute, tous les jours, avec la même attention. Depuis la cuisine, elle l'observe à la dérobée, faisant mine de regarder la salle à manger bondée. Chaque fois qu'elle l'entend parler de bénéfices, elle anticipe les siens. Mr. Berton ne le comprend pas encore, mais il sera le prochain à puiser dans son gousset.

Tout à coup, la porte de service s'ouvre avec fracas. Un jeune homme s'engouffre à l'intérieur en courant.

– La Klondike est gelée ! s'exclame-t-il en traversant la salle à manger. La Klondike est gelée ! Saint-Alphonse et Kresge font la course. Ils seront sur la Front Street d'une minute à l'autre.

Le Sourdough's Café se vide en un éclair. Même Mr. Berton s'élance derrière ses clients. Intriguée, Liliane enlève son tablier et rejoint son patron sur le trottoir de bois. Une centaine d'hommes fébriles se tiennent de chaque côté de la rue. Tous regardent au-delà de l'extrémité sud de la Front Street, à l'endroit où la rivière Klondike se jette dans le fleuve Yukon.

– Pourquoi est-ce que cette course attire autant de gens ? demande-t-elle à Mr. Berton. Y a-t-il des paris en jeu ?

Son patron hoche la tête sans quitter des yeux le sud de la ville.

– Ça ne me surprendrait pas. Tout le monde spécule depuis des jours. Il fallait attendre que le pont de glace se forme sur la rivière Klondike pour que les rumeurs se confirment.

Il désigne du menton le bureau du conservateur des registres miniers sur leur droite.

– Il paraît que des *cheechakos* ont trouvé de l'or sur une colline à l'ouest du ruisseau Eldorado.

– Des quoi?

Ce mot, *cheechakos*, sonne étrangement aux oreilles de Liliane. Elle l'a bien entendu quelques fois dans la bouche des clients, mais jamais elle n'en a compris le sens.

– C'est ainsi qu'on surnomme les nouveaux, explique Mr. Berton, ceux qui sont arrivés à l'été et qui ne connaissent rien à la prospection. Ils sont encore verts, comme on dit par ici. Nous autres, les vieux mineurs venus dans le Nord il y a des années, on nous appelle les *sourdoughs*, parce que, aussi loin du monde, on a appris à faire notre pain avec du levain.

– De là le nom de votre restaurant?

– De là le nom de mon restaurant. Je suis un *sourdough* et fier de l'être.

– Et ils ont trouvé de l'or, ces *cheechakos* qui ne connaissent rien à la prospection?

Mr. Berton ne relève pas l'ironie inhérente à la question.

– C'est ce qu'on raconte. Mais, comme je vous le disais, ils devaient attendre le pont de glace pour venir enregistrer leur *claim* à Dawson. Les voilà, justement!

À ces mots, il pousse un cri de joie qui est répété en écho par la foule. La clameur enfle tout à coup au bout de la rue. C'est alors qu'apparaissent les premiers chiens. Puis surgissent deux attelages qui s'élancent sur la Front Street, chacun conduit d'une main experte par un homme debout à l'arrière du traîneau. Les attelages dépassent Liliane à vive allure en soulevant derrière eux une fine poussière de neige. Des partisans les suivent en courant, et tout ce monde s'arrête quelques bâtiments plus loin, devant le bureau du conservateur des registres miniers. Les deux conducteurs se ruent vers la porte qu'ils défoncent presque. Partout sur la Front Street, les gens s'amusent et rient tout en inspectant les traîneaux abandonnés. Les chiens commencent à peine à reprendre leur souffle lorsque leurs maîtres reviennent quelques instants plus tard. Vêtus d'un mélange de fourrures et de mackinaw, chaussés de mocassins comme le sont les Indiens, les deux hommes s'immobilisent sur le trottoir et reçoivent avec un plaisir évident les félicitations qu'on s'empresse de leur offrir.

– Hé, Saint-Alphonse! demande quelqu'un. Combien est-ce qu'il y en avait?

Avide d'information, la foule devient silencieuse d'un coup.

– En dix jours, commence un des deux *cheechakos*, on en a sorti pour six mille dollars, d'un trou pas plus grand que le plancher de ma cabane.

Partout dans la rue, les acclamations s'accentuent jusqu'à devenir un brouhaha admiratif, mais l'attention de Liliane est ailleurs. Elle ne saurait dire lequel a parlé tant ils sont emmitouflés. Elle est cependant convaincue qu'il s'agit d'un Canadien français comme elle. Elle a reconnu l'accent. De simples petites nuances dans la prononciation de certains mots, une construction de phrase inhabituelle. Dans leur hâte d'enregistrer leur concession, les *cheechakos* n'ont pas encore retiré leurs chapeaux et leurs foulards. Liliane ne distingue que leurs yeux. Des yeux brillants qui laissent deviner le sourire qui doit égayer leur visage sous la chaleur de la laine. Ils ont trouvé de l'or. Il y a de quoi se réjouir.

C'est la première fois que Liliane assiste à l'enregistrement d'un *claim*. Comme tout le monde, elle était au courant de la richesse des ruisseaux Eldorado et Bonanza, mais jamais, depuis qu'elle a mis les pieds à Dawson, elle n'avait été témoin de la frénésie qui gagne la ville après une nouvelle découverte. Mr. Berton aurait eu beau la lui décrire, elle n'aurait pas cru qu'elle se sentirait à ce point concernée par l'événement. Une grande fébrilité l'envahit quand elle se joint à la foule qui se dirige vers le Monte-Carlo. Lorsqu'ils atteignent le saloon, les deux *cheechakos* chanceux entreprennent de dérouler leurs foulards. Deux visages apparaissent enfin et Liliane n'est pas surprise d'y découvrir des sourires, comme elle l'avait imaginé. Ce qui l'étonne cependant, ce sont les physionomies des deux prospecteurs. Le plus petit est aussi le plus grassouillet. Il s'agit d'un homme dans la jeune trentaine. Il possède une tignasse blonde en bataille et arbore une épaisse moustache qui dissimule sa lèvre supérieure. Le second, grand et maigre, paraît plus calme que son compagnon. Un visage étroit, des joues creuses, une barbe drue qui se mêle à une chevelure noire et raide lui descendant jusqu'aux épaules. Outre ses yeux doux et complètement noirs, rien chez lui n'est harmonieux. D'un geste, il invite tout le monde à venir boire avec lui. Liliane le regarde disparaître dans l'antre du Monte-Carlo et se dit que ce *cheechako* est l'homme le plus laid qu'elle ait vu de sa vie.

Chapitre iii

– Et si on se mariait…

Les mots sont sortis d'eux-mêmes, Rosalie n'ayant pas été capable de les retenir plus longtemps. Ce n'est pourtant pas ce qu'elle avait prévu. Elle a anticipé la scène au moins dix fois. Elle s'est imaginée agissant avec beaucoup de retenue et de patience. Mais rien ne se déroule de cette manière. Elle s'emporte, malhabile comme toujours à exprimer une trop forte angoisse. Quel soulagement, quand même, de verbaliser enfin ce qui la tourmente depuis des semaines! Assise devant Dennis-James à une table isolée dans un café de Skagway, elle fixe son amant et attend, déçue du temps qu'il met à répondre. Elle aurait voulu un « oui » spontané. Au lieu de quoi, Dennis-James se confine dans un silence irrité. Il avale son whisky en évitant de la regarder. Il allume sa pipe, tire une bouffée avant de se tourner vers elle et prendre enfin la parole :

– Pourquoi est-ce que tu me parles de ça maintenant?

Rosalie ouvre la bouche dans l'intention de répliquer, mais demeure muette. Elle n'avait pas prévu cette question. Elle avait réfléchi à des arguments pour le convaincre, des menaces, même, si les arguments ne donnaient pas de résultat. Mais devant la nonchalance de Dennis-James qui continue de saluer les clients, de sourire aux femmes, elle reste bouche bée. Il est bel homme, elles l'ont toutes remarqué, et les regards qu'elles lui jettent dérangent Rosalie un peu plus chaque jour. Il faut dire que Dennis-James est sociable. Il parle à tout le monde, dans la rue, au restaurant ou au saloon. C'est à croire qu'il les connaît tous personnellement! Pourtant, la plupart de ces gens sont des nouveaux venus, des téméraires qui, malgré la saison avancée, débarquent encore par centaines chaque jour sur les quais tout neufs de Skagway. Des aspirants prospecteurs, des marchands, des journalistes. Ne savent-ils pas, dans le Sud, que la White Pass est fermée? Et, de toute façon, même lorsque la piste rouvrira, personne n'ira plus loin que le lac Bennett. Le fleuve est déjà pris dans la glace à plusieurs endroits. Plus personne n'atteindra Dawson cette année, voilà une bien triste réalité. Si, pour certains, l'échec est cuisant, pour la majorité, il s'agit d'un simple délai. Cela ne suffit pas à faire refluer les nouveaux arrivants. D'ailleurs, même sur la Chilkoot Pass, où les conditions permettent toujours la circulation entre Dyea et la frontière, plus personne ne se presse. On ne descendra pas en bateau avant le printemps.

Malgré ce constat, l'esprit du Klondike demeure. Pas de pause pour la fièvre de l'or. Sur la côte, on vit encore la frénésie, on recherche encore le luxe, parce que là-bas, à Dawson City, ce sera la rude vie de mineur. Alors, on continue de profiter de chaque instant. On s'amuse, on s'enivre et on dépense sans compter.

Dennis-James se comporte comme les autres, avec la même insouciance, la même passion. Il porte des habits neufs, mange régulièrement dans les plus chics restaurants de Skagway et ne se prive de rien. Il arrive que Rosalie se laisse entraîner, mais elle ne se leurre pas. Elle a compris que cette vie fastueuse n'est pas la réalité, et que la réalité, justement, les rattrapera bien un jour. D'instinct, elle soupçonne que la fin approche, insensiblement, malgré l'hiver qui donne l'impression que le temps s'est arrêté.

– Je ne suis pas une traînée, dit-elle avec aplomb, et je trouve qu'il est plus que temps de légitimer notre relation. Je veux devenir pour vrai Mrs. Peterson.

– Mais tu l'es, Lili. Aux yeux de tous les habitants de Skagway et de ceux de Seattle, tu ES Mrs. Peterson.

– Mais c'est un mensonge!

– Je ne vois pas pourquoi cette situation te dérange maintenant.

À son ton agacé, Rosalie devine qu'il pourrait bientôt perdre patience. Tant mieux, se dit-elle. Aussi bien crever l'abcès. Elle s'apprête à lancer un dernier argument, mais Dennis-James lui coupe brusquement la parole.

– Qu'est-ce que tu veux de plus, Lili?

– Je veux être ta femme.

Dennis-James affiche tout à coup une grande lassitude et soupire en détournant les yeux. Dehors, la neige virevolte doucement, comme elle le fait sans arrêt depuis des semaines. La mer et les montagnes sont invisibles, mais leur présence est toujours perceptible, même à l'intérieur des bâtiments. Il pèse sur la région une humidité oppressive, un vent sournois, mais également un sentiment d'isolement qui assaille autant les plus sereins que les plus nerveux. De Skagway, on ne peut aller nulle part. Il s'agit d'une fièvre bien différente de celle de l'or, et Rosalie n'est pas davantage immunisée contre ce mal étrange. Elle soupire à son tour, et son regard se pose sur Dennis-James avec une tendresse soudaine. Souffre-t-il, lui aussi, d'être prisonnier de Skagway? Elle le voit tirer une nouvelle bouffée de sa pipe et, lorsqu'il expire enfin les volutes bleues, il murmure, comme pour lui-même :

– Tu es ridicule!

À peine ces mots sont-ils prononcés que Rosalie bondit. Dire qu'elle était en train de se laisser attendrir! Les mains appuyées sur la table, le corps penché vers l'avant, elle riposte, cinglante :

– Moi? Ridicule? T'es-tu regardé, Dennis-James Peterson? Avec tes beaux habits et tes grands airs, tu veux croire que tu es riche. Tu fais le difficile au restaurant, tu commandes du champagne, du caviar et je ne sais quoi d'autre pour montrer comment tu t'y connais en gastronomie, alors que tu n'y connais rien du tout. Ne m'accuse pas d'être ridicule quand tu vis toi-même comme le roi des imbéciles.

Les joues en feu, Rosalie se laisse retomber sur sa chaise, mais ne ressent qu'une envie: retourner à leur chambre. Dennis-James le devine sans doute, parce qu'il s'amende immédiatement.

– Excuse-moi, souffle-t-il en prenant ses mains entre les siennes. Je ne pensais pas ce que j'ai dit. C'est vrai qu'on mène une vie au-dessus de nos moyens. J'en suis bien conscient. Mais je suis également convaincu qu'il n'est pas nécessaire de s'engager davantage pour le moment.

– Eh bien, tu te trompes !

Rosalie a retiré ses mains et les a posées sur ses cuisses pour tenter de se calmer. Elle a les nerfs à vif. C'est sans doute à force de ne rien faire de ses journées. Mais comme l'hiver commence à peine, elle n'a pas fini de s'emporter si elle doit réagir à chaque incident déplaisant. Elle poursuit donc sur un ton qui se veut plus posé :

– J'en ai assez de vivre dans l'hypocrisie…

Que d'hypocrisie, en effet, dans leurs querelles antérieures, dans cet argument de taille qu'ils se sont servi mutuellement à quelques reprises depuis leur rencontre ! Non, ils ne sont pas mariés, ce qui signifie qu'ils sont libres d'aller et venir à leur guise, de partir ou de rester. Or, Rosalie l'a constaté depuis quelques jours, la présence des femmes, de plus en plus nombreuses à Skagway, l'indispose au plus haut point. Tous ces regards et tous ces sourires entendus l'inquiètent. Aurait-elle peur de perdre Dennis-James ? Serait-elle jalouse ? Cela ne lui ressemble pas, mais elle n'est plus sûre de rien depuis qu'elle mène une vie de paresse et de luxe. Ce dont elle est certaine, cependant, c'est qu'elle attend la réponse de Dennis-James. Encore une fois, elle est déçue. Il a peut-être compris l'allusion, mais il enchaîne sans en faire mention :

– Je vais t'expliquer la situation en des termes plus clairs, Lili. Regarde ces gens qui nous entourent. Pour eux, tu es Mrs. Peterson. Pour eux, tu es respectable. En décidant soudainement de se marier, on affirmerait haut et fort qu'on ne l'était pas, qu'on leur a menti. Voilà de quoi perdre ta respectabilité pour de bon. Es-tu prête à admettre que tu as vécu comme une catin depuis des mois ?

– Ne te moque pas de moi! s'insurge Rosalie, qui sent qu'elle est en train de perdre du terrain.

Elle réfléchit à toute vitesse, cherchant un argument, une solution.

– On pourrait se marier en privé, sans publicité, propose-t-elle. On pourrait aller à Dyea, tiens! Personne ici ne serait au courant.

– Ben voyons, Lili. Les hommes de Soapy Smith font le voyage entre Skagway et Dyea plusieurs fois par semaine. Ça se saurait dans le temps de le dire.

Dennis-James l'exaspère, mais elle doit admettre qu'il a raison sur ce point.

– Qu'est-ce qu'on fait alors? demande-t-elle sans grande conviction.

– On ne fait rien du tout. On continue comme d'habitude.

– Oui, mais moi, je me sens de plus en plus… sale de vivre comme ça.

Elle aimerait trouver les mots justes pour décrire les sensations qui l'habitent, mais n'y arrive pas. Comment exprimer quelque chose d'aussi abstrait à un homme comme Dennis-James? Un homme qui a réponse à tout, tout le temps.

– Si tu veux, on se mariera quand on arrivera à Dawson, concède-t-il enfin sans grand enthousiasme. C'est une grosse ville, Dawson. On devrait pouvoir passer inaperçu.

Rosalie aimerait croire à la sincérité d'une telle promesse, mais c'est le cœur rongé par le doute qu'elle lui concède la victoire d'un timide sourire.

CHAPITRE IV

La bécosse est défraîchie, peu étanche au vent, à peine davantage contre la pluie. Comme lieu d'aisances, Liliane a connu mieux dans la maison de ses parents. Mais elle a connu pire, aussi, le long de la piste Chilkoot, quand les besoins intimes se faisaient sous la toile de la tente.

Après avoir détaché la guenille souillée, elle la roule dans un torchon, installe un linge propre entre ses cuisses et remonte son pantalon. Ce pantalon, justement, qu'elle trouvait pratique pendant le voyage, s'avère moins commode au quotidien. Surtout pour ces jours où la féminité reprend ses droits. Il est d'ailleurs taché de sang à l'entrejambe. Bien que l'endroit maculé soit invisible lorsqu'elle marche, Liliane ne se sent pas à l'aise dans un vêtement sale. Elle devra s'y faire, cependant, parce qu'elle n'a pas les moyens de s'acheter autre chose. Pas encore, du moins. C'est la seule raison pour laquelle l'inspecteur Constantine la laisse tranquille. L'agent de la Police montée est venu la veille lui signaler qu'il est interdit à une femme de porter des habits d'homme dans les Territoires du Nord-Ouest. Comme beaucoup de gens, il était au courant de ses déboires. Il ne l'a donc pas menacée de sanction, se contentant de lui rappeler la loi avant de vaquer à ses autres occupations.

Liliane se redresse, replace sa chemise le plus décemment possible, endosse son manteau et sort. Le soleil se fait de plus en plus rare en cette fin d'octobre et, même si l'air est relativement tiède, le vent devient rapidement difficile à supporter à mesure que la journée avance. Quelques portes claquent, d'autres grincent. Liliane hâte le pas, traverse la cour et pénètre dans le restaurant par l'arrière. Elle est contente de travailler. Elle ne reçoit peut-être pas de salaire, mais elle mange à sa faim. Elle ne dort peut-être pas dans un lit, mais elle est à l'abri et au chaud. Les choses auraient pu être pires...

Depuis quelques jours, la panique au sujet de la famine semble s'être enfin calmée. Dans les rues, lorsqu'il fait nuit, on ne voit plus personne qui soit affamé et sans logis. Partout à Dawson, la situation s'est améliorée d'elle-même au gré des hommes qui sont retournés dans leurs concessions respectives. Il s'est établi en ville un certain équilibre. Ce qui ne veut pas dire que tout le monde est guéri de la fièvre de l'or. Les saloons sont bondés, les *dance halls* aussi. Dans les bordels, les clients font la file. Les restaurants demeurent ouverts tard dans la nuit et on y sert des plats raffinés. Même les blanchisseuses réalisent des profits records. Car les prix montent, comme s'il n'y avait pas de limite. Au Sourdough's Café, Liliane est à l'abri de cette inflation. Elle travaille peut-être de longues heures, mais la clientèle ne cesse d'augmenter et les affaires vont bon train. Certes, Mr. Berton a triché en lui inventant une réputation et en faisant courir le bruit qu'il employait la célèbre Lili Klondike, la meilleure cuisinière de tout le Nord. Aidée de ses épices, Liliane se montre à la hauteur. Dans les faits, elle prépare le terrain pour son propre restaurant, celui qu'elle ouvrira dès que la chance lui sourira de nouveau. Son heure s'en vient. Bientôt, elle exigera son dû.

– Si tu continues de perdre du temps, je vais finir par réduire ta paye.

Liliane sursaute et échappe son tablier sur le sol. Derrière elle, Mr. Berton s'esclaffe. Il sait bien que le seul salaire de son employée est le gîte et le couvert contre douze ou quinze heures de travail par jour. Dans ces conditions, il serait difficile de déduire de cette paie les interruptions essentielles à l'hygiène. Devant son air goguenard, Liliane récupère son tablier et s'installe à ses chaudrons.

– Tu as reçu une lettre ce matin.

Elle se retourne, intriguée, et Mr. Berton poursuit, satisfait d'avoir enfin toute son attention :

– C'est un jeune *cheechako* qui l'a apportée.

En entendant ce mot, *cheechako*, Liliane abandonne ses ustensiles. Elle s'apprête à prendre l'enveloppe, mais son patron la fait disparaître avant qu'elle ait pu s'en emparer.

– C'est peut-être ton amoureux, raille-t-il en agitant la lettre au-dessus de sa tête.

Liliane s'efforce de cacher son agacement.

– Je n'ai pas d'amoureux, Mr. Berton, dit-elle, avec un sourire figé. Tout le monde sait ça.

Mr. Berton se montre tenace et, d'une voix de conspirateur, il réplique :

– Ce n'est pas ce qu'on raconte. Il y a des gens qui te pensent fiancée à un certain voleur. D'autres parlent d'un soupirant qui aurait provoqué tout un chahut en te faisant sa déclaration au lac Laberge.

40

Liliane rougit à l'idée que tout Dawson soit au courant des frasques de Percy Ashley. Elle n'y était pour rien et ne l'a jamais encouragé dans l'expression de ses sentiments. Pour ce qui est de Samuel, on ne peut pas lui reprocher d'avoir été bernée comme les autres. Quoi qu'il en soit, ni Samuel ni Percy Ashley ne sont à Dawson. Le premier a quitté la ville sous escorte il y a une semaine, le deuxième est toujours prisonnier des glaces sur le bord du lac Laberge. Qui donc pourrait lui écrire?

– Comme toujours, vous vous moquez de moi, lance-t-elle en croisant les bras. Maintenant, allez-vous me la donner, cette lettre, ou je dois porter plainte à la police?

Le visage de Mr. Berton s'assombrit, mais il lui tend néanmoins la précieuse enveloppe.

– Il n'est pas nécessaire de monter sur tes grands chevaux, Lili.

Liliane s'empresse de l'ouvrir et parcourt rapidement le texte. Le message est en anglais. Il s'agit d'une invitation.

– Alors? s'impatiente son patron. C'est lequel de tes amoureux?

– Je ne sais pas. Ce n'est pas signé.

Mr. Berton lui arrache la feuille des mains et en prend connaissance à son tour. En d'autres circonstances, Liliane aurait trouvé ce geste irrespectueux, mais ici, à Dawson, les lettres sont tellement rares que tout le monde lit le courrier de tout le monde. C'est une des coutumes locales auxquelles chaque nouveau venu doit s'habituer.

– Ça parle au diable! s'exclame Mr. Berton. On t'invite à souper au restaurant de John Ash!

Malicieuse, Liliane prend un ton hautain et lève le menton :

– Pourquoi cela vous surprend-il ? C'est juste en face. Et puis c'est un bon restaurant, à ce qu'on dit.

– Peut-être, mais moins bon qu'ici, surtout depuis que tu travailles pour moi.

Liliane ne laisse pas passer cette occasion de se moquer de son patron.

– Il faut croire que cet admirateur connaît les femmes. Quand il en invite une à souper, il ne s'attend pas à ce qu'elle fasse la cuisine.

– Je me demande bien qui ça peut être, murmure Mr. Berton en étudiant de plus près la calligraphie.

Liliane retourne à ses chaudrons, mais son esprit est ailleurs.

– Je me le demande aussi…, souffle-t-elle en brassant la soupe d'un geste distrait.

*

Le restaurant de Mr. Ash ressemble en tout point à celui de Mr. Berton. Un édifice en rondins dont la pièce principale est éclairée au suif, des tables grossières et bancales, des chaises à peine poncées, deux minuscules fenêtres percées dans la façade et donnant sur la Front Street. La salle est animée, car c'est l'heure du souper. Liliane, assise dans un coin, attend son mystérieux cavalier.

La situation a de quoi la mettre mal à l'aise. Des hommes entrent, d'autres sortent, certains la saluent, quelques-uns lui sourient, mais la plupart se contentent de lui jeter des regards inquisiteurs. Le propriétaire,

Mr. Ash, lui a apporté un verre de vin après l'avoir installée près de la porte de la cuisine. A-t-il délibérément choisi cette position stratégique? Ce coin, quoique bruyant, permet de ne rien manquer de ce qui se passe dans la salle.

– Que prendrez-vous pour souper, Miss Lili? Le poisson ou la viande?

Mr. Ash s'est approché d'elle à grands pas, et Liliane s'amuse de son allure maniérée. L'homme a l'habitude de recevoir une clientèle bien nantie et il apparaît évident qu'il veut donner à son établissement un air respectable, bien qu'il s'agisse, en réalité, d'un restaurant tout à fait ordinaire. Liliane joue le jeu, comme elle le fait chez Mr. Berton. Après tout, ce n'est pas elle qui paie.

– J'attends quelqu'un, dit-elle avec un sourire poli.

– C'est vrai? Mais vous êtes déjà attablée depuis une demi-heure, Miss. Commandez donc! C'est moi qui vous l'offre.

Ce soudain élan de générosité n'est pas sans surprendre Liliane, mais devant la bonne humeur du restaurateur, elle se laisse tenter. Pour une fois que c'est gratuit, elle ne va tout de même pas se gêner. Et puis celui qu'elle attend ne devrait plus tarder maintenant.

– Dans ce cas… Puisque c'est vendredi, je prendrai le poisson.

– C'est un excellent choix, approuve Mr. Ash en l'observant tout à coup avec curiosité. Vous êtes catholique?

Liliane acquiesce au moment où un nouveau client entre dans le restaurant. Elle le reconnaît aussitôt: il s'agit du *cheechako* qui a enregistré un *claim* devant ses yeux, il y a quelques jours à peine. L'homme le plus laid qu'elle ait jamais vu, se répète-t-elle en réalisant qu'elle n'a pas changé d'avis. Le nouveau venu a retiré son bonnet de fourrure. Sa barbe est sombre et bien taillée, ses cheveux noirs, fraîchement lavés. Parce qu'ils sont striés de blanc, ils le font paraître plus âgé qu'il ne l'est sans doute en réalité. Liliane lui donne trente ou trente-cinq ans et constate, lorsqu'il enlève son manteau, qu'il est encore plus maigre que ce qu'elle avait imaginé. À la lueur des lampes de suif, sa peau semble blafarde, ce qui crée un contraste désagréable avec les iris noirs qu'il pose sur elle.

« Dieu, faites que ce ne soit pas lui ! » prie-t-elle en détournant la tête pour cacher son embarras.

Mr. Ash a lui aussi aperçu son nouveau client. Après s'être excusé auprès de Liliane, il s'empresse d'aller l'accueillir.

– Saint-Alphonse ! s'exclame-t-il en lui serrant la main. Il y a bien longtemps qu'on vous a vu chez nous.

– On m'a dit que Lili Klondike serait ici ce soir.

En entendant son nom, Liliane lève la tête dans leur direction. Elle a tout de suite reconnu l'accent, car il s'agit du même que le sien, celui des Canadiens français.

– On ne vous a pas menti, répond Mr. Ash en s'emparant du manteau de son client. Elle est juste là, près de la cuisine.

Il désigne Liliane du menton puis s'enquiert :

– Combien de personnes mangent avec vous ce soir ?

– Je soupe seul.

Ash hoche la tête et le conduit à une table près d'une fenêtre.

– Dans ce cas, que diriez-vous de vous installer ici ?

Liliane est soulagée de voir Saint-Alphonse s'asseoir dans le coin opposé au sien. Pendant un moment, elle a craint le pire. Puis, lentement, les propos échangés par les deux hommes lui reviennent à l'esprit et l'intriguent davantage. Comment Saint-Alphonse savait-il qu'elle souperait chez Mr. Ash ce soir ? À moins que ce ne soit lui, l'auteur du billet… L'idée de s'attabler avec quelqu'un d'aussi moche ne lui plaît pas du tout et elle se montre discrète dans l'espoir de se faire oublier. Or, les clients ne cessent d'affluer. On continue de la saluer presque comme s'il était normal de la trouver là. Le bruit s'intensifie à mesure que le restaurant se remplit. La situation lui paraît tout à coup si absurde que Liliane appelle d'un geste le propriétaire.

– Je vous apporte le poisson dans quelques minutes, lui lance Mr. Ash en disparaissant dans la cuisine.

Mais que se passe-t-il donc ? Tous ces regards en coin que lui jettent les quelques femmes présentes. Tous ces clins d'œil admiratifs que lui adressent les hommes qui les accompagnent. Et les autres. Mais d'où vient cet intérêt ? Lorsque Mr. Ash la rejoint avec son repas, Liliane l'interroge enfin :

– Vous êtes au courant pour mon invitation ?

– Évidemment que je suis au courant, dit-il en déposant une assiette fumante devant elle. C'est moi qui vous ai invitée.

Liliane écarquille les yeux, estomaquée.

– Je pensais que…

Pendant une fraction de seconde, elle cherche ses mots. Puis, la réalité prend tout son sens, et Liliane balbutie :

– C'est vous ? Mais… enfin, pourquoi ?

L'homme sourit, fier de lui, et s'essuie promptement les mains sur son tablier.

– Pour attirer les clients, évidemment.

Il désigne la pièce de ses paumes ouvertes.

– Regardez ma salle à manger ! Je n'ai pas eu autant de monde depuis que Berton vous a embauchée.

Fini le romantisme, fini le rêve. Liliane comprend qu'on s'est servi d'elle. On a utilisé son nom contre son gré. Si les clients s'entassent à ce point chez Mr. Ash ce soir, c'est qu'ils ont déserté le Sourdough's Café. Insultée d'avoir été ainsi manipulée, elle se lève.

– S'il vous plaît, souffle l'homme en posant la main sur son avant-bras. Restez. Ne serait-ce que pour écouter ce que j'ai à vous proposer. De toute façon, qu'avez-vous à perdre ? Votre souper, c'est moi qui vous l'offre.

– Vous pouvez bien le garder, votre souper !

Liliane a les joues en feu et, d'un geste brusque, elle se défait de la poigne du restaurateur.

– Vous vous êtes joué de moi !

Elle s'apprête à s'en aller, mais la voix de Mr. Ash la retient, beaucoup plus efficacement que ne le faisait sa main :

– Berton ne m'a pas laissé le choix…

Et en quelques mots, il lui décrit sa proposition. Son air suppliant émeut d'abord Liliane, puis fait naître en elle une soudaine lueur d'intérêt. Elle se rassoit, mais dans son esprit, les événements viennent de s'additionner et, avec une assurance nouvelle, elle se commande un verre de champagne.

– Ce sera avec plaisir, déclare Mr. Ash en lui serrant la main. Et c'est la maison qui offre.

Liliane jette un regard à la ronde. Le restaurant lui apparaît alors dans son aspect le plus lucratif. Elle observe Mr. Ash avec son œil de femme d'affaires puis ajoute :

– Évidemment que c'est la maison qui offre.

Son visage est animé d'un sourire victorieux, qui ne s'efface pas même lorsqu'elle aperçoit, à l'autre bout de la salle, les yeux noirs de Saint-Alphonse posés sur elle.

*

La soirée s'achève et les gens sortent, les uns après les autres, non sans avoir payé. Liliane observe le rituel de la pesée. Suspendue à un bout du balancier, une masse compacte sert de mesure étalon. À l'opposé se trouve une assiette vide dans laquelle le client dépose des pépites ou de la poussière d'or jusqu'à ce que l'aiguille comparant les deux valeurs indique l'équivalence. La balance de Mr. Ash est sans doute aussi fausse que toutes celles qu'on trouve à Dawson. Liliane a compris depuis longtemps qu'on fait toujours payer plus cher les mineurs les plus chanceux. Cette façon de tricher, qui s'apparente à du vol, est commune dans tout le Grand Nord. Liliane n'est ni surprise ni choquée de constater que Mr. Ash utilise, comme tout le monde, la ruse pour s'enrichir.

Aux environs de onze heures, la plupart des clients sont partis, mais pas Saint-Alphonse, avec qui Mr. Ash vient de s'attabler. Liliane fait de son mieux pour les ignorer, car elle craint qu'ils l'invitent à se joindre à eux. Elle se sent intimidée et redoute d'être forcée de parler au *cheechako*. Elle ne voudrait pas qu'il devine le dégoût que son apparence lui inspire. Elle se concentre donc sur l'aspect commercial du restaurant.

Elle a étudié les plats, analysé le service, observé la réaction des clients. Nul doute qu'il y aurait place à l'amélioration dans tous ces domaines. Cependant, Liliane doit admettre que ce restaurant est plus propre que celui de Mr. Berton. Depuis un moment, un garçon balaie la sciure de bois qui recouvre, ici aussi, le plancher de la salle à manger. Pendant qu'elle sirote le deuxième verre de champagne offert par Mr. Ash, Liliane ne quitte pas l'employé des yeux. Elle le voit faire glisser le bran de scie souillé dans des bocaux. Ce geste n'est pas usuel, et le soin avec lequel le garçon récupère une matière sans valeur lui met la puce à l'oreille. Chez Mr. Berton, personne ne travaille avec autant d'attention, surtout pas pour balayer de la sciure de bois. Personne n'a de temps à perdre avec ce genre de tâche. Pourtant…

Quand un bocal est plein, le garçon le range derrière le comptoir et s'empare d'un contenant vide. Il répète les mêmes gestes avec le même soin pendant près de vingt minutes, et Liliane doit soulever les pieds pour qu'il puisse nettoyer sous sa table. Lorsqu'il a terminé, il ne reste pas un grain de poussière sur le sol. Elle le voit alors disparaître dans la cuisine et en revenir avec des sacs de sciure propre qu'il répand, comme le veut l'usage, à la grandeur de la salle à manger. Est-ce possible que, sur le plancher, au milieu du bran de scie, se trouve autre chose que des morceaux de nourriture séchée?

Liliane jette un coup d'œil intéressé autour d'elle. Le comptoir est lisse et brillant. À l'endroit où les clients paient leur repas, la balance étincelle tant elle est bien nettoyée. Elle a vu Mr. Ash astiquer les meubles et récupérer le moindre résidu, la moindre poussière. Ce souci de la propreté a quelque chose de suspect, et Liliane n'y voit qu'une seule explication : sur le sol, comme sur les tables, sur le comptoir et sur la balance, doit se trouver de l'or en fines particules. De l'or, probablement tombé des poches des mineurs ou de leur gousset.

Voilà une observation qu'elle n'est pas prête d'oublier et, lorsque Saint-Alphonse se lève enfin pour partir, elle le salue avec un sourire qui l'étonne elle-même. Elle vient d'avoir une idée.

*

– Ash est un salaud de la pire espèce ! Il n'a jamais respecté le moindre contrat avec qui que ce soit. Pourquoi crois-tu qu'il ferait un spécial pour toi ?

Mr. Berton s'est levé et arpente maintenant la salle à manger du Sourdough's Café. Sa démarche est nerveuse, et Liliane devine qu'il a peur de la perdre.

– Mr. Ash m'offre une chambre pour moi seule, explique-t-elle avec détachement. Et il ajoute, en plus, un salaire. C'est de loin supérieur à ce que je gagne ici.

Mr. Berton continue de sillonner la pièce, les mains croisées dans le dos. Liliane le croit sur le point de perdre patience, mais il se contient. Il ne cesse, cependant, de calomnier son concurrent :

– Il ne tiendra jamais parole, Lili. Je le connais. Dès que la clientèle redeviendra régulière, tu perdras ce précieux salaire.

– Qu'en savez-vous ? Tout le monde ici dit que Mr. Ash est un homme d'affaires honnête.

Mr. Berton éclate d'un rire cynique.

49

– Tout le monde ment! D'ailleurs, personne au Klondike n'a intérêt à se montrer honnête.

Dans son emportement, Mr. Berton ne se rend pas compte qu'il s'incrimine en accusant ses voisins. Liliane a envie de lui demander s'il se considère lui-même comme un modèle de probité, mais elle craint de ne pas pouvoir croire la réponse. Alors, elle attend. Elle sait que Mr. Berton n'en restera pas là; inutile, donc, de pousser plus loin dans cette direction. Son patron va lui faire une offre s'il veut qu'elle continue de travailler pour lui. Il ne peut en être autrement. Surtout maintenant qu'il sait que ses concurrents sont jaloux au point d'essayer de lui ravir l'employée qui fait sa fortune.

– Admettons que je t'offre une chambre à l'étage, commence-t-il. Pas une grande chambre, comprends-moi bien. Je n'ai pas les moyens de mettre un de mes clients à la porte. Ils me rapportent trop. J'ai peut-être une pièce, là-haut, dans laquelle on pourrait installer un lit.

– Je veux qu'il y ait aussi de la place pour mes affaires.

Mr. Berton s'insurge:

– Tu exagères, Lili! Tu ne possèdes rien.

– Je n'ai rien maintenant, mais quand vous me verserez un salaire, j'aurai de quoi m'acheter quelques vêtements. J'aurai besoin d'une commode pour tout ranger. Il faut donc que j'aie de l'espace.

Liliane se souvient de son mentor irlandais, Mr. Noonan. Elle a toujours à l'esprit son discours sur le poker et ses leçons concernant le monde des affaires. Elle a bien appris, certes, mais aujourd'hui, pour la première fois depuis son départ de Vancouver, elle ne bluffe pas. Si Mr. Berton ne cède pas, elle ira travailler pour Mr. Ash.

Elle est en position de pouvoir. Mr. Noonan serait fier d'elle s'il pouvait la voir.

– Pour que je te donne une aussi grande chambre, il faudrait que je la prenne quelque part.

Un sourire malicieux apparaît sur le visage de Liliane. Elle est en train de gagner du terrain.

– Déplacez donc un de vos clients. Installez-le dans ce petit placard où vous aviez l'intention de m'installer.

– Mais personne n'en voudra! Il n'y a même pas de fenêtre!

Mr. Berton se tait en réalisant l'absurdité de ce qu'il vient de dire. Puis il secoue la tête, vaincu.

– C'est bon, Lili. Tu auras une chambre.

– Et un salaire.

– Tu vas me ruiner.

– Bien sûr que non, déclare-t-elle en lui tendant la main. Un *deal*, c'est un *deal*, Mr. Berton. Pour vous prouver ma bonne volonté, je suis prête à travailler davantage. En plus de faire la cuisine, je vous propose de balayer le plancher tous les soirs après le départ du dernier client.

Chapitre v

On dirait que la folie s'est emparée des habitants de Skagway. Personne, même les mineurs les plus expérimentés, ne comprend ce qui motive autant de gens à vivre dans la plus grande insouciance. Depuis près d'un mois que Rosalie est revenue en ville, rien n'a changé. Rien n'a changé depuis l'été d'ailleurs, ce qui la force à prendre conscience du danger qu'il y a à vivre comme si l'or se trouvait déjà à portée de la main, comme si la fortune était assurée. On perd de vue la réalité et on oublie que Dawson se trouve toujours à cinq cents milles. Tout peut encore arriver. Le meilleur comme le pire.

Il y a deux jours, quand Rosalie a aperçu derrière la vitrine d'une boutique la robe la plus élégante qu'elle ait vue de sa vie, il lui a fallu faire un effort terrible pour passer son chemin. Elle se rend bien compte aujourd'hui qu'il aurait été irresponsable de dépenser le moindre dollar pour quelque chose d'aussi frivole. À Skagway, il n'y a ni théâtre, ni opéra, comme on en trouve à Chicago ou à New York, comme on en trouvait même à Seattle. Quel besoin aurait-elle d'une robe de ce prix ? Skagway, c'est le bout du monde ! À quoi pensait-elle donc pour désirer une telle toilette ?

Incapable de répondre, Rosalie revient à ce qui la préoccupe. Elle arpente la rue Broadway, emprunte une ruelle transversale et tourne immédiatement à droite, de manière à toujours marcher vers l'est. Elle chemine dans la grisaille du jour en direction des montagnes. De temps en temps, elle lève la tête pour tenter d'apercevoir le sommet qui guide les marcheurs. Elle sait bien qu'il est impossible de distinguer quoi que ce soit dans la masse nuageuse, qui efface même les plus proches collines, mais elle le cherche quand même, ce sommet, comme par instinct. Elle connaît la route par cœur. D'abord, il y a la Devil's Hill et son sentier étroit et glissant, qui longe un précipice terrifiant. Vient ensuite la Porcupine Hill avec ses rochers sournois, où les chevaux se brisent les pattes. Puis, juste avant la dernière montée vers la frontière, la piste bifurque vers le sud-est, le temps de traverser White Pass City. Rosalie garde un souvenir chaleureux de ce village bigarré, car c'est là que se trouve le restaurant de Mme Gagnon. Là aussi qu'elle a entassé ses affaires en attendant la réouverture de la piste White Pass.

Tout à coup, un bref coup de vent crée une percée dans les nuages, ce qui permet d'apercevoir, l'espace d'une seconde, le blanc étincelant du sommet. Rosalie s'immobilise, scrute l'horizon et secoue la tête, incrédule. Ce ne peut être qu'une illusion ; le sommet est tellement loin. Elle recommence donc à marcher, à l'affût du moindre obstacle que pourrait dissimuler la neige. Un rocher, un trou, une branche ou même un tronc d'arbre entier.

Elle a beau avoir raccourci sa robe de quelques pouces, l'ourlet traîne quand même dans ce mélange de boue et de frimas qui recouvre le sol. La jupe s'alourdit à mesure que Rosalie s'éloigne des édifices de bois qui composent la structure permanente de la ville. Elle traverse maintenant le camp où sont regroupées les tentes des hommes qui, comme elle, attendent que passe le temps et que vienne le froid. La piste est boueuse et glissante. Les crevasses, qui constituent des pièges tant pour les bêtes de trait que pour les humains, fendent toujours le sentier. Ces irrégularités du terrain sont probablement plus dangereuses encore qu'elles ne l'étaient il y a un mois parce que désormais la neige les dissimule totalement. L'homme le plus averti ne peut les éviter. Il s'y enfonce, trébuche, y perd souvent une partie de sa marchandise. Quant au cheval, s'il est chanceux, il y plongera jusqu'aux genoux. Dans le cas contraire, il s'y brisera une patte.

– Si seulement le temps pouvait refroidir, soupire Rosalie en atteignant le pied de la première colline.

De chaque côté de l'étroit chemin où elle avance se dressent des tentes, toujours des tentes, aussi blanches que la neige qui tapisse le sous-bois. Chaque toile est percée d'une ouverture dans le toit pour laisser passer le tuyau du poêle qui fournit le chauffage. Partout, des hommes vêtus de la traditionnelle veste mackinaw. Peu de femmes, encore moins d'enfants. Pourtant, Rosalie s'y sent en sécurité. Elle déambule nonchalamment pour se rapprocher le plus possible du départ de la piste. Les tentes se font maintenant de plus en plus rares. Rosalie continue son chemin, s'efforçant de mettre ses pas dans ceux des autres qui, comme elle, viennent quotidiennement vérifier l'état du sentier.

Les traces dans la neige s'arrêtent enfin. Impossible d'aller plus loin. On a placé une barrière, sorte de barricade de fortune, pour s'assurer que nul ne franchirait cette limite. Et c'est seulement à ce moment, après une demi-heure de marche, que Rosalie réalise à quel point l'inaction lui pèse. Il lui tarde vraiment de repartir, de reprendre sa vie en main. Elle s'assoit sur un rocher face à la forêt. Pendant plusieurs minutes, elle ferme les yeux et écoute les bruits de la nature. Le cri des oiseaux, le grincement des arbres sous le vent, le murmure d'une chute de neige ou celui de la cascade toute proche. La cascade… Si la rivière coule toujours, c'est que le sol est loin d'être gelé. Décidément, la route ne rouvrira pas de sitôt.

Rosalie soupire, se redresse et prend le chemin du retour. Les tentes réapparaissent, plantées densément, les unes contre les autres. La fumée des cheminées stagne sous les branches des sapins, s'étire entre les troncs et les toiles tendues pour se mêler à la brume. À son passage, les hommes se montrent courtois, enlevant leur chapeau, inclinant la tête pour la saluer. Soudain, l'un d'eux l'interpelle :

– Mrs. Peterson ? Est-ce vraiment vous ?

Rosalie a beau scruter l'homme qui vient vers elle, elle ne le reconnaît pas. Il est vêtu comme les autres, et son visage est couvert d'une barbe drue et noire.

– Mrs. Peterson ! s'exclame-t-il en lui serrant la main. Quel bonheur de vous revoir ! Comment va votre mari ?

Rosalie demeure stoïque. Elle n'a aucune idée de l'identité de cet homme. Il lui parle pourtant de Dennis-James ! La confusion qui l'habite est sans doute visible, car l'inconnu entreprend de s'expliquer :

– Vous ne me reconnaissez pas, c'est évident. Avec cette barbe et cet accoutrement de prospecteur, j'ai l'air d'un ogre. Je suis le docteur McManus.

Rosalie plisse les yeux, examine attentivement le visage de son interlocuteur, puis secoue la tête :

– Je suis désolée, je ne…

– J'ai soigné votre mari à Seattle, après une agression. Il avait été frappé à la tête par des bandits.

Cette fois, des images apparaissent dans l'esprit de Rosalie. Des pistolets, un collier de perles, deux billets pour le *SS Rosalie*. Elle revoit leur chambre d'hôtel. Dennis-James y est allongé sur le lit, presque inconscient. Un homme fouille dans une trousse déposée sur la table de chevet. Il lève les yeux. Ce sont ces mêmes yeux qu'elle reconnaît tout à coup. Ceux du médecin qui a pris soin de Dennis-James…

En prise à une soudaine rancœur, Rosalie recule d'un pas. Son regard devient acerbe.

– Vous avez essayé d'empoisonner Dennis-James pour le forcer à vous vendre nos billets, lance-t-elle en retirant sa main, qu'il serrait toujours dans la sienne.

Le docteur McManus affiche un air penaud.

– Je vous en demande pardon, Mrs. Peterson. J'ai eu un comportement indigne d'un médecin. Comme bon nombre de gens, j'ai perdu la tête. La fièvre du Klondike m'a fait faire des bêtises. Assommer votre mari avec un médicament fut sans doute la pire de toutes. Me pardonnerez-vous un jour ?

– Pas de sitôt ! rétorque-t-elle, la voix tranchante.

Elle s'apprête à retourner vers le village, mais l'homme la retient.

– J'ai tellement honte de moi, si vous saviez. Laissez-moi vous offrir une tasse de thé. J'aimerais me racheter…

Le repentir semble sincère, et Rosalie se dit que cet homme n'a pas été le premier à perdre la tête pour de l'or. Tout Skagway souffre du même mal. Elle accepte donc l'invitation et emboîte le pas au médecin, zigzaguant dans le camp entre les toiles tendues.

Le campement du docteur McManus ressemble en tout point à ceux que Rosalie a elle-même dressés le long du sentier jusqu'à White Pass City. Une tente blanche retenue par des piquets plantés au sol, quelques bûches servant de bancs, un feu de cuisson au milieu duquel gît, déposée sur les braises, une bouilloire en fer-blanc.

– Je suis content de voir que vous êtes arrivés ici sains et saufs, dit le médecin en versant de l'eau sur des feuilles de thé. Avez-vous perdu beaucoup d'équipement?

Rosalie lui raconte leur débarquement catastrophique, lui décrit son restaurant de la plage, mais omet volontairement de parler de sa situation en porte-à-faux avec Dennis-James.

– J'ai réussi à atteindre White Pass City, ajoute-t-elle en guise de conclusion, mais la piste venait d'être fermée. Je suis donc revenue ici pour passer l'hiver ici.

Comme elle voudrait croire qu'elle est revenue à Skagway de son plein gré, mais elle n'a pas oublié le subterfuge de Dennis-James. Elle soupire de dépit et prend la tasse qu'on lui tend.

– Je vous comprends d'être amère, commence le docteur en allant s'asseoir sur une bûche, de l'autre côté du feu. Comme tout le monde, vous aviez l'intention d'atteindre le lac Bennett avant que les glaces ne figent le fleuve Yukon. C'est un échec difficile à digérer. Pour vous comme pour moi.

L'envie ne manque pas à Rosalie de lui raconter la vérité, de lui expliquer la cause réelle de son indignation, de lui décrire comment elle a été manipulée. Mais elle demeure coite. Dans l'esprit du médecin, elle est l'épouse de Mr. Peterson, et cela ne se fait pas de parler en mal de son mari. Surtout devant un étranger. D'ailleurs, rien de ce qu'elle pourrait dire ne la soulagerait. Le docteur McManus a raison : l'échec est vraiment difficile à digérer. Et l'amertume lui empoisonne la vie.

– Et vous, commence-t-elle pour changer de sujet. Jusqu'où vous êtes-vous rendu ?

– Moi ? Mais ici, Mrs. Peterson ! Ici et nulle part ailleurs.

Comme tous ceux que Rosalie a rencontrés depuis son départ de Seattle, le médecin a perdu ses manières civilisées à force de vivre dans le froid et sous la pluie. Au lieu de tenir sa tasse à deux doigts, ainsi que le veut la bienséance, il l'enveloppe de ses mains, comme le ferait un enfant. Puis il l'approche de ses lèvres et boit à petites gorgées.

– Mon débarquement a probablement été pire que le vôtre, poursuit-il. Je n'ai pu sauver que ma tente, mes raquettes et quelques vêtements. C'est à peine si j'ai des provisions pour un mois. Avoir eu quelques dollars en poche à ce moment-là, je serais reparti pour Seattle sur le premier bateau. Mais j'ai également perdu mon argent dans le désordre qui régnait sur la plage. Une centaine d'hommes couraient comme moi pour récupérer la marchandise qu'on balançait par-dessus bord. Je me faisais bousculer dans tous les sens. Quand j'ai enfin atteint la grève avec ma dernière caisse, j'étais pauvre comme Job.

*

L'après-midi s'est écoulé rapidement, et les quelques heures de clarté quotidienne tirent déjà à leur fin. Rosalie s'apprête à quitter le campement du docteur McManus après une très longue conversation ponctuée d'éclats de rire et de réflexions ironiques sur la bêtise humaine. Contrairement à l'impression qu'elle avait gardée de lui, le médecin s'avère un compagnon intéressant. C'est avec un humour fin et un sens de l'autodérision qu'il a décrit son voyage en mer jusqu'à Skagway au milieu des vaches et des chevaux. Ils étaient trois cents passagers à s'entasser sur tous les ponts et jusque dans la cale du bateau. Un cauchemar qui a duré sept jours et que le docteur a pourtant raconté en riant.

– C'était sans doute un châtiment divin, a-t-il conclu en faisant référence à la manière peu orthodoxe avec laquelle il avait essayé de leur ravir leurs billets. Mais un homme doit savoir apprendre de ses erreurs et tirer le meilleur parti de chaque situation. Je suis ici depuis des semaines et j'y ai trouvé une clientèle fortunée, prête à payer en argent chacune de mes consultations. C'est déjà ça.

Rosalie sourit en songeant qu'elle ne serait peut-être pas de si belle humeur à la place du médecin. Elle se redresse et se rend compte qu'elle perçoit son interlocuteur différemment après cette conversation. Lorsqu'il se lève à son tour pour lui serrer la main, elle tend le bras avec davantage de sincérité qu'à son arrivée.

– Je vous souhaite bonne chance, dit-elle avant de s'éloigner.

– Mais j'ai déjà beaucoup de chance, Mrs. Peterson. J'ai survécu tant au voyage qu'au débarquement. Et puis Skagway n'est pas aussi près de l'enfer que ce que je croyais. On s'habitue au bruit, aux coups de feu et à la musique. Il ne s'agit, après tout, que d'un endroit bien vivant. Vous savez, il n'y a pas d'autre médecin ici, donc pas de concurrence. J'ai envoyé un télégramme à Seattle pour qu'on m'expédie mon équipement médical par bateau. Il m'a fallu payer les frais de transport à l'avance, ce qui est normal dans ce genre de situation, mais j'ai bon espoir de voir arriver mes caisses d'ici une semaine ou deux. Je reprendrai alors ma pratique et redeviendrai un homme respectable en quelques mois.

Rosalie s'immobilise, se rappelant soudainement sa mésaventure au bureau du télégraphe.

– Je suis désolée de vous l'apprendre, docteur, mais on vous a roulé.

Elle revient sur ses pas et poursuit, une note de fatalisme dans la voix :

– Skagway n'est pas relié au reste du monde, ni par une route, ni par le télégraphe. D'ailleurs, tous ceux qui envoient un télégramme reçoivent inévitablement une réponse exigeant de l'argent. Peu importe le message acheminé en premier lieu.

Les paroles de Rosalie ont l'effet d'une gifle.

– Vous voulez dire qu'on m'a volé !

La surprise du médecin a quelque chose de touchant, et Rosalie y reconnaît sa propre candeur. Elle aurait vraiment préféré ne pas avoir à décrire une si cruelle vérité, mais Skagway n'est pas aussi idyllique qu'on pourrait le croire à première vue. Malgré ce qu'il leur a fait à Seattle, le docteur McManus ne mérite pas qu'on l'abandonne dans les pièges de Soapy Smith. Personne ne mérite ça.

– On vous a sans doute volé sur la plage, ajoute-t-elle, empathique. Ça s'est vu souvent depuis l'été.

– Mais qui ? Je ne peux pas croire qu'il y ait autant de gens sans scrupule à Skagway.

Cette fois, Rosalie lui adresse un sourire cynique.

– Il y en a bien davantage que vous ne pourriez le penser. C'est pourquoi je vous recommande la prudence, dans tous les domaines. La ville est dirigée par un homme qui s'est autoproclamé maire et shérif. Il se nomme Soapy Smith et fait la pluie et le beau temps dans la région. Je l'ai vu fouetter un garçon d'à peine seize ans sur la place publique avant de l'abattre sans procès. Personne ne s'y est opposé, car la moitié des habitants de la ville travaillent pour Smith. Dieu du ciel ! Même Dennis-James travaille pour lui. Heureusement, il ne fait que jouer du piano. Mais d'autres ont des talents, euh…, moins honorables.

– Dans ce cas, je suis perdu.

Les épaules de l'homme s'affaissent alors que son visage devient aussi blanc que la neige qui les entoure.

– Je leur ai donné tout ce que j'ai gagné depuis mon arrivée.

– Vous trouverez bien une façon de reprendre votre pratique, lance Rosalie pour l'encourager. Vous devriez commencer par planter un écriteau devant votre tente pour annoncer que vous êtes docteur. Mais ne faites surtout pas confiance à vos clients. Je n'ai d'ailleurs rencontré personne ici en qui je puisse avoir une totale confiance.

Après un court silence lourd de sous-entendus, elle répète :

– Personne.

Inutile de rappeler au médecin ses propres méfaits, il est déjà suffisamment désemparé. Il a saisi l'allusion, car il hoche la tête, penaud :

– Vous êtes bien sage, Mrs. Peterson. Vous irez loin.

Rosalie lui serre la main une dernière fois et tourne les talons.

– Pour le moment, lance-t-elle par-dessus son épaule, il n'y a qu'au Klondike que je veuille aller.

Elle n'a pas fait dix pas que la voix du docteur McManus l'interpelle de nouveau :

– Attendez ! J'oubliais. Je suis repassé à l'hôtel Seattle avant mon départ. Le gérant avait reçu une lettre pour vous. Il m'a demandé si je connaissais votre itinéraire. Évidemment que je le connaissais… à cause des billets.

Le médecin se tait un moment, embarrassé, puis il ajoute, comme pour se racheter :

– Quoi qu'il en soit, je l'ai informé que vous aviez pris le *SS Rosalie* à destination de Skagway. Il m'a répondu qu'il y ferait suivre la lettre. Elle devrait être arrivée à l'heure qu'il est.

Il s'interrompt de nouveau, soudain perplexe.

– Cela étant dit, croyez-vous que le bureau de poste soit plus authentique que celui du télégraphe ?

Rosalie hausse les épaules.

– Le pire qu'on puisse faire à la poste, c'est d'ouvrir les lettres, lâche-t-elle sans grande conviction. Espérons que la mienne ne contenait pas d'argent.

Sur ce, elle lui adresse un clin d'œil complice et s'éloigne d'un pas vif, le cœur battant la chamade. Qui peut bien lui avoir écrit ?

*

Il n'est que cinq heures du soir, mais il fait nuit noire sur Skagway. Le brouillard du matin a cédé la place à une fine pluie qui bat doucement contre la fenêtre. Les rues sont de vastes étangs de boue sillonnés par des promeneurs joyeux en air de risquer quelques dollars aux cartes, à condition qu'on leur serve un whisky pas trop coupé d'eau. Comme tous les soirs, la ville n'est que musique et coups de feu. Des sons plus familiers pour la population de Skagway que les cloches d'une église.

Dans la petite chambre que Rosalie partage avec son amant, on n'entend tous ces bruits qu'en sourdine. Bien que le plancher vibre au rythme du piano, le silence écrase la pièce, comme si l'air lui-même s'était comprimé. Les rideaux sont tirés depuis longtemps et une bougie a été allumée sur la table, juste à côté de la lettre encore cachetée. « Une lettre pour *vous* », avait dit le docteur McManus, sans préciser le sens du *vous*. Peut-être croyait-il le pli adressé à Mr. et Mrs. Peterson ?... Ce n'est pas le cas. Sur l'enveloppe, on peut lire clairement *Mr. Dennis-James Peterson*. Nulle mention de l'expéditeur.

Rosalie est assise sur le lit, le dos appuyé contre le mur. Aussi loin de la chandelle, son corps demeure dans l'ombre ; un visiteur impromptu ne discernerait pas l'anxiété qui la ronge. Elle garde les bras croisés sur la poitrine et soupire bruyamment. Son esprit n'est que tourments.

Quand elle est revenue du bureau de poste tout à l'heure, la lettre lui brûlait les doigts. Elle n'avait pas osé l'ouvrir devant le postier, même si personne n'aurait vu de mal à ce que Mrs. Peterson prenne connaissance du courrier de son mari. Elle avait bien failli le faire, mais s'était retenue en remarquant la calligraphie fine, régulière et féminine avec laquelle était tracé le nom de son amant. Un doute était né. Un doute si douloureux qu'elle est rentrée chez elle au plus vite.

En pénétrant dans le saloon, elle a fait signe à Dennis-James. Puis elle lui a montré la lettre et lui a désigné l'étage du doigt, lui indiquant par là qu'elle allait l'y attendre. C'était il y a une heure. Et Dennis-James n'a toujours pas laissé son piano. De temps en temps, quand la musique s'arrête, Rosalie l'entend rire très fort. Alors tous ses muscles se tendent ; elle est aux aguets. Son regard demeure rivé à la porte, qui ne s'ouvre pas.

Sur la table, le papier blanc paraît éclatant dans la lumière. Même de loin, elle peut distinguer cette belle écriture qui l'intrigue. Elle a échafaudé les scénarios les plus tordus, qu'elle tente en vain de chasser. Ils lui empoisonnent l'esprit. N'en pouvant plus, Rosalie bondit soudain et s'empare de la lettre. Elle la décachette et la déplie d'un geste brusque. Son regard parcourt d'un seul coup le texte, qui contient quelques paragraphes tout au plus. Puis le fin papier retombe sur la table, évitant de justesse la flamme de la bougie. Rosalie serre les dents, retourne sur le lit. Elle reprend sa position de guet, dans l'ombre, en attendant le retour de celui qui lui ment depuis des mois.

*

– Comment ça, tu as oublié de m'en parler ? Ce n'est pas comme si c'était ta cousine, quand même !

Debout au pied du lit, Rosalie agite violemment la lettre devant le visage de Dennis-James. Il n'avait d'ailleurs même pas eu le temps d'entrer dans la pièce qu'elle sautait sur lui comme un animal enragé. Et maintenant qu'il essaie de s'expliquer, la colère de Rosalie le paralyse. Il ne s'attendait pas à ce qu'elle découvre son secret.

– Je n'y ai juste pas pensé, dit-il en baissant les yeux. Depuis notre départ, on a vécu des choses tellement extraordinaires.

Rosalie secoue la lettre en pleine lumière.

– Ne me prends pas pour une imbécile !

Ce commentaire déstabilise Dennis-James, qui paraît réfléchir à toute vitesse. Elle le voit hésiter, crisper les poings puis étirer les doigts, comme pour relâcher la tension.

– Mais ce n'est pas comme si je t'avais menti, risque-t-il enfin. On n'en a même jamais parlé.

Rosalie fulmine. Comment un homme peut-il arranger ainsi la réalité à son avantage ? Et cette attitude candide et piteuse… Rosalie a envie de le gifler. Exaspérée, elle chiffonne la lettre et la lui lance au visage. Dennis-James l'évite de justesse. La boule de papier frappe le mur, retombe sur le plancher, roule jusqu'au centre de la pièce et s'arrête. Aucun des deux ne se penche pour la ramasser.

– Mentir par omission, c'est mentir quand même ! lance-t-elle sans décolérer.

Elle en a plus qu'assez de ses manipulations et le toise avec mépris. Soudain, comme s'il avait compris qu'il ne gagnerait pas, Dennis-James passe aux aveux :

– Tu as raison, Lili. Tu as toujours eu raison, sur tout.

Sur le coup, Rosalie pense qu'il la nargue. Elle s'apprête à répliquer lorsqu'il lève les mains dans un geste conciliateur.

– C'est vrai que j'ai évité de te parler de mon mariage, poursuit-il en s'avançant vers elle. Mais au début, ça n'avait pas vraiment d'importance. Tu étais de passage dans ma vie. Je n'avais pas prévu que je t'aimerais autant.

Il a fait un pas, se dit Rosalie en demeurant sur ses positions, mais ce n'est pas suffisant. Elle poursuit donc son inquisition :

– Mais ensuite ? Tu m'as présentée partout comme ta femme.

– C'est parce que je voulais que tu le sois ! Oh, ma Lili, si tu savais combien je voulais que tu le sois...

Cette fois, Rosalie refuse de se montrer sensible au tourment qui semble accabler Dennis-James. Il a déjà joué la carte de la pitié avec elle, la ruse ne fonctionne plus.

– Tu n'as pourtant pas hésité à me rappeler que nous n'étions pas mariés quand tu aspirais à plus de liberté.

Dennis-James accuse le coup, bouche bée. Il ne peut rien ajouter pour réparer ce qui vient de se briser. Rosalie a été bernée pour la dernière fois. Le lien de confiance qui les unissait allait en s'effritant depuis des semaines. Ce soir, il est définitivement rompu. Ce soir, elle détaille son amant avec une satisfaction nouvelle. Elle le trouve toujours aussi beau, toujours aussi charmant, mais le pouvoir qu'il exerçait sur elle n'existe plus.

Dans sa tête, Rosalie se voit préparer un baluchon, écarter Dennis-James de la porte et sortir dans le couloir. Elle s'imagine enfilant l'escalier pour traverser le saloon sous le coup d'œil amusé des clients. À l'extérieur, malgré la pluie qui s'intensifie, elle se dirigerait vers l'hôtel d'un pas décidé. Partir, voilà son plus profond désir. Mais elle n'en fera rien. Elle n'en a plus les moyens maintenant. Pour vivre seule, par ses propres moyens, il lui faudrait gruger dans ses réserves, entamer l'argent qu'elle a mis de côté pour payer la douane canadienne et entrer au Klondike.

Alors, elle s'assoit sur le lit et fixe Dennis-James avec mépris. Elle le quittera à la première occasion. Et cette fois, ce sera pour de bon.

CHAPITRE VI

Il est passé minuit, mais Dawson ne semble pas sur le point de s'endormir. Les cris, les chants et la musique dominent depuis longtemps les bruits de la forêt. Cependant, il règne sur l'ensemble de la région une brume dense, que Liliane trouverait inquiétante si elle devait errer par les rues en quête d'un logement. Heureusement, ce soir, elle est bien installée au chaud dans sa chambre, à l'étage du Sourdough's Café. Les choses ne pourraient mieux se dérouler pour la petite Canadienne française.

Sur le poêle qui sert à chauffer la pièce, de la neige est en train de fondre dans un chaudron apporté de la cuisine. De temps en temps, Liliane en rajoute, vidant tranquillement la boîte qui gît à ses pieds. Comme de coutume à cette heure-ci, des sons s'élèvent des chambres voisines. On se bouscule, on déplace un meuble, on discute. Puis des gémissements lui parviennent, cadencés et lancinants, mais elle s'est habituée aux ébats bruyants et ne s'arrête pas de travailler pour autant.

Une fois la neige fondue, Liliane soulève le chaudron et le dépose sur le plancher, avant de s'agenouiller à côté. Quelques mèches de cheveux lui glissent devant les yeux. Elle les repousse derrière les oreilles et s'empare de son gobelet, avec lequel elle verse de l'eau dans la grande assiette de métal qui lui sert de batée. À cette étape, l'opération devient délicate.

Liliane saupoudre le bran de scie sur le liquide et, d'un geste mesuré, elle lui imprime un lent mouvement giratoire. La sciure de bois demeure à la surface, et il lui faut l'agiter pour que s'en détachent les plus fines particules. Puis, juste avant que les minuscules copeaux s'agglomèrent, Liliane les récupère avec une cuillère. Malgré l'eau trouble, elle aperçoit, au fond de l'assiette, les résidus les plus lourds. Elle retire les cailloux avec ses doigts et transvase le liquide brouillé dans le chaudron. C'est alors qu'elle découvre, dans le creux de la batée, une poussière dorée qui étincelle à la lumière de la bougie.

– Je suis riche! songe-t-elle, émerveillée à l'idée d'avoir *pané* au moins deux dollars.

Dans la chambre adjacente, les gémissements se sont transformés en cris déchaînés, mais Liliane les ignore toujours. Durant les heures qui suivent, pendant que la chandelle se consume, elle retire du bran de scie souillé l'équivalent d'un mois de salaire. Encore quelques veillées comme celle-là et Mr. Berton aura fait d'elle une femme fortunée sans s'en douter.

*

Au début de novembre, les glaces figent enfin le fleuve Yukon pour l'hiver. Le 4 au soir, elles descendaient encore par morceaux, se heurtant aux bateaux amarrés devant la ville, s'agglutinant entre les coques, sur la grève et contre la paroi rocheuse qui se dresse sur la rive opposée à Dawson. Au matin du 5 novembre, le cours d'eau prenait des allures de route blanche s'étirant à l'infini. Il n'arrivera plus rien de l'extérieur. Dawson est finalement isolée. Isolée pour les sept prochains mois.

Depuis quelque temps déjà, le soleil ne se montre presque plus. La région est plongée dans une pénombre continuelle où seules les variations du gris au noir permettent de distinguer le jour de la nuit.

Malgré le refroidissement, Liliane jubile. Elle est plus riche qu'elle ne l'a jamais été. Chaque soir, elle récupère plus du double de son salaire hebdomadaire sur le plancher du Sourdough's Café. Ajouté à sa paie officielle, cela constitue un pécule de plus en plus important, que Liliane s'assure de garder secret, évidemment. Mr. Berton ne semble d'ailleurs pas se douter que son bran de scie souillé recèle de l'or. Il la laisse balayer sans lui poser de questions, sans même la surveiller. Alors, Liliane travaille, comme jamais elle n'a travaillé de sa vie, s'enrichissant au-delà de ses espérances.

Quand elle s'étend dans son lit après une très longue journée, elle admire pendant un moment la jarre de verre dans laquelle elle conserve son trésor. Il lui faut parfois se pincer pour se convaincre qu'elle ne rêve pas, que la chance a enfin tourné. Elle repense alors aux difficultés de la route, de Sherbrooke à Vancouver, de Vancouver à Dyea, et de Dyea à Dawson, la pire partie du voyage. Comme la réalité est différente de ce que décrivaient les journaux! Une chose la fait sourire cependant quand elle pense à tous les mensonges qu'elle a lus à propos du Klondike. Dans le fond, les grands quotidiens n'étaient pas si loin de la vérité. À Dawson, ce ne sont pas les rues qui sont pavées avec de l'or, mais uniquement les planchers des saloons et des restaurants.

Quand Liliane aperçoit Mrs. Mulroney pour la première fois, elle est d'abord frappée par la sobriété de son apparence. À peine cinq pieds, de petites lunettes sur le bout du nez, les yeux en amande et le chignon brun bien serré, la femme d'affaires la plus célèbre du Klondike lui rappelle sa maîtresse d'école. Elle lui trouve également une ressemblance avec son ancienne patronne, la douce Mrs. Burns. La même moue agréable, le même visage rond des bons vivants.

Lorsque Liliane a pénétré dans le magasin de la Compagnie de la Baie d'Hudson, c'est elle que le commis était en train de servir. Et maintenant, alors que Mrs. Mulroney termine ses emplettes, Liliane ne peut s'empêcher de continuer de l'étudier. Elle admire son assurance, son port de tête digne, l'aisance avec laquelle elle se déplace en mocassins comme s'il s'agissait d'escarpins.

– Il paraît que vous avez acheté un terrain, madame, demande l'employé avec intérêt.

Mrs. Mulroney feint de s'intéresser aux outils exposés dans un coin. Comptant distraitement les sacs de farine entassés sur le comptoir, le commis insiste :

– On dit que c'est la pointe de terre au confluent des ruisseaux Bonanza et Eldorado. Est-ce que c'est vrai ?

Mrs. Mulroney lui jette un regard agacé.

– Oui, et après ? Il n'y a pas de loi interdisant à une femme de posséder un terrain, que je sache.

L'homme demeure un moment bouche bée, avant de saisir l'occasion :

– Il n'y a pas de loi, non, commence-t-il, mais on ne voit pas ça souvent. Avez-vous l'intention de prospecter ?

Devant le silence irrité de sa cliente, il se sent obligé de justifier son intérêt :

– Si c'est ça, le lot est trop petit, madame. Imaginez qu'il y ait de l'or en dessous. Pour creuser, il faudrait…

Mrs. Mulroney éclate d'un rire sarcastique.

– Si j'étais tenancière de bordel, on ne me poserait pas autant de questions.

– C'est bien vrai, madame, admet le commis en riant à son tour. On ne vous poserait pas de questions. Tout serait vraiment évident.

Liliane est déçue quand l'homme se tait pour compter à son tour les sacs de farine. Si ni l'un ni l'autre ne reprend la parole, elle aura manqué une belle occasion de s'instruire sur l'art de mener des affaires au Klondike. Elle s'efforce de cacher sa joie lorsque le commis poursuit enfin son interrogatoire :

– Qu'allez-vous y faire dans ce cas? Ouvrir un restaurant?

Mrs. Mulroney affiche une mine distraite, évaluant sans doute le danger que pourrait représenter une telle révélation.

– Peut-être, murmure-t-elle en feignant l'indifférence.

– Mais il n'y a rien là-bas, madame!

«C'est justement pour ça que l'endroit est intéressant», songe Liliane en imaginant le terrain vague et désert, les mineurs assoiffés et affamés. Ce n'est pas pour rien que Mrs. Mulroney est une femme prospère. Elle a du flair. Elle possède un restaurant à Dawson de même qu'un bon nombre de cabanes qu'elle a fait construire et qu'elle loue ou vend au prix fort. Voilà une personne qui mérite son admiration. Si Mr. Noonan était là, il lui dirait sûrement de suivre son exemple, d'apprendre d'elle, aussi, comme elle a appris de lui. Il lui expliquerait sans doute comment cette femme s'y prend pour imposer le respect d'un seul regard.

– Préparez ma commande lance Mrs. Mulroney en récupérant son panier. Je vais envoyer Brown la chercher tout à l'heure.

– Bien, madame.

Satisfaite, Mrs. Mulroney tourne les talons.

– Je vous souhaite une belle journée, Miss Lili, lance-t-elle en ouvrant la porte.

Flattée de découvrir que même Mrs. Mulroney connaît son nom, Liliane la regarde sortir puis s'avance vers le comptoir, la poitrine gonflée d'orgueil. Elle y dépose le ballot de drap qu'elle a choisi en arrivant.

– J'en prendrai quatre verges, dit-elle avec aplomb, imitant sa nouvelle idole. Et, s'il vous plaît, essayez de couper ça droit. J'ai besoin de chaque pouce.

Étrangement intimidé, l'employé hoche la tête et s'exécute. Pendant qu'il taille le tissu, Liliane force son esprit à revenir à l'aspect pratique de sa visite. Dans quatre verges de drap, elle pourra se fabriquer deux jupes. Elle fera ainsi taire l'inspecteur Constantine qui la harcèle désormais quotidiennement afin qu'elle se conforme à la loi.

*

Liliane a encore cette conversation en tête lorsque, moins d'une semaine plus tard, une voix de femme l'interpelle dans la rue.

– Doux Jésus! Ai-je vraiment devant moi la célèbre Lili Klondike?

Liliane se retourne et elle sent les larmes lui monter aux yeux en reconnaissant sa seule amie.

– Dolly! s'exclame-t-elle alors que celle-ci se jette dans ses bras. Mais où étais-tu donc? Ça fait si longtemps que je suis sans nouvelles de toi.

Comme le bonheur les subjugue toutes les deux, il s'écoule bien une minute avant que Dolly La Belle la repousse doucement. Elle lui fait un clin d'œil et lui montre du doigt le traîneau immobilisé dans la rue. Attelés à l'avant, des chiens encore haletants se chamaillent.

– Ma vie a pris un tournant inattendu, lance-t-elle sur un ton triomphant.

– Je vois ça!

La surprise de Liliane est telle que les deux femmes éclatent d'un rire complice. En effet, maintenant qu'elle la regarde attentivement, Liliane doit admettre que la prostituée a beaucoup changé en un mois. Plus de maquillage, plus de chapeau extravagant, plus de robe provocante. Dolly porte aujourd'hui un bonnet de fourrure et, sous son manteau de grosse laine, une jupe sombre raccourcie au-dessus des chevilles pour éviter la boue. Des mocassins remplacent les bottes fines qu'elle s'enorgueillissait de chausser même sur la piste Chilkoot. Toutefois, malgré une tenue plus sobre, Dolly demeure Dolly, coquine et rieuse.

– Tu te souviens du Suédois? commence-t-elle sans lâcher le bras de Liliane. Celui qui s'était associé à Samuel le bandit? Eh bien, il s'appelle Hans, mais tout le monde l'appelle le Suédois. Je suis sa ménagère depuis trois semaines. Je m'occupe de la cabane qu'il a construite sur son *claim* du ruisseau Eldorado.

Eldorado. Ce nom rappelle à Liliane les questions du commis et les réponses évasives de Mrs. Mulroney.

« Un bon endroit pour faire des affaires », avait-elle laissé entendre. Liliane imagine un lieu où il serait possible de prospérer, de faire de l'argent avec des clients riches de l'or qu'ils cueilleraient à même la terre. Eldorado. Un nom très bien choisi.

– Le pauvre gars, poursuit Dolly, il avait besoin de quelqu'un pour s'occuper de sa maison pendant qu'il creusait. Moi, ça m'arrange, parce que, avec la famine qui guette… Dans le fond, ce qu'il m'aurait fallu, c'est une mise de départ. Mais comme je n'avais ni tente ni argent en débarquant, j'aurais fini par travailler pour quelqu'un d'autre si Hans ne m'avait pas demandé de venir avec lui.

« Travailler pour quelqu'un d'autre. » Dans la bouche de Dolly, ces mots prennent une connotation particulière, presque douloureuse. Liliane imagine sans difficulté ce que l'expression signifie. Lorsqu'elle passe près de la Deuxième Avenue, derrière les commerces de la Front Street, il lui arrive de frémir en apercevant les filles qui s'y tiennent bien en vue. Elles s'y font houspiller ou même battre, et pas toujours par leurs clients. Heureusement, la plupart d'entre elles travaillent à leur compte. Elles n'ont pas de « patron » ni de « Madame », comme on appelle ici les tenancières de bordel. Cette situation semble leur assurer un sort meilleur.

– En tout cas, continue Dolly qui n'a pas cessé son bavardage, avec Hans, je suis certaine de manger trois repas par jour. Il est mon seul et unique client. Je veux dire… Ce n'est pas vraiment un client. Pas comme les autres, en tout cas. Ce que je veux dire, c'est que je n'ai plus besoin de… Enfin, tu comprends.

Oui, Liliane comprend. L'espace d'un instant, elle établit un parallèle troublant entre sa situation et celle de son amie. Quand elle négocie avec Mr. Berton, c'est un peu elle-même qu'elle vend. Et elle aussi préférerait être à son compte. En toute autre circonstance, Liliane serait gênée de se comparer ainsi à une prostituée. Mais le Klondike commence à changer sa façon de voir la vie. D'où sa bonne humeur et le contentement qu'elle ressent de constater que Dolly se tire bien d'affaire elle aussi.

– C'est pour ça que je suis en ville aujourd'hui, conclut Dolly. Hans m'a envoyée faire des courses. Je repars demain…

Elle s'interrompt, traversée par une idée qui la rend plus enthousiaste encore :

– Dis donc… Pourquoi ne viendrais-tu pas passer quelques jours avec nous ? Tu verrais de quoi ça a vraiment l'air une mine d'or.

« Voilà une occasion à ne pas laisser passer », se dit Liliane. Aux dernières nouvelles, le ruisseau Eldorado semble offrir les plus riches gisements aurifères de la région. C'est dans ce coin-là, d'ailleurs, que prospectait le *cheechako* Saint-Alphonse quand il a fait sa découverte. Liliane se rappelle tout à coup une phrase de Mr. Noonan. « Il est toujours préférable de rapprocher un commerce de ses clients. » N'est-ce pas justement ce que s'apprête à réaliser Mrs. Mulroney ?, offrir aux nouveaux riches une occasion facile pour dépenser cette poudre d'or et ces pépites récemment sorties de terre.

– C'est loin ? demande-t-elle en calculant mentalement ce qu'il lui faudrait pour se relancer en affaires.

– Une quinzaine de milles. La cabane de Hans est un peu petite, mais il possède toujours sa tente. On t'installera juste à côté pour la nuit. Je suis certaine que ça va te plaire.

D'un sourire radieux, Liliane accepte l'invitation. Bien que la conversation se poursuive, les mots de Mr. Noonan lui reviennent encore. «Pour se lancer en affaires, il faut tout d'abord explorer le terrain, étudier la situation, les conditions de vie des clients, leur capacité de payer. Ensuite on peut envisager d'entreprendre une aventure commerciale viable. »

*

Elle s'était imaginée assise sur le traîneau, le vent lui effleurant les joues, lui caressant les cheveux. Elle avait rêvé du paysage, de la forêt dense d'un vert sombre, du chant des oiseaux meublant le silence. Et elle s'attendait à faire le voyage entre Dawson et les *claims* en quelques heures. Comme elle s'était trompée! La réalité, moins idyllique, lui rappelle qu'elle vit désormais dans le Grand Nord. La forêt s'avère peuplée de sapins chétifs et de trembles dont le feuillage, surpris par l'hiver, a tourné au jaune blafard et pris une texture mollasse. Le vent lui pique les yeux rugit avec une violence telle qu'il l'empêche d'entendre le chant des oiseaux, si oiseaux il y a encore dans cet hiver âpre et précoce. Que dire de l'Eldorado, sinon qu'il est plus éloigné que Liliane ne l'aurait cru? Le Klondike est si vaste quand on l'explore à pied. Parce que c'est en marchant que les deux femmes s'en vont chez le Suédois, suivant un traîneau chargé à ras bord de provisions de toutes sortes.

– Tu n'as encore rien vu! répond Dolly lorsqu'elle l'interroge sur la distance qu'il leur reste à parcourir. Le cercle polaire, ça c'est loin. Par comparaison, le ruisseau Eldorado est juste à côté.

« Juste à côté. » Dolly et elle n'ont certainement pas les mêmes critères pour évaluer les distances. Mais, quand on y pense, n'importe quelle destination paraîtrait lointaine avec la neige qui tombe et qui, soufflée par le vent, ne semble jamais vouloir se poser. On dirait un voile mouvant, un rideau de blanc qui rend flou le paysage. Si on y ajoute la morsure du froid, il n'est pas surprenant que la route semble longue. Heureusement que le sol est gelé. Les traîneaux et les hommes qui y défilent jour après jour ont damé le sentier, ce qui permet à Liliane de poser un pied devant l'autre sans craindre de s'enfoncer jusqu'aux mollets.

Les deux femmes ont quitté Dawson à sept heures du matin. Elles ont d'abord longé la rivière Klondike sur près d'un mille, avant de la traverser pour remonter un de ses affluents. Baptisé Bonanza par George Carmack, le premier à découvrir de l'or au Klondike, l'étroit ruisseau sillonne une large vallée bordée de monts arrondis. Les sommets, couverts de sapin, forment une chaîne continue depuis le confluent et s'étirent vers le sud, apparaissant dans la neige tantôt comme une ombre, tantôt comme une muraille infranchissable.

De temps à autre, entre deux collines, un cours d'eau plus petit vient rejoindre le Bonanza sous la glace. C'est en bordure de l'un d'eux que Dolly immobilise le traîneau aux alentours de midi.

– Pourquoi est-ce qu'on s'arrête ? l'interroge Liliane en la voyant attacher les chiens à un arbre.

– C'est l'heure de dîner pour tout le monde.

À ces mots, elle jette aux bêtes un morceau de viande gelée et s'éloigne du sentier, Liliane sur les talons. À une dizaine de verges du ruisseau, se dresse une cabane de bois pas plus grande qu'une chambre à coucher. Le toit de terre et de foin, parsemé de neige, semble sur le point de s'effondrer. De l'unique fenêtre obstruée par un sac de toile, proviennent par à-coups des rires joyeux. Liliane n'arrive pas à croire que quelqu'un puisse de son plein gré habiter un refuge aussi précaire. Sans retirer sa mitaine, Dolly frappe trois fois. À l'intérieur, tous se taisent.

– Mr. Walter? appelle-t-elle à la fenêtre. C'est Dolly.

– Dolly? fait une voix éraillée. Comment ça, Dolly? Je ne connais pas de Dolly qui vit par ici.

L'homme continue de s'interroger, et Liliane n'est pas surprise de découvrir un vieillard lorsque la porte s'ouvre enfin.

–Ah oui! Dolly! Comment allez-vous, chère enfant? Il paraît que vous alliez à Dawson aujourd'hui. Comment était le sentier?

Le vieil homme arbore une chevelure en bataille, mais un menton aussi glabre que s'il arrivait de chez le barbier. Au milieu des rides qui strient son visage étincellent deux yeux gris, vifs et brillants.

– J'en reviens tout juste, confirme Dolly en désignant le traîneau. J'ai fait des courses pour Hans. Les chemins sont beaux.

Le vieil homme secoue la tête avec une indulgence moqueuse.

– Le Suédois creuse toujours sur la colline, c'est ça?

– Évidemment. Vous le connaissez, il est convaincu qu'il y a de l'or là-haut.

Une voix s'élève tout à coup du fond de la cabane.

– Ferme donc la porte, Walter! On gèle ici.

Agacé, Walter roule les yeux et réplique sur le même ton:

79

– Un peu d'air frais ne vous fera pas de mal, les gars.

Puis, se tournant vers Dolly, il ajoute :

– Mais entrez, Miss. On s'apprêtait justement à se mettre à table.

Dolly s'empresse de lui présenter sa compagne, demeurée jusque-là en retrait :

– Mr. Walter, commence-t-elle avec une fierté exagérée. Voici mon amie Lili. Lili Klondike. Elle vient passer quelques jours sur le *claim* de Hans.

L'homme étire le cou et ne cache pas sa surprise de découvrir une autre femme sur le seuil. D'un geste brusque, il s'essuie la main sur la chemise la plus rapiécée que Liliane a vue de sa vie. Il lui tend ensuite une paume rougie et écorchée.

– Lili Klondike, répète-t-il. Du Sourdough's Café ?

Liliane sourit, amusée que sa réputation soit parvenue jusqu'ici.

– Appelez-moi simplement Lili, dit-elle en lui rendant sa poignée de main.

L'homme incline poliment la tête et s'écarte de l'entrée.

– Alors, soyez la bienvenue chez moi, Miss Lili. Vous aussi, Miss Dolly. Vous devez avoir faim à l'heure qu'il est ! Joignez-vous donc à nous, j'ai préparé la meilleure soupe de tout le Nord.

Il se tourne vers Liliane et précise :

– Peut-être pas de tout le Nord. Disons des environs au moins. Mais venez donc ! Venez, venez !

Il leur fait de grands signes de la main, et les deux femmes obéissent. L'intérieur de la cabane se révèle aussi rustique que l'extérieur. À droite de la porte se trouve une plateforme construite à quatre pieds du sol. Liliane conclut qu'il s'agit du lit et évalue à une demi-douzaine les four-rures servant de matelas et de couvertures. À gauche se dresse une table à tréteaux autour de laquelle sont installés deux hommes aussi pauvrement vêtus que Walter, et aussi bien rasés. Pour s'asseoir, chacun se prend une bûche dans la caisse de bois de chauffage. Les murs sont traversés par une rangée de clous auxquels on a suspendu des casseroles, des ustensiles, des vêtements. Puis, tout au fond de la cabane trône le fameux poêle, chauffé à bloc, et dont le tuyau de cheminée rougeoie dangereusement. Liliane s'en approche, tend les mains et ferme les yeux, savourant l'air chaud qui lui caresse le visage. Un vrai bonheur après une si longue route au grand vent.

Quelques minutes plus tard, elle a enlevé son manteau et est attablée avec Dolly et les hommes, qui racontent, chacun leur tour, les derniers commérages de la région. La soupe est accompagnée d'un pain lourd que Liliane avale pourtant comme s'il s'agissait d'une fine pâtisserie. Et l'heure passe sans qu'elle s'en aperçoive. Lorsque d'autres visiteurs comme elles frappent à la porte, les deux femmes ont terminé leur repas. Dolly bondit sur ses pieds avant même que Walter ait eu le temps d'ouvrir.

– Viens, Lili, lance-t-elle en enfilant son manteau, nous allons laisser la place aux autres. Merci pour ce bon dîner, Mr. Walter.

Leur hôte s'est levé lui aussi et serre avec affection la main que lui tend Liliane.

– Revenez quand vous voudrez, mesdames. Il y aura toujours une bûche pour vous dans la cabane du vieux Walter.

L'homme les précède et ouvre la porte avec cérémonie.

– Si c'est pas Saint-Alphonse! s'exclame-t-il en invitant le nouveau venu à entrer. Quel bon vent t'amène si bas dans la vallée, *cheechako*?

Liliane ne comprend pas pourquoi la question provoque une telle hilarité chez ses compagnons. Elle doit par ailleurs croire Walter sur parole quand il affirme reconnaître Saint-Alphonse sous le parka, les foulards et la barbe longue couverte de givre. La voix qui répond confirme cependant que le vieux mineur ne s'est pas trompé :

– Je reviens de Dawson, déclare Saint-Alphonse en se dirigeant à son tour vers le poêle.

Ce n'est qu'en retirant son capuchon bordé de fourrure qu'il aperçoit enfin Dolly et Liliane. Il leur adresse un bref salut avant que ses yeux se plissent, moqueurs.

– Ce sont vos chiens, là, dehors? demande-t-il à Liliane.

Celle-ci hoche la tête, mais n'a pas le temps de répondre.

– Ils sont à Hans, corrige Dolly.

– Eh bien…

Sur un ton faussement offensé, il prend l'assemblée à témoin :

– Vous direz au Suédois qu'il me doit un cuissot de chevreuil. Ses chiens ont sauté sur la viande que je venais tout juste de donner aux miens.

– Il fallait attacher les vôtres plus loin, le taquine Dolly.

Le vieux Walter et ses compagnons s'esclaffent. Saint-Alphonse lance un clin d'œil complice à Liliane.

– Il n'y a rien à faire, soupire-t-il en français au moment de s'asseoir. On ne gagne jamais avec elle.

Liliane ne s'attarde pas à la langue utilisée, car les propos l'ont embarrassée. Elle repense au métier de Dolly et à la familiarité avec laquelle les hommes discutent avec elle. Dolly lui a pourtant affirmé qu'elle habitait avec le Suédois. Se peut-il qu'elle continue à « travailler » quand même ? Liliane se sent tout à coup mal à l'aise d'être là, entourée d'inconnus aussi avenants. Et s'ils se méprenaient sur son compte ? Personne, cependant, ne semble remarquer sa gêne. Encouragé par un public enthousiaste, Saint-Alphonse décrit le vol de la viande destinée à ses chiens. D'un mouvement inconscient, il lisse ses cheveux vers l'arrière. Ce geste met en évidence trois doigts manquants à la main droite. Soudain submergée par une vague de pitié, Liliane ne peut s'empêcher de fixer l'espace laissé vacant par la mutilation. C'est alors qu'elle découvre que Saint-Alphonse l'observe, lui aussi. Pendant un court instant, leurs regards se croisent et, pour éviter qu'il ne devine ce qu'elle ressent, elle détourne la tête.

– Combien vous devons-nous pour le dîner, Mr. Walter ? demande-t-elle pour changer de sujet.

– Rien du tout, Miss, rétorque l'homme en lui serrant la main encore une fois. C'est moi qui vous ai invitées.

– Mais nous nous sommes arrêtées…

Liliane est gênée à l'idée d'abuser de l'hospitalité d'un vieux mineur alors que la famine menace le Klondike. Surtout qu'elle n'est plus pauvre maintenant. Elle s'apprête donc à insister, mais Walter l'en empêche.

– Vous aurez le même accueil partout dans le coin, Miss Lili. Ici, ce n'est pas comme dans le Sud. On partage. Chacun sait que lorsqu'il ne lui restera plus rien à manger, il y aura toujours quelqu'un pour lui en donner. On appelle ça l'esprit du Grand Nord.

– Voilà qui est bien dit, Walter! raille immédiatement Saint-Alphonse. Et je vais m'assurer que tout le monde dans le coin se souviendra de ça et te le rappelle en temps voulu.

Walter lui jette un regard contrarié avant de revenir à Liliane.

– Vous êtes la bienvenue chez moi n'importe quand, Miss Lili. Vous aussi, Miss Dolly. Et expliquez donc au Suédois que l'or se trouve au fond, pas en l'air.

Les hommes rient encore une fois. Dans son enthousiasme, l'un d'eux assène un coup de poing amical sur l'épaule de Saint-Alphonse en répétant:

– Au fond, Saint-Alphonse! Pas en l'air!

Liliane ne saisit toujours pas l'allusion, mais salue l'assemblée avant de quitter la cabane pour rejoindre Dolly dans la pénombre froide du jour. Ce n'est que lorsqu'elles sont toutes les deux hors de portée de voix que Liliane pose enfin sa question.

– Qu'est-ce que ça signifie, l'or qui est en l'air?

Dolly hausse les épaules et détache les chiens.

– C'est parce que Hans creuse là-haut, sur la colline. Et Saint-Alphonse aussi. Mais les vieux mineurs, les *sourdoughs*, comme on les appelle ici, ne cessent de se moquer d'eux. Ils affirment que l'or est toujours au fond des vallées, au niveau des ruisseaux. Jamais dans les hauteurs.

Liliane assimile l'information.

– Et que dit le Suédois?

– Qu'on découvre de l'or sous terre à toutes les altitudes.

– J'étais là quand Saint-Alphonse est venu enregistrer son *claim* à Dawson, souffle Liliane. Il me semble que c'était sur une colline qu'il en avait trouvé.

Liliane revoit les chiens, la course sur la Front Street et le *cheechako*, debout devant le bureau d'enregistrement, retirant son bonnet. Six mille dollars en dix jours, avait dit l'homme le plus laid du Klondike.

– Exactement, approuve Dolly. Saint-Alphonse et ses deux associés prospectaient au-dessus du ruisseau Eldorado. C'est pas loin, je te montrerai quand on passera devant. Les *sourdoughs* répètent que ces trois *cheechakos* ont été chanceux, que leur découverte est un hasard. D'après eux, l'or est trop lourd pour se trouver dans les hauteurs. Il ne peut donc pas y en avoir sur les collines. Mais Saint-Alphonse et Hans sont convaincus du contraire. C'est pour ça qu'ils continuent de creuser. Depuis quelques semaines, Saint-Alphonse s'est même installé sur le vallon à l'ouest de la fourche. Alors, je te dis que les *sourdoughs* ne manquent pas une occasion pour se payer sa tête. Et celle de Hans aussi. L'avenir nous dira bien qui a raison et qui a tort.

Liliane acquiesce, mais ce n'est pas l'emplacement précis de l'or qui la préoccupe. C'est plutôt l'attitude généreuse de Walter.

– C'est vrai, cette histoire d'esprit du Grand Nord? demande-t-elle lorsqu'elles reprennent le sentier.

L'inquiétude a dû modifier le timbre de sa voix parce que Dolly sent le besoin de la rassurer :

– Ne te tracasse pas pour ton restaurant, Lili. Ce n'est pas tout le monde qui mange gratis chez Walter. Si on est une femme, ou si on sait raconter des histoires, ou si on joue d'un instrument de musique, il y a des chances pour que la soupe ne coûte rien. Autrement, Walter sort sa balance, comme tout le monde dans le coin.

Ces propos apaisent Liliane. «Walter sort sa balance comme tout le monde dans le coin.» Voilà qui est fort encourageant. Elle s'imagine donc agissant de même dans son propre restaurant.

Dans la vallée, la neige a cessé, ne laissant au sol qu'une fine poussière blanche que le vent soulève en poudrerie. Les montagnes environnantes sont de nouveau bien visibles, et le sentier crisse sous les pieds.

– Manger gratis chez Mr. Walter, soupire Liliane en attachant plus solidement son écharpe autour de son cou. Voilà bien le seul avantage qu'ont les femmes au Klondike!

À côté d'elle, Dolly pouffe de rire en la prenant par les épaules.

– Si tu crois que c'est le seul, Lili, c'est que tu n'as pas encore compris à quel point tous t'admirent. À mon avis, mieux vaut être une femme si on veut ouvrir un restaurant par ici. Les hommes auront plus envie d'y aller si la propriétaire n'a pas de barbe et ne crache pas par terre toutes les dix minutes.

Liliane rigole à cette image et, parce que les hommes, justement, se font de plus en plus nombreux sur leur chemin, elle se voit forcée de donner raison à Dolly. Il y a peut-être certains avantages, finalement, à être une femme au Klondike.

*

Partout dans la vallée, le terrain a été divisé, fouillé et retourné. Des montagnes de gravier s'accumulent

86

près des puits de mine dont on ne voit que le pourtour délimité par des madriers. Des cabanes de rondins, ici et là quelques tentes, jonchent les rives du ruisseau Bonanza, aux endroits où la forêt a disparu pour faire place à la prospection aurifère. Le plus étrange, aux yeux de Liliane, ce sont les conduits rectangulaires, assemblage de planches minces et lisses, qui forment une sorte de canalisation striant la vallée d'un bout à l'autre. Partant d'un amas de terre durcie et de cailloux grossiers, ces tuyaux rudimentaires s'inclinent tout doucement, tantôt perpendiculaires, tantôt parallèles au Bonanza. Il est évident que l'utilisation de cet équipement nécessite un apport en eau. Puisque le ruisseau est gelé, Liliane n'a pas espoir de les voir à l'œuvre avant des mois.

Depuis qu'elle a quitté Dawson, Liliane reconnaît partout les odeurs et les sons de l'hiver québécois. Le parfum des résineux, de l'air vivifiant, le piaillement des oiseaux, le murmure qui suit le départ précipité d'un écureuil, d'un chevreuil, d'un lièvre, le grincement des arbres qui s'arquent sous la bourrasque. Mais le couinement métallique des treuils qui remontent le gravier à la surface du sol trouble depuis une heure le caractère feutré de la saison. Il s'ajoute à la voix lointaine des hommes, à leurs rires aussi, parfois, pour former une rumeur discrète, mais impossible à ignorer. Comme si toute la vallée était habitée par des êtres invisibles et affairés.

Lentement, le ruisseau Bonanza s'élargit, frôlant de temps en temps le pied des collines, mais le plus souvent errant au beau milieu du val. Vers trois heures de l'après-midi, la fourche apparaît. Une bien maigre fourche, à vrai dire, car il s'agit du confluent de deux ruisseaux, pas de deux rivières. Le Bonanza arrive de l'est dans la vallée principale, alors que l'Eldorado provient d'un creux entre deux vallons au sud. Ici et là s'élèvent quelques constructions sommaires et quelques tentes, et, partout, ces étranges canalisations de bois. De la main, Dolly désigne à droite une colline sur laquelle se dresse une cabane isolée.

– C'est là-haut que Saint-Alphonse fouille en ce moment. Et là-bas...

Elle attire l'attention de Liliane sur un puits circonscrit de billots de bois ébranchés :

– ... là-bas, c'est la mine où lui et ses associés ont trouvé leurs premières pépites. Les deux autres gars y creusent toujours, comme tu peux le voir. Mais moi, je me dis que si Saint-Alphonse cherche ailleurs, c'est parce que le *claim* ne doit pas être tellement payant.

– C'est peut-être pour ça qu'on se moque de lui, suggère Liliane en étudiant les lieux.

– Peut-être...

Il n'y a pas à dire, Mrs. Mulroney a du flair. Les hommes qu'on devine dans les mines sont probablement prêts à payer une fortune pour un repas chaud et un verre de whisky à quelques minutes de marche. Et cette fortune, Liliane est bien décidée à en profiter elle aussi.

CHAPITRE VII

Trois semaines se sont écoulées depuis que Rosalie a découvert le secret de Dennis-James. Malgré le temps qui a passé, elle ne lui a toujours pas pardonné son mensonge. Elle n'arrive plus à dormir dans le même lit que lui ni à supporter ses mains sur elle. Leurs nuits dans la petite chambre à l'étage du saloon sont désormais insoutenables et, aujourd'hui, Rosalie a décidé que les choses allaient changer.

Ce matin, elle s'est habillée le plus sobrement possible, a enfilé des escarpins et un châle. Elle traverse maintenant le couloir et frappe à la porte du bureau de Soapy Smith. La voix grave qu'elle connaît bien lui ordonne d'entrer, ce qu'elle fait sans hésiter.

Smith est installé à un secrétaire en acajou. Derrière lui, les rideaux laissent filtrer la lueur glauque des hivers du Nord. Une lampe à pétrole brûle sur le coin du meuble et répand un halo doré et chancelant sur le papier peint du mur.

– Asseyez-vous, je suis à vous dans un instant.

Il est penché sur une colonne de chiffres. Rosalie le voit additionner puis inscrire le total sous une ligne horizontale. Elle s'installe dans le fauteuil destiné aux invités et admire le raffinement du mobilier, les riches reliures des livres et les bagues qui scintillent aux doigts de Soapy Smith. Il émane de ce bureau une telle richesse et une telle puissance que Rosalie se sent tout à coup intimidée et regrette un peu sa témérité. Est-elle assez solide pour demander l'aide d'un homme aussi influent et dangereux que Smith? Elle se mord la lèvre inférieure en songeant aux arguments qu'elle pourrait utiliser.

– Voilà! s'exclame-t-il enfin. J'ai terminé. Que puis-je faire pour vous, Mrs. Peterson?

Comme ce nom, qui lui plaisait tant il y a quelques semaines à peine, l'exaspère aujourd'hui! Elle ose rectifier la situation:

– Appelez-moi Lili, Mr. Smith.

– Très bien, alors, Miss Lili. Comment puis-je vous aider?

– Je cherche du travail.

Voilà, c'est dit. Rosalie peut lire sur le visage de son interlocuteur les interrogations que cette phrase a fait naître. Pourquoi la femme d'un de ses employés désire-t-elle travailler?

– Trouvez-vous que votre mari est insuffisamment payé?

Pour une fois, Rosalie a été prévoyante. Elle a déjà la réponse à cette question.

– Pas du tout, monsieur. Je veux seulement me changer les idées. Les journées sont longues, dans cette chambre, à attendre que l'hiver passe. Vous savez que je me débrouille bien avec les casseroles, et je me demandais si vous aviez besoin d'une cuisinière dans l'un ou l'autre de vos restaurants.

Elle frissonne sous le regard perçant que lui jette Soapy Smith.

– Mais, vous vous trompez, dit-il lentement. Je ne possède pas de restaurants.

Un sourire cynique s'esquisse alors sur son visage, et Rosalie prend conscience des enjeux. Elle n'est pas assez prudente. Il faut peser chaque mot, évaluer les conséquences de chaque phrase.

– Dans ce cas, pensez-vous qu'un de vos amis ou un de vos associés aurait un emploi à me proposer?

Voilà qui est mieux, songe-t-elle en retrouvant son assurance.

– Je n'en sais rien, Miss Lili. Mais si c'est du travail que vous voulez, je peux vous en offrir ici même.

Rosalie écarquille les yeux, surprise.

– Auriez-vous l'intention de servir des repas dans votre saloon? demande-t-elle, dissimulant du mieux qu'elle peut l'appréhension qui grandit en elle.

– Pas du tout. Mais j'ai toujours besoin de filles pour le *dance hall*. Votre *mari* ne verra pas de mal à ce que vous fassiez quelques tours de piste avec un client avant de prendre un verre au bar avec lui.

Sur le coup, Rosalie demeure bouche bée. Soapy Smith est-il vraiment en train d'insinuer ce qu'elle comprend? Soudain, l'évidence lui saute aux yeux. Ce n'est pas la première fois qu'il lui propose une telle chose, mais auparavant, il se montrait plus prudent, moins arrogant aussi. Que signifie cette façon railleuse de prononcer le mot *mari*? Après un bref silence, la parole revient à Rosalie sous la forme d'un torrent d'indignation:

– Il faut vraiment être effronté pour me faire une offre pareille! s'écrie-t-elle en bondissant de sa chaise.

Pour qui me prenez-vous, Mr. Smith? Sachez que je ne suis pas une de ces filles qui traînent dans vos bars. J'ai trop de fierté pour me vendre de la sorte.

Elle se tient bien droite devant le bureau et le toise d'un regard outré. Puis elle tourne les talons et s'en va.

– Quand je pense que je suis venue vous voir de bonne foi! rage-t-elle en s'éloignant. On ne m'y reprendra plus. Non, je vous le dis, on ne m'y reprendra plus. Moi, une prostituée? Franchement, vous n'avez aucun scrupule.

La chaise de Soapy Smith grince sur le plancher lorsqu'il se lève à son tour. Rosalie entend sa voix insistante, presque menaçante:

– Vous vous méprenez, Miss Lili. Il ne s'agit pas de travailler au bordel, mais au saloon, ce qui est beaucoup mieux... Au dire des filles, du moins.

Rosalie s'est retournée et pose sur lui des yeux plissés et sombres comme l'enfer.

– Je ne suis pas davantage une fille de saloon, dit-elle en appuyant sur chaque syllabe. Je suis une cuisinière, Mr. Smith. Et je vais m'en tenir à ce métier.

Sur ce, elle pivote et franchit la porte, les poings et les dents serrés. S'il y a une leçon à apprendre à Skagway, c'est bien qu'il ne faut accorder sa confiance à personne. Elle l'avait pourtant apprise, cette leçon, lors de son arrivée en ville l'été précédent, mais, aujourd'hui, elle peut dire qu'elle l'a complètement assimilée. Ici, chacun fait cavalier seul. Chacun, tout le temps.

*

– Veux-tu bien me dire qu'est-ce qui t'a pris?

Dennis-James vient d'abattre son poing sur la table, furieux. Sa voix n'a plus rien de mélodieux ni de charmant. C'est la voix d'un homme qui se sent trahi.

– Maintenant, poursuit-il sans baisser le ton, il se doute qu'on n'est pas mariés et il a décidé que tu travaillerais pour lui au bar. Il m'a annoncé qu'il augmentait le prix de la chambre à partir d'aujourd'hui.

Assise sur le bord du lit, Rosalie est sous le choc. Elle a sursauté quand Dennis-James est entré en coup de vent, quand il a claqué la porte derrière lui, quand elle l'a vu lancer sa veste sur la table et se défouler contre les meubles. Elle l'a craint aussi, pendant un court instant. Et alors qu'il lui explique les raisons de son courroux, elle n'en revient tout simplement pas. Jamais elle n'avait pensé que Soapy Smith pourrait se montrer aussi perfide avec eux.

– Ça ne se fait pas de forcer les gens comme ça! s'exclame-t-elle, l'échine soudain parcourue d'un frisson d'effroi.

– Il n'y a rien dans cette ville qui échappe à Soapy, rétorque Dennis-James sans décolérer. Tu ne t'es pas encore rendu compte de ça?

Rosalie acquiesce d'un hochement de tête silencieux. Évidemment qu'elle s'en est rendu compte. Elle est au courant pour les vols, les meurtres même, mais quelque part, une petite voix lui répétait constamment qu'elle était à l'abri de tout ça.

– Il ne m'aura pas!

Elle a lancé cette phrase en se redressant, les poings sur les hanches dans une attitude déterminée.

– J'ai tenu tête à bien pire que lui.

Elle se souvient de ses querelles avec ses parents, puis avec ses patrons. Elle se souvient du danger, compagnon habituel de la femme qui vit seule. Elle a tenu tête à bien pire, se répète-t-elle en elle-même, davantage pour se donner du courage que pour s'en convaincre.

– Tu ne sais pas de quoi tu parles, Lili, soupire Dennis-James en s'affalant enfin sur une chaise. Et puis la question n'est pas là. Pourquoi voulais-tu à ce point travailler ?

Pendant une fraction de seconde, Rosalie a envie de le rejoindre, de se blottir dans ses bras. Elle a peur, tout à coup. Peur de ce que lui réserve ce bandit de Soapy Smith. La complexité de leur situation la ramène cependant à l'ordre. Dennis-James n'est pas son mari. Plus jamais elle ne se laissera attraper dans ses pièges. D'ailleurs, il semble qu'elle ne puisse plus compter sur lui pour la soustraire à l'emprise de Smith. Assis sur sa chaise dans la pénombre de leur chambre, les épaules voûtées et les bras ballants de chaque côté du corps, Dennis-James paraît plus démuni qu'elle. Dans ces conditions, Rosalie n'a pas le choix. Si elle veut s'en sortir, elle doit prendre les choses en main. Elle a confiance en ses propres capacités. C'est pour cela qu'elle n'a pas à rendre de compte à Dennis-James. Rien ne les lie désormais. Rien, sauf l'adversité, encore une fois.

– J'ai besoin de m'occuper. Je trouve les jours longs, seule dans cette chambre à attendre que tu reviennes.

Elle lui ment effrontément et elle sait qu'il le sait. Elle ne l'attend plus depuis qu'elle a appris la vérité. Elle ne l'attend plus parce qu'elle n'a plus confiance en lui, ne l'aime plus. Ce constat est en lui seul une délivrance. Si elle veut à ce point travailler, c'est seulement pour ne plus dépendre de lui, pour pouvoir partir quand le moment lui semblera favorable.

– Tu nous as mis dans le pétrin, Lili. Et tu n'as pas idée à quel point.

– La situation ne peut être pire qu'elle l'était. Surtout entre nous.

Elle l'a enfin dit. Dennis-James lui a caché son mariage, et elle ne lui pardonnera pas. Cette tension continuera de grandir entre eux et rien ne pourra l'atténuer. Si Dennis-James a compris le reproche, il en fait délibérément abstraction lorsqu'il réplique :

– Mon salaire ne suffira plus à nous faire vivre. La chambre nous coûtera deux fois plus cher à partir de demain. Tu n'as plus le choix de chercher du travail.

– Mais c'est ce que je veux, travailler, justement.

Cette dernière déclaration semble irriter Dennis-James, qui ferme les yeux et pince les lèvres dans le but évident de retenir un nouvel élan de colère.

– Pourquoi ? demande-t-il enfin, après un long soupir de résignation. Que te faut-il de plus, Lili ? N'es-tu pas contente de cette chambre confortable, au chaud, en pleine ville ?

– Je ne suis pas libre !

Elle a presque craché ces mots qui la hantent au point de lui donner des brûlures d'estomac. Maintenant que la vanne de frustrations est ouverte, Rosalie se rend compte qu'elle n'arrive plus à la refermer. Sa vue se brouille. Elle serre les poings et laisse couler le flot de paroles qui jaillit de sa bouche :

– Tu passes tes journées à jouer au poker, tes soirées à jouer du piano. Et moi, j'attends. Je n'en peux plus. Je n'attendrai plus.

– Tu n'es pas juste envers moi ! s'exclame Dennis-James, vexé. Je n'ai pas joué au poker depuis le mois d'août, je te le jure.

Cette déclaration laisse Rosalie perplexe. Il lui a semblé voir son amant autour des tables de jeu bien souvent. Se pourrait-il qu'il ne soit que spectateur ?

– Qu'est-ce que tu fais alors dans le saloon à longueur de journée ?

Dennis-James ne répond pas, mais garde les yeux fixés sur elle. Rosalie attend un mot, une excuse, n'importe quoi, mais Dennis-James demeure coi. Elle poursuit donc :

– Je ne veux plus dépendre de toi. Nous ne sommes pas mariés et nous ne le serons jamais. J'ai l'intention de reprendre ma vie en main, comme je le faisais avant que tu arrives.

L'air effaré, Dennis-James bondit :

– Tu ne comprends pas ! martèle-t-il en arpentant la pièce. Désormais, Soapy ne te laissera plus tranquille. Tant qu'il croyait que tu étais sous ma protection, il n'osait rien contre toi. Si tu affirmes publiquement que tu n'es pas ma femme, que tu veux me quitter, il serait capable de t'enrôler de force dans un de ses bordels.

– Il ne fera rien de tel !

Rosalie s'est levée, elle aussi, et lui fait maintenant face comme elle a fait face à Soapy Smith, plus tôt dans l'après-midi :

– Personne n'a jamais pu me contrôler. Ni toi, ni mes parents, ni mes patrons. Et Smith a moins de chance d'y parvenir que vous tous réunis.

Dennis-James soupire, découragé.

– Tu es inconsciente, Lili. Complètement inconsciente. Je t'assure que Soapy va chercher un moyen pour avoir de l'emprise sur toi. Il ne négligera rien. Tout ce que tu as dit, tout ce que tu as fait. Il va tout remuer dans l'espoir de trouver ta faille. Et quand il la trouvera…

Il laisse volontairement planer le doute sur ce qui pourrait advenir d'elle à ce moment-là. Or, ce court moment de silence, au lieu d'inquiéter Rosalie, provoque son indignation. Il n'est pas question qu'elle cède au chantage, ni à la peur.

– Qu'il essaie! lance-t-elle en levant un menton provocant. Qu'il essaie! On verra bien s'il est aussi puissant qu'on le dit.

Dennis-James secoue la tête comme s'il acceptait une défaite personnelle. Puis, l'air résigné, il attrape sa veste et ouvre la porte pour s'en aller encore une fois. Rosalie le laisse s'éloigner, indifférente à ses sorties nocturnes devenues une habitude depuis quelques semaines. Ce soir cependant, avant de franchir le seuil, il se tourne vers elle, et Rosalie lit sur son visage une inquiétude sincère.

– Fais attention, dit-il doucement en plongeant son regard dans le sien. Il y a des choses étranges qui se produisent en ville. Des gens qu'on retrouve morts. D'autres qui disparaissent. La rumeur veut qu'on ne survive pas si on se met en travers du chemin de Soapy Smith. Et son chemin, en ce moment, passe exactement au milieu de notre chambre.

*

C'est avec une détermination à toute épreuve que Rosalie se rend le lendemain matin dans le plus gros et le plus célèbre restaurant de Skagway, le Pack Train Restaurant. Au début de septembre, les propriétaires, Anton Stanish et Leo Ceovich, recevaient encore les clients dans leur tente, en bordure de la piste. Du temps où elle tenait elle-même son commerce sur la plage, Rosalie les percevait comme des concurrents honnêtes. Ils étaient d'ailleurs venus en personne manger à sa table à plusieurs reprises, histoire sans doute d'évaluer la compétition. Ils avaient apprécié sa cuisine, et elle, la leur. Désormais, alors que novembre est bien entamé, les deux hommes ont élu domicile dans un édifice de bois construit il y a moins de deux mois. Ils réussissent à servir une centaine de clients par jour, et leur réputation est connue jusqu'à Dyea.

Quand Rosalie franchit le seuil du Pack Train Restaurant ce matin-là, elle découvre un intérieur modeste, aussi fruste que ceux de tous les restaurants de la ville. Deux tables bordées de chaque côté par des bancs, une série de clous sur les murs pour suspendre les manteaux. Ici et là, des crachoirs, des cendriers et, partout sur le sol, une fine couche de bran de scie. Bien que l'ambiance soit la dernière préoccupation des propriétaires, n'importe quel client peut se faire servir du champagne, des escargots, des huîtres ou même du caviar, à condition de payer le juste prix. Parce qu'il est tôt en avant-midi, l'endroit est désert. Au moment où la porte se referme derrière Rosalie, un homme sort de la cuisine et va l'accueillir.

– Mrs. Peterson! s'exclame Leo Ceovich en la reconnaissant. Que puis-je faire pour vous?

Ce nom, « Mrs. Peterson », pique Rosalie mieux que ne le ferait n'importe quelle insulte, mais elle se garde bien, cette fois, de corriger son interlocuteur. Elle s'efforce même de sourire en lui tendant la main.

– Je suis venue vous offrir mes services en tant que cuisinière, lance-t-elle d'emblée pour éviter de tourner autour du pot. Je compte reprendre la piste dès sa réouverture, mais d'ici là, j'ai besoin de travailler.

D'abord incrédule, Mr. Ceovich se gratte le menton avant de croiser les bras dans un geste qui cache mal un soudain malaise.

– Je suis désolé, Mrs. Peterson, mais je n'ai pas de travail pour vous.

Rosalie trouve étrange qu'il réponde aussi rapidement. Le restaurant est toujours bondé, il est impensable qu'on n'y manque jamais de personnel.

– Pas même en cuisine? insiste-t-elle. Vous savez à quel point je m'y débrouille.

L'homme continue de se gratter le menton, de plus en plus embarrassé.

– Tout le monde sait que vous cuisinez bien, mais là n'est pas le problème.

– Il est où alors, le problème? Vous avez besoin de moi ou pas?

Il hésite, puis bredouille:

– C'est que... Mr. Walsh est passé hier soir.

Walsh! Mr. Ceovich n'a pas à s'expliquer plus longuement. Walsh, c'est l'homme de main de Soapy Smith, son exécuteur de basses œuvres. Qu'il ait visité le restaurant n'augure rien de bon.

– Il m'a fortement recommandé de ne pas embaucher la femme de Dennis-James Peterson.

Rosalie fulmine. Smith l'a prise de vitesse, mais elle n'a pas dit son dernier mot.

– Merci de votre franchise, Mr. Ceovich, dit-elle en pivotant. Je vais aller voir les autres restaurateurs de Skagway dans ce cas.

L'homme la rattrape alors qu'elle vient de sortir.

– Je vous comprends, Mrs. Peterson, commence-t-il en l'entraînant à l'intérieur, loin des curieux qui pourraient écouter. À votre place, j'agirais pareil. Mais il faut que je vous dise… Walsh a fait le tour hier soir. Il a averti tous les commerçants. Si on vous embauche, il garantit que la clientèle ira ailleurs.

– Vous avez donc peur de lui, Mr. Ceovich ?

Rosalie se montre cynique, presque cruelle, mais qui ne le serait pas dans sa position ?

– De Walsh, pas vraiment, répond le restaurateur. Mais de Smith, oui. Tout le monde a peur de Smith.

– Pas moi.

Rosalie a prononcé ces mots avec plus de conviction qu'elle n'en ressent réellement. Pour ne pas perdre la face. Pour ne pas reconnaître la défaite. Pour ne pas l'admettre devant un autre, à tout le moins.

– Vous êtes bien courageuse dans ce cas, Mrs. Peterson. Courageuse, ou téméraire.

Rosalie ébauche un sourire de défi afin de prouver sa force de caractère, mais ses lèvres n'arrivent à produire qu'un rictus ridicule, une grimace qui traduit davantage son malaise que sa confiance en elle.

– Ce n'est qu'un homme, vous savez, lance-t-elle en soutenant son regard.

Mr. Ceovich écarquille les yeux. Est-il surpris de voir autant de désinvolture chez une si jeune femme ? C'est avec l'assurance de ceux qui ont une longue expérience de la vie loin des villes qu'il ajoute :

– Ce n'est peut-être qu'un homme, comme vous dites, mais c'est un homme très puissant ici. Et même à Dyea. Il paraît qu'au-delà de la frontière son influence diminue, mais on raconte qu'au lac Bennett ses agents continuent certaines de leurs activités. Si j'étais vous, je me ferais discrète. Il n'y a pas de forces de l'ordre dans notre coin de pays. Pas de police, pas d'armée, pas de shérif. L'autorité, à Skagway, c'est Smith. Pour le meilleur… ou pour le pire.

Rosalie l'a écouté avec intérêt. Elle n'avait pas encore vu les choses sous un angle aussi pessimiste. Elle savait sa quiétude menacée, mais pas à ce point.

– Pourquoi me dites-vous tout cela, Mr. Ceovich ? demande-t-elle en se préparant à s'en aller. Ne craignez-vous pas les représailles ?

L'homme agite légèrement la tête.

– Évidemment que je les crains. Mais je vous aime bien, Mrs. Peterson. Je ne voudrais pas qu'il vous arrive malheur, comme à cette femme qu'on a retrouvée assassinée la semaine dernière. Il paraît que c'est son amant qui l'a tuée, mais certains affirment que Soapy avait un œil sur elle.

En entendant ces mots, Rosalie sent un frisson la parcourir. Elle doit prendre appui sur le dossier d'une chaise pour éviter de s'écrouler. Voilà donc de quoi parlait Dennis-James la veille au soir. Ce n'était pas une menace, mais un avertissement. Une mise en garde contre les dangers auxquels elle s'exposait. Le regard de Soapy Smith lui revient, avec son rictus horrible, ténu mais effrayant.

Décidément, Skagway possède tout de l'enfer. Même le démon.

Elle a parcouru la ville dans tous les sens, fait tous les restaurants, toutes les auberges, toutes les buanderies. Elle s'est même aventurée dans les boutiques, la boucherie et jusque chez le forgeron. Partout la même réponse. Il n'y a pas de travail pour elle. La conclusion s'impose d'elle-même : Soapy Smith a le bras long, comme le disait si bien Mr. Ceovich en lui prédisant qu'on ne l'embaucherait nulle part.

« Voilà ce qui arrive quand on dépend d'un homme », songe Rosalie en errant dans la ville, humiliée, révoltée à l'idée de rentrer bredouille à la chambre. Comment Dennis-James réagira-t-il lorsqu'il apprendra qu'elle n'a pas trouvé de travail ? La forcera-t-il à offrir ses services à son patron ? Rosalie préférerait crever de faim plutôt que de s'abaisser de la sorte.

La neige tombe encore sur Skagway, ce qui rend la marche difficile dans la pénombre quotidienne. Chaussée de ses mocassins, Rosalie déambule avec prudence, évitant les trottoirs glissants, les flaques d'eau traîtresses et les hommes de Smith qui la surveillent où qu'elle aille. Les muscles tendus, elle soutient leur regard avec un air provocateur. Que l'un d'eux s'avance pour la narguer, et elle lui explosera au visage. Que l'un d'eux sorte une arme pour la menacer, et elle brandira ce pistolet qui gonfle à nouveau la poche de sa jupe. Depuis son retour à Skagway, Rosalie avait pris l'habitude de laisser son revolver à la chambre. Jamais l'idée ne lui était venue que sa vie pouvait être en danger. Aujourd'hui cependant, elle apprécie la sensation qu'engendre le canon contre sa cuisse. Elle se sent en sécurité. Son attitude trahit tellement d'arrogance et d'assurance que personne, même le plus téméraire des hommes de Smith, n'oserait l'aborder de peur de causer un scandale. Elle le sent et elle se sait capable de prendre la parole pour dénoncer l'injustice dont elle est victime. Elle conserve donc cette démarche ferme et ce regard acéré, même si une voix en sourdine lui murmure qu'elle doit être prudente, que sa vie est vraiment menacée.

Quelle n'est pas sa surprise de découvrir, tout au bout de la rue Broadway, une enseigne annonçant le bureau du docteur McManus! L'écriteau a été planté à la hâte dans la neige devant une nouvelle construction de bois. Après son débarquement en catastrophe, après les multiples vols dont il a été victime, le médecin de Seattle aurait-il repris son aplomb? Cette idée la réconforte. Elle veut croire que la foudre ne tombe jamais deux fois au même endroit. Enfin, peut-être deux, mais certainement pas trois. D'un pas décidé, elle s'approche de la porte et y frappe trois petits coups secs qui résonnent aux alentours.

– Entrez, c'est ouvert!

Rosalie s'exécute. Après avoir franchi le seuil, elle se retrouve dans un étroit vestibule fraîchement peint. Cette maison doit être la seule construction de tout Skagway à posséder une sorte de salle d'attente à l'entrée. Rosalie retire son manteau, le suspend à un crochet et pénètre dans la pièce adjacente. Le docteur McManus apparaît alors devant elle, radieux et souriant.

– Chère Mrs. Peterson! Quel bon vent vous amène chez moi? Vous n'êtes pas malade, j'espère?

Rosalie n'en revient pas de la transformation. L'homme n'a plus rien de l'être rustre qu'elle a laissé à sa tente il y a deux semaines. Il est vêtu d'une façon élégante: un trois-pièces sombre, une chemise impeccable, des chaussures cirées. Son visage est rasé de près. Elle reconnaît maintenant les traits du médecin de Seattle. Un peu décontenancée, elle balbutie une réponse:

– Je ne suis pas malade. J'ai vu l'écriteau et je…

– Ah oui, l'écriteau! Quelle bonne idée vous avez eue! Depuis que j'ai décidé de m'établir ici, les affaires vont bon train. Mais, dites-moi, vous prendrez bien une tasse de thé?

La chaleur de cet accueil apaise l'esprit tourmenté de Rosalie. Elle se laisse entraîner sans mot dire dans le couloir.

– J'ai tout ce qu'il faut maintenant, poursuit le médecin. Tasses et théière en porcelaine, thé de la meilleure qualité…

Elle le suit docilement, découvrant à droite un bureau, à gauche, une chambre à coucher. Elle traverse ainsi la maison, qu'elle trouve bien meublée, confortable et coquette à souhait.

– Mais… que vous est-il arrivé? demande-t-elle en mettant le pied dans la cuisine. Je vous croyais prêt à repartir pour la civilisation.

Le médecin se tourne vers elle. Rosalie constate à quel point sa visite le ravit. Il a conservé son sourire avenant, et tous ses gestes démontrent une grande amabilité. Où est donc l'être barbu que la fièvre de l'or a jadis transformé en voleur?

– La vie nous entraîne parfois dans de curieux détours, n'est-ce pas? lance-t-il en lui offrant une chaise. Je suis parti pour le Klondike en croyant dur comme fer m'enrichir. Je me suis retrouvé ici pauvre comme le plus pauvre des hommes. Et me voilà de nouveau riche, non pas grâce à l'or, mais grâce à mes talents. Des talents que je possédais et que j'utilisais déjà bien avant mon départ. Voyez-vous, dans cette ville, chacun de mes gestes me rapporte une fortune. Ma mine à moi, finalement, c'est l'isolement de Skagway.

Il rit en mettant de l'eau à bouillir sur un poêle moderne, doté d'un four à pain et de deux ronds pour la cuisson. L'espace d'un instant, Rosalie l'envie d'être si bien équipé. Elle examine la pièce avec plaisir, admire la vaisselle, l'argenterie et même le papier peint sur les murs.

– Comme ça, demande-t-elle toujours incrédule, vous ne partez plus?

– Si les affaires se maintiennent, je ne crois pas que je quitterai un jour cet endroit. Qui penserait à s'en aller dans ces conditions? Skagway a besoin d'un médecin et moi, j'ai besoin de patients. Le parfait amour, quoi!

L'esprit vif, Rosalie attrape la balle au bond.

– Vous ne chercheriez pas une assistante, par hasard? Je voudrais travailler.

Le docteur McManus secoue la tête, l'air réellement navré. Il verse l'eau chaude dans la théière et remet le couvercle avant de s'avancer vers la table.

– Vous m'en voyez désolé, ma chère dame. J'ai de quoi vivre confortablement, mais certainement pas de quoi payer un salaire. Pas pour le moment en tout cas. Pourquoi n'essayez-vous pas les restaurants et les hôtels? Ce n'est pas l'emploi qui manque dans une ville en expansion.

Malgré elle, Rosalie reprend sa moue découragée. Son interlocuteur n'y prête pas attention et remplit une tasse qu'il dépose sur la table, à quelques pouces de ses mains.

– Un peu de lait? Du sucre, peut-être?

Rosalie acquiesce et le laisse préparer le thé comme le faisait Mrs. Wright. Elle aimerait bien lui avouer que les avenues qu'il suggère lui sont interdites, mais elle se retient. Cela ne serait pas décent. De plus, elle s'en voudrait de semer le doute dans l'esprit du médecin. Craindrait-elle Soapy Smith si elle était réellement la femme de Dennis-James? Il lui faut éviter de perdre la face.

– Je n'attends que la réouverture de la piste pour reprendre la route, dit-elle après avoir avalé une gorgée. Toutes mes affaires sont là-haut, à White Pass City. Je cherchais seulement une manière de passer le temps, de gagner un peu d'argent aussi.

Elle banalise sa situation, mais l'homme n'est pas dupe. Elle s'en rend compte lorsqu'il plonge son regard dans le sien avec compassion.

– À vous aussi, la vie a réservé des déceptions, n'est-ce pas?

Rosalie ne répond pas, se contentant de fixer les yeux gris, impassible. Elle aimerait s'épancher, se vider le cœur. Le médecin lui évite cependant de s'abaisser en prenant la parole:

– Si vous connaissez quelqu'un qui se cherche une tente et un peu d'équipement, dites-lui de venir me voir. Je ne veux plus rien avoir à faire avec la White Pass. Je suis chez moi dans cette humble demeure.

Il rit encore une fois, mais il s'agit d'un rire gêné.

– De toute façon, la piste va bien finir par rouvrir.

– Pensez-vous que c'est pour bientôt? s'enquiert Rosalie. On m'a dit que ce ne serait pas avant le printemps.

Son hôte recule sur sa chaise, pensif.

– Il faut attendre que le sol soit gelé. Les rivières aussi, parce qu'elles sont traîtresses. Mais il semble que l'hiver a commencé à faire son travail. C'est ce qu'on raconte. Alors, d'ici un mois, deux tout au plus, vous pourrez reprendre la route si le cœur vous en dit.

Rosalie fait mine de sourire, mais se désole intérieurement. Un mois ou deux encore à attendre. Un mois ou deux à éviter les pièges du Bandit de Skagway.

Chapitre VIII

Liliane n'a fait qu'un aller-retour sur la concession du Suédois, mais ce séjour au confluent des deux ruisseaux les plus riches du Klondike a suffi pour la convaincre. C'est là qu'elle va faire fortune. C'est SA place.

Le soleil ne se montre plus du tout. Depuis deux semaines, le jour est aussi sombre et froid que la nuit. L'absence d'humidité adoucit l'air cependant, et les quelques flocons qui tombent de temps en temps sont balayés par le vent comme une fine poussière. Dans la pénombre, le fleuve Yukon apparaît comme un gigantesque ruban gris. Un ruban de glace qui privera la région de ravitaillement pour les sept prochains mois.

Comme tout le monde, Liliane sent le poids de l'isolement et à la promiscuité dont est victime le Grand Nord. Elle y pense comme elle pensait à la confesse lorsqu'elle vivait chez ses parents : avec un mélange d'assurance et de crainte. Elle est sûre de mener une bonne vie. Une vie sage, stable, à l'abri des dangers, surtout avec sa richesse qui grandit de jour en jour. Mais elle craint un accident, un mot de trop, un geste mal mesuré. Elle craint, par-dessus tout, le destin et la justice divine. Cet or qu'elle recueille dans le bran de scie n'est pas le sien, elle ne peut donc le dépenser impunément. Elle se conforte en songeant que si elle ne le récupérait pas, cet or serait jeté et ne profiterait à personne. En regardant les choses sous cet angle, Liliane arrive à trouver son geste acceptable, à défaut d'être louable. Voilà pourquoi, malgré ce conflit intérieur, elle vit à Dawson comme on vit à Dawson : avec une certaine insouciance.

Le 18 novembre au matin, des cris ameutent la population et, en quelques minutes, une foule s'amasse sur la Front Street, les yeux tournés vers le sud, sur le fleuve. Comme le restaurant se vide d'un coup, Liliane abandonne ses fourneaux, enfile son manteau et rejoint ses clients sur la berge. Des torches ont été allumées pour servir de phare à ceux qu'on devine au loin. Liliane aperçoit tout d'abord une meute de chiens. Derrière eux, deux grandes masses sombres se transforment peu à peu en traîneaux chargés à hauteur d'homme. Cinq silhouettes les accompagnent, saluant, avec de grands gestes, la foule venue les accueillir. Des éclats de voix arrivent enfin jusqu'à la berge. Liliane reconnaît le timbre rude du Suédois et l'accent familier de Saint-Alphonse. À la lueur des flambeaux, cependant, on ne distingue d'eux que les foulards et les fourrures.

Lorsque les traîneaux entament la pente douce qui mène à la rive, les patins glissent de côté. Les chiens peinent à maintenir le fardeau en équilibre, et le chargement penche dangereusement. Une clameur monte de la foule quand le Suédois, Saint-Alphonse et leurs trois compagnons viennent en aide aux bêtes. Aussitôt, une demi-douzaine d'hommes abandonnent leurs torches et se ruent vers les chiens. Ensemble, ils hissent avec succès les attelages sur la Front Street. Des hourras frénétiques s'élèvent de partout. On accueille les nouveaux venus à grandes tapes dans le dos. Les rires fusent, les félicitations aussi.

– Quel exploit, Saint-Alphonse! lance quelqu'un. Il y a bien trois cents milles d'ici au lac.

– Six cents milles avec le retour! rétorque un autre. En pleine noirceur! C'est vraiment un tour de force.

– Qu'y avait-il donc de si important au lac Laberge, Saint-Alphonse? demande une fille de saloon sur un ton taquin. Ce n'est certainement pas pour une femme que tu as fait ce voyage. Tout le monde sait que les femmes ne t'intéressent pas.

Suivent quelques éclats de rire, quelques blagues grivoises. Liliane n'y prête guère attention. Elle n'a retenu que ces mots: le lac Laberge.

– Mes amis étaient coincés là depuis assez longtemps, je trouve.

En entendant le Suédois donner cette explication, Liliane se tourne vers les trois inconnus qui attendent, silencieux, derrière lui. Une bouffée de chaleur l'envahit lorsqu'elle reconnaît à la lueur des flambeaux les yeux clairs et pétillants, la carrure des épaules et la barbe rousse qui fuit sous les foulards. Elle se fraie rapidement un chemin parmi les curieux et l'émotion la submerge quand un des hommes l'interpelle:

– Miss Lili! s'écrie-t-il en retirant son capuchon. Quel plaisir de voir que vous êtes en vie!

Liliane ne pensait jamais sourire en revoyant Percy Ashley, mais c'est ce qu'elle fait spontanément.

– Eh bien, oui! Ça m'a tout l'air qu'elle s'en est sortie, grogne son frère aîné. Mais n'est-ce pas ce que le Suédois t'a déjà dit? Ou tu ne l'écoutais pas. Ou tu ne le croyais pas. Ou tu as juste envie de dire à cette belle fille-là qu'elle t'a manqué.

Le commentaire faussement bourru de Joshua Ashley fait rire l'assistance. Il y a quelques semaines encore, Liliane aurait été embarrassée par le sous-entendu, mais aujourd'hui, la joie qu'elle ressent ne laisse pas de place au malaise. Elle parcourt les dernières verges qui la séparent des frères Ashley et ne résiste pas quand Joshua la prend dans ses bras.

– C'est vraiment bon de vous revoir, Miss!

Il la soulève de terre avec un tel enthousiasme qu'elle en a le souffle coupé. Elle sent les jumeaux se joindre à l'accolade. De grandes mains lui serrer les épaules. Percy apparaît alors à quelques pouces de son visage, et ses yeux, trop brillants, trahissent un réel soulagement. Puis quelqu'un tousse tout près. Les effusions se terminent aussi brusquement qu'elles avaient commencé. Percy et Marvin se détachent les premiers, puis l'aîné relâche son étreinte.

– Comment…? balbutie Liliane en désignant les attelages. Je vous croyais pris au lac jusqu'au printemps.

– Nous aussi, explique Percy, mais le Suédois a eu des remords de conscience, il paraît.

Liliane se tourne vers Hans, mais ne dit rien. Lui aussi est tombé dans les filets de Samuel Spitfield. Lui aussi a été trahi. Par sympathie, Liliane lui offre un sourire avant de poser les yeux sur les traîneaux où elle reconnaît ses propres marchandises. Ses caisses de bois, ses sacs de toile, sa tente, son poêle.

– Vous avez rapporté mes affaires! s'écrie-t-elle en contournant les chiens. Toutes mes affaires!

Les larmes lui brouillent la vue, mais elle ne fait rien pour les empêcher de couler. Elle caresse de la main une poche contenant de la farine et, submergée par l'émotion, elle se tourne vers Saint-Alphonse.

– Merci, souffle-t-elle en français, sincèrement reconnaissante.

Saint-Alphonse secoue la tête, désigne Hans du menton et réplique, en français aussi :

– C'est le Suédois qu'il faut remercier. Moi, ça adonne que j'avais quelques jours de libres.

Liliane s'adresse alors en anglais tant à Hans qu'aux frères Ashley.

– Vous me sauvez la vie.

Elle s'imagine déjà dans son restaurant, servant les clients au confluent des deux ruisseaux les plus riches du Klondike.

– Eh bien ! lance Joshua en donnant une tape dans le dos à ses frères. Ce n'est pas la première fois !

– C'est vrai, rétorque Liliane en se rappelant que sans eux, elle se serait noyée dans le fleuve à la fin du mois de septembre. Vous êtes des héros !

De nouveaux éclats de rire s'élèvent de la foule qui se disperse enfin. Ne reste que le vent, quelques maigres flocons et un réel bonheur de savoir qu'on n'est pas seul au monde. Et sous les torches, dans les yeux clairs du Suédois, Liliane perçoit une satisfaction embarrassée. Elle comprend qu'elle doit le retour de ses provisions au don de persuasion de cette chère Dolly.

*

« Ce n'est pas acceptable », songe Liliane en jetant sur son patron un regard indifférent. Elle ne dit pas un mot cependant, fidèle à elle-même. Il y a trop en jeu pour risquer de tout perdre à cause d'un éclat de colère. Elle attend donc la suite des événements, lasse et mal à l'aise. Il est tard. Les derniers clients ont quitté le restaurant depuis un bon moment déjà. Les employés aussi sont partis et, à en juger par le silence qui règne à l'étage, les autres locataires fêtent encore au saloon. Ainsi, dans l'édifice du Sourdough's Café, il n'y a que Liliane et son patron. Et tous deux se toisent dangereusement.

Mr. Berton s'est appuyé contre la porte qu'il a refermée derrière lui. Il a allumé sa pipe et fume lentement, le regard brillant. Liliane est un peu intimidée de se trouver seule dans sa chambre avec lui. Elle le cache bien toutefois. S'il y a une chose qu'elle retient de ses mésaventures, c'est qu'il ne faut jamais montrer sa peur. Ne jamais exposer sa faiblesse. Elle opte donc pour un masque d'impassibilité qui dissimule ses inquiétudes, mais recule néanmoins près du mur extérieur, s'assurant ainsi de garder l'homme à distance. S'il tentait un geste contre elle, elle n'aurait qu'à sortir par la fenêtre et s'enfuir sur le balcon adjacent. Bien que personne n'y mette les pieds en hiver, l'endroit pourrait servir de refuge. De là, il serait facile d'appeler à l'aide. Les maisons étant ce qu'elles sont à Dawson, toute la ville l'entendrait crier dans la rue.

Mais cette fuite ne constitue qu'un plan. Un plan à mettre en application si le danger devient plus présent. Ce qui n'est pas le cas. Pour le moment, elle doit surtout éviter d'être flouée.

– Un *deal*, c'est un *deal*! déclare-t-elle sans quitter sa position. Nous avions convenu que mes repas faisaient partie de mon salaire.

– Un *deal*, c'est un *deal*, raille Mr. Berton en secouant la tête. Ça, c'est bon pour le Sud, ma petite Lili.

Ici, dans le Nord, quand la température baisse et que le prix de la nourriture augmente, il n'y a pas d'entente qui tienne.

Calmement, Liliane croise les bras et soutient le regard de son patron, un air de défi dans les yeux.

– Ce n'est pas acceptable, lâche-t-elle enfin.

Mr. Berton hausse les épaules :

– Peut-être, mais c'est ça ou je te mets à la porte.

Sans qu'elle ne le laisse paraître, ces mots la font paniquer. Elle ne veut surtout pas partir. Surtout pas maintenant que la récolte de poudre d'or se fait plus abondante que jamais. Elle ne sait si c'est parce que les hommes dépensent davantage ou parce qu'ils sont plus négligents, mais le bran de scie qu'elle récupère depuis quelques jours est plus lourd et le nettoyage plus payant. Il n'est donc pas question qu'elle parte. Or, si elle veut tenir tête à son patron, il lui faut user d'arguments plus forts que les siens, brandir une menace qui le fera fléchir.

– J'irai chez Ash, alors, lance-t-elle avec son flegme habituel. Il sera bien heureux, lui, de me payer comme je l'entends.

Elle bluffe. Si elle travaillait pour Mr. Ash, elle ne pourrait jamais mettre la main sur le bran de scie. Mr. Berton ignore peut-être à quel point elle s'enrichit à ses dépens, mais il possède cependant une autre carte dans sa manche. Liliane le comprend lorsqu'il secoue la tête et qu'un sourire cynique apparaît sur ses lèvres.

– Ash n'a plus de fournisseurs, explique-t-il patiemment. Avec la menace de famine qui plane encore sur la région, plus personne ne vend quoi que ce soit. Ceux qui ont des provisions font monter les prix ou attendent la fin de l'hiver pour réaliser de très très gros profits. Crois-moi, Ash n'a plus les moyens de te payer davantage que je le fais. Alors, te nourrir ?… N'y pense même pas.

– Et Mrs. Mulroney ? Ses affaires vont bien, à ce qu'il me semble.

Il s'agit d'un autre coup de bluff. Un coup inutile, elle le constate, car Mr. Berton ne cède pas d'un pouce.

– Belinda Mulroney a les mêmes problèmes que tout le monde, dit-il avec son assurance habituelle. Et puis elle n'a plus d'employés depuis un mois. Ça lui coûtait trop cher. De toute façon, Lili, je ne serais pas surpris si tous les restaurants de la ville fermaient avant la fin de novembre, alors ne pense pas me faire chanter, ça ne marchera pas. Si je reste ouvert envers et contre tout, c'est que je connais les affaires.

Pendant que Liliane s'adosse contre le montant de la fenêtre pour réfléchir, Mr. Berton inspecte la pièce d'un regard intéressé. Ses yeux s'attardent d'abord sur l'amoncellement de provisions le long du mur près de la porte. Il se penche ensuite pour vérifier sous le lit, avant de jeter un œil dans le coffre où se trouvent la batée et les seaux.

– Tu as l'intention de prospecter ?

Liliane acquiesce de la tête.

– Je ne vais pas travailler pour vous éternellement.

Mr. Berton ne relève pas le ton caustique et conti-nue son inspection. Liliane se dit que c'était une bonne idée d'aménager cette trappe dans le plancher afin d'y cacher sa poudre d'or. Ainsi dissimulé, entre les planches du parquet et celles du plafond sous-jacent, le bocal de verre presque rempli n'attire pas l'attention. Surtout avec les sacs de farine entassés au-dessus. Heureusement aussi qu'au moment où son patron frappait à la porte, Liliane a eu la présence d'esprit de déposer sa récolte quotidienne dans le vase de nuit, qu'elle a couvert de son tablier. Ainsi placé en retrait, gisant sous un vêtement taché de graisse, le bran de scie n'intéresserait personne.

– Estime-toi chanceuse de garder ta chambre, lance Mr. Berton en terminant son inspection. Je pourrais la louer à quatre hommes qui sont prêts à payer le prix fort. Mais je t'aime bien, ma petite Lili. Je ne voudrais pas que tu te retrouves à la rue.

En entendant cette menace à peine voilée, Liliane sent un frisson lui parcourir l'échine. Il ne faut surtout pas qu'il la mette à la porte. Or, Mr. Berton s'attarde encore sur ses provisions.

– Tu n'es pas obligé de manger au restaurant, poursuit-il. Tu peux te servir là-dedans.

Il désigne de la main précisément les denrées qui dissimulent l'or, et Liliane réprime un sourire. S'il savait à quel point elle y tient à cet emploi, à cette chambre, à cette nourriture… Mais il ne serait pas sage de dévoiler ses plans à un homme sans scrupule tel que lui. Liliane préfère garder le silence, étudiant chaque geste, chaque mot de Mr. Berton.

– Mais j'y pense… Tu peux aussi me les vendre, tes provisions. On pourrait faire un échange. Tes repas contre…

Liliane l'interrompt sur un ton faussement ingénu:

– En cas de famine, que me restera-t-il si je vous ai tout vendu?

– De l'or, rétorque-t-il, mielleux. Beaucoup d'or.

– L'or ne se mange pas.

– Non, mais il permet d'acheter de la nourriture.

Liliane est exaspérée par l'insistance de son patron et par ses manières peu orthodoxes. Avec l'inflation actuelle, le prix de la farine aura plus que quintuplé avant le mois de décembre. Il pourrait même atteindre un dollar la livre avant la fin de l'hiver. Si Liliane lui en vend aujourd'hui, elle n'aura plus les moyens de s'en procurer après les fêtes. Voilà qui illustre bien l'art de faire des affaires dans le Grand Nord. Il faut conserver juste assez de provisions pour sa propre consommation et écouler le reste le plus tard possible.

– Plus le temps passe, plus les prix montent, n'est-ce pas ? lance-t-elle pour montrer à son patron qu'elle n'est pas dupe.

Mr. Berton approuve, les yeux toujours rivés sur les sacs de farine.

– Quelque chose comme ça, oui. Mais il y a un autre facteur important : plus la température baisse, plus les prix montent également. Parce qu'il faut manger si on veut combattre ce froid d'enfer. Et là, à -58 °F, on peut dire que les tarifs ont fait un bond prodigieux. Alors, j'exige que tu paies pour les repas que tu prendras au restaurant et ce n'est pas négociable.

Sur ce, il pivote et quitte la pièce. Quand la porte se referme, Liliane soupire de soulagement. Elle l'a échappé belle. S'il avait fallu que Mr. Berton inspecte la chambre de fond en comble, elle pouvait dire adieu à sa fortune. L'homme est d'ailleurs convaincu qu'il vient de gagner, et Liliane est bien décidée à le lui laisser croire. Elle devra sans doute repenser son plan d'affaires pour tenir compte de sa consommation personnelle, mais c'est un moindre mal. Elle conserve son emploi et, avec celui-ci, un accès discret aux poches des mineurs.

*

Moins cinquante-huit degrés. Jamais elle n'aurait imaginé qu'il puisse faire si froid même dans le Nord. Encore moins un 23 novembre. On se croirait en plein mois de janvier. Liliane sent la morsure de l'hiver sur ses joues alors qu'elle marche d'un pas rapide, glissant de temps en temps sur les ronds de glace qui jonchent le trottoir de la Front Street. À un moment, la sensation de brûlure sur la peau lui paraît aussi intense que celle d'un tison. Malgré les foulards, les mitaines, malgré le parka, les fourrures et les mocassins, elle accélère. Le bois craque sous ses pieds, et elle frissonne en entendant, au loin, le vent qui rugit entre les sapins. Les dents serrées, elle poursuit sa route dans la pénombre du jour, observant, entre ses cils givrés, les façades des commerces. Elle anticipe avec plaisir le moment où elle s'engouffrera à l'intérieur du magasin de la Compagnie de la Baie d'Hudson.

Quelques jours ont passé depuis sa conversation houleuse avec Mr. Berton. Elle ne lui en veut plus d'avoir modifié leur arrangement d'affaires. En fait, elle le comprend. Elle aurait agi de même à sa place. Dawson ne possède pas les installations suffisantes pour recevoir autant de monde. «Un *deal*, c'est un *deal*», la devise de Mr. Noonan, ne peut pas s'appliquer dans des conditions aussi extrêmes. Une seule chose rassure Liliane: elle a suffisamment de provisions pour passer l'hiver, peu importe la situation économique de la ville.

Par ce froid matin, elle a quitté le Sourdough's Café avec l'intention de se rendre au magasin de la Baie d'Hudson, mais c'est la porte du M. & M. Saloon qu'elle finit par pousser, à bout de souffle et transie. Faisant fi de la bienséance et des regards étonnés de la clientèle essentiellement masculine, Liliane referme derrière elle et s'adosse un moment au chambranle pour laisser la chaleur ambiante l'envelopper. Jamais, en d'autres circonstances, elle n'aurait pensé traverser cette salle enfumée, noyée dans la lueur blafarde des lampes à kérosène. Jamais elle n'aurait imaginé s'avancer ainsi vers le bar et commander un café en retirant ses mitaines pour déplier ses doigts gourds.

Appuyée au comptoir, elle sent tous les yeux posés sur elle et n'ose lever la tête. Elle respire à grandes goulées l'air tiède et appesanti par les odeurs de pétrole et de tabac. Le silence qui règne depuis son entrée l'intimide, et elle s'attend à recevoir un commentaire réprobateur ou un avis d'éviction. Étrangement, personne ne dit rien. Le barman lui apporte son café, qu'elle boit noir et brûlant, les paumes moulées à la tasse pour se réchauffer. Puis la surprise des clients s'estompe lentement et les conversations reprennent ici et là, à mesure qu'on s'habitue à sa présence.

Du coin de l'œil, elle voit une silhouette se détacher d'un groupe, s'éloigner d'une table de jeu et se diriger vers elle.

– Bonjour Miss, lance un homme qu'elle connaît trop bien.

Liliane se retourne pour saluer Percy avant de se pousser pour lui laisser de la place à côté d'elle.

– Comment allez-vous, Mr. Ashley?

Le nouveau venu prend une mine déçue.

– J'allais mieux avant, dit-il en s'appuyant sur le bar.

Décontenancée par cette remarque, Liliane lève vers lui un regard intrigué.

– Êtes-vous malade ?

Sur le coup, elle s'inquiète vraiment. Depuis quelques semaines, on parle de scorbut à Dawson.

– Non, je me porte bien. Mais avant, j'étais Percy, alors qu'aujourd'hui, je suis Mr. Ashley. Ça me donne l'impression d'avoir perdu du galon.

Ces mots ramènent dans l'esprit de Liliane le souvenir du lac Laberge. Comme dans un cauchemar, elle revoit Percy dans l'obscurité de sa tente, sa main effleurant ses jambes à travers les couvertures. D'instinct, elle se déplace pour créer une distance entre son corps et le sien.

Percy ne s'offusque pas de l'agacement que trahit ce geste. Il n'essaie ni de se rapprocher ni de combler le silence. Si bien que Liliane finit par lui sourire, gênée. C'était le signal qu'il attendait, car il se tourne vers l'employé et se commande un café.

– Servez-en donc un deuxième à la dame, ajoute-t-il. Elle a l'air frigorifiée.

Le serveur lève un sourcil interrogateur vers Liliane, lui laissant le soin d'accepter ou de refuser la consommation. L'attention du barman la touche, et elle lui fait un signe affirmatif, ravie de voir que si loin au nord les hommes n'ont pas perdu leurs bonnes manières. Des minutes s'écoulent sans que ni elle ni Percy prononcent une parole. Autour de la table de jeu, des filles se font payer à boire. On semble avoir oublié sa présence. Des rires fusent soudain au fond de la salle. Liliane sent tout à coup le besoin de se distinguer de ces femmes fardées.

– Je ne voulais pas entrer ici…

– Je sais, coupe Percy, sensible à sa situation. Jamais vu un froid pareil.

Il paie le barman qui vient de déposer les deux cafés sur le comptoir puis, l'air vaguement préoccupé, il l'observe travailler pendant un moment. Lorsque Percy reprend la parole, Liliane est étonnée de l'entendre poursuivre sur le même sujet.

– Vous n'avez rien à expliquer, dit-il en approchant la tasse de ses lèvres. C'était un sale jour pour sortir.

Vue sous cet angle, sa présence au saloon pourrait presque paraître légitime, mais Liliane ne se leurre pas. Elle n'aurait jamais dû y mettre les pieds. Une dame n'entre pas dans ce type d'établissement, ni en coup de vent ni avec élégance.

– Où sont vos frères? demande-t-elle pour faire diversion.

Percy désigne les tables de jeu.

– Ils sont là-bas. Ils jouent au faro et vont probablement continuer toute la journée et toute la nuit. Vous savez, dans une tente, l'hiver devient de moins en moins supportable.

Puis, changeant de sujet à son tour, il lance:

– Je voudrais m'excuser, Miss.

Liliane perçoit de la nervosité dans la voix de l'homme. Elle réprime un frisson et jette un œil vers la porte. Décidément, aujourd'hui n'était pas un bon jour pour sortir. Si Percy remarque le malaise qui habite son interlocutrice, il feint de l'ignorer.

– J'ai fait un fou de moi ce jour-là, poursuit-il en faisant référence à sa déclaration du lac Laberge. J'en suis bien conscient. J'avais besoin de vous dire ce que je ressentais. Je voulais que vous le sachiez, au cas où…

Il tousse, plus nerveux encore, et conclut :

– Au cas où ça serait pareil pour vous.

Liliane soupire en secouant la tête. Faudra-t-il donc toujours qu'on en revienne à ça ? D'un regard en coin, elle le détaille. La chevelure blonde en bataille, le nez droit, des lèvres charnues fendues dans une moue tendre sous une barbe rousse et fournie. Les épaules larges, la taille haute. Un bel homme en somme, mais elle ne l'aime pas. Qu'y a-t-il d'autre à dire ? Elle ne ressent rien en sa présence, rien que de l'agacement de le savoir si intéressé. Le pire, c'est que Percy est un bon gars. Elle a traversé avec lui bien des dangers et elle sait qu'on peut se fier à lui, qu'il lui donnerait sa chemise si elle en avait besoin. Mais voilà. Elle n'en veut pas, ni de la chemise, ni de lui, ni de son affection.

Entre ses mains, le café a refroidi. Elle soupire bruyamment et, dans un geste empreint de lassitude, elle enroule ses doigts autour de la seconde tasse. Elle est bien embarrassée maintenant. Elle n'aurait jamais dû accepter ce café. Elle se sent redevable, et cela lui est insupportable. Pour éviter d'avoir à regarder Percy, elle étudie le bar, les bouteilles et la balance au bout du comptoir. Cela lui donne une idée et elle jette un œil sur le bran de scie à ses pieds. Mr. McDonald, le patron de l'endroit, a-t-il pensé à le récupérer ? Logiquement, il devrait y avoir davantage d'or sur le plancher d'un saloon que sur celui d'un restaurant. Les transactions sont plus fréquentes, plus nombreuses aussi. L'espace d'un instant, elle songe à vérifier les poubelles, mais elle chasse immédiatement cette idée. Si elle se faisait surprendre, elle serait assez embêtée de s'expliquer. Tant pis ! Elle ne peut pas tout avoir.

– N'en parlons plus, Percy, lance-t-elle après avoir vidé sa tasse d'un trait. Je vous pardonne à condition que nous n'abordions plus ce sujet.

Voilà qui est bien dit. Maintenant, s'il est le moindrement orgueilleux, Percy en restera là. Liliane repose avec douceur sa tasse vide, se redresse, relève son capuchon, puis enfile foulards et mitaines.

– Vous partez déjà ?

La déception qu'elle devine dans la voix de Percy l'irrite. Elle réprime une remarque acerbe. N'en finira-t-elle donc jamais avec lui ? À grandes enjambées, elle se dirige vers la porte. Au moment d'ouvrir, elle lance :

– Je vous souhaite une bonne journée !

Sans se retourner, elle sort et reçoit aussitôt la gifle glaciale de l'hiver. Elle reprend sans hésitation le chemin du restaurant de Mr. Berton. Non, ce n'était pas une bonne idée de mettre le nez dehors ce matin.

*

En ce 25 novembre froid et joyeux, tout le Klondike a célébré la Thanksgiving. La poudre d'or a changé de mains comme jamais. On a mangé, on a bu et on a chanté, de tôt le matin jusque tard le soir. Allongée dans son lit, après une soirée de travail qui lui a semblé sans fin, Liliane ferme les yeux, épuisée. Bien que les murs soient assez étanches et la fenêtre, close, elle entend de la musique en sourdine. Dans les saloons, on fête toujours, mais on fête sans excès, comme on sait le faire au Canada, comme la Police montée se charge de l'imposer à Dawson. Il y a bien des cris, des rires et des chants, mais point de coups de feu. L'inspecteur Constantine ne le tolérerait pas.

Au chaud sous les couvertures, Liliane revoit la salle bondée du Sourdough's Café et repense aux commentaires impatients de son patron. Il aurait voulu récolter davantage de profits avec cette soirée festive, mais les provisions n'étaient pas au rendez-vous. Les clients venus en grand nombre exigeaient de manger copieusement et ils étaient prêts à payer le prix fort pour satisfaire leur appétit. Alors, Liliane a travaillé d'arrache-pied et fait preuve d'imagination pour apprêter de façons variées des aliments devenus très ordinaires. À la place des mineurs, elle aussi en aurait assez du bœuf et du porc salé, mais pas au point de le remplacer par de l'orignal ou du caribou. «De la viande de Sauvages», comme on dit dans son coin de pays. Reste le mouton. Quand on en trouve, évidemment. Ce qui n'était pas le cas en ce jour de Thanksgiving.

Cette nuit, elle doit admettre que le Sud lui manque, avec sa simplicité, son climat et son abondance. Au cœur du sommeil où elle plonge lentement, elle se voit attablée avec Dolly, savourant un rôti de bœuf sans sel comme le cuisinait sa mère. Des pommes de terre garnissent également l'assiette. Des légumes frais aussi, et non ceux, insipides, qu'on a déshydratés. Il y a des pichets de crème, du beurre et du vrai lait, pas celui qu'on boit ici et qui possède un sale goût de métal. Liliane rêve d'une table garnie, de la chaleur de l'été, du soleil. Elle se voit en robe légère, déambulant rue Wellington comme une grande dame. Elle se voit…

– Au feu!

Le cri se fraie un chemin jusqu'à sa conscience engourdie. Les mots et leur signification la réveillent d'un coup. Au feu?

D'abord incrédule, Liliane ouvre les yeux. Il fait noir, mais une odeur de brûlé alourdit l'air. Elle se lève d'un bond, soudain aussi alerte que si elle ne s'était pas couchée. Des questions bourdonnent dans sa tête. Serait-ce le restaurant qui brûle ? Comme la fumée augmente, Liliane n'a plus de doute. Elle s'élance, malgré la pénombre, sur les sacs de farine, qu'elle déplace afin de dégager le plancher. Lorsque la trappe est libérée, elle laisse glisser ses doigts sur les planches à la recherche de l'encoche taillée dans le bois. Une faible lumière lui parvient de sous la porte. Pas une seconde elle ne s'interroge sur la provenance de cet éclairage subit. Elle continue de fulminer, rageant de ne sentir sous ses paumes que le parquet rugueux et uniforme. La lueur s'intensifie tout à coup, créant sur le plancher un halo ocre et mobile. La chaleur s'accentue. Liliane ne s'y attarde pas et cherche sans répit. Elle tousse, ressent la brûlure dans ses narines et dans sa gorge, mais refuse de se redresser. La fumée court sur le sol et commence à monter dans la pièce. Des voix lui parviennent du dehors. Des cris, des ordres, des pleurs. Liliane demeure agenouillée malgré le courant de panique qu'elle sent grandir en elle. Elle ne partira pas sans son or. Pas après avoir autant travaillé.

La fenêtre vole soudain en éclats, et l'air se refroidit instantanément. Liliane lève la tête pendant une fraction de seconde, le temps d'apercevoir la silhouette trapue qui fonce sur elle. Mais elle ne bronche pas. Elle retourne à sa quête, repoussant la main qui essaie de l'attirer vers l'extérieur.

– Il ne faut pas rester là, Lili. La Front Street au complet est en train de brûler. Viens !

La voix de Percy lui parvient malgré le crépitement, malgré le bruit des murs qui s'effondrent et les cris qui s'élèvent de la rue. Des bras l'enlacent et la soulèvent. Liliane se débat jusqu'à ce qu'on la serre moins fort.

– Laisse-moi! hurle-t-elle. Je dois trouver mon or.

– Ton or? l'interroge Percy, incrédule. Tu n'as pas d'or, Lili. Tu perds la raison. Allez, suis-moi, ou je te porte sur mon dos jusqu'au balcon. Jusqu'à la rue, s'il le faut.

– Tu ne comprends pas, Percy. Mais lâche-moi donc! Je ne partirai pas sans…

Liliane s'interrompt, car elle vient juste de trouver l'encoche. Elle se tortille, se défait des bras de l'homme et s'affale sur le plancher. Palpant le parquet avec frénésie, ses doigts se glissent sous la planche, qui se soulève d'un coup. Un grondement puissant retentit. Liliane sursaute, et la pièce de bois retombe dans un bruit sec, aussitôt étouffé par le craquement d'un autre mur qui s'effondre. Liliane ne perd pas de temps. Elle rouvre la trappe et retire le bocal presque plein au moment précis où Percy l'enlace et la soulève. Le pot lui glisse des doigts. Liliane ressent comme un coup de poignard au cœur quand elle entend le verre se briser. Elle cesse de bouger, de respirer et contemple à la lueur des flammes sa fortune éparpillée sur le plancher. Percy n'a rien manqué de la scène. Il a lâché prise et, l'espace d'une seconde, leurs regards se croisent. Ni l'un ni l'autre ne prononce une parole. Puis, sur leur droite, le mur s'écroule avec fracas. Percy empoigne solidement le bras de Liliane pour la forcer à passer par la fenêtre. Quelques secondes plus tard, il la rejoint sur le balcon et tous deux s'éloignent en courant pour atteindre le garde-corps.

Tout en bas, dans la rue, la foule, nombreuse, les interpelle. Plusieurs leur montrent du doigt l'échelle appuyée contre le rebord du toit. Liliane enjambe les premiers barreaux. Ses pieds nus glissent, ses genoux heurtent le bois. Ses mains subissent des écorchures et ses cheveux, épars, restent souvent pris sous la semelle de Percy qui descend juste au-dessus d'elle. Mais elle ne ressent que le froid douloureux de l'hiver. Vêtue uniquement de sa chemise de nuit, elle tremble tellement qu'elle passe près de tomber plusieurs fois. Quand elle met enfin les pieds au sol, elle est instantanément enveloppée dans une couverture. On lui tend une paire de bottes qu'elle enfile malgré ses doigts gourds. C'est alors que se produit une déflagration qui couvre tous les autres bruits. Impuissante, Liliane voit le toit du Sourdough's Café s'écrouler, engloutissant tout son or et toutes ses provisions.

CHAPITRE IX

Skagway est en liesse. En cette nuit de la Thanksgiving, les coups de feu servent de bruit de fond à la musique qu'on joue plus fort qu'à l'accoutumée. Partout on célèbre, et les saloons, de même que les restaurants, font salle comble. Où qu'on aille en ville, on trouvera les lits inoccupés, sauf ceux des prostituées, évidemment. On ne dort pas pendant la nuit de la Thanksgiving. En Alaska, du moins.

Sur une rue éloignée du centre, dans la nouvelle chambre louée par Dennis-James, l'atmosphère est à la tragédie. La lampe à pétrole projette des reflets dorés sur la chevelure sombre de Rosalie. À genoux sur le sol malgré l'heure tardive, la jeune femme étudie le calendrier déployé sur le matelas. Elle a eu vingt-deux ans la veille, mais ce n'est pas cette date qui la préoccupe. Elle compte plutôt les semaines, essaie de se souvenir de la dernière fois, et compte encore. Au bout de huit tentatives, elle abandonne, ou plutôt se résigne. Le miracle s'est produit, mais il arrive à un bien mauvais moment. Le miracle... Dire qu'elle ne croyait même pas la chose possible ! Cependant, devant les faits, elle se voit obligée d'accepter la réalité. Elle va... Impossible d'assimiler le concept ni de l'énoncer, même en pensée. Incapable de réfléchir elle se laisse tomber sur les fesses et s'adosse au mur en poussant un long soupir.

La porte s'ouvre au même moment. Dennis-James s'engouffre dans la pièce avant de refermer rapidement derrière lui.

– Que se passe-t-il ? l'interroge Rosalie en se redressant.

Elle est aussitôt alarmée par l'anxiété qu'elle décèle sur le visage de Dennis-James. Surtout qu'il ne répond pas tout de suite. Rosalie remarque alors que ses bottes sont couvertes de boue au-delà du raisonnable. Que diable faisait-il dehors en pleine nuit ? Pourquoi rentre-t-il à cette heure-ci ? Ne travaille-t-il plus au saloon ? Cette perspective l'inquiète, car ils ont désespérément besoin de son salaire depuis qu'ils doivent payer le plein prix pour leur chambre.

– Il faut que tu partes, murmure-t-il en commençant à fouiller dans les caisses entassées le long du mur.

Il en ressort les vêtements de Rosalie, qu'il amoncelle pêle-mêle sur le lit.

– Mais qu'est-ce qui se passe ? répète Rosalie que l'attitude de Dennis-James exaspère. Et pourquoi est-ce qu'il faudrait que je parte ?

– Chut !

Des voix leur parviennent du corridor. Des voix qui chahutent et qui rient. Lorsqu'elles se taisent, Dennis-James reprend :

– Habille-toi, tu t'en vas, ordonne-t-il sans plus d'explication. Enfile ce que tu possèdes de plus chaud. Le reste…

Insultée par ce ton autoritaire, Rosalie l'interrompt :

– Comment ça, je m'en…

– Parle moins fort! coupe à son tour Dennis-James en jetant un regard anxieux vers la porte. Tu vas ameuter toute la pension.

Butée, Rosalie se croise les bras.

– Tu ne peux tout de même pas me forcer à partir en plein hiver!

Pour toute réponse, Dennis-James se rend à la fenêtre, écarte le rideau et scrute l'obscurité. Lorsqu'il revient vers les vêtements empilés sur le lit, il les compte, évalue leur volume, puis s'empare d'un sac de farine vide.

– Il faut agir cette nuit, répète-t-il, toujours aussi énervé. À cause de la fête, les hommes de Smith ont décidé d'interrompre leur surveillance pour boire un coup.

– Et je m'en vais où?

Rosalie a posé cette question sur un ton sarcastique, mais, en entendant la réponse, son regard devient grave.

– Tu reprends la piste en direction de White Pass City.

Effarée, elle se dirige à son tour vers la fenêtre.

– Mais il neige à plein ciel! Je n'y verrai rien dans le bois. Et puis il fait tellement noir à cette saison…

Dennis-James repousse ses objections en sortant une carte de sa poche.

– Tu te serviras de ça. Le sentier y est bien tracé. D'ailleurs, il a été largement dégagé avec les milliers de personnes qui y sont passées l'été dernier. Longe la rive sud de la rivière pour commencer et, quand tu verras le pont, traverse. Il devrait être encore visible, malgré la neige.

Rosalie acquiesce d'un hochement de tête. L'urgence que traduit chacun des gestes de Dennis-James est contagieuse.

– Pourquoi veux-tu à ce point que je parte? demande-t-elle en s'habillant. Pourquoi maintenant?

– Je te l'ai dit: parce que les hommes de Smith ont relâché leur surveillance.

– Ça, je l'ai compris, mais pourquoi est-ce qu'il faut absolument que je m'en aille?

Dennis-James diminue l'intensité de la lumière avant de retourner à la fenêtre. Il écarte le rideau une seconde fois et s'avance plus près de la vitre pour mieux scruter l'obscurité. Sans le quitter des yeux, Rosalie finit de boutonner sa blouse puis remonte ses cheveux dans un chignon lâche mais solide. Dennis-James revient enfin vers elle.

– Soapy m'a harcelé jusqu'à ce que j'avoue que nous n'étions pas mariés, lance-t-il, penaud.

Rosalie sent ses mains devenir moites et s'appuie sur le mur pendant qu'il poursuit:

– Il m'a annoncé avec un sourire terrible que puisque tu n'étais sous la protection légale de personne, il allait s'occuper de toi. Il veut que tu travailles pour lui coûte que coûte, Lili. Ses hommes ont averti la proprié-taire de la pension que si nous habitons encore sous son toit la semaine prochaine, il arriverait un accident. L'édi-fice pourrait même brûler.

Rosalie écarquille les yeux, horrifiée.

– Mais ce sont des menaces!

– Oui, des menaces. Je t'ai dit que Soapy Smith était dangereux. Et il ne s'arrêtera pas là. Il contrôle tout et tout le monde à Skagway, et aussi une grande partie de la population de Dyea. Il a également des hommes à White Pass City. Tu ne seras en sécurité qu'une fois ren-due au lac Bennett parce que c'est au Canada. Et encore, je ne crois pas que Soapy se sente freiné par une frontière non gardée.

– Mais…

– Cesse tes questions maintenant, Lili. Il faut que tu partes sinon tu vas tomber entre ses griffes. Je suis allé voir le docteur McManus. Je voulais lui acheter une partie de cet équipement dont il cherche à se départir. Sa tente, quelques provisions, un sac de couchage. Il a vite compris que c'était pour toi et il m'a tout donné. Même une lampe à pétrole et le carburant nécessaire pour l'alimenter pendant une semaine. Tu devras t'en contenter pour te réchauffer parce que tu ne peux pas prendre le poêle avec toi. Ce serait trop lourd.

Rosalie réalise tout à coup à quel point elle a été imprudente le jour où elle est allée voir Soapy Smith. Comme elle le regrette maintenant! Comme elle regrette aussi son entêtement à vouloir se présenter autrement que comme Mrs. Peterson! Dans quel pétrin les a-t-elle mis tous les deux? Mais les repentirs s'avèrent inutiles dans leur situation. Il faut agir.

Elle s'empresse d'enfiler bas de laine, mocassins ainsi que manteau et bonnet. Pendant ce temps, Dennis-James finit de remplir le sac de toile qu'il lui tend de même que ses mitaines.

– Glisse ça sous tes vêtements pour ne pas attirer l'attention. Rends-toi chez le docteur. Il t'attend.

Malgré la lumière tamisée de la chambre, le regard de Dennis-James s'accroche à celui de Rosalie. Elle voudrait parler, mais ne trouve pas les mots. Qu'y aurait-il à dire, d'ailleurs? Elle s'en va. Elle aurait dû le faire il y a longtemps. C'est Dennis-James qui prend la parole, une main sur la poignée, prêt à la laisser sortir:

– Tiens, murmure-t-il en lui tendant son pistolet. Fais attention, il est chargé.

Rosalie tressaille en glissant l'arme dans sa poche. «Un geste trop familier pour une Canadienne», se dit-elle en camouflant le renflement sous un pan de son manteau. Dennis-James la regarde toujours, impassible. Puis il ajoute :

– Je t'aime, Lili. Et je voulais vraiment que tu sois ma femme.

Sans lui laisser le temps de répondre, il ouvre la porte et la pousse dans le corridor. Elle l'entend lui murmurer un «bonne chance» chargé d'émotion. En quelques enjambées, Rosalie atteint la sortie extérieure qu'elle franchit sans faire de bruit. Elle se retourne une dernière fois, mais le couloir est vide. Dennis-James a disparu sans qu'elle ait eu l'occasion de lui dire qu'elle avait deux semaines de retard dans ses règles.

*

Elle longe le trottoir, rasant les murs des maisons. La neige tombe toujours, mais pas suffisamment pour nuire à la visibilité. L'anxiété de Dennis-James est venue à bout de son assurance, et Rosalie décoche un regard derrière elle, à l'affût d'une silhouette solitaire qui lui emboîterait le pas. Elle ne voit personne. Les rues sont désertes. Il ne bouge ici et là que les flocons qui dansent dans le vent. Si ce n'était de la musique omniprésente, on pourrait croire que la nuit est paisible. Encore faudrait-il pouvoir ignorer les coups de feu, fréquents comme toujours. L'émotion qui l'envahit l'étonne par son absurdité. N'est-ce pas justement ce qu'elle voulait, être seule, ne compter que sur elle-même ? Pourquoi se sent-elle si triste à l'idée de quitter Dennis-James ?

À l'intersection de Broadway, elle jette un œil à l'autre bout de la rue, près de la mer, là où les fenêtres des saloons projettent sur la neige leurs halos agités. L'activité intense qui règne dans cette section de la ville a un effet rassurant, car elle laisse supposer que tout le monde est occupé. Tout le monde, y compris Soapy Smith et ses hommes de main. Rosalie se remet en marche, ses pas crissant sur le bois mouillé alors qu'elle pique vers l'est en direction de la piste. Ainsi que le lui a recommandé Dennis-James, elle a glissé son sac sous son manteau. Qui la verrait de loin croirait apercevoir une femme enceinte. Quelle ironie !

Le trottoir s'arrête à l'intersection suivante, et Rosalie doit continuer dans la boue. Elle progresse rapidement malgré le sol instable et s'immobilise lorsqu'un grincement se fait entendre dans la nuit. Dennis-James se trompait-il quand il affirmait que Soapy Smith avait relâché sa surveillance ? Pour en avoir le cœur net, Rosalie traverse la rue. Une fois de l'autre côté, elle feint de trébucher et en profite pour jeter un œil derrière elle. Elle remarque aussitôt l'ombre qui se déplace subitement pour se fondre dans l'obscurité d'une ruelle. Elle est suivie, il n'y a pas de doute là-dessus.

Elle poursuit sa route, tout en réfléchissant à toute vitesse. Impossible de se rendre chez le docteur McManus avec un homme de Smith sur les talons. Cela risquerait de mettre le médecin dans le pétrin. Il lui faut donc semer l'indésirable. À la première rue transversale, Rosalie pique à gauche. Elle hâte le pas et, à l'intersection suivante, elle tourne à droite, puis à gauche, puis encore à droite. Si elle ne connaissait pas bien la ville, elle se serait vite perdue. Mais depuis deux semaines, elle n'a rien fait d'autre qu'errer, à la recherche de travail. Même si elle le voulait, elle ne pourrait pas s'égarer.

Après cinq minutes de cette course, Rosalie se glisse enfin tout contre le coin d'un bâtiment. Accroupie près du sol, elle incline la tête de manière à vérifier si on la suit toujours. Incroyable mais vrai, son poursuivant est là! Pire, il a accéléré, de toute évidence pour éviter de la perdre trop longtemps de vue. Rosalie se redresse, furieuse, et observe l'endroit où elle se trouve. Elle repère sur sa droite un espace entre deux maisons et s'y introduit, consciente que celui qui la file dans l'ombre ne tardera pas à surgir au coin de la rue.

Le vent a diminué depuis un moment, ce qui permet de discerner les différents bruits de la nuit. Pendant quelques secondes, Rosalie n'entend que les battements de son propre cœur. Elle s'efforce de se calmer et réfléchit au prochain geste à poser. Elle a deux possibilités. Soit elle demeure sur place et tente de se fondre dans l'obscurité jusqu'à ce que l'homme de Smith passe son chemin. Soit elle intervient pour mettre fin à ce jeu de chat et de souris. Et si elle se trompait? S'il ne s'agissait que d'un promeneur solitaire? Un bruit de succion lui indique que l'autre approche, qu'il n'y a plus de temps à perdre. Elle doit se décider.

D'un geste lent, elle dépose son baluchon sur le sol et retire de sa poche le revolver dûment chargé par Dennis-James. Le canon ne luit même pas tant il fait noir. Elle le soupèse et, lentement, le lève dans les airs, attentive aux pas qui se rapprochent. Une silhouette passe devant elle. Rosalie retient son souffle, avant d'abattre la crosse du pistolet sur la nuque de l'inconnu, qui s'écroule aussitôt dans la boue. Du coup, le silence revient. Un silence relatif, évidemment, car la musique et les coups de feu n'ont toujours pas diminué d'intensité. Rosalie range l'arme à son endroit habituel, récupère son sac de vêtements et enjambe le corps de Walsh dont elle vient de reconnaître le manteau. Dire qu'elle a hésité avant de frapper!

*

– Prenez ça aussi!

Debout dans le vestibule, Rosalie ne cache pas sa surprise de voir le docteur McManus lui offrir ses raquettes.

– Mais vous allez en avoir besoin avec l'hiver qui commence, plaide-t-elle, refusant de le dépouiller d'objets aussi nécessaires.

– Bah! J'en trouverai bien d'autres.

L'homme a sans doute raison, mais Rosalie hésite quand même.

– Je ne peux pas accepter, docteur. Vous m'en donnez déjà tellement…

– Cessez donc de geindre et dépêchez-vous. Vous êtes en danger ici.

Qui aurait cru qu'après avoir essayé de leur ravir leurs billets, le médecin de Seattle finirait par l'aider? Rosalie pivote afin de permettre au docteur McManus de fixer sur son dos l'ensemble de l'équipement.

– Attendez-moi un moment! lance-t-il en terminant les derniers ajustements.

Il s'éloigne et se rend d'abord à la cuisine où il allume une lampe de manière à simuler leur présence dans cette pièce. Puis il revient vers Rosalie. Sans dire un mot, il lui fait signe de le rejoindre et la guide vers la chambre. À cet endroit, une fenêtre s'ouvre sur la forêt.

– Sortez par là, murmure-t-il. Au cas où on vous aurait quand même suivie…

Il pousse les battants, qui grincent à peine sur leurs gonds. Immobile, Rosalie scrute l'obscurité, imitée par le médecin. Lorsqu'il a la conviction que rien ne bouge dans le paysage, l'homme se tourne vers elle.

– Allez-y! dit-il en plaçant une main sur son épaule pour lui donner courage.

Rosalie apprécie le geste. Pendant une fraction de seconde, elle a eu envie de reculer, de renoncer à fuir, paniquée devant l'inconnu qui l'attend. Mais là, elle se ressaisit, se hisse sur le rebord de la fenêtre et se laisse glisser à l'extérieur dans la neige molle où elle s'enfonce jusqu'aux mollets. Quand elle retrouve son équilibre, elle dépose les raquettes par terre, les enfile l'une après l'autre et se tourne enfin vers le docteur McManus qui ne l'a pas quittée des yeux.

– Je vais éteindre maintenant, dit-il en faisant référence à la lampe de la cuisine. Si jamais on surveille la maison, on croira que je vous reçois pour la nuit.

Le sous-entendu fait rougir Rosalie autant que le médecin.

– C'est une bonne idée, murmure-t-elle en lui tendant la main. Merci pour tout.

– Ne me remerciez pas. Je vous ai déjà causé du tort, ce n'est que réparation de ma part. Allez, sauvez-vous! Et que Dieu vous garde!

Pendant qu'il referme, Rosalie ne sent monter en elle qu'une envie: reprendre le chemin de sa chambre. Il lui faut se raisonner, se convaincre qu'elle est capable. Puis, après un dernier regard en direction de la fenêtre, elle fonce vers la forêt le plus vite qu'elle le peut. Elle refuse de se retourner ne serait-ce qu'une seule fois de peur de perdre courage.

*

Comme Dennis-James le lui avait recommandé, Rosalie a d'abord suivi la rive sud de la rivière Skagway, mais de loin. Pas question de risquer d'être arrêtée par un surveillant zélé. Elle a progressé sur une pente douce, les chevilles légèrement arquées pour permettre à ses raquettes d'épouser les caprices du terrain. La neige abondante, même sous les arbres, aurait dû la ralentir, mais c'est d'un pas vif et le cœur battant la chamade qu'elle a marché pendant la première heure. Et jamais elle n'a aperçu le pont. Elle surveillait, écoutait, à l'affût d'une autre présence humaine. Elle imaginait le réveil de Walsh, la colère de Soapy Smith, la poursuite qu'il n'hésitera sûrement pas à entreprendre.

La tempête s'intensifie depuis un moment déjà. Lorsqu'elle regarde devant, Rosalie ne distingue qu'une mer de gris irisée de troncs dégarnis et de sapins sombres qui disparaissent dans les ténèbres au-delà de quinze pieds. Point de montagne, point de ravin. Elle avance en se fiant à l'inclinaison du sol, espérant marcher dans la bonne direction. Tant que ses chevilles garderont cet angle difficile, à la longue douloureux, elle saura qu'elle longe le versant, en parallèle avec la rivière.

Malgré le danger de se perdre, malgré la possibilité d'être suivie, bien que cela lui paraisse de moins en moins probable, Rosalie sent grandir au fond d'elle-même sa seule vraie inquiétude. Elle doit assumer ses choix et les conséquences de ses actes. À ce jour, sur tous les chemins qu'elle a empruntés, jamais Rosalie n'a posé de gestes à portée catastrophique. Si elle l'a évité, ce n'est pas par excès de prudence ou de réflexion. Le saut de l'ange, elle l'a fait plusieurs fois, sans jamais éprouver le moindre regret. Elle possède un don pour se maintenir en équilibre. Elle est une funambule de la vie. Toujours à mi-chemin entre le bonheur et le désespoir, jamais totalement comblée mais jamais vraiment insatisfaite non plus. Maîtresse de sa destinée, debout sur la mince ligne qui sépare la réussite de la défaite. Or, ce soir, elle a l'impression d'avoir perdu le contrôle sur tous les plans.

Depuis combien de temps marche-t-elle? Deux heures? Trois? Impossible de distinguer quoi que ce soit dans la tempête. Et la fatigue commence à se faire sentir. L'énergie qui la poussait vers l'avant s'estompe. Rosalie juge qu'il est l'heure de monter sa tente et de prendre un peu de repos. Après tout, elle est assurément hors de danger, car il faudrait être fou pour s'aventurer en montagne dans un tel blizzard. Elle-même aurait hésité si la tempête s'était montrée aussi violente à Skagway.

Elle laisse tomber son sac qui s'affale sous les branches d'un sapin. C'est ici qu'elle va monter son camp. Elle plante les piquets et tend avec difficulté la toile sous le vent. À cause de la neige, elle ne trouve qu'un seul morceau de bois sec, ce qui s'avère insuffisant pour faire un feu.

– Tant pis, se résigne-t-elle en se glissant sous la toile. Il ne fait pas si froid.

Quelques minutes plus tard, elle allume la lampe à pétrole et la dépose en équilibre sur l'unique bûche posée à ses pieds. La flamme réchauffe l'air, ce qui permet à Rosalie de se détendre. Elle ferme les yeux, engourdie. Dormir quelques minutes, voire quelques heures, comme cela lui fera du bien ! Elle s'assoupit, et son esprit, envahi par les rêves, lui offre un répit loin de la réalité.

Elle est réveillée par une douleur. Elle l'avait senti déjà pendant la marche, mais avait refusé de s'y attarder. C'était une douleur trop subtile, pour signifier quoi que ce soit. Mais le nouveau pincement dans son ventre ne laisse plus de doute : les menstrues vont suivre. En se redressant, Rosalie perçoit tout de suite le liquide tiède entre ses jambes. L'écoulement est abondant. Il n'y aura pas d'enfant. Rassurée, elle se fabrique une guenille, l'installe entre ses cuisses puis se recouche.

– Un souci de moins, songe-t-elle en fermant les yeux.

Lorsqu'elle est tirée du sommeil pour la seconde fois, sa jupe est trempée. Même la neige sous elle est colorée de rouge. La douleur dans son ventre devient si intense que, d'instinct, Rosalie se roule en boule. Elle souffre moins ainsi repliée. Ses mains et ses pieds se refroidissent vite cependant, et tout son corps est parcouru de frissons. Pourtant, elle transpire comme en plein été. Elle a chaud, elle a froid, elle a mal. Malgré tout, elle réussit à se rendormir.

Quand elle rouvre les yeux, la lampe s'est éteinte. Il fait nuit noire à l'extérieur. Parce qu'aussi loin au nord l'obscurité est permanente en novembre, Rosalie ne peut juger de l'heure. Elle écoute le vent qui rugit toujours et ne peut s'empêcher d'avoir peur. Elle est complètement seule dans la tempête. Afin d'éviter que la tente ne s'affaisse sous le poids de la neige, elle étire le bras et secoue chacun des pans de toile. Elle remplit ensuite la lampe de kérosène, l'allume de nouveau et observe l'état lamentable de sa jupe. Inutile de se changer. Avec une telle quantité de sang imprégnée dans le tissu, le vêtement sera irrécupérable. Elle s'assoit donc en tailleur et grignote quelques fruits secs, quelques noix, de même qu'un morceau de pain. Rassasiée, elle se recouche, en proie à des frissons inexplicables. Elle a tellement chaud ! Entre ses cuisses, le liquide est toujours aussi abondant.

Les heures passent lentement. Très lentement. Rosalie demeure roulée sur le sol, son manteau lui servant d'unique couverture. Les douleurs s'avivent et reviennent par vagues comme si ses entrailles se déchiraient. Son ventre se durcit par moments. Rosalie comprend qu'il n'y aura pas de bébé, mais qu'il y en avait effectivement un. Impossible d'en douter désormais. Ce constat l'emplit de tristesse. Elle sait qu'elle aurait aimé cet enfant. Malgré le père, malgré la situation.

Avec les années, elle s'était faite à l'idée de ne jamais être mère. Elle s'était résignée un peu comme on se résigne quand on naît infirme : avec un mélange d'amertume, de jalousie et de fatalisme. Pourquoi était-elle stérile ? Pourquoi elle ? Parce qu'elle sait aujourd'hui qu'une naissance aurait été possible, la résignation ne tient plus. À sa place, le doute prend racine, rallumant ses espoirs de petite fille. Les larmes aux yeux, affaiblie par la fièvre, Rosalie prend conscience cependant qu'elle pourrait mourir au bout de son sang comme sa cousine Blanche. À quoi donc serviront ces rêves si elle ne survit pas ?

*

Au bout de ce qui lui semble être une éternité, la tempête se calme. Le silence a repris ses droits dans la forêt, le vent est tombé, la neige a cessé. Et le sang s'est tari. Une longue période d'inaction, de réflexion et de souffrance tant physique que morale est venue à bout de la peine de Rosalie. Un intermède qui lui a permis de faire son deuil de l'enfant qui ne naîtra plus. Sa maternité n'a pas duré une journée. Un état de grâce, un rêve de quelques heures à peine. Le temps de marcher six ou sept milles sous les rafales.

À quel moment est-elle sortie de sa torpeur, convaincue que le jour se levait ? Elle a longtemps regardé dans le vide, tâtant son ventre, incrédule. Puis, heureuse d'être toujours vivante, elle a mangé avec appétit. Un gris un peu plus clair colore le ciel lorsqu'elle rabat la toile pour constater les dégâts causés par la tempête. Il y a près d'une verge de neige au sol, blanchissant la face ouest des troncs et des rochers. Tels des arcs féeriques, les arbres ont fléchi jusqu'à faire traîner sur le sol leurs branches les plus basses.

Après avoir changé de vêtements et démonté la tente à la lueur de la lampe, Rosalie enterre sa jupe souillée et efface la grande plaque durcie et brunâtre sur laquelle elle a dormi. Il lui faut reprendre la route. En cherchant le sentier, elle remarque que le paysage ne lui dit rien. Malgré le gris de la pénombre, elle ne reconnaît ni l'enchevêtrement de collines, ni le ravin, ni la piste. Car il n'y a pas de piste. Comment diable a-t-elle pu arriver jusqu'ici dans la tempête ? La forêt est tellement dense !

Est-il possible qu'elle n'ait pas pris le bon chemin ? Comment savoir ? Elle se souvient à peine avoir choisi ce sapin pour dresser son camp dessous.

Elle ressort la lampe, l'allume et, étalant la carte sur ses bagages, elle suit du doigt le tracé de la piste de la White Pass. Elle n'a pas vu le premier pont et n'a pas pu traverser la rivière Skagway par inadvertance car jamais elle n'a quitté le plan incliné. Elle se trouve donc toujours sur la rive sud. Toutefois, la rivière qu'elle devine dans le creux sous la neige ne ressemble pas à la Skagway. La pente est moins escarpée, le ravin, moins profond, facile à franchir en quelques enjambées. Rosalie scrute l'obscurité, étudie davantage les détails du paysage et revient à la carte. Elle repère tout à coup un mince trait de crayon signalant la présence d'un ruisseau. Ce cours d'eau venant du sud se déverse dans la rivière Skagway à environ quatre milles de son embouchure. Rosalie se situe sans doute quelque part sur la rive ouest de cet affluent. À moins qu'elle l'ait traversé sans s'en rendre compte... Tout est possible dans ce blizzard du diable. Elle a eu beau surveiller l'inclinaison du terrain, la montagne comporte tellement de crevasses. Les ravins y sont nombreux, plus ou moins importants, plus ou moins visibles sous la neige. Il n'y a finalement qu'une chose à faire pour en avoir le cœur net : rebrousser chemin.

Rosalie range la carte et la lampe, enfile ses raquettes et se met en marche. Du coin de l'œil, elle s'assure de conserver à sa droite le ruisseau, qui coule toujours sous une mince couche de glace. De cette manière, elle espère garder le cap vers le nord.

Au bout de deux heures, elle reconnaît enfin le large couloir dégagé de la White Pass avec, au fond du ravin, la rivière Skagway encore rugissante. Rosalie pique à droite et marche pendant trois heures, évitant avec soin les trous de boue et les crevasses invisibles sous la neige. Elle s'arrête dans ce qui ressemble à une clairière et ramasse quelques bouts de bois qu'elle entasse pour préparer un feu. Lorsque les brindilles s'embrasent, Rosalie sort de son sac son dernier morceau de lard et l'embroche pour le cuire. Un repas chaud lui fera le plus grand bien, même si les flammes n'élimineront pas le goût prononcé du sel. Au bout d'un moment, l'arôme de rôti se répand dans la vallée et l'étourdit. Rosalie n'avait pas conscience d'être affamée à ce point. Elle s'assoit, le dos appuyé contre ses bagages, et gruge la viande à même le bâton. Elle sent la chaleur revenir, et l'énergie rejaillir. Elle ferme les yeux et s'endort aussitôt.

À son réveil, les flammes sont éteintes et il flotte dans l'air une odeur de roussi. La neige a fondu autour du feu. Le rougeoiement des braises dévoile des objets insolites qui émergent de la boue, comme s'ils surgissaient des entrailles de la terre. Quelques lambeaux de chair, des os, des dents et un sabot. À n'en plus douter, Rosalie est sur le bon chemin.

Chapitre x

Pendant la nuit de la Thanksgiving, deux filles de saloon se sont querellées. L'une d'elles a lancé une lampe allumée en direction de sa rivale. L'objet a heurté le mur, mis le feu à un rideau et presque toute la Front Street a brûlé.

Voilà un compte rendu plutôt sommaire de ce qui s'est passé pendant cette nuit tragique où Liliane a vu ses espoirs partir en fumée. On aurait pu ajouter que les deux filles se disputaient pour un homme et qu'il faisait si froid dehors à ce moment-là que plusieurs personnes ont souffert d'engelures. On aurait pu dire aussi qu'ils sont une centaine à avoir tout perdu dans l'incendie, mais qu'il n'y a pas eu de mort, véritable miracle dans les circonstances. Pour Liliane, ce sont là des détails qui ne changent rien aux faits. Elle est ruinée. Le sort des autres l'indiffère. C'est une question de survie.

Le brasier s'élevait très haut dans le ciel, étirant des langues de feu qui enflammaient les bâtiments voisins et menaçaient même ceux des rues adjacentes. Un incendie spectaculaire, du jamais vu dans le Grand Nord, disaient les plus anciens des *sourdoughs*. La paroi rocheuse qui s'élève de l'autre côté du fleuve, scintillait et renvoyait une image tout droit sortie du purgatoire. L'air glacial s'éclipsait devant la chaleur torride. Le silence du Klondike disparaissait sous le crépitement des flammes, le fracas du bois qui s'écrasait, la déflagration subite d'un madrier.

Ce matin, debout dans les ruines du Sourdough's Café, Liliane courbe l'échine, découragée. Elle a beau chercher, il n'y a plus de trace de son or. Ni de ses provisions. Ni de ses épices. Rien. Il ne reste absolument rien de son avoir.

Elle a endossé les vêtements offerts par des âmes charitables. Un chapeau de fourrure élimé, une chemise d'homme, un manteau de laine usé, une jupe un peu courte et des bas rapiécés. Seuls les mocassins et les mitaines semblent neufs, cadeaux de la Compagnie de la Baie d'Hudson où elle était une bonne cliente. Malgré l'état d'extrême pauvreté dans lequel elle se trouve maintenant, Liliane ne se plaint pas. Les choses auraient pu être pires : elle aurait pu suffoquer, prisonnière de sa chambre. Elle aurait pu être brûlée lorsque les flammes ont dévoré la porte, ou perdre la vie, tout simplement. Des scénarios de cauchemar qui l'aident à apprivoiser son sort et à accepter l'aide des autres avec humilité.

Après avoir longuement examiné les débris, Liliane pousse un soupir et lève les yeux, vers le fleuve d'abord, puis vers ce qui constituait la Front Street. Dans les restes du M. & M. Saloon, Mr. McDonald déplace une poutre carbonisée. Lui aussi a tout perdu. Ou presque. On raconte qu'il avait investi dans un *claim* payant. On dit qu'il s'apprête à rebâtir, qu'il profite du redoux pour fouiller les ruines en espérant mettre la main sur quelques objets récupérables. Mais il ne reste pas grand-chose de son saloon. Même la balance a fondu, comme celle de Mr. Berton que Liliane a retrouvée en arrivant. Une masse informe de métal refroidi, évidemment sans valeur.

Au-dessus de la ville, le Dôme disparaît dans les nuages. Autour de la grande tache sablonneuse recouverte de neige, les corbeaux guettent, juchés sur une aspérité, un bout de bois, un rocher proéminent. Certains poussent l'impertinence jusqu'à se percher au faîte des maisons avoisinantes et sur les squelettes des bâtiments effondrés. Liliane a toujours trouvé inquiétants ces charognards énormes dont les ailes ont trois pieds d'envergure. Lorsqu'ils survolent la ville à la hauteur des enseignes ou des toits, on les entend fouetter l'air, un bruit qui donne froid dans le dos. C'est à eux que profitera cet incendie. À eux et aux propriétaires des édifices des rues voisines qui ne se gêneront pas pour augmenter le prix des chambres, des lits et de tout le reste.

Liliane n'est donc pas près de quitter le camp des frères Ashley, où elle a trouvé refuge après la tragédie. Il lui faudrait pour cela un emploi, mais les deux derniers restaurants s'apprêtent à fermer leurs portes. La rareté de la nourriture est venue à bout des plus tenaces d'entre eux. Ainsi que l'avait prédit Mr. Berton, même Mrs. Mulroney a dû abdiquer. Restent les *dance halls* et les saloons. Et les bordels, évidemment. Mais Liliane n'a pas l'intention de mettre les pieds dans ces établissements.

L'entente qu'elle a conclue avec les frères Ashley, avec Percy en particulier, lui permettra de dormir sous une tente et manger un repas par jour jusqu'à ce qu'elle se trouve du travail. En échange, elle cuisine, fait la lessive et coupe du bois de chauffage. Bien que Liliane convienne qu'il ne s'agit pas d'une situation enviable ni convenable, elle a décidé d'en tirer le meilleur parti.

Des voix la tirent de ses sombres pensées. Derrière elle viennent d'apparaître les frères Ashley, plus déconfits que jamais.

*

– On n'a pas le choix, commence Joshua pour se justifier. Si on reste ici, on va mourir de faim, c'est certain. Depuis qu'on est quatre à gruger dans les provisions, elles baissent à vue d'œil.

Liliane ne relève pas le reproche, habituée aux sautes d'humeur de l'aîné des frères Ashley. Celui-ci n'en est pas à sa première tentative pour la forcer à modifier leur entente. C'est avec beaucoup de méfiance qu'elle propose une autre solution :

– Je pourrais essayer de nous rationner. Je pourrais manger moins aussi.

Voilà qui devrait satisfaire Joshua, se dit-elle en levant les mains en direction du poêle chauffé à bloc. Le tuyau de la cheminée, d'un rouge incandescent, répand une lueur inquiétante sur le visage de Joshua. Une lumière qui, mêlée à celle plus franche de la lampe à kérosène, rend la peau des hommes blafarde. La sienne aussi, sans doute. Malgré la proximité de la source de chaleur, Liliane sent le froid lui mordre les pieds, les chevilles et tout le bas des jambes. Comme elle déteste ces réunions de famille ! Assise sur le lit de camp à côté de Percy, c'est à contrecœur qu'elle y assiste. Elle regarde les frères Ashley à tour de rôle et évalue à zéro leur chance de réussite. Quitter Dawson. Où diable voudraient-ils aller par une

148

température de -54 °F? Installé sur le lit opposé, Joshua devine le peu de sérieux qu'elle accorde à son projet et secoue la tête avec résignation, comme si le scepticisme de Liliane le décevait. C'est cependant Marvin qui prend la parole :

– Nous, on ne peut pas manger moins, vous le savez bien, Miss. Pas avec ce froid qui revient.

Parce que Marvin s'exprime rarement, ses frères oublient souvent de le consulter. Le jumeau de Percy a l'habitude de laisser les deux autres décider. Chaque fois, il suit, docile, et ne dit mot, ni pour approuver, ni pour s'opposer. Mais ce soir, il étonne tout le monde en émettant son opinion :

– O'Farrell est parti hier avec cinq compagnons. Ils ont repris la direction du lac pour descendre ensuite à Skagway. Je pense qu'il faut essayer. Avec un traîneau et des chiens, c'est faisable.

Liliane écarquille les yeux, plus incrédule que jamais.

– Un traîneau? Quel traîneau? Et quels chiens?

Ainsi, Joshua et Marvin sont sérieux quand ils affirment vouloir quitter Dawson avant le pire de l'hiver. Comme si l'hiver pouvait être pire que ce qu'ils affrontent depuis des semaines. Et Percy? A-t-il prévu partir, lui aussi? Si c'est le cas, Liliane se retrouvera à la rue.

– Le Suédois a dit qu'il nous vendrait son attelage, explique Joshua. Si on décide de quitter Dawson, on a tout ce qu'il faut.

Liliane se rappelle le voyage avec Dolly. Hans était si fier de ses bêtes. «Les plus beaux huskies de la région», avait-il lancé en les détachant devant sa cabane. Comme s'il avait lu dans son esprit, Percy prend la parole, sceptique lui aussi :

– Pour avoir dit ça, il devait être soûl, le Suédois. Il a besoin de son traîneau et de ses chiens. L'hiver commence à peine.

– Euh… Eh bien, c'est-à-dire qu'il va nous le vendre, mais…

À voir les hésitations de Marvin, chacun comprend que l'affaire n'est pas encore conclue. Percy insiste donc, soulignant l'absurde de la situation :

– Il devait te raconter des histoires. Le Suédois a besoin de son attelage pour faire la route entre son *claim* et Dawson. Il ne se départira certainement pas de son unique moyen de transport. Surtout qu'il ne nous doit rien. C'est lui qui est venu nous chercher au lac Laberge. Il n'était pas obligé. Alors, il ne faudrait pas trop lui en demander, quand même.

– Mais il m'a dit qu'il me le vendrait…

Puisque Marvin n'en démord pas, Liliane décide de diriger la conversation vers les autres aspects insensés du projet. C'est par instinct de survie qu'elle se porte au secours de Percy avec un argument nouveau :

– Et vous allez les nourrir comment, ces chiens-là ? souligne-t-elle, une note de dérision dans la voix.

Percy attrape la balle au bond.

– C'est vrai, ça ! Ils vont manger quoi, vos chiens ? Ils sont énormes et vous voulez leur faire tirer un traîneau chargé. Ils ne se contenteront pas d'écureuils.

– On apportera de la viande, lance Joshua, visiblement agacé. Avec ce froid, elle ne se gaspillera pas en route.

Liliane se demande tout à coup pourquoi ils tiennent cette conversation. Les réponses de Joshua aux objections de Percy sont sensées. Il est évident qu'il a réfléchi à la question. À quoi cela sert-il d'argumenter puisqu'il a déjà pris sa décision?

– Mais on n'a jamais conduit de traîneau de notre vie! insiste Percy de plus en plus nerveux. Qui vous dit que les chiens du Suédois vont nous obéir?

– Ils sont bien dressés.

La brièveté de cette réplique indique que le ton vient de changer entre les trois frères. Joshua commence à s'impatienter, mais Percy s'entête:

– On va geler si on part. On va geler et on va mourir de faim et de froid.

– Si on reste ici, on mourra de toute façon.

– Tu es pessimiste, Marvin. Ce n'est pas parce que la nourriture se fait rare et que les prix augmentent que la mort nous guette. On a de quoi tenir encore pendant plusieurs mois. On maigrira sans doute un grand coup. On va aussi probablement souffrir du froid. Mais je ne crois pas que les choses soient mieux à Skagway. C'est l'hiver, là aussi, et il n'y a pas davantage de bateaux à quai. La baie doit d'ailleurs être inaccessible depuis un bon moment.

D'un hochement de tête, Liliane approuve l'analyse de Percy. Le silence des deux autres révèle qu'ils lui donnent raison, eux aussi.

– As-tu une meilleure idée?

La sincérité de Joshua laisse tout le monde pantois. Percy se tourne vers Liliane. Qu'a-t-elle à dire? Rien du tout. Rester ici lui semble la solution. Pour elle, du moins. Alors qu'eux… Elle se rend compte tout à coup de la précarité de sa situation. Elle n'avait pas imaginé que les frères Ashley décideraient de repartir vers la côte avant le printemps. Ni qu'elle pouvait encore une fois se retrouver à la rue.

– Tu pourrais m'épouser.

Percy a lancé cette phase sans avertissement, complètement hors propos. Et c'est Joshua qui répond, sans même jeter un regard en direction de Liliane :

– Elle ne mangerait pas moins parce qu'elle serait ta femme, Percy.

La situation frise le ridicule. En essayant de la sauver, les frères Ashley ont mis leurs propres vies en péril. Et Percy ne pense qu'à ce fichu mariage qui n'arrangerait rien du tout. Liliane ressent un urgent besoin de se lever, de fuir cette tente et l'atmosphère grotesque qui y règne.

– En ce qui me concerne, dit-elle avant de soulever le pan de toile pour sortir, il n'est pas question de rebrousser chemin. Partez si vous voulez, je m'organiserai bien toute seule.

Puis, une fois que son corps a quitté le halo de la lampe et que la chaleur du poêle ne la touche plus, elle leur lance un « Bonsoir et bonne chance ! » avec nonchalance, consciente cependant qu'il lui faudra peut-être rechercher un nouvel abri dès le lendemain.

*

Mais le lendemain, justement, se produit un événement inattendu : le retour d'O'Farrell et de ses compagnons. La rumeur se répand très vite selon laquelle il aurait fallu amputer la jambe de l'un d'eux au-dessous du genou, en plus de quelques doigts à deux autres. Victimes d'engelures graves, ils n'avaient même pas réussi à atteindre le lac Laberge. Ce soir-là, dans la tente de Joshua, Liliane écoute Percy décrire l'état des six hommes. Exagère-t-il lorsqu'il insiste sur la faim que les rescapés ont dû endurer, sur la douleur et l'horreur liées à l'amputation ? Elle frémit avec les autres. Elle lui est reconnaissante de continuer à œuvrer pour convaincre Joshua et Marvin du côté suicidaire d'un si long voyage à pied dans le Grand Nord en plein hiver.

Si l'aventure d'O'Farrell n'avait pas suffi comme démonstration, le retour, le surlendemain, du détective Perrin et de son prisonnier vient à bout des dernières résistances de Marvin et de Joshua. Amaigris et souffrant eux aussi d'engelures aux pieds, aux doigts et aux oreilles, Samuel et son geôlier ont été immédiatement conduits à l'hôpital Saint Mary's et placés sous la protection du père Judge. On raconte que le pauvre jésuite n'aurait cependant rien pu faire pour le pied droit de Samuel, et l'histoire de son amputation se répand dans la ville. Le soir même, la rumeur circule que le Suédois aurait abandonné son *claim* pour aller constater de visu les ravages subis par le bandit, se proposant même d'achever le travail puisque l'hiver n'était pas venu à bout de l'homme.

Rumeur ou pas, le détective, lui, s'en tire avec des oreilles enflées. Liliane n'est pas surprise de le retrouver un beau matin au nouveau saloon de Mr. McDonald. Tout juste reconstruit, l'édifice, baptisé le Phœnix, accueille le jour les sans-abri, ceux qui ne veulent que se réchauffer. Un baril contenant de l'eau a été mis à la disposition de ces « clients » qui n'ont pas les moyens de se payer un whisky. Liliane fait partie de ceux-là, tout comme le détective Perrin.

C'est un jour sombre et neigeux. Le froid semble faire relâche, et le vent, plus discret qu'à l'habitude, donne un peu de répit aux habitants de la région. Ils sont donc nombreux à avoir quitté les *claims* pour venir aux nouvelles. Après une entrée remarquée au Phœnix, le détective s'est assis sur la chaise qu'on lui approchait près du poêle. Les pieds au chaud, il a commencé son récit. Liliane, comme plusieurs, est hypnotisée par la silhouette maigre, mais énergique. Un silence extraordinaire règne dans le saloon. Tous veulent savoir ce qui s'est passé.

– Que sont devenus le *Weare*, le *Bella*? demande quelqu'un.

– Et les autres, ceux qui sont partis avant, ont-ils atteint le port de Saint Michaels?

Agacé d'être ainsi harcelé, le détective lève une main pour implorer la patience de son auditoire. Puis, avec des gestes mesurés, il allume sa pipe et inspire une bouffée. Il fait volontairement durer l'attente. Dans le saloon, tous sont suspendus à ses lèvres, si bien que lorsqu'il prend la parole, chacun retient son souffle.

– Je ne sais pas pour les autres, dit-il en laissant s'échapper des volutes bleutées. J'étais à bord du *Weare* et, pour moi, ce fut un véritable cauchemar.

Son regard se perd au loin, au-delà du poêle, du mur et même de la ville. Ses yeux se plissent, sa main se crispe sur la pipe. Puis, d'une voix rauque comme sortie d'outre-tombe, le détective amorce son récit:

– On venait tout juste d'arriver à Circle City quand le fleuve a pris pour la première fois. À bord, tout le monde était nerveux. Les provisions baissaient à vue d'œil. Chacun se servait dès qu'il en avait l'occasion. Les officiers n'y pouvaient rien. Puis, au moment où les glaces ont figé autour du bateau, ce fut la panique. On avait atteint Circle City, mais on n'avançait plus. Les passagers, ivres pour la plupart, ont décidé de prendre le contrôle du navire. De la folie pure…

Plongé dans ses souvenirs, le détective parle, peut-être davantage pour lui-même. Il remue sur sa chaise, change de position et pose les pieds sur la bavette du poêle. Dans le saloon, tant les hommes que les femmes l'écoutent, fascinés. Ils ont devant eux un héros. Perrin vient de marcher plus de cent milles dans un froid extrême, son prisonnier sur les talons. Aussi captivée que les autres, Liliane sent un frisson d'effroi lui parcourir l'échine. Si elle avait écouté la voix de la raison quand on a commencé à craindre la famine, elle aurait été à bord du *Weare* immobilisé par les glaces près du cercle polaire arctique. Comment ne pas être terrifiée à cette idée ?

– Il y a eu une mutinerie impossible à contrôler, poursuit Perrin en avalant le whisky offert par le patron. Une telle violence… Je n'avais jamais vu ça. Contrairement à ce qu'on nous avait promis, il n'y avait presque pas de vivres à Circle City. Les hommes sont devenus fous tant ils avaient peur de mourir de faim. Le capitaine a demandé aux passagers de combiner leurs forces pour creuser un chenal dans la glace. Il voulait libérer le *Weare* pour lui permettre de descendre le fleuve. On n'atteindrait peut-être pas la mer, qu'il disait, mais on pouvait essayer de rejoindre Fort Yukon. Fort Yukon, c'était à plus de soixante milles de Circle City. Le bout du monde en plein hiver. Mais le capitaine garantissait qu'il y avait des provisions là-bas. Les hommes l'ont cru, pas moi. J'ai ramassé mes affaires, *emprunté* un fusil de chasse et forcé Spitfield à mettre pied à terre avec moi. À voir l'état du fleuve, j'étais certain que le bateau était pris là pour de bon. Il faisait tellement froid…

Personne ne relève l'intonation avec laquelle il a prononcé le mot *emprunté*. Tout le monde a compris qu'il s'est emparé de l'arme par nécessité, avec ou sans la permission de son propriétaire. C'est une question de survie, et dans le Grand Nord, Liliane s'en est aperçue, on est tolérant quand il s'agit de survie.

Perrin a fermé les yeux, ses lèvres frémissent. Il déglutit avec peine et se redresse. Il pose les pieds sur le sol, les bouge et sourit, comme s'il était vraiment content de voir ses bottes s'agiter. Puis il s'adosse de nouveau, paraît se détendre et poursuit son histoire :

– Ce fut une surprise pour nous quand le chinook s'est levé. Il a soufflé sur la région pendant quelques heures, réchauffant les rives autant que le cours d'eau. Puis, tout à coup, la glace a commencé à descendre. On aurait dit un miracle. Les bateaux de Circle City se sont joints au *Weare* et, ensemble, tous ont continué leur route en direction de Fort Yukon. Je ne sais pas s'ils ont réussi à l'atteindre, parce que douze heures plus tard, le fleuve se figeait de nouveau. Pour de bon cette fois.

Le silence qui s'abat sur le saloon permet à chacun d'imaginer la scène. Le froid qui s'intensifie, le Yukon qui se soulève brusquement, l'eau qui s'épaissit, puis devient solide dans un bruit sinistre. Les bateaux prisonniers des glaces, les coques qui implosent sous la pression. Ébranlée, Liliane n'ose prononcer une parole. Elle l'a échappé belle.

– C'est tout ce que je sais ! s'exclame soudain le détective en posant son verre vide sur une table. On a remonté le fleuve en suivant la rive. Il a fallu chasser et marcher tous les jours pendant presque deux mois. Et puis me voilà. Je suis de retour. Avec quelques dents en moins toutefois…

Il a ouvert la bouche et montre les trous avec un doigt long et gercé. Ce geste, ajouté au commentaire, fait rire l'assistance, mais cette gaieté s'estompe rapidement. Le scorbut guette tout le monde en ce moment.

Le regard de Liliane croise celui du détective. Il ne sourit pas. En voulant la sauver, il a failli l'entraîner dans cette aventure périlleuse. Peut-être y aurait-elle laissé un pied, elle aussi. Perrin ne dit rien, mais la culpabilité qu'elle discerne sur son visage est éloquente.

Parce qu'il n'a plus rien à raconter, mais surtout parce que les hommes, eux, sont pressés de commenter ce qu'ils viennent d'entendre, le brouhaha revient graduellement dans le saloon. Les joueurs retournent à leurs cartes, à leur whisky, à leurs conversations respectives. D'un geste, Perrin invite Liliane à s'asseoir sur le siège à côté du sien.

– Irez-vous le voir ? demande-t-il sans se donner la peine de préciser de qui il parle.

Pour éviter de répondre, Liliane fixe le tuyau de la cheminée puis l'eau qui fume dans la bouilloire déposée sur la tôle brûlante.

– Je ne sais pas, s'entend-elle néanmoins murmurer. Il est probable que non.

Perrin ne dit rien pendant un long moment. Les bruits familiers du saloon occupent toute la place entre eux. Les rires des filles, les éclats de voix des joueurs qui gagnent ou qui perdent.

– Vous faites bien, lance-t-il enfin. Vous êtes mieux de vous tenir loin de lui.

À ce moment, Liliane lève les yeux vers le bar, vers les bouteilles qui scintillent et tintent en écho aux pas des clients. Là, accoudé sur le bois luisant, Percy vide son verre d'un trait, son regard rivé au sien. Bien qu'il soit demeuré en retrait, il n'a sans doute pas perdu un mot de ce dernier échange. Et Liliane en a froid dans le dos.

*

L'hôpital du père Judge s'élève en retrait du fleuve sur une rue perpendiculaire à la Front Street, à deux pas de l'église catholique de Dawson. Quand Liliane y met les pieds quelques jours plus tard, elle erre un long moment entre les lits des malades avant qu'on remarque sa présence.

– Miss Lili? interroge l'homme en soutane qui se dirige vers elle. Vous êtes souffrante?

Liliane s'est habituée à ce que tout le monde la connaisse à Dawson, elle n'est donc pas surprise d'entendre le jésuite l'appeler par son nom. Même si elle n'a assisté que deux fois à la messe depuis son arrivée, elle sait que le père Judge s'occupe de ses ouailles.

Très grand, très maigre aussi, avec de grosses mains et de longs doigts, c'est le genre d'homme qu'on remarque, surtout qu'il est le seul dans les environs à porter la soutane. Le vêtement n'a cependant rien à voir avec la sombre tenue des prêtres de Sherbrooke. Élimée et d'une teinte gris charbon à force d'être lavée, la soutane de celui qu'on appelle déjà le Saint de Dawson est blanchie aux endroits les plus usés.

– Rassurez-vous, je ne suis pas malade, mon père. Je suis venue voir…

En temps normal, ce sont les amis, ou les parents, qu'on va visiter à l'hôpital. Mais Samuel Spitfield n'est ni l'un ni l'autre. Elle ne comprend même pas pourquoi elle a traversé la ville pour lui. Le détective Perrin lui a pourtant déconseillé de le faire. Qu'espère-t-elle donc de cette visite? A-t-elle vraiment envie de contempler un Samuel amaigri, estropié et souffrant du scorbut bien davantage que Mr. Perrin?

– Je voudrais voir Samuel Spitfield, lance-t-elle enfin, sans grande conviction.

Le jésuite fronce les sourcils, un moment déconcerté, puis il reprend son air affable.

– Ah, oui! Le bandit. Suivez-moi.

Ils entreprennent de traverser la salle qui ne dispose d'aucun paravent. Que deux rangées de lits alignés, l'une en face de l'autre. Les malades n'ont droit à aucune intimité.

– Mais dites-moi donc, lance tout à coup le père Judge en s'immobilisant. Pourquoi une jeune femme respectable comme vous viendrait-elle visiter un tel homme?

Liliane ne répond pas. Qu'un prêtre la croit respectable lui donne envie de sourire, elle qui a fui la maison paternelle à la veille de ses noces, elle qui a ramassé de l'or sur le plancher du restaurant à l'insu de son patron, elle qui... Peut-elle reconnaître avoir déjà aimé ce bandit?

– Je lui apporte des abricots secs, dit-elle simplement en sortant un sac d'une poche de son manteau. Il paraît qu'il souffre du scorbut.

Elle fait ici appel à la générosité légendaire du jésuite, mais celui-ci n'est pas facile à berner. Il l'observe un moment, examine son visage avec attention, comme s'il y cherchait un indice supplémentaire. Puis ses lèvres s'étirent à peine, moulant un tiède sourire.

– C'est bien généreux de votre part, mais, vous savez, ils sont plusieurs dans cet état.

En effet, au même moment, ils dépassent quelques lits où des hommes édentés les observent, l'air souffrant.

– À votre place, je m'en garderais un peu, poursuit le père Judge sans se retourner. Le scorbut guette tout le monde au Klondike, les plus rebelles comme les plus sages.

– Il s'agit d'un *surplus*, ment Liliane pour se justifier.

Elle n'avouerait à personne qu'elle a volé ces fruits secs dans la réserve des frères Ashley. De toute façon, elle ne voit pas cela comme un vol, plutôt comme un emprunt. Décidément, le détective Perrin a une étrange influence sur elle. Une influence dont il ne serait malheureusement pas très fier.

– Dans ce cas, je suis certain que ça lui fera plaisir. Espérons qu'il arrivera à en manger. Ah, le voilà justement ! Vous tombez bien, il ne dort pas.

Ils s'immobilisent tous les deux. Ils ont atteint le fond de la salle.

– Je vous laisse, lance le jésuite en pivotant pour retourner à ses occupations. Ne parlez pas trop fort, surtout, les autres ont besoin de repos.

Liliane est impressionnée par ce qu'elle voit. Samuel n'a pas seulement maigri, il est squelettique. Ses joues, creusées par la faim, ont pris une teinte grisâtre et Liliane note que plusieurs dents lui manquent lorsqu'il lui adresse un horrible rictus en guise de sourire.

– Bonjour Lili, murmure-t-il d'une voix chevrotante.

Il est tellement mal en point que Liliane, troublée, presse sa main sur la sienne.

– Je t'apporte des abricots, dit-elle doucement en sortant le sac de sa poche.

Samuel la remercie, le regard soudain trop brillant. Une larme perle au coin de son œil.

– Je suis content de te voir, Lili. J'ai prié pour que tu me pardonnes.

Liliane sent un nœud se former au fond de sa gorge. L'air n'y passe qu'en minces filets douloureux. Samuel semble heureux de la voir, et cela la comble de plaisir. Elle est presque déçue lorsqu'il retire sa main pour effleurer le drap.

– Assieds-toi à côté de moi.

Liliane n'est pas bouleversée au point d'avoir perdu tout jugement. Il est indécent pour une femme célibataire de s'installer si près d'un homme. Elle préfère aller chercher le petit banc laissé dans l'allée à l'intention des visiteurs.

– Je suis contente de te voir, moi aussi, s'entend-elle avouer en prenant place à une distance raisonnable.

Le silence revient, s'étire, jusqu'à devenir inconfortable. Malgré le bonheur qu'elle ressent, Liliane songe déjà à partir. Il lui est difficile de regarder Samuel dans les yeux tant il lui fait pitié.

– Merci beaucoup, répète-t-il avec une sorte d'urgence dans la voix, comme s'il craignait qu'elle s'en aille trop vite. Si je n'avais pas mal aux dents, j'en mangerais tout de suite.

Il sourit en réprimant un gémissement, et Liliane lui rend son sourire, bien que la situation ne soit pas drôle du tout. C'est alors que deux formes saillantes au bout du lit lui sautent aux yeux.

– Mais tu as toujours tes deux pieds!

Sa surprise provoque un faible rire chez Samuel. Il remue les jambes et retire le drap, dévoilant deux pieds enveloppés dans des chaussettes de laine.

– Bien sûr que j'ai mes deux pieds. Qu'est-ce que tu croyais ?

Liliane demeure bouche bée, les yeux ronds, furieuse de s'être montrée aussi crédule. Puis elle balbutie une réponse qu'elle voudrait plus intelligente :

– Euh… Je pensais qu'on t'avait… Enfin, on raconte que…

– Eh bien ! On raconte n'importe quoi.

Il remet ses pieds sous les couvertures.

– Personne ne touchera à mes orteils, dit-il avec humeur. S'il me manquait un pied, on n'aurait pas pris la peine de me mettre ça.

Il agite le bras droit, ce qui fait tinter les menottes attachées à un des barreaux de la tête du lit. Liliane est estomaquée. Pourquoi le détective Perrin exige-t-il autant de précautions ? Samuel n'est pas en état de se sauver. D'ailleurs, à voir la rougeur et l'enflure autour du poignet emprisonné, cette contrainte ajoute à sa souffrance, personne ne pourrait en douter.

– C'est affreux, souffle-t-elle, gagnée par la pitié.

Samuel acquiesce en fermant les yeux.

– Mais ce n'est pas le pire, lance-t-il en même temps que ses jambes sont secouées par un spasme. Je n'arrive même pas à me retourner. J'en ai mal partout.

Il serre les dents, et la douleur paraît s'estomper. Son corps se détend de nouveau.

– Je vais demander au père Judge de te retirer ces menottes. Ça n'a tout simplement pas de bon sens de te laisser souffrir comme ça. Il faudrait au moins que tu puisses bouger un peu.

– Est-ce que tu ferais ça pour moi, Lili? Ici, personne ne m'écoute, tout le monde me croit…

Liliane pose un doigt sur les lèvres de Samuel pour l'inciter à se taire.

– Chut…, souffle-t-elle avec douceur. Je vais m'occuper de ça.

S'il savait toutes les choses qu'elle aurait accomplies pour lui… Elle s'éloigne d'un pas bref en direction du jésuite et le trouve penché au-dessus d'un autre patient.

– Excusez-moi, mon père.

L'homme se redresse, mais Liliane n'attend pas qu'il se retourne pour l'interroger sur un ton orageux:

– Pourquoi gardez-vous attaché quelqu'un d'aussi malade que M. Spitfield? N'avez-vous pas de cœur?

Le prêtre lui fait face maintenant, mais Liliane ne lui laisse pas le temps de répondre.

– Il souffre, ne le voyez-vous pas? Vous pouvez certainement le détacher pour lui permettre de bouger un peu sur le lit.

Le jésuite la regarde avec une commisération soudaine, avant de secouer la tête, l'air découragé.

– Hier, c'était le Suédois. Aujourd'hui, c'est vous. Qu'avez-vous donc tous à vouloir absolument veiller au bien-être de ce bandit? À mon avis, vous devriez rester loin de lui. Cet homme n'est plus tellement malade. En fait, je me demande à quel point il l'était vraiment quand on me l'a emmené. Il est maigre, certes, mais nous le sommes tous par les temps qui courent. Et puis il a mal aux dents, comme bon nombre de citoyens de Dawson.

L'air abasourdi de Liliane arrache un sourire au père Judge.

– Rendez-moi service, dites au détective Perrin de venir le chercher. Et rappelez-lui donc que l'hôpital n'est pas une prison. J'imagine que la Police montée ne veut pas garder son bandit parce qu'il n'a pas de provisions, mais ce n'est pas mon problème. J'ai d'autres malades à soigner et j'ai besoin de place.

Ces mots ont l'effet d'un tremblement de terre sur Liliane, qui doit s'appuyer sur une chaise pour reprendre ses esprits. Elle tourne la tête en direction du fond de la salle. Là, assis droit dans son lit, Samuel la regarde, un sourire narquois sur le visage. Il a presque réussi, encore une fois. Liliane quitte l'hôpital en se jurant que c'était la dernière.

Samuel Spitfield peut bien mourir d'un mal de dents, elle ne versera pas une larme. Pas une de plus.

*

Comme Marvin et Joshua se sont résignés à demeurer au Klondike au moins jusqu'au printemps, Liliane aurait pu croire que les choses ne changeraient pas pour elle. Elle continuerait à cuisiner et à faire la lessive en échange de son repas quotidien et d'un abri. Or, par un matin moins froid, un peu après la mi-décembre, Percy vient la rejoindre dans sa tente, deux tasses de café brûlant dans les mains.

– J'ai trouvé de l'ouvrage, dit-il en s'assoyant sur le petit banc servant de table. Je vais creuser au 17, Eldorado. C'est un de tes compatriotes qui m'embauche, un Canadien français de Montréal, M. Picotte. Mais il ne prend qu'un homme, moi. Mes frères resteront ici.

Liliane se réjouit que Percy ait enfin un emploi, puis la réalité la frappe de plein fouet.

– C'est loin, l'Eldorado! s'exclame-t-elle en repensant à son voyage chez le Suédois.

Percy acquiesce:

– À une quinzaine de milles environ. C'est pour ça que je vais avoir besoin de ma tente et de mon poêle.

Liliane n'en croit pas ses oreilles, mais elle demeure muette, tant de crainte que de stupéfaction.

– Si tu veux, tu peux venir avec moi, ajoute-t-il en plongeant son regard dans le sien, mais il n'y aura qu'une seule tente pour nous deux. Je partagerai mes provisions et mon salaire avec toi.

Il fait preuve d'une assurance si soudaine que Liliane en est intimidée. Surtout lorsqu'il conclut:

– Je sais que tu ne m'aimes pas, Lili. Ça me fait de la peine, mais je me dis que ça viendra peut-être avec le temps. Contrairement à ce qu'aurait fait Spitfield, je te prendrai pour femme avant de t'emmener là-bas. Tu y vivras une vie honorable. Tu pourras marcher la tête haute, Lili.

Percy parle au futur comme si la partie était gagnée d'avance, et Liliane réalise tout à coup sa situation. Il a vraiment pensé à tout. Si elle refuse de partir avec lui, elle se retrouve à la rue, littéralement. À ce moment précis, si elle n'avait été assise sur le lit de camp, Liliane se serait écroulée. Paralysée, la gorge nouée, elle voit son avenir et son passé se mélanger. Le visage de Percy se fond à l'image qu'elle a gardée de Joseph Gagné, son ancien fiancé. Leurs personnalités ne font plus qu'une. Dans deux ans, elle aura un enfant sur les bras, sera enceinte d'un second, tiendra maison, pour un homme honnête, certes, mais qu'elle n'aimera pas. Parce qu'elle n'aime pas Percy et ne peut même pas imaginer qu'un sentiment de cette nature puisse naître en elle. Percy l'énerve, malgré sa générosité, malgré sa gentillesse, malgré le fait qu'il soit venu à son secours, qu'il l'ait hébergée. Mais a-t-elle une autre solution?

– Tu sais, poursuit-il, confiant, je ne resterai pas éternellement au Klondike. Quand je vais retourner chez nous, je vais m'acheter une terre. Et bâtir une maison. Je te construirai la plus belle et la plus grande des maisons, Lili, si tu acceptes d'être ma femme.

Liliane revoit la maison de son père. Elle aussi était grande avant qu'il y ait tout ce monde dedans. Elle repense à sa mère, à son ventre arrondi, à ses enfants qui lui tournaient autour. Elle se souvient de ses cousines, de ses tantes, de ce destin dont elle n'a jamais voulu, même fiancée à Joseph Gagné. Y sera-t-elle finalement forcée par la vie? Par le hasard? Par le malheur? Elle observe Percy, lui reconnaît des qualités. Sa grande patience, sa persévérance. Et toutes ces petites attentions qu'il a pour elle. Jamais il ne la battra comme certains hommes le font. Il est travaillant aussi. Jamais elle ne manquera de nourriture si elle reste avec lui. N'est-il pas le seul des frères Ashley à avoir trouvé du travail? Et Percy ne boit pas, ou si peu que ça ne compte pas. Et c'est un Anglais des États.

Cette dernière réflexion fait apparaître dans l'esprit de Liliane l'image de Mrs. Burns. La douce, la calme Mrs. Burns. Dans son décor tout aussi paisible. Sans bruit. Rempli de livres. Liliane s'accroche soudain à un espoir. À une question, qu'elle ose poser à Percy, les mains crispées sur sa jupe:

– Veux-tu des enfants, Percy?

La réponse tombe comme le couperet d'une guillo-
tine.

– Évidemment que je veux des enfants. Chez nous,
on est dix. Il m'en faudra au moins autant pour travailler
la terre avec moi.

Chapitre XI

– Ah, ma petite Lili ! Comme c'est bon de te revoir !
La voix de Mme Gagnon fait taire tous les hommes
attablés dans le restaurant. Prononcés en français, ces
mots mettent un baume sur le cœur tourmenté de Rosalie. Après deux jours de marche en solitaire, elle n'est pas
peu contente de retrouver une présence familière. En
plus, dès qu'elle l'a vue apparaître dans l'embrasure de la
porte, Mme Gagnon s'est précipitée vers elle. Et maintenant, c'est avec un plaisir évident qu'elle écrase Rosalie
contre sa poitrine. Des éclats de rire, quelques sanglots
aussi, de part et d'autre. Puis la grosse femme recule pour
mieux l'observer, avant de la serrer contre elle encore une
fois.

– Je suis contente de vous revoir moi aussi, articule
Rosalie d'une voix étouffée.

Les clients partagent leur bonheur pendant un moment, puis retournent à leur assiette. Mme Gagnon, toutes à ses effusions, aide Rosalie à se défaire de son sac et
l'entraîne avec elle vers le fond de la salle. Avec autorité,
elle ordonne aux deux hommes qui occupaient la table
la plus près du poêle de se tasser un peu. Elle offre une
place à Rosalie et s'assoit en face d'elle.

– Ma foi du bon Dieu, tu es toute blême, s'exclame-t-elle lorsque Rosalie retire son bonnet et son foulard. Tu dois avoir faim !

Elle se tourne vers la cuisine et sa voix tonne de nouveau dans le restaurant :

– Raoul ! Apporte-moi un plat de ragoût.

Rosalie grimace au souvenir des repas préparés par le fils de la patronne. Elle ne dit rien cependant, trop heureuse de se retrouver au chaud et en bonne compagnie.

– J'ai tellement faim ! s'exclame-t-elle lorsque l'assiette apparaît sur la table, chaude et parfumée.

Elle est vraiment affamée et, même si la viande a l'air peu appétissante, elle en avale une grosse bouchée.

– Est-ce qu'ils ont ouvert la piste ? demande Mme Gagnon au bout d'un moment. On attend ça depuis des semaines.

Rosalie secoue la tête en souriant, malgré le goût horrible de la nourriture.

– Je ne pense pas. À Skagway, il circulait une rumeur de réouverture prochaine, mais j'ai trouvé le sentier boueux et très dangereux.

Mme Gagnon analyse cette réponse avant de poser la plus évidente des questions :

– Comment as-tu fait pour passer, dans ce cas ? On nous a parlé des barrières.

– Il y en a…

Rosalie laisse sa phrase en suspens, trop occupée à manger. Elle avale bouchée sur bouchée, étonnée de réaliser que la faim lui permet de surmonter son dégoût.

– Je suis partie pendant la nuit de la Thanksgiving. Tout le monde fêtait, personne ne surveillait le chemin.

Mme Gagnon hoche la tête, pensive, avant de se lever pour servir des clients. Elle revient au bout d'une dizaine de minutes.

– Qu'est-ce que tu vas faire maintenant ? demande-t-elle en reprenant sa place.

Rosalie n'a pas eu le temps de réfléchir à la question. Puisque la piste n'est pas encore rouverte ici non plus, elle ne peut pas commencer à transporter ses provisions à la frontière sans attirer l'attention. Les hommes qui se sont improvisés gardiens du sentier l'arrêteraient aussitôt. D'ailleurs, son arrivée ici risque de faire des vagues. Rosalie doit donc se montrer prudente. Rester à White Pass City lui paraît tout aussi imprudent ; dès qu'il en aura l'occasion, Soapy Smith enverra Walsh ou un autre la chercher. Entre ces deux dangers, elle préfère affronter le second, se promettant toutefois de demeurer aux aguets et de se faire discrète. L'arrivée des premiers hommes en provenance de Skagway lui servira de signal de départ.

– Puisque la piste est encore fermée, je vais rester ici, annonce-t-elle enfin. En fait, j'aimerais reprendre mon poste, si vous avez toujours besoin de moi.

– Tu parles si j'ai besoin de toi ! Mon bon à rien de fils réussirait à faire brûler de l'eau.

Rosalie s'esclaffe, réconfortée par la chaleur de cet accueil. Mme Gagnon rit avec elle pendant un moment avant de se lever et de déclarer en anglais et à voix forte :

– Gentlemen, vous pouvez faire une croix sur votre calendrier en ce premier jour de décembre 1897. Votre cuisinière est revenue !

Les acclamations fusent alors, doublées d'applaudissements, et Mme Gagnon force Rosalie à se lever. Les hommes la félicitent, la remercient, et chacun lui assure que son retour est un don de Dieu. Rosalie s'éloigne du poêle pour parler aux clients qu'elle connaît. Elle rit et échange quelques blagues qui amusent l'assemblée.

Avec son habituelle bonne humeur et son énergie, Rosalie reprend possession de la cuisine du restaurant de Mme Gagnon, au grand plaisir d'une population prisonnière de la montagne. Décidément, elle est dans son élément.

Chapitre XII

Le saloon se dresse, majestueux et sombre, sur la rive du fleuve gelé, et Liliane avance vers lui comme un animal vers l'abattoir. Dans la noirceur profonde du soir, elle met un pied devant l'autre sans réfléchir, refusant de s'arrêter aux conséquences du geste qu'elle s'apprête à poser. Le ferait-elle qu'elle s'empresserait de tourner les talons pour s'enfuir très loin. Par quel sale tour du destin en est-elle réduite à tenter ce moyen pour gagner sa pitance, mériter un toit au-dessus de sa tête, quatre murs pour l'abriter du vent, du froid et des importuns ? Percy est parti sans elle. Elle ne l'a pas suivi. Elle n'a pas pu. Et ce soir, elle devra en payer le prix.

Elle fixe sans ciller la porte du Phœnix. De tous les saloons de la ville, elle a choisi celui-là. Non pas parce que le propriétaire lui semble le plus sympathique, bien que ce soit le cas, mais plutôt parce que le nom de l'endroit revêt pour elle un aspect symbolique. Comme le phénix de la mythologie, elle espère renaître de ses cendres. Elle l'a fait si souvent depuis son départ de Sherbrooke qu'elle ne peut se résigner à mourir de froid, pauvre au Pays de l'or. Elle va donc essayer de tirer son épingle du jeu encore une fois malgré le tragique de sa situation. Autour d'elle, la neige tombe, doucement. Le vent lui caresse les joues et les corbeaux se sont tus, comme s'ils ressentaient d'instinct l'importance du moment. Il faut rêver quand toutes les ressources sont épuisées, quand on ne peut rien faire d'autre.

Elle a erré tout le jour, évaluant les possibilités qui s'offrent à elle, repoussant l'heure fatidique de renoncer à sa dignité. Elle s'est même rendue à l'hôpital Saint Mary's, espérant y trouver à la fois un refuge et un travail. Le bon jésuite ne pouvait malheureusement rien poue elle. Lui-même arrive avec peine à joindre les deux bouts. Et les malades augmentent chaque jour.

Liliane n'a pas osé s'avancer dans la salle pour vérifier si Samuel Spitfield était toujours attaché à son lit. Elle ne voulait pas lui donner la chance d'user de son charme, pour en faire sa proie, une fois de plus. Le sort est déjà bien assez cruel, elle ne permettra à personne d'aggraver sa situation. Elle a déjà été naïve, certes, et elle l'est peut-être encore de temps en temps, mais elle sait désormais reconnaître le danger quand elle le voit. Avant qu'elle ne quitte l'hôpital, le père Judge lui a fait promettre d'assister à la messe de minuit. Elle a promis, se gardant toutefois de lui dire à quel point Noël est le dernier de ses soucis en ce moment.

Ce soir, donc, elle fonce. La voilà qui atteint le trottoir, l'enjambe et longe le mur du saloon d'un pas décidé. Un homme lui ouvre la porte, elle s'apprête à se glisser dans l'intérieur tiède, mais un client surgit. Elle recule, lui cède le passage malgré l'usage qui prévoit le contraire. Un bref répit avant le grand saut. Quand la voie se libère, Liliane franchit le seuil et la lumière des lampes baigne aussitôt son visage de rayons incandescents.

Voudrait-elle passer inaperçu que la chose serait impossible. Dès qu'une femme entre dans un saloon, les voix se taisent, les têtes se tournent, et la nouvelle venue ne peut faire comme si de rien n'était. Lili Klondike étant célèbre, tous la toisent. Liliane sent sur elle des yeux curieux, intrigués et peut-être même outrés. Mais elle est trop gênée pour soutenir les regards. Tous ces gens, elle les connaît, ou presque. Tendue, elle se fraie un chemin vers le bar au milieu des hommes silencieux. Derrière le comptoir, elle aperçoit le propriétaire. Du coup, elle se souvient de Mrs. Mulroney, se rappelle son aplomb, son port de tête, son assurance. Depuis quelque temps, elle réussissait bien à l'imiter. Où sont donc rendus ces réflexes acquis au fil des heures d'entraînement? Liliane ouvre la bouche, mais ne parvient qu'à se commander un café qu'elle n'a même pas de quoi payer. Mr. McDonald lui sourit en déposant la tasse à quelques pouces de ses doigts.

– Gracieuseté de la maison, Miss Lili.

Liliane le remercie et s'apprête à se jeter à l'eau, mais, au même moment, quelqu'un appelle Mr. McDonald au bout du bar. L'homme s'éloigne sans un mot, et Liliane serre les poings, furieuse d'avoir manqué sa chance. Elle aurait dû parler sur-le-champ, s'offrir enfin, comme l'ont fait toutes celles qui travailleront tout à l'heure dans la salle du fond. Elle connaît les tarifs. Le client paie un dollar pour un tour de piste avec l'une d'entre elles. La fille choisie reçoit vingt-cinq cents plus un pourcentage sur l'alcool consommé en sa compagnie. Faire danser et faire boire les hommes. Cela doit bien être dans ses cordes. Ce sont des conditions de travail claires. Un *deal* qu'on pourrait qualifier d'honnête, sauf que c'est elle la marchandise.

De toute façon, il faut qu'elle agisse. Il n'y a plus d'autres solutions. D'un geste impatient, elle rappelle le propriétaire. Elle a l'impression de voir la scène au ralenti. Les bruits ambiants se sont évanouis, les clients disparaissent presque de son champ de vision. Il ne reste plus qu'elle et Mr. McDonald qui arrive à sa hauteur, dépose son torchon sur le comptoir et la fixe d'un regard interrogateur.

– Oui, Miss Lili ? Que puis-je… ?

La fin de sa phrase est étouffée par le vent qui rugit soudain, soufflant de la neige jusqu'au centre de la pièce. Liliane se retourne, juste à temps pour voir la porte se refermer derrière deux personnes bien emmitouflées.

– Doux Jésus ! s'exclame une voix féminine qu'elle reconnaît aussitôt. On t'a cherchée partout. On est venus dès qu'on a su la nouvelle.

Liliane s'élance dans les bras de Dolly et sent un immense soulagement l'envahir. Des larmes lui montent aux yeux, un flot impossible à réprimer. Un flot continu qui inonde le col du manteau de la nouvelle venue.

– Ça va, Lili, murmure Dolly en lui caressant les cheveux. Ça va. Je suis là, maintenant. Je vais arranger ça.

Liliane pouffe d'un rire où se mêlent encore quelques sanglots. Quelle faiblesse, quand même ! Elle se ressaisit, gênée de s'être donnée en spectacle. Autour d'elles, les conversations reprennent. Dolly s'empare de sa main et la presse doucement.

– Viens donc me raconter ce qui s'est passé.

Sans un mot, Liliane se laisse mener à travers le saloon vers une table libre. Elle s'essuie le visage avec la manche de sa blouse et espère que personne ne remarque ses yeux rougis. Les têtes se tournent à son passage, et le fait d'être l'objet d'autant de curiosité la torture. Près du bar, le Suédois détourne l'attention d'une manière chevaleresque.

– Apportez-leur deux whiskys, s'écrie-t-il en direction de Mr. McDonald, avant de se joindre à un groupe d'hommes nouvellement arrivés.

Le Suédois. Liliane l'a bien vu entrer. Elle l'a bien vu se tenir debout à côté d'elle et Dolly, tel un protecteur, à l'affût du premier commentaire déplaisant. Et alors qu'il devise maintenant avec d'autres hommes et ne leur prête plus la moindre attention, elle s'interroge. Pourquoi s'intéresse-t-il autant à son bien-être? Encore une fois, la réponse la ramène à Dolly. Dolly qui trouve toujours le moyen de venir à son secours, où qu'elle soit, quoi qu'il lui arrive. Liliane se demande ce qu'elle a fait pour mériter une telle loyauté.

Surgit alors une autre interrogation. Comment justifier l'arrivée de son amie au moment précis où elle avait besoin d'elle? Ne devraient-ils pas être à quinze milles, là-haut, sur le ruisseau Eldorado, en train de travailler sur ce *claim* qui constitue leur fortune à venir? Ce n'est qu'après avoir avalé deux longues gorgées du whisky apporté par Mr. McDonald que Dolly prend la parole et, du même coup, répond à sa question.

– Percy Ashley est venu chez nous aujourd'hui, dit-elle en reposant le verre à demi vide sur la table. Il nous a tout raconté. Pauvre lui. Il a compris trop tard qu'il ne pouvait pas te forcer à l'épouser. Oui, pauvre lui.

La note de sympathie qui teinte sa voix saisit Liliane aux tripes. Dolly essaie-t-elle de la convaincre de la bonté de Percy dans le but de lui faire emprunter de force la voie matrimoniale? Une impression fugace jaillit dans son esprit. Le sentiment que quelques mots suffiraient à briser le lien ténu qui l'unit à Dolly.

– Je ne veux pas me marier, dit-elle pour mettre les choses au clair une fois pour toutes. Est-ce si difficile à comprendre ?

Sa voix a quelque chose de suppliant. Cela ne lui ressemble pas de se montrer si fragile dans l'adversité. Elle repense à Mrs. Burns, puis à Mrs. Mulroney, et ne peut concevoir ni l'une ni l'autre en train de se justifier si piètrement. Ce constat la pousse à se reprendre en main. Elle veut être à la hauteur de Mrs. Mulroney et de Mrs. Burns. Et elle y arrivera bien à force de détermination.

– Ce qui est difficile à imaginer, commence Dolly, c'est que tu refuses la protection d'un mari. Mais ça te regarde, je suppose. Et puis, de toute façon, personne ne te forcerait à te marier. Surtout pas ici !

Elle lève les bras pour désigner la salle remplie d'hommes et ajoute :

– Mais tu pourrais être obligée de faire autre chose…

Le sourire entendu de Dolly intimide Liliane qui rougit comme chaque fois qu'elles parlent de ce métier. Elle en est là dans ses pensées lorsque la porte du saloon s'ouvre de nouveau. Mr. Berton fait son entrée. Il s'arrête un moment sur le seuil et jette dans la salle un regard circulaire. Lorsqu'il aperçoit Liliane, il retire son chapeau, incline la tête pour la saluer avant de s'éloigner vers le bar, un sourire de satisfaction sur les lèvres.

– Si tu ne veux pas de Percy, c'est ton droit le plus strict, conclut Dolly qui a suivi le regard de Liliane, mais il n'y a pas que lui dans les environs.

Liliane ne répond pas, mais observe les hommes qui l'entourent. Elle n'arrive pas à s'imaginer devenir l'épouse d'aucun, malgré sa situation précaire, malgré qu'il serait très facile de se choisir un mari au Klondike vu le nombre réduit de femmes dans la région.

Plongée dans ses pensées, elle ne se rend pas compte que le saloon se remplit. Les clients arrivent par petits groupes, quelques-uns entrent seuls. Liliane ne leur prête aucune attention, jusqu'à ce qu'il devienne évident que la pièce est bondée et surchauffée, mais étrangement silencieuse. Les cris ont fait place à un puissant murmure. Partout, on chuchote, ce qui est assez inhabituel en ces lieux.

– Qu'est-ce que tu veux dans la vie, Lili?

Cette question de son amie l'étonne, mais réplique spontanément :

– Je veux être riche.

Dolly éclate d'un rire surpris.

– Tu es presque au bon endroit.

Puis, avec sérieux, elle ajoute :

– Tu sais, les riches, c'est sur les rives des ruisseaux Bonanza et Eldorado qu'ils se trouvent.

Liliane approuve :

– Je t'assure que si la Front Street n'avait pas brûlé, je serais déjà en train de construire mon restaurant à côté de celui de Mrs. Mulroney. Mais j'ai tout perdu dans l'incendie. Tout.

Puis, plus bas, elle ajoute :

– J'avais de l'or.

Dolly se tourne vers elle, intriguée tant par le propos que par ce ton de conspiratrice.

– Tu avais de l'or? Comment ça?

– Ça, c'est mon secret! lance Liliane en reculant sur sa chaise, un sourire de fierté sur le visage.

– Tu en avais combien?

Dolly se montre tout à coup enjouée, comme si la richesse de son amie lui faisait vraiment plaisir, même à retardement, même s'il n'en reste plus rien.

– Oh, pas beaucoup, précise Liliane, amusée. Une mise de fonds, pas plus. Mais j'avais suffisamment de provisions pour tenir l'hiver.

Une ombre passe sur son visage lorsqu'elle conclut:

– Mais c'est loin tout ça. Maintenant, c'est le *dance hall* qui m'attend.

– Quoi?

L'air horrifié de Dolly ajoute au trouble de Liliane.

– C'est pour ça que je suis venue ici ce soir, explique-t-elle. Mr. McDonald a toujours besoin de filles, il paraît.

Dolly lui serre la main. Sa voix devient soudain très grave:

– Tu sais, le *dance hall*, c'est souvent... Disons que ce n'est aussi payant que ça en a l'air. Et puis ça prend des nerfs d'acier. Sans parler du reste...

Pendant un moment, ni l'une ni l'autre n'ajoute un mot, mal à l'aise. C'est Dolly qui brise le silence, sur un ton plus léger:

– À mon avis, Lili, ce qu'il te faut, c'est une occasion.

Elles rigolent toutes les deux, chacune imaginant ce que pourrait bien être une telle occasion.

– Tu admettras que les opportunités sont plutôt rares dans ma condition, glousse Liliane avant de reprendre son sérieux. Je n'ai même plus de tente depuis que Percy est parti.

– Ça, je l'avoue, c'est plutôt pathétique. Mais tu sembles encore oublier que Percy n'est pas le seul homme en mal de femme dans la région.

Liliane se rembrunit.

– Je t'ai dit que je ne voulais pas….

Dolly secoue la tête.

– Qui te parle de te marier ? Il y a d'autres sortes d'occasions.

Une image surgit dans l'esprit de Liliane, et, amère elle réplique :

– Comme celle que m'offrait Samuel Spitfield ? C'est bien pire ! J'aurais le gîte et le couvert, rien de plus. Impossible d'amasser de l'argent avec ça. Même à long terme. Et puis s'il m'abandonne au bout d'un mois, je me retrouverai encore à la rue.

– Je te parlais d'une occasion payante, commence Dolly, pas d'esclavage. On a le gros bout du bâton quand on est en demande. Je t'ai d'ailleurs déjà dit qu'il y avait beaucoup d'avantages à être une femme au Klondike.

Horrifiée par le sous-entendu, Liliane arrive difficilement à exprimer ses craintes :

– Mais je ne veux pas… Enfin, je ne peux pas faire comme toi avec le Suédois, c'est trop…

– Tu n'es pas obligée. Et puis, d'ailleurs, personne ne t'y forcera. On mettra ça dans les conditions. Aie confiance en moi.

Peut-on s'en remettre entièrement à une amie lorsqu'il s'agit de sa propre vie ? Quelqu'un d'autre a-t-il le pouvoir de résoudre nos problèmes sans nous en causer ? Liliane n'arrive pas à croire qu'elle est sur le point de céder.

– Tu sais, souffle Dolly en plongeant son regard dans le sien, ce qui t'attend au *dance hall* te rapprochera bien davantage de mon métier que tu l'imagines. Et puis tu n'y seras pas à l'abri des coups…

Ces mots choquent Liliane, qui demeure un moment la bouche ouverte, incapable de prononcer la moindre parole. Elle se souvient de sa rencontre avec le Texan. Elle a eu tellement peur lorsqu'il a voulu la forcer. Elle tressaille, plus mal à l'aise que jamais. Ce soir, son pantalon lui manque vraiment.

– Combien te faut-il ? demande Dolly en revenant à l'essentiel.

Déconcertée, Liliane met une grosse minute à répondre :

– Pour me lancer en affaires ? Cinq mille dollars. Avec ça, je peux acheter le terrain, m'organiser pour faire construire la bâtisse, me procurer quelques fournitures et…

Elle s'interrompt. Dolly ne l'écoute plus. Elle s'est levée et s'apprête à s'adresser à tous les hommes présents. Sans même savoir ce que son amie a en tête, Liliane sent la panique la gagner. Elle l'attrape par le bras et la force à se rasseoir.

– Veux-tu bien me dire ce que tu vas faire ?

Dans son énervement, elle a parlé si fort que les clients des tables voisines se tournent vers elle. Liliane s'efforce donc de se calmer, mais la réponse de Dolly ravive son inquiétude :

– Je vais te trouver une occasion payante.

– Mais comment ? Il n'y a pas d'or ici.

Elle parcourt la salle des yeux, s'arrêtant sur la balance, scrutant le plancher, jetant un regard inquiet vers le fond du saloon où des filles rient très fort.

– Il y en a davantage que tu ne peux l'imaginer, rétorque Dolly, un sourire triomphant sur les lèvres. Les poches des mineurs sont remplies de poudre et de pépites. C'est là que tu vas aller chercher ta fortune.

Dolly s'apprête à se relever, mais Liliane l'en empêche de nouveau :

– Mais arrête! ordonne-t-elle en la retenant par le bras.

Dolly ne se rassoit pas.

– Écoute, Lili, si tu restes ici, tu es condamnée à travailler au saloon. Avec un peu de chance, tu dépenseras ta paye au saloon à boire pour oublier ce que tu fais de tes soirées. Si tu as moins de chance, tu te retrouveras sur la Deuxième Avenue à attendre les clients. Et je t'assure que ce ne sera pas la cuisinière qu'ils viendront visiter. Par contre, si je te trouve une place de domestique sur un *claim*, avant la fin de l'hiver, c'est dans ton restaurant que tu vas t'installer. Et pour de bon, je te le garantis.

– Mais comment? Je ne possède rien.

– C'est là que tu te trompes. Tu possèdes ta réputation.

– Mais elle est surfaite, ma réputation. Et puis je n'ai même plus d'épices. Elles ont brûlé en même temps que le reste.

– Avec ou sans épices, Lili, ta réputation existe. Et puis tu es encore considérée comme une fille respectable. C'est rare par ici. Et ça vaut plus cher. C'est sur ça qu'on va miser.

À bout d'arguments, Liliane relâche sa prise.

– Dis-moi au moins ce que tu veux faire!

– Fais-moi confiance! Avant la fin de la soirée, Lili, tu auras ta mise de départ. Ce sera mon cadeau de Noël.

– C'est dans deux jours, Noël! bougonne Liliane sans trop de conviction.

À court d'argument, elle regarde Dolly se lever, faire un signe au Suédois qui s'empresse d'approcher un banc du bar. Il lui tend ensuite la main pendant qu'elle grimpe sur le comptoir sous les acclamations générales. Il y a des rires, des blagues grivoises, puis une tension nouvelle.

– Tu vas danser, Dolly? interroge Mr. McDonald en s'approchant.

L'assemblée rit de plus belle et la voix de Dolly s'élève, forte et joyeuse. Elle répond en s'adressant à tous les hommes présents.

– Pas du tout, Pete. Je m'apprête à vendre Lili Klondike à l'enchère.

Il y a de nouveaux rires, mais surtout des cris d'encouragement lorsque Dolly annonce que la mise de départ est fixée à mille dollars. Sur le coup, Liliane est davantage bouleversée par le montant que par le plan. Mille dollars! Qui donc possède autant d'argent à gaspiller? Qui donc l'achèterait, elle, pour mille dollars? Et cette personne obtiendrait quoi pour ce montant-là? La voix de Dolly est couverte par celles des hommes qui se posent les mêmes questions. Ce qui ne l'empêche pas de poursuivre sur sa lancée:

– Comme vous le savez, messieurs, notre chère Lili Klondike a vécu des moments difficiles ces derniers temps…

Dolly laisse délibérément planer le doute. Ce court moment de silence pousse l'assemblée à se tourner vers Liliane qui souhaiterait disparaître sous la table. Quelle horreur de voir ainsi ses déboires exposés devant tout le monde! Mais Dolly poursuit sa tirade, insensible au malaise pourtant bien visible sur le visage de Liliane.

– Notre Lili a tout perdu dans l'incendie de la Thanksgiving. On ne va quand même pas laisser à la rue une fille avec autant de talent!

Cette fois, les commentaires sont franchement paillards, au point que Liliane se demande comment arrêter ce cirque dont elle est l'attraction principale. Debout sur le bar, Dolly rit avec les clients, puis impose le silence.

– Non, non, non, dit-elle en agitant l'index. Il ne s'agit pas de moi, ici, mais bien de Lili Klondike.

Elle gronde les hommes comme elle gronderait des enfants, ce qui provoque de nouveaux éclats de rire. Puis, un sourire espiègle aux lèvres, elle continue son discours :

– Ce soir, je la vends à l'enchère comme domestique pour l'hiver !

Un puissant coup de talon annonce qu'elle est prête à entendre les premières propositions. Liliane n'en croit pas ses yeux. Elle cherche en elle le courage de prendre la parole dans la foule, mais se heurte à sa timidité, à son flegme, à sa discrétion. Elle est tout bonnement paralysée par l'aspect surréaliste de la situation. Si elle ne veut plus subir cette comédie, il lui faut se sauver, fuir par la porte principale devant tout le monde. Elle devrait ainsi vivre le reste de sa vie avec la honte et les railleries, mais serait-ce vraiment pire que ce qu'elle endure en ce moment ? D'ailleurs, les commentaires des clients démontrent bien tout le respect qu'ils ont pour cet encan.

– Domestique, hein ! répète, incrédule, un homme appuyé au comptoir.

Dolly ne se laisse pas décontenancer.

– Oui, domestique, Spencer. Elle va cuisiner, s'occuper du ménage, de la boulange, chauffer le poêle et…

– Et chauffer le lit ? insiste le Spencer en question. Est-ce qu'elle sait faire ça ?

L'hilarité reprend et Liliane voudrait ne pas entendre les plaisanteries qui suivent. Quelle étrange situation, tout de même! Être sauvée du déshonneur par une prostituée. Voilà la preuve que le ridicule ne tue pas. Les hommes ont toujours les yeux fixés sur Dolly, en attente d'une réponse à la question restée en suspens.

– Non, non, non, tonne Dolly en agitant son index de la même manière que précédemment. Il ne s'agit pas de chauffer la paillasse ici, mais de tenir la cabane pendant que vous, messieurs, serez occupés à creuser pour trouver de l'or. Le soir venu, il y aura pour vous un bon repas, des vêtements propres et une maison bien chaude.

– Et le lit?

Cette fois, les traits de Dolly se durcissent. Elle jette un bref regard au Suédois et incline légèrement la tête en direction de l'importun. Immédiatement, Hans empoigne le dénommé Spencer et le soulève de terre. Ses bras puissants l'expulsent rapidement de l'établissement. Un coup de vent plus tard, une fois la porte refermée, le Suédois se tourne vers Dolly en se frottant les mains. Avec un sourire méprisant, il s'écrie:

– Qui est le suivant?

Le saloon devient tout à coup silencieux et Dolly reprend là où elle avait été interrompue.

– Je disais donc que Lili Klondike, la plus célèbre cuisinière de tout le Grand Nord, offre ses services pour l'hiver. Chaque homme intéressé doit posséder une cabane à lui seul, une cabane confortable. Pas de tente, s'il vous plaît. De plus, il doit avoir des provisions en quantité suffisante pour nourrir deux personnes jusqu'au 1er juin.

Des murmures suivent cette déclaration. Dolly impose de nouveau le silence avant de conclure:

– Avis à ceux qui ont la main leste : celui qui aura osé malmener Lili Klondike se retrouvera un beau matin avec un poignard dans le dos. Je vous le garantis.

Elle laisse aux hommes le soin d'évaluer la portée de cet avertissement. *La main leste*. Liliane n'avait pas envisagé qu'on puisse la battre. Du coup, un frisson lui parcourt l'échine. Si Dolly ressent le besoin d'émettre une mise en garde, c'est que la menace est bien réelle. Les paumes moites, Liliane couve l'assistance des yeux. Advenant que le pire se produise, qui enfoncera ce poignard ? Elle ou Dolly ? Hans, peut-être ?

– Les enchères s'ouvrent à mille dollars !

Dolly a presque crié et le coup de talon qui suit fait sursauter tout le monde. Paralysée sur sa chaise, Liliane n'ose l'interrompre. Une question venue de l'assemblée la force pourtant à se ressaisir :

– Qu'est-ce qui nous prouve que la principale intéressée est d'accord avec ton plan, Dolly ? Elle n'a pas dit un mot de la soirée.

Avec des murmures approbateurs, tous les hommes se tournent vers Liliane.

– Voyons donc ! s'exclame Dolly en s'appuyant les poings sur les hanches. Vous l'avez entendue parler souvent, vous ? Lili Klondike est aussi muette qu'une carpe. Mais vous avez raison. Il faut bien s'enquérir de son avis dans cette affaire. Après tout, c'est elle que vous allez acheter.

Il y a des rires, mais ils se sont adoucis, paraissent presque gênés. Dolly demande à voix forte :

– Vas-tu partir avec le plus offrant, Lili ? Vas-tu t'occuper de sa cabane jusqu'en juin ?

L'attitude et le ton de Dolly trahissent une certaine autorité. Liliane doit acquiescer. C'est sa dernière chance.

Un regard vers le Suédois lui permet de calmer la panique qu'elle a sentie surgir tout d'un coup. Quelque chose dans les yeux de l'homme lui dit que Dolly a tout prévu. Qu'elle ne court aucun danger. Que cette nuit et toutes celles qui suivront, Liliane dormira au chaud et en sécurité, quelque part sur un *claim* tout près du sien.

Alors, lentement, dissimulant sa détresse sous une apparente froideur, Liliane fait oui de la tête. Les cris s'élèvent aussitôt, et une sorte d'euphorie s'empare de l'assistance.

– Ça y est, les *boys*! s'écrie Dolly en reprenant le contrôle. Qui est prêt à payer mille dollars pour manger la cuisine de Lili Klondike tout l'hiver?

Une première main se lève, puis une seconde. Les enchères montent à coup de cent dollars. Et, pendant ce temps, Liliane demeure abasourdie. Elle examine chacun de ces hommes, venus au Phœnix ce soir. L'encan n'était peut-être pas aussi improvisé qu'on aurait pu le penser.

*

L'équipage file sur la neige. Il fait nuit et les étoiles semblent si proches que Liliane a l'impression qu'elle pourrait les toucher. Malgré son aspect ténu, le mince croissant de lune répand une lumière blanche et crue sur les rives enneigées du Bonanza, redonnant vie aux arbres, aux montagnes, de même qu'à chacun des bâtiments qui s'élèvent le long du sentier. Au nord, une aurore boréale strie le ciel, mouvante, large et diffuse. En cette nuit typique du Nord, un vent froid souffle sur la vallée, intensifié par le mouvement du traîneau qui glisse allègrement sur la piste damée. Ainsi ballotée par le destin, Liliane se sent minuscule. Comment expliquer qu'elle soit là, en direction des *claims*, en compagnie d'un homme qui, debout derrière elle, excite les chiens de la voix ? Les choses se sont passées tellement vite.

Elle revoit les mains levées, les bouches qui crient des montants, les yeux qui croisent les siens avec l'anticipation d'un plaisir évident. Mais, surtout, il y avait cette énergie avec laquelle Dolly faisait hausser la mise.

– Voyons, les *boys* ! Vous n'allez pas la laisser partir dans une cabane du Bonanza pour aussi peu que ça.

Aussi peu que ça, c'était les cinq mille dollars, qui constituaient l'offre au bout de vingt minutes. Plus le montant augmentait, plus Dolly paraissait excitée. Sa voix trahissait sa joie d'avoir atteint le but qu'elle s'était fixé : trouver les fonds dont Liliane avait besoin pour se lancer en affaires.

Tout le temps qu'a duré l'encan, Liliane est demeurée silencieuse à observer, à réfléchir, à imaginer ce que serait sa vie avec un tel, tel autre, ou tel autre. Parmi ceux qui participaient et faisaient grimper les enchères, des inconnus, mais aussi des clients du Sourdough's Café, de même que quelques-uns déjà servis sur la piste. Liliane a repéré Mr. Berton qui, de toute évidence, n'avait pas perdu la totalité de sa fortune dans l'incendie de son restaurant. Il y avait aussi Mr. Ash, qui semblait prendre un malin plaisir à surenchérir, au grand dam de son concurrent. Et le montant continuait d'augmenter. Deux inconnus, un ancien client ; on renchérissait de tous les côtés. On en était rendu à dix mille.

Dix mille, et c'est Mr. Berton qui venait de parler. Liliane en tremblait.

Puis, à la surprise générale, le Suédois a ajouté deux mille dollars. Cela faisait douze mille. Où prendrait-il une telle somme? Liliane n'en avait pas la moindre idée, mais elle lui était reconnaissante de priver Mr. Berton du plaisir de l'acheter. Dans le pire des cas, elle irait vivre avec Dolly et lui, et personne ne paierait rien à personne. Après tout, c'étaient des amis. Mais soudain, alors qu'on croyait l'encan terminé, que les enchères avaient atteint un niveau qui semblait impossible à dépasser, une autre voix s'est élevée dans la foule. Une voix que Liliane a reconnue, mais qu'elle n'avait pas encore entendue ce soir, celle d'un homme dont elle aurait dû deviner la présence pourtant.

– Quinze mille.

Ces mots, prononcés avec un accent canadien-français mais d'un ton très calme, ont eu un effet immédiat sur l'assistance. Plus surpris que déçus de voir la cuisinière leur filer entre les doigts, tous se sont tournés vers celui que personne n'avait remarqué jusqu'alors, assis confortablement au milieu de la salle. Qui n'aurait pas reconnu la main mutilée qui s'est levée au moment où la voix ajoutait:

– Quinze mille, et nous en avons terminé.

Et Dolly de s'écrier:

– Adjugé à Saint-Alphonse pour quinze mille dollars!

De son talon, elle a frappé le bar encore une fois. Par ce geste bruyant, elle venait de clore les enchères. En moins d'une heure, l'argent était déposé à la banque et l'entente était signée. Sur le contrat, les deux partenaires étaient identifiés par leurs pseudonymes respectifs, ainsi que le veut la coutume du Nord. Les mains de Liliane sont devenues moites quand elle a vu écrit noir sur blanc qu'elle s'engageait à travailler pour Saint-Alphonse jusqu'au 1er juin, après quoi, elle toucherait son salaire. Et maintenant, assise sur un traîneau tiré par une demi-douzaine de chiens, emmitouflée dans une tonne de fourrures, elle se dirige vers les *claims* en compagnie de l'homme le plus laid du Klondike.

*

Après trois heures de route, le traîneau ralentit sa course jusqu'à s'immobiliser devant une cabane construite en retrait. Liliane reconnaît la demeure de Mr. Walter. À en juger par les chants et les éclats de lumière qui oscillent autour de la porte de même qu'à la fenêtre, Liliane devine que, malgré l'heure tardive, les occupants sont toujours debout. Elle comprend que Saint-Alphonse ait décidé de s'y arrêter. À son premier passage dans le coin, elle avait remarqué que les deux hommes semblaient liés, suffisamment en tout cas pour que les plaisanteries entre eux ne portent pas à conséquence.

– Venez vous réchauffer, dit Saint-Alphonse en bondissant hors du traîneau pour attacher les chiens à un arbre. On ne restera pas longtemps, mais il est impensable de faire la route *d'une traite*.

Étrangement, Liliane lui sait gré d'avoir parlé en français, avec cet accent si semblable au sien. Le simple bonheur d'entendre sa langue maternelle en ce soir fatidique l'émeut au point de lui troubler la vue. Elle se redresse et quitte le traîneau à son tour. La lune permet de distinguer des détails de la vallée et le plus étonnant est sans contredit cette silhouette longiligne qui se découpe sur la neige. Un compatriote qu'elle ne connaît pas, mais avec qui elle devra passer les cinq prochains mois. Un homme discret et pourtant bien connu. Comme elle, songe-t-elle au moment où il frappe à la porte de chez Mr. Walter. Elle coupe court à ses observations et rejoint son compagnon en quelques enjambées. Elle aura amplement l'occasion de l'étudier. À l'intérieur, les chants et les rires se poursuivent comme si personne ne les avait entendus venir.

– Pensez-vous que Mr. Walter nous offrira du café ? demande-t-elle à Saint-Alphonse avant qu'il frappe de nouveau.

– Ouais.

Il a répondu d'une voix railleuse et s'empresse d'ajouter :

– Il nous offrira certainement du café. Peut-être même à manger.

– Il est généreux.

Si l'attitude du vieux Walter a laissé Liliane perplexe la première fois, elle lui permet cette nuit d'anticiper un bel accueil.

– Il est généreux avec les dames, oui, conclut Saint-Alphonse au moment où s'ouvre la porte.

Walter apparaît et, bien qu'il fasse dos aux bougies, Liliane n'a pas de difficulté à le reconnaître. Ce visage raviné, ce corps courbé, ces cheveux en bataille…, le type même de l'ermite.

– Saint-Alphonse ! s'exclame-t-il en apercevant son visiteur. Tu arrives un peu tard. On a déjà commencé à fêter.

– Je suis venu aussi vite que j'ai pu, réplique Saint-Alphonse en se glissant à l'intérieur. J'avais à faire à

Dawson avant. J'ai de la compagnie ce soir. J'espère que ça ne dérange pas.

Sur ce, il s'écarte et Liliane apparaît.

– Si c'est pas Miss Lili Klondike en personne!

La surprise du vieil homme est si éclatante que ses compagnons, toujours attablés, pouffent de rire en chœur. Walter leur jette un coup d'œil réprobateur avant d'adresser un sourire admiratif à Saint-Alphonse.

– Vous prendrez bien un bon café, dit-il en lui décochant un clin d'œil complice. Et peut-être même une petite goutte, Saint-Alphonse?

Liliane se rappelle son premier séjour dans la région. La générosité ciblée de Walter avait piqué sa curiosité.

– Cré Saint-Alphonse, va! lance justement le vieil homme en lui assignant un banc près du poêle. Il nous surprendra toujours.

À Liliane, il propose la seule chaise digne de ce nom, avant de leur servir à tous deux un verre de son meilleur whisky. Liliane refuse l'alcool, mais accepte la tasse de café que lui tend un des compagnons de Mr. Walter. En fait, les sept autres convives en étaient à terminer leur repas. Deux couverts supplémentaires font leur apparition sur la table. Liliane ne repousse pas la viande qu'on dépose devant elle. Ni les pommes de terre, ni le navet, ni le chou. Diable qu'elle est affamée! Elle mange sans même apercevoir les regards amusés que les hommes posent sur elle. Mais lorsque Saint-Alphonse fait mine de ne pas avoir faim et lui offre de terminer son assiette, elle se rend compte qu'elle a été d'une grande impolitesse en dévorant tout ce qu'on lui mettait sous le nez.

– Excusez-moi, dit-elle en s'essuyant la bouche du revers de la manche.

Son attitude contrite provoque l'hilarité de Walter.

– Pas de faute, lâche-t-il en soulevant de nouveau le couvercle du chaudron. Il y en a encore. Et vous prendrez bien du pain avec ça. C'est parfait pour ramasser la sauce.

Elle accepte tout ce qu'il dépose dans son assiette, au grand plaisir de son hôte. Lorsqu'elle lève les yeux, son regard croise celui de Saint-Alphonse.

– Ça fait combien de temps que vous avez mangé? demande-t-il pour la taquiner.

Liliane avale une bouchée de pain avant de répondre:

– J'ai bu un café et un whisky au Phœnix tout à l'heure.

– Elle boit du whisky! s'exclame Walter, visiblement surpris. Qui aurait cru ça? Allez, les gars, rapportez-moi la bouteille.

– Non, merci! s'écrie Liliane en repoussant son verre. Mais je prendrais bien un autre café.

– Il n'y a rien comme le whisky pour réchauffer son homme. Euh… sa femme. Bon, juste une goutte. Ça vous redonnera des couleurs et ça vous fera du bien là où il faut.

Liliane cède, un peu à contrecœur. L'alcool lui brûle la gorge, mais elle s'efforce d'avaler. Une douce chaleur se répand alors dans son corps. Elle doit donner raison à Walter: elle se sent beaucoup mieux.

– Je veux dire «mangé un vrai repas», reprend Saint-Alphonse. Avec de la viande, des patates, du pain. Il y a longtemps?

– Eh bien…

Liliane a les joues en feu, mais ce n'est pas à cause de la gêne; l'alcool la réchauffe vraiment, en plus de lui permettre de se détendre. Elle hésite quand même à décrire le dénuement dans lequel elle a vécu ces dernières semaines. Il lui reste encore un peu d'orgueil, même si celui-ci en a pris un coup avec l'encan.

– C'est mon premier repas de la journée, admet-elle en rougissant. Merci beaucoup de me l'offrir, Mr. Walter. C'était vraiment bon.

– Ah! je vous l'avais bien dit! rétorque l'hôte. La meilleure cuisine de tout le Klondike, à une exception près.

Les hommes rient, et Liliane ne peut s'empêcher de sourire à l'allusion. Au même moment, on frappe à la porte. Le vieil homme s'empresse d'ouvrir et de faire entrer les visiteurs. Quelle n'est pas la surprise de Liliane de découvrir Dolly et son Suédois, qui viennent se quêter un souper eux aussi!

– Vous tombez bien, Saint-Alphonse allait justement sortir son violon! s'exclame Walter.

À ces mots, le principal intéressé s'étouffe avec son whisky.

– C'est que..., balbutie-t-il, embarrassé, j'ai oublié mon violon, Walter.

– Quoi?

Tous les hommes se tournent vers lui en affichant un air exagérément outré. Saint-Alphonse se voit contraint de s'expliquer.

– Eh bien... Je suis parti si vite pour Dawson que j'ai dû le laisser sur la table.

Autour de Liliane, la déception est palpable, mais elle s'estompe dès que Hans prend la parole.

– Parlant de gars qui est parti vite, ce soir, à Dawson, c'était tout un départ que le tien. On aurait dit que tu te sauvais.

Le ton est moqueur, et l'attention se porte de nouveau sur Saint-Alphonse.

– Il paraît que ça ne s'était jamais vu un traîneau quitter la ville à cette vitesse-là, renchérit Dolly. Dans le temps de le dire, ton attelage avait traversé le pont de glace de la rivière Klondike. Tout le monde était d'accord au Phœnix. De mémoire d'homme, ça n'était jamais arrivé.

S'ensuit une explosion de rires à laquelle participe de bonne grâce Saint-Alphonse. Liliane rit aussi, entraînée par l'alcool et par le bonheur contagieux qu'elle perçoit autour d'elle. Dolly a l'air tellement bien en compagnie de ces hommes! Tout le monde semble heureux. Liliane en oublie sa pauvreté, sa misère des derniers temps, l'humiliation ressentie à l'encan et la honte d'avoir été achetée pour l'hiver. Elle incline la tête avec langueur et ses yeux se plissent, s'accrochent avec un soudain intérêt à ceux de Saint-Alphonse. Pendant un long moment, elle ne voit personne d'autre. Que cet homme avec ses joues creuses sous sa barbe drue, ses cheveux raides et noirs, ses bras maigres et sa main mutilée, mais avec un sourire tel qu'il fait naître dans son regard une étincelle, une lumière aussi intense que subite. Et des yeux... Des yeux noirs où percent une telle énergie et une telle force... Pupilles et iris confondus, des yeux noirs à vous transpercer le cœur.

Chapitre XIII

Ils sont huit. Grands, costauds et forts comme des bœufs. Rosalie n'aurait pas pu les manquer. Leurs yeux bridés, leur peau mate, leurs longs cheveux noirs tressés dans le dos ont tout de suite attiré son attention. Que dire de cette carrure caractéristique des Indiens tlingits, sinon qu'elle impressionne les Blancs ? Leur taille imposante, doublée d'un air farouche, vous donne le goût de détourner le regard. C'est d'ailleurs ce qu'ont fait les clients qui se trouvaient dans le restaurant quand les huit hommes sont apparus dans l'embrasure de la porte.

Rosalie a senti son cœur cesser de battre en les apercevant depuis la cuisine. Non pas parce que c'étaient des Indiens, mais plutôt parce qu'il s'agissait de nouveaux venus à White Pass City. Cela fait bien un mois qu'elle cuisine pour Mme Gagnon et, jour après jour, ce sont les mêmes visages qu'elle croise, les mêmes silhouettes qui prennent place sur les bancs de la salle à manger. Depuis des semaines, à White Pass City comme à Skagway, on a l'impression que le monde entier est en attente. Comme si plus rien n'existait que la vie quotidienne de la montagne, avec ses chutes de neige et son vent.

Certes, dans les premiers temps, il est arrivé à Rosalie de pleurer la nuit. Elle revoyait Dennis-James à son piano, l'imaginait lui faisant l'amour. Dans ces moments-là, une tristesse immense l'envahissait. Puis elle se rappelait la lettre de sa femme, et la peine se transformait en déception. Il n'y avait plus une ombre de colère chez elle. Ce sentiment s'était évanoui le soir de sa fuite de Skagway, quand elle a réalisé que Dennis-James avait mis sa propre sécurité en péril pour l'aider à partir. Au fil des jours, le souvenir de son amant s'est effacé, doucement, et la vie, la vraie vie, a repris son cours. Après tout, jamais elle ne sera Mrs. Peterson. Cela, elle a fini par l'admettre et en faire son deuil, exactement comme elle a fait le deuil de cet enfant perdu quelque part dans la montagne.

Pourtant, malgré sa grande lucidité, il lui arrivait parfois de rêver. Alors qu'elle craignait de voir surgir les hommes de Smith dès que la piste rouvrirait, elle imaginait aussi secrètement la silhouette de Dennis-James franchissant le seuil, s'assoyant à une table, lui souriant comme lui seul sait le faire. Or, ce soir, quand les huit Indiens ont pénétré dans le restaurant, la peur l'a prise aux tripes à l'idée que White Pass City était à nouveau accessible.

Comme tous les clients présents, elle a sursauté lorsque les Tlingits ont appuyé avec fracas leurs armes contre le mur. Ils se sont ensuite dirigés nonchalamment vers une table et Rosalie a été soulagée quand les trois hommes qui s'y trouvaient déjà ont attrapé leurs couverts pour prendre place ailleurs, évitant une bagarre certaine. Après s'être assis bruyamment, un des Indiens a interpellé Mme Gagnon et a commandé à souper pour lui et ses compagnons dans un anglais hachuré. Rosalie est donc retournée à ses chaudrons.

Depuis maintenant une heure, les huit hommes occupent deux bancs où mangent habituellement une douzaine de clients. Personne, cependant, n'a osé leur rappeler les bonnes manières. Un seul coup d'œil vers eux aurait suffi à dissuader le plus téméraire. La chose aurait de toute façon été inutile, car le restaurtant se vide lentement. Il est tard. Rosalie profite de la fin de son quart de travail pour s'approcher des Tlingits, dissimulant ses appréhensions derrière une amabilité polie.

– Vous avez bien mangé, messieurs?

Elle s'est placée au bout de la table de manière à les voir tous, mais un seul d'entre eux daigne lui répondre, par un hochement de tête. Pas un mot, pas un sourire. Loin de se décourager, elle poursuit ses questions:

– Comment était la route depuis Skagway? Boueuse?

Un des Indiens lève les yeux.

– On n'arrive pas de Skagway, dit-il, avant de retomber dans son mutisme.

Rosalie est tellement soulagée qu'elle passe près de retourner à la cuisine sans rien ajouter. Mais un détail a piqué sa curiosité et elle ose une autre question:

– D'où venez-vous donc? Du lac Bennett?

Celui qui s'était adressé à elle acquiesce de la tête, ce qui fait naître un sourire de contentement sur le visage de Rosalie. Si ces hommes arrivent du lac Bennett, c'est que le col est ouvert. Voilà une occasion à ne pas laisser passer.

– De toute évidence, vous êtes des porteurs, messieurs. Cherchez-vous un client? Parce que si c'est le cas, je suis là. Comme tout le monde, j'ai ma tonne d'équipement à transporter par-dessus les montagnes et j'ai hâte d'en avoir terminé.

L'Indien qui lui a répondu plus tôt lève un sourcil intéressé. Rosalie insiste :

– Vous avez bien compris. J'ai besoin de porteurs. Je propose de vous embaucher jusqu'au lac. À vous huit plus mon traîneau, ça prendra deux voyages. Qu'est-ce que vous en pensez ? Cela ferait-il votre affaire ?

Les Tlingits se consultent du regard et, après avoir obtenu l'approbation des autres, celui qu'elle croit être le chef lui adresse la parole :

– Nous exigeons d'être payés en pièces d'or ou d'argent. Pas de papier.

Rosalie écarquille les yeux, étonnée d'une si étrange demande.

– L'argent de papier ne vaut rien ici, explique l'homme. De l'or ou de l'argent, c'est tout ce qu'on prend. Et on veut être payés à l'avance.

Rosalie réfléchit un court instant. Avec son restaurant, Mme Gagnon pourra une fois de plus lui rendre service en changeant une partie de ses billets contre des pièces.

– Très bien, dit-elle en tendant la main à son interlocuteur. Je vous attendrai ici à six heures demain matin.

*

Ce soir-là, Rosalie règle ses comptes avec sa patronne, emballe ses provisions afin que tout soit prêt pour le lendemain matin. Lorsqu'elle s'allonge, à quelques pas du poêle, elle réalise qu'elle n'arrivera jamais à dormir. Elle se sent trop fébrile. Elle imagine à quoi ressemblera la frontière, l'autre versant des montagnes, le lac Bennett, Dawson. Elle va enfin reprendre la route. Après tout ce temps, elle n'y croyait presque plus.

Son esprit erre, créant des images nouvelles qui se mêlent à celles issues du passé. Puis le visage de Dennis-James surgit, occupant soudain toutes ses pensées. Que fait-il en ce moment ? Pense-t-il à elle comme elle pense à lui ? Quels sont ses projets pour le printemps ? Abandonnera-t-il son poste de musicien pour prendre d'assaut les montagnes et venir la rejoindre ? La piste de Skagway ne tardera pas à ouvrir maintenant que celle du sommet est en fonction. Dennis-James n'aurait qu'à ramasser ses affaires, quitter sa petite chambre et s'aventurer enfin sur le chemin, comme il aurait dû le faire depuis le début. Mais inutile de se leurrer : Dennis-James est trop bien dans son saloon. Avec un salaire de vingt dollars par jour, qui songerait à partir ? Certainement pas lui. Il est fragile, faible aussi. Rosalie a vu ses mains brûlées, son visage rougi, ses membres meurtris par la piste. Le détective Perrin avait raison. Dennis-James est un homme de la ville. Il n'a rien d'un prospecteur et n'aurait jamais dû quitter New York. Et elle ? A-t-elle bien fait de le suivre dans ce rêve de gloire et de richesse ? Pour être honnête, Rosalie doit admettre que, malgré tout ce qui lui est arrivé, elle ne regrette rien. Elle ressent toujours une certaine attirance pour lui. Il s'agit d'un sentiment dont elle ne peut se départir même si elle a vécu avec cet homme les pires déceptions. Elle le revoit debout dans l'embrasure de la porte, cherchant dans la nuit la présence des hommes de Smith. Il l'a aidée à fuir au péril de sa vie. Elle prie pour qu'il ne lui soit arrivé aucun malheur après son départ.

*

Le premier jour d'ascension s'avère difficile. Il a neigé plusieurs fois pendant la dernière semaine et, hormis les huit Tlingits, personne ne semble avoir emprunté le sentier. Chaussé de raquettes, le groupe réussit néanmoins à parcourir trois milles avant de s'arrêter. Trois milles en bordure d'un ravin vertigineux que les Indiens ont désigné comme étant le Dead Horse Gulch. Ce nom fait frémir Rosalie et, lorsque par inadvertance son regard plonge tout au fond du gouffre à la recherche de repères, elle en ressent autant d'effroi que de répugnance. Le paysage est une gigantesque nappe de gris. Rosalie peut cependant imaginer les carcasses gelées des chevaux, gisant entre les rochers. Dans son esprit, elles sont toutes semblables au squelette qu'elle a découvert sous son feu en revenant de Skagway. Il y a tellement d'animaux morts sur la route que la parcourir en hiver constitue une bénédiction. Au printemps, l'odeur sera pestilentielle.

Il lui faut faire un effort pour extirper du gouffre son regard fasciné. Elle poursuit sa montée, tirant sur son traîneau, posant ses raquettes dans les traces laissées par les Indiens qui la précèdent. Autour d'elle, le paysage commence à changer. La taille des arbres diminue. De chaque côté de la piste, les montagnes se dressent, toujours aussi majestueuses, mais de plus en plus inhospitalières. De la forêt touffue du littoral, il ne reste que les conifères trapus et hirsutes qui marquent d'un trait sombre la crête enneigée. Juste avant que ce couvert de végétation ne disparaisse, le chef des Tlingits dépose son fardeau près d'un amas de sapins.

– Assez pour aujourd'hui, déclare-t-il pendant que ses hommes l'imitent, espérant sans doute comme lui trouver refuge sous ces branches frêles.

Rosalie s'arrête à son tour. Depuis que la pleine lune s'est levée, il est facile d'observer les environs. Vingt pieds plus loin, le sentier est à découvert, et donc balayé par le vent. Ainsi, la neige, ne se heurtant à aucune entrave, y est soufflée en poudrerie et bloque littéralement la vue que l'on pourrait avoir du sommet. Les Tlingits ont vraiment bien choisi l'emplacement du campement pour la nuit.

En peu de temps, les tentes sont montées, le feu, allumé, et les Indiens, installés autour des braises pour cuire la viande et fumer la pipe. Bien qu'elle soit intimidée par leur silence et leur attitude farouche, Rosalie refuse de s'asseoir en retrait. Le froid se fait trop mordant pour qu'elle cède à la peur qui tente par moments de s'insinuer dans son esprit. Mais pourquoi aurait-elle peur ? Et de quoi ? De qui ? Si ces hommes lui voulaient du mal, ils n'auraient pas attendu aussi longtemps pour s'en prendre à elle, ni marché trois milles en terrain hostile. De toute façon, qu'est-ce qui lui dit qu'ils n'ont pas été suivis ? Ils étaient nombreux à White Pass City et tous n'attendaient qu'une chose : que la piste soit de nouveau accessible. Rosalie juge donc le danger bien mince et, après avoir retiré ses raquettes, elle s'installe avec ses porteurs pour profiter du rempart que constituent leurs corps larges et leurs tentes.

Pas un ne lui adresse la parole cependant. Pas davantage qu'ils ne discutent entre eux, d'ailleurs. Rosalie ne s'en formalise pas et ouvre une boîte de viande en conserve qu'elle dépose directement dans le feu. Puis, dépliant ses jambes pour poser les pieds aussi près que possible des flammes, elle se détend, bercée par le souffle régulier du vent. La lune perce les nuages, créant dans le ciel une dentelle de lumière. Rosalie l'admire un moment, puis ferme les yeux. Elle prend soudain conscience de la fatigue accumulée durant la journée. Ses mollets lui font mal, ses bras aussi, surtout à l'endroit où passait la corde qui retenait la caisse.

– Il est encore loin, le lac Bennett? demande-t-elle enfin pour éviter de sombrer trop vite dans le sommeil.

Bien emmitouflée, la tête blottie au fond de son capuchon, elle tend l'oreille afin d'attraper les quelques mots que ces hommes pourraient lui offrir en guise de réponse. Mais elle n'entend rien. Elle insiste donc:

– Nous sommes à combien d'heures de marche du lac?

Encore une fois, pas une syllabe ne vient troubler la quiétude de la nuit. Rosalie soupire et rejoint les Indiens dans leur mutisme. Pendant un long moment, on n'entend que le grincement des arbres, que la furie du vent qui balaie le sommet dégarni. Et soudain, des voix d'hommes s'élèvent, se rapprochent, soufflées jusqu'à elle par la bourrasque. Rosalie reconnaît des mots précis, prononcés dans sa langue maternelle. Elle sourit et bondit sur ses pieds, anticipant avec plaisir la compagnie de Canadiens français. Deux silhouettes surgissent alors du néant, marchant d'un pas alerte dans la lueur argentée.

– Bonsoir! leur lance-t-elle, joviale. Venez donc vous réchauffer près de notre feu.

Puis, les voyant qui accélèrent dans sa direction, elle ajoute:

– Vous pouvez camper avec nous si vous voulez.

– C'est pas de refus, mademoiselle Lili.

L'homme la rejoint en quelques enjambées et il lui tend la main.

– Ça fait plaisir de vous revoir. Hein, Théophile, que ça fait plaisir de retrouver une fille de par chez nous ?

– Certain ! répond ce dernier. Comment allez-vous, mademoiselle ?

Rosalie se demande comment ils ont fait pour la reconnaître. Son visage est entièrement dissimulé par les foulards, et la fourrure de son capuchon lui descend jusqu'aux yeux. Il est vrai, cependant, que les Canadiennes françaises ne sont pas légion sur la piste. Rosalie a peut-être servi les deux hommes au restaurant de Mme Gagnon sans savoir qu'il s'agissait de compatriotes. De son côté toutefois, elle n'arrive pas à les identifier. Ils sont vêtus de la traditionnelle veste mackinaw et de mocassins, comme près de quatre-vingts pour cent des hommes qu'elle a rencontrés depuis son arrivée dans le Grand Nord. Heureusement, l'un des deux lui évite davantage d'embarras en posant une question qui élucide le mystère.

– Est-ce que votre ami de San Francisco est toujours avec vous ?

La lumière se fait aussitôt dans l'esprit de Rosalie. Puisqu'ils connaissent Mr. Perrin, il doit s'agir des cousins Picard, ces Canadiens français rencontrés en septembre lors de son premier séjour à White Pass City. Elle les revoit tous les quatre, installés à la même table qu'elle et le détective. Comme elle avait été heureuse de faire leur connaissance ! Mais, surtout, elle avait éprouvé une vive joie de parler avec eux en français. Étrangement, ce soir, c'est ce même bonheur qui la gagne alors qu'elle répond à leur question :

– Le détective Perrin doit dormir au chaud à Dawson à l'heure qu'il est. Mais je vous croyais rendus au Klondike, vous aussi.

Les deux hommes déposent chacun leur mince sac de toile par terre et s'assoient dessus, les mains tendues vers les flammes.

– Point du tout, mademoiselle. On a passé le dernier mois au lac Bennett à scier du bois pour notre bateau. On en est repartis ce matin. Il faut qu'on retourne chercher l'équipement qu'on a dû abandonner à White Pass City à la fermeture de la piste. En passant, moi, c'est Maxence et lui, c'est mon frère Théophile, vous vous en souvenez?

Rosalie scrute les deux visages, qui sont aussi peu visibles que le sien.

– Absolument, acquiesce-t-elle en reprenant sa place. Mais il me semble que vous étiez quatre quand je vous ai vus la dernière fois.

– Nos cousins Eudes et Euclide sont restés au lac pour construire le bateau. Théo et moi, on en a encore pour trois ou quatre voyages, je pense. Après ça, quand toutes nos affaires seront rendues au lac Bennett, je vous jure que c'en sera fini des longues marches de dix milles par jour.

À ce moment, les yeux de Maxence s'attardent sur les hommes qui fument en silence autour du feu. Il ne dit rien, mais le regard inquiet qu'il jette à Théophile trahit son malaise.

– Ce sont mes porteurs, précise aussitôt Rosalie pour éclaircir la situation.

– Vos porteurs? Eh bien! On aura tout vu. Une petite fille de par chez nous qui se paie les services de grands gaillards alors que nous, on peine comme des bœufs.

Le ton faussement plaintif de Maxence amuse Rosalie. Les frères Picard sont presque aussi costauds que les Tlingits, à côté desquels ils ont pris place. Comme ces derniers demeurent cois, Maxence entreprend de décrire le camp du lac Bennett, sa ville de tentes, sa forêt qui s'éloigne des rives et les *sawpits* qu'il qualifie d'instruments du démon. Ainsi se passe le repas, animé par les rires et la conversation des Canadiens français, sous les regards indifférents des Indiens.

Plus tard ce soir-là, quand Rosalie s'endort, son visage exprime une grande béatitude. Le Klondike, enfin, est à portée de la main.

*

Le vent souffle sur le nord des montagnes Rocheuses. En ce petit matin de décembre, le soleil demeure caché sous la ligne d'horizon et le froid continue de sévir. À quelques milles de la White Pass, juste avant que la forêt ne s'efface complètement, Rosalie dort encore, à l'abri sous la toile de sa tente. Dans ses rêves, elle entend des mots, des phrases. Deux hommes conversent en anglais, mais avec des accents différents. Leurs propos se mêlent à des images fantaisistes, à d'autres, plus réalistes. Soudain, Rosalie passe d'un sommeil profond à une simple torpeur, un état de veille un peu trouble. Les voix sont là, discutant de conditions, de chiffres, d'argent. D'argent? Ce mot se fraie un chemin jusqu'à sa conscience. Des exclamations étonnamment agressives l'avertissent que quelque chose d'important est en train de se dérouler. Elle ouvre les yeux, et une énergie soudaine la réveille complètement. D'un geste brusque, elle repousse les couvertures. Quelques secondes plus tard, elle est debout devant la tente, le manteau battant au vent, le chapeau de travers et les mitaines enfoncées jusqu'aux coudes. Elle embrasse toute la scène du regard, mais n'arrive pas à croire ce qu'elle voit. Non loin des braises toujours fumantes, un homme qu'elle ne connaît pas échange avec le seul des Tlingits qui semble doué de parole. L'inconnu est grand et, sous l'ample manteau qui lui descend jusqu'aux mollets, ses épaules paraissent aussi puissantes que celles des Indiens. Un chapeau à large bord dissimule complètement son visage. À ses pieds gisent deux chevaux faméliques, leurs flancs maigres écrasés par le poids d'une charge démesurée. Les bêtes respirent avec peine, anticipant sans doute la mort qui viendra d'un coup de hache, d'une balle ou avec le sommeil dans le froid de la nuit.

Debout près des chevaux, les hommes continuent leur conversation comme s'ils ne s'étaient pas aperçus de la présence de Rosalie. Celle-ci cherche un moment les frères Picard, mais leur tente a disparu. Ils ont dû lever le camp il y a longtemps. Son attention revient sur les Tlingits juste au moment où le chef annonce qu'il veut être payé en pièces d'or ou d'argent. Rosalie comprend alors ce qui est en train de se produire : l'inconnu a profité de son sommeil pour tenter de lui enlever ses porteurs. La colère s'ajoute à l'énergie qui l'habitait déjà. Bien décidée à ne pas se laisser rouler, elle s'avance vers le groupe, affichant ouvertement son air furibond.

– Qu'est-ce que vous faites ? s'enquiert-elle au chef des Indiens en s'arrêtant devant lui.

Fidèle à son habitude, l'homme ne répond pas, se contentant de désigner de la tête le nouveau venu.

– Qu'est-ce qui se passe? demande alors Rosalie en s'adressant à ce dernier. Que voulez-vous?

L'inconnu regarde d'abord le Tlingit. Sa barbe drue n'arrive pas à dissimuler le sourire cynique qui naît sur ses lèvres. Lorsqu'il se tourne ensuite vers Rosalie, son sourire s'efface complètement.

– Il se passe, ma p'tite dame, que je viens d'embaucher ces porteurs.

– Vous ne pouvez pas les embaucher, ils travaillent déjà pour moi.

– Plus maintenant.

D'un geste, il ordonne aux Tlingits de décharger ses chevaux. Les huit colosses obéissent sans protester. Lentement, ils défont les harnais, retirent les paquets qui écrasaient les bêtes et hissent la marchandise sur leurs propres épaules.

– Attendez! s'écrie Rosalie alors qu'ils s'apprêtent à quitter le camp. Je vous ai déjà payés!

Mais ils n'attendent pas. Ils empruntent le sentier en direction du sommet sans lui prêter la moindre attention. Mue par une pulsion soudaine, Rosalie s'élance derrière eux et va se placer en travers de leur route, mais ils continuent d'avancer. Lorsqu'ils ne sont plus qu'à une verge, elle sort son revolver, en recule le chien d'un geste habile et brandit l'arme ainsi amorcée en direction du chef des Indiens.

– Je vous ai payés d'avance, répète-t-elle sur un ton dur.

L'Indien ne bronche pas, mais son regard demeure fixé sur elle. Puis Rosalie voit les yeux noirs se poser à sa droite. Elle discerne du coin de l'œil un pan de manteau qui danse au vent. Se produit ensuite le cliquetis qu'elle connaît bien. Quelqu'un vient d'amorcer une arme et en appuie le canon sur sa tempe.

– À votre place, je laisserais tomber.

Rosalie n'a pas besoin de tourner la tête pour savoir qui la menace ainsi. Elle devine le visage barbu et impassible de l'inconnu.

– Jetez votre pistolet, lance-t-il en lui effleurant la joue avec le métal froid. Envoyez-le par là, en dehors du sentier.

Comme Rosalie ne remue pas le petit doigt, il ajoute sur un ton autoritaire :

– Maintenant !

– Vous ne pouvez pas tirer, raille Rosalie en levant les yeux vers lui. Ce serait un meurtre.

En prononçant ces mots, elle réalise l'absurde la situation. Ne vient-elle pas elle-même de menacer le Tlinglit ?

– Ne soyez pas ridicule, dit l'inconnu qui a manifestement suivi le fil de sa pensée. D'ailleurs, je me demande bien qui me dénoncerait. Eux ?

Rosalie soupire, obligée de se rendre à l'évidence. Si elle meurt ici, personne ne réclamera son corps. Personne ne rapportera non plus le crime à la police. On peut donc la tuer en toute impunité.

– Allez, jetez-moi ça tout de suite, répète l'homme d'une voix presque douce.

Les dents serrées, hésitant entre la crainte et la rage, Rosalie obéit. De son pouce, elle désamorce l'arme, avant de la lancer dans les broussailles couvertes de neige.

– À présent, poussez-vous pour laisser passer mes porteurs.

– Ce sont MES porteurs ! insiste-t-elle, téméraire, malgré l'aspect redoutable de l'inconnu.

– Plus maintenant. Poussez-vous !

La voix n'a plus rien de doux. Rosalie se déplace donc et les Tlingits, demeurés de marbre tout le temps qu'a duré l'altercation, reprennent enfin la route. Puis l'homme détourne son pistolet qu'il braque sur les chevaux. Rosalie sursaute tandis qu'il fait feu deux fois. Les détonations se dissipent rapidement, avalées par le vent. L'arme revient alors vers elle.

– Maintenant, vous allez gentiment attendre que nous soyons hors de vue avant de vous mettre en marche. Compris ?

Elle hoche à peine la tête. Son visage affiche tout le mépris qu'elle ressent pour celui qui lui vole ses porteurs. Mais l'inconnu ne s'embarrasse pas des sentiments de Rosalie. Il rengaine son pistolet et s'éloigne en marchant sans raquettes dans les traces des Tlingits.

– Qu'est-ce que vous leur avez fait ? hurle-t-elle avant qu'il ne soit trop loin. Qu'est-ce que vous leur avez dit ? Je les ai payés à l'avance. Ils n'avaient pas le droit.

L'homme lui répond sans même se retourner :

– Ici, les Indiens ont tous les droits. Vous auriez dû le savoir avant de les embaucher.

– C'est vous le voleur ! réplique-t-elle sans oser bouger.

– C'est bien vrai. Mais quand on part à l'aventure, il faut toujours être sur ses gardes. Et puis on ne doit jamais payer d'avance. Jamais.

– Ça, murmure Rosalie entre ses dents, je l'ai compris.

Elle voit l'homme fouiller à l'intérieur de son grand manteau. Il en sort un petit sac de cuir qu'il lance par-dessus son épaule.

– Pour le dédommagement, dit-il en riant.

Rosalie sent sa colère décupler quand elle ramasse le sac. Il contient presque la totalité de ce qu'elle a versé aux Indiens, mais en billets de banque. Elle les enfonce rageusement dans une poche. Même si elle trouvait d'autres porteurs, jamais ils n'accepteraient qu'elle les paie avec ça. Devant elle, les Tlingits ont maintenant dépassé la limite de la forêt, et le vent les efface du paysage les uns après les autres. Lorsque l'inconnu a disparu, Rosalie ratisse les abords de la piste. Elle retrouve facilement son revolver, le secoue et le range aussitôt. Puis elle se tourne vers les chevaux. Sa fureur s'atténue quelque peu. Ce salaud a au moins eu la décence d'abattre les pauvres bêtes.

*

Ses pas sont précis, ses raquettes suivant le bord du gouffre sans jamais glisser vers le vide. Elle progresse rapidement sur ce terrain en pente douce. La descente est sinueuse, mais facile. Dans son esprit se répète la scène du matin. La trahison des Indiens, l'arrogance de l'inconnu, la leçon qu'il lui a inculquée de force. Ces souvenirs ne font qu'augmenter sa rage, l'incitent à accélérer sa course. Car elle a un plan. Un plan qui a surgi au moment où le dernier Indien disparaissait dans le blizzard du sommet.

Sans hésiter, elle a redescendu la montagne, abandonnant ses provisions sur place. Il y a longtemps qu'elle ne craint plus qu'on les lui prenne. Mais si le vol de marchandise est puni de mort, ce n'est pas le cas du vol de porteurs, malheureusement pour elle.

Le corps en sueur, Rosalie se déplace d'un pas vif. À voir l'agilité de sa démarche, on pourrait croire qu'elle est née avec des raquettes aux pieds. C'est presque le cas, en fait, et, pour la première fois de sa vie, elle est contente d'être une petite Canadienne française. Il lui a fallu six heures, la veille, pour parcourir les trois milles depuis White Pass City. Aujourd'hui, elle compte bien franchir cette distance en moins de deux heures. Si aucun obstacle ne se dresse sur son chemin, bien entendu.

De temps en temps, aux endroits où la piste est protégée par les arbres, Rosalie vérifie les traces laissées par les frères Picard. Elles sont de plus en plus fraîches, ce qui signifie qu'elle gagne du terrain. Elle a évalué qu'ils n'avaient au départ qu'une heure d'avance sur elle. Et puisque, selon ce qu'elle a observé, ils ne ressentaient aucune urgence, ils ont probablement pris leur temps pour descendre. Rosalie devrait donc les rejoindre sous peu.

À mesure qu'elle avance, elle croise des groupes d'hommes en route vers le sommet. Elle les interroge et, rassurée par leurs réponses, elle poursuit son chemin avec entrain. Au détour d'une courbe, là où le sentier est assombri par les branches des arbres, Rosalie aperçoit un feu de camp. Les pieds à quelques pouces des flammes, Maxence et Théophile Picard y déjeunent tranquillement.

*

– Vous êtes certaine que votre homme va repasser aujourd'hui? demande Maxence en s'efforçant de parler tout bas.

– Certaine. Ses chevaux étaient peut-être très chargés, mais il ne pouvait pas transporter une année de provisions en un seul voyage. Notre homme repassera, j'en suis convaincue.

Rosalie a répondu d'une voix ferme, masquant ses propres doutes sous un sourire complice. Elle et les deux frères sont dissimulés en bordure du bois depuis une heure au moins et l'après-midi tire à sa fin. Les deux gaillards ne manifestent pas la moindre lassitude. Ils surveillent avec elle les allées et venues des marcheurs sur la piste, patientant comme ils le feraient à la chasse. Ils sont installés à quelques verges à peine du sentier, exposés au vent et au froid, les genoux dans la neige. Maintenant que l'obscurité s'intensifie, Rosalie se dit qu'ils discerneront de moins en moins bien les visages à travers les branches.

– Ils ont peut-être décidé de passer la nuit au lac, suggère Théophile en abaissant une branche. Et puis, comment on va faire pour les reconnaître s'ils viennent pour vrai? Ils sont habillés comme tout le monde.

– Avez-vous déjà vu huit gars aussi grands, aussi costauds et aussi silencieux que les Tlingits?

Les deux hommes secouent la tête sans quitter le sentier des yeux. Rosalie perçoit la tension qui les habite. Elle leur répète les consignes:

– N'oubliez pas. On les laisse passer et on les suit de loin. Une fois qu'ils seront installés pour la nuit, on s'approche et on attrape ce salaud sans réveiller les Indiens.

– Et s'ils se réveillent quand même?

L'inquiétude de Théophile est légitime, mais Rosalie refuse d'envisager cette possibilité. Ce serait admettre que son plan a des risques d'échouer.

– Ils ne se réveilleront pas, dit-elle fermement.

– Ensuite, on fait quoi?

– Vous me l'attachez dans le bois le temps que je convainque les porteurs de sa désertion.

– Et après?

– Vous attendez que je revienne avec les Tlingits. Quand je vous aurai dépassés, vous détachez notre bonhomme et vous filez.

– Chut! Ils arrivent.

Un peu sur leur droite, justement, un groupe d'hommes descend la pente avec une discrétion déconcertante. Ils sont chaussés de raquettes, mais leurs pas semblent effleurer la neige.

– Ce sont eux? Vous êtes certaine?

La forte stature des marcheurs et le mutisme dans lequel ils évoluent lui confirment ce que ses yeux ne peuvent vérifier.

– Certaine, dit-elle en essayant de compter les ombres dans la nuit.

Elle se met alors à douter de son plan. Ils sont huit dans la piste, tous des Tlingits. Elle étire donc le cou, mais ne distingue que le gris habituel. Et le silence troublé du vent.

– Il est où, votre bonhomme? Je ne vois que les Indiens.

– Je sais. Attendez… Le voilà!

Une silhouette vient d'apparaître sur leur droite. Un homme seul, sans raquettes.

– C'est lui, murmure-t-elle en vérifiant la distance qui le sépare des porteurs.

– Puisqu'il est loin, pourquoi ne pas agir tout de suite, mademoiselle?

Rosalie perçoit un changement chez ses compagnons. La tension a cédé la place à l'impatience. Elle ressent exactement la même chose. Une sorte de fébrilité liée au danger. Presque un plaisir.

– Pensez-vous pouvoir l'attraper sans attirer l'attention ?

Devant leur réponse affirmative, Rosalie imagine un second plan.

– Dans ce cas, allez-y. Je vous retrouve dans deux jours.

– Bonne chance, mademoiselle.

– Bonne chance à vous.

Rosalie s'éloigne en s'assurant de demeurer sous le couvert des arbres. Elle fait confiance aux frères Picard. Ils accompliront leur mission. C'est à son tour de jouer. Devant elle, déjà, des taches sombres se découpent sur le gris de l'hiver. Les Tlingits continuent d'avancer, insouciants.

*

– Vous vous êtes fait avoir, messieurs.

Rosalie leur fait cette déclaration en s'efforçant de ne pas sourire. Les huit hommes assis autour du feu la regardent, stoïques, mais leur chef fronce les sourcils, visiblement intrigué.

– Il va arriver bientôt, dit-il en jetant un regard rassurant à ses compagnons.

– Il n'arrivera pas.

Le ton de Rosalie est si convaincant que tous se tournent vers elle. Elle n'est pas peu fière de déceler sur leurs visages une légère inquiétude. Elle saisit cette ouverture pour raffermir sa prise.

– Je l'ai vu repartir, ajoute-t-elle avec autant de conviction. Je vous parie qu'il n'a rien laissé à White Pass City. Il vous aura envoyé chercher du vent et en aura profité pour disparaître dans les montagnes. Pire : à l'heure qu'il est, il doit être en train de manger bien tranquillement au lac Bennett, pendant que vous…

Comme les Indiens ne disent rien, Rosalie remue le fer dans la plaie.

– C'est ce qui arrive quand on court deux lièvres à la fois. Vous a-t-il payés d'avance, au moins ?

Toujours le même mutisme, mais cette fois, Rosalie y perçoit une contrariété nouvelle. Ils commencent à douter. Elle poursuit donc :

– Évidemment qu'il ne vous a pas payés d'avance. Il avait déjà son plan, ça saute aux yeux. D'ailleurs, vous auriez dû vous en douter. Pourquoi se serait-il montré davantage honnête avec vous qu'il ne l'a été envers moi ? Puisque vous possédiez mon argent, je suppose qu'il vous a dit qu'il vous en donnerait davantage, une fois au lac.

Un des Indiens, qui n'a pas prononcé un mot jusqu'ici, se met à parler dans une langue étrangère. Un autre l'imite, ajoutant à ses propos quelques gestes disgracieux. Puis le chef secoue la tête, et un pli soucieux se creuse sur son front. Pendant un long moment, il fixe Rosalie, hésitant. Elle s'empresse d'aller s'asseoir à côté de lui.

– Voilà ce que je vous propose, commence-t-elle en le regardant directement dans les yeux. On oublie pour tout de suite les provisions que vous avez abandonnées au sommet. On les récupérera plus tard. Pour le moment, puisqu'on est plus proches de White Pass City, je veux que vous redescendiez avec moi jusqu'au restaurant et que vous honoriez notre entente. En échange de quoi, je ne raconte à personne ce qui s'est passé. Vous n'avez pas idée à quel point les nouvelles voyagent vite sur la piste. Le temps de le dire, tout Skagway saura comment vous avez essayé de me rouler. Ça pourrait être difficile après ça de vous trouver des clients. Surtout de vous faire payer à l'avance. Tout le monde n'est pas crédule comme moi.

Son sérieux tranche avec l'émotion qui l'habite. Elle exagère. Elle exagère même beaucoup et elle prie pour que les Indiens connaissent peu les mœurs des Blancs. S'il fallait qu'ils devinent les faibles conséquences qu'aurait sa dénonciation, elle ne donnerait pas cher de sa peau. Car, dans ce coin reculé de l'Amérique, on se moque bien de l'honnêteté des porteurs indiens. La philosophie la plus répandue est le chacun pour soi.

– Nous partirons demain chercher vos affaires, déclare le Tlingit.

À voir l'air sévère des autres, Rosalie conclut qu'il parle de nouveau au nom du groupe. Or, cette réponse ne la satisfait pas du tout. Elle désire éviter que les frères Picard aient à passer la nuit dans le bois sans tente et sans provisions. Alors, elle s'oppose :

– Ah, non ! Vous me l'avez déjà faite celle-là. Je veux que vous veniez avec moi tout de suite. Nous avons encore le temps d'accomplir un voyage avant minuit.

– Nous partirons demain, répète l'Indien en commençant à détacher ses raquettes dans le but de montrer le côté non négociable de sa décision.

Rosalie secoue la tête. Elle ne cédera pas d'un pouce.

– Non! riposte-t-elle en se levant. Moi, je descends tout de suite. Si vous n'êtes pas à White Pass City dans les quinze minutes qui suivront mon arrivée, je fais le tour des saloons. On verra bien comment vous serez accueillis quand vous y mettrez les pieds.

Puis, percevant le regard féroce que lui lance l'un des Indiens, elle ajoute :

– Et puis, ne pensez même pas à me faire disparaître. Le soir où je vous ai embauchés, il y avait plein de clients dans le restaurant. À l'heure qu'il est, la moitié du village est au courant de notre entente. Vous seriez les premiers à être accusés de meurtre s'il m'arrivait quelque chose.

Elle exagère encore. Qu'elle soit avec eux ou avec d'autres, tout le monde s'en fout à White Pass City. L'argument fonctionne quand même. Après un dernier regard à chacun d'eux, Rosalie pivote et s'élance dans le sentier. Derrière elle, les hommes discutent. Elle perçoit une grande irritation dans leur ton, mais elle les entend finalement se lever et reprendre la marche. Cette fois, elle ne réprime pas le sourire qui lui vient aux lèvres. Voilà une victoire au-delà de ses espérances.

*

Quand, quelques heures plus tard, les Tlingits quittent White Pass City chargés comme des mules, Rosalie sent la tension qui l'habitait diminuer d'un cran. La partie n'est pas gagnée, certes, mais elle achève.

Dès son arrivée, elle a réparti les paquets, se réservant à elle-même le sac le plus léger. Elle a ensuite préparé à souper aux Indiens, histoire de leur remonter le moral et de leur donner de l'énergie pour gravir la montagne en sens inverse. Maintenant que tout a été rangé et emballé, elle regarde les huit colosses s'éloigner dans la piste, précédés d'un fanal suspendu au bout d'une perche afin de suppléer à la lune qui s'apprête à disparaître derrière l'horizon. Elle devrait leur emboîter le pas immédiatement, mais, avant de quitter définitivement le versant ouest des Rocheuses, il lui reste une chose à accomplir. Elle s'en voudrait de partir sans saluer une dernière fois Mme Gagnon, sans l'embrasser, sans la remercier pour sa générosité et son accueil. Et puis, elle a un peu froid. Quelques minutes à la chaleur ne lui feront pas de tort, surtout qu'elle s'apprête à reprendre la route pour de bon. Elle traverse donc le village d'un pas gai, le sourire aux lèvres, fébrile comme lorsqu'elle était enfant. Elle salue au passage les clients qu'elle connaît et ressent un pincement au cœur en songeant à tout ce qu'elle a vécu à White Pass City, à tous ces gens qu'elle a servis. Elle reverra probablement certains d'entre eux au lac, mais les autres, plus jamais. Son esprit revient aux frères Picard qui l'attendent, là-haut. Elle espère que le prisonnier ne leur donne pas trop de fil à retordre.

Rosalie atteint enfin le restaurant et, juste avant de pénétrer à l'intérieur, elle observe la nuit, soudain inquiète. Il commence à neiger. Ce sont encore des flocons clairsemés dansant joyeusement sous les étoiles, mais s'il fallait que le ciel se couvre complètement, que la neige s'intensifie, que le vent se mette de la partie... Rosalie préfère ne pas y penser. Son objectif, pour le moment, c'est de franchir la frontière avec son équipement. Trois milles. Elle n'en demande pas davantage. Trois milles, et le pire sera passé.

Elle pousse la porte et s'engouffre dans la tiédeur bienfaisante du restaurant. L'odeur de la viande est la première chose qu'elle remarque. Et le regard menaçant de Walsh près du poêle, la seconde.

Chapitre xiv

É videmment, ce n'est pas le lever du jour qui tire Liliane de son sommeil. Le soleil a cessé depuis longtemps de couver le Klondike de ses rayons, et la pénombre du jour se distingue de celle de la nuit uniquement par le foisonnement d'activités humaines. Ce sont donc des voix, dans le lointain, qui sortent Liliane de sa torpeur. Des voix d'hommes qui s'affairent, qui s'essoufflent, qui se concertent. Intriguée, elle ouvre les yeux. La confusion la gagne en découvrant, à moins de trois pieds devant elle, un plafond constitué de branches entrelacées. Derrière l'écorce rendue grise par le temps se trouve une substance granuleuse et sombre, semblable à de la terre gelée. Il s'agit d'un plafond rustique, typique du Klondike.

Où se trouve-t-elle ? Elle cherche dans ses souvenirs des images de la veille, mais ne revoit que la cabane de Walter. Elle y a aperçu un lit identique, s'élevant à quatre pieds du sol et soutenue par des piliers. Une demi-douzaine de peaux servent de matelas. Liliane se redresse sur un coude et observe les lieux. Sur une table, la flamme d'une lampe oscille et lui permet d'étudier la pièce. Les murs sont tapissés d'outils, de vêtements et de victuailles comme chez Mr. Walter, mais les meubles diffèrent. Mais où donc se trouve-t-elle? De la veille, elle ne se rappelle que les cris, les rires… et les yeux de Saint-Alphonse. Les yeux de Saint-Alphonse? Liliane se redresse brusquement, au bord de la panique.

Les événements du saloon lui reviennent. Dolly, debout sur le comptoir. Des hommes, levant la main, faisant monter la mise. La mise? Mais c'est ELLE qu'on vendait ainsi à l'encan! La réalité la rattrape, et Liliane se recouche aussi subitement qu'elle s'était assise. Elle enfouit la tête sous la couverture, affolée. Là, dans la pénombre tiède, elle ferme les yeux, refusant d'admettre cette vérité qui s'impose à elle. Ce doit être le whisky. Voilà, Dolly l'a fait boire avant de commencer l'encan et Liliane était trop ivre pour s'opposer à ce plan ridicule. Prisonnière de l'alcool, elle aura contemplé la vente aux enchères avec inertie parce qu'elle ne comprenait pas de quoi il retournait. Elle ne peut pas avoir compris, c'est impossible. Pas elle. Pas ici. Pas avec LUI.

Elle ouvre les yeux, bien décidée à affronter cet homme avec qui elle n'a absolument pas l'intention de vivre ne serait-ce qu'un jour de plus. C'est alors qu'elle remarque que la couverture qui la recouvre n'en est pas une. Il s'agit plutôt d'une peau d'animal, de toute évidence celle d'un ours. Liliane est malgré elle impressionnée par la taille de la fourrure. Elle la repousse d'un geste lent, presque respectueux, et scrute la pièce avec intérêt. Si elle se trouve dans la cabane de Saint-Alphonse, comment diable y est-elle arrivée? Elle déglutit avec peine en remarquant ses mocassins abandonnés sur la table près de la lampe. Pourquoi les a-t-on déposés là? Cela n'est vraiment pas hygiénique.

Que s'est-il donc passé pour qu'elle soit à ce point confuse ? Elle obtient sa réponse en reconnaissant le goût inhabituel qui flotte dans sa bouche. Son haleine dégage une odeur de fond de tonne. En plus d'avoir bu au saloon, elle a avalé goulûment le whisky de Walter. Elle avait froid, elle s'en souvient. Elle se sera donc enivrée. La honte l'envahit à mesure qu'elle fouille dans sa mémoire. Elle n'y retrouve aucune trace de son voyage de la cabane de Walter à celle-ci. Aucune trace non plus qui explique comment elle est parvenue jusqu'ici. Il faut qu'elle ait été inconsciente. Inconsciente ou ivre au point de ne pas tenir sur ses pieds. Ainsi, on a dû la porter dans ce lit. Qu'est-il arrivé ensuite ? Soudain prise d'angoisse, Liliane remonte avec précipitation sa jupe et glisse sa main entre ses jambes. Puisque tout semble normal, est-ce donc dire qu'il ne s'est rien passé ? Elle cesse un moment de respirer, terrifiée à l'idée qu'on ait pu abuser d'elle pendant son sommeil. *On*. Ce *on* qui prend de plus en plus les traits de Saint-Alphonse à mesure qu'elle y pense. Mais elle ne se souvient de rien, et cela l'embarrasse. Elle soupire bruyamment et tire de nouveau sur la peau. Elle veut se cacher, disparaître, à tout le moins se rendormir. N'importe quoi plutôt que d'accepter qu'elle se soit vendue pour l'hiver. Plus jamais, se promet-elle. Plus jamais elle ne boira de whisky.

*

Elle a dormi une heure. Peut-être deux. Avec ces jours qui ressemblent à des nuits, impossible d'avoir quelque certitude que ce soit. À l'extérieur, les voix se sont tues. On dirait que les hommes sont partis, qu'elle est fin seule à des milles à la ronde. Pourtant, une odeur de café embaume la cabane, et Liliane se rend compte qu'elle a faim. Elle se redresse et se glisse hors du lit. En touchant le sol, elle sent le froid lui mordre les pieds malgré ses bas de laine. Avec empressement, elle s'empare de ses mocassins et les enfile. L'intérieur en est tiède. Voilà la raison de leur présence sur la table. Elle remarque alors que tout ce qui se trouve à moins de deux pieds du plancher est complètement gelé. Les outils y sont couverts de frimas, le bois, d'une mince couche de glace. Les cuisseaux de viande, suspendus à un crochet, paraissent aussi durs que la pierre. Si Liliane ne frissonne pas avec une simple chemise, c'est que le poêle est chauffé à bloc. Sur le dessus, justement, elle découvre un repas de fèves au lard et une cafetière remplie. Quelle délicate attention !

Liliane mange avec appétit, assise sur un banc. L'endroit est plus propre que chez Walter. Plus propre aussi que chez le Suédois. Les ustensiles, les outils, les vêtements, tout est bien rangé. Un violon gît à plat sur une caisse au pied du lit. Le violon oublié la veille, sans doute. Liliane remarque tout à coup le silence qui règne autour d'elle. Il n'y a pas de cris, pas de rires, pas de musique. Elle a beau tendre l'oreille, elle ne distingue que le bruit du vent et le grincement des arbres. Elle se rappelle sa visite chez le Suédois. Dolly lui avait montré la cabane de Saint-Alphonse, tout en haut, à flanc de colline. Une cabane en tout point semblable aux autres et entourée de forêt.

Liliane songe un moment à sortir pour découvrir le paysage quand elle entend des pas crisser sur la neige. À l'extérieur quelqu'un heurte le montant de la porte à plusieurs reprises, comme s'il y secouait des bottes. La clenche s'abaisse, et la silhouette longue et mince de Saint-Alphonse apparaît dans l'embrasure. Son visage s'illumine en apercevant Liliane à table.

– Vous avez bien dormi ?

Il lui a parlé en français, avec cet accent bien de chez eux, et Liliane lui offre un timide sourire, avant d'avaler avec hâte les dernières fèves de son assiette.

– J'ai pensé que c'était pour moi.

– Vous avez raison. Mais c'était tout ce qui me restait. Vous devrez préparer quelque chose pour ce soir.

– Justement…

Elle a ouvert la bouche dans l'intention de s'expliquer, de lui exprimer son désir de résilier le contrat passé la veille. Elle s'apprête à mettre sa faiblesse sur le compte de l'alcool, sur le fait qu'elle a été entraînée par Dolly, mais son regard croise celui de son hôte et s'y accroche un moment. Un moment très court, mais suffisant pour que remontent à sa mémoire des mots de Mr. Noonan : « Un *deal*, c'est un *deal*. »

– Je pourrais apprêter un peu de cette viande, propose-t-elle en désignant le morceau suspendu près de la porte.

Elle réalise qu'elle ne peut reculer sans perdre la face. Les témoins sont trop nombreux. Elle doit respecter ce contrat puisqu'elle l'a signé. S'il y a des avantages à faire des affaires dans une petite communauté, il y a également des inconvénients.

– Vous trouverez de la farine dans la cache derrière la cabane, indique Saint-Alphonse. Avec des choux, des oignons et des pommes de terre. Et des fruits séchés aussi, je crois. Enfin, il y a d'autres provisions, mais je n'en ai pas dressé l'inventaire. Vous prendrez ce qu'il faut pour préparer la veillée. Nous serons six.

Liliane déglutit, nerveuse.

– Six personnes pour la veillée, répète-t-elle.

Elle l'avait presqu'oublié. Ce soir, c'est la veille de Noël. Mais avec tout ce qui lui est arrivé, il n'est pas surprenant qu'elle ait perdu la notion du temps. Des éclats de voix percent tout à coup le silence.

– Voilà mes gars! lance Saint-Alphonse, regardant vers la porte. Je retourne travailler.

Il ouvre et le vent s'engouffre, soufflant sa brise glaciale sur le visage de Liliane. Un sentiment d'urgence naît alors en elle. Il n'y a pas d'horloge dans la cabane. Comment savoir quand arriveront les invités? Juste avant que Saint-Alphonse referme, elle l'interroge:

– Je dispose de combien de temps pour préparer le repas, monsieur Saint-Alphonse?

Il s'immobilise, puis pivote pour lui faire face, son visage tordu trahissant une certaine irritation.

– Il doit bien être passé midi. Les autres ne devraient pas arriver avant six ou sept heures.

Sur ce, il disparaît. Liliane hausse les épaules, fataliste. Contrairement à ce qu'elle avait promis au père Judge, elle n'assistera pas à la messe de minuit. Elle est loin de la ville maintenant, et elle aura trop à faire aujourd'hui pour même imaginer parcourir en sens inverse les quinze milles qui la séparent de Dawson. Ce n'est cependant pas ce regret qui lui occupe l'esprit pendant l'heure qui suit. Plus d'une fois, elle se demandera pourquoi les gens du Klondike ont baptisé cet homme Saint-Alphonse.

*

226

La cache. C'est ainsi qu'on appelle la remise que Liliane découvre derrière la cabane. Juchée sur un échafaudage à une dizaine de pieds du sol, la cache permet de maintenir les provisions hors de portée des animaux. Liliane y grimpe à l'aide d'une échelle et y pénètre à quatre pattes. Aussitôt, l'odeur de renfermé la prend à la gorge. Elle décide donc de laisser la porte ouverte le temps de faire l'inventaire. Éclairé uniquement par le fanal qu'elle tient d'une main, l'endroit lui apparaît en désordre. Liliane fouille dans les poches de toile et ne peut s'empêcher de se questionner. En pleine famine, Saint-Alphonse possède une quantité impressionnante de provisions. Et des provisions variées. Fruits secs, noix, farine, levure, sel, viande congelée ou en conserve, lait en boîte, beurre, huile. Rien ne manque, sauf les épices. Pendant un moment, Liliane se sent nostalgique. Il n'y a pas si longtemps, elle aurait fait des miracles, alors que là... Son esprit revient à Saint-Alphonse. Elle a beau savoir qu'il a déjà trouvé de l'or sur une colline, savoir qu'il creuse ici en vue de s'enrichir davantage, elle arrive difficilement à imaginer qu'il ait pu se procurer autant de nourriture à Dawson. À moins que... Elle se rappelle sa dernière conversation avec Mr. Berton au sujet de ceux qui se constituent des réserves et attendent le bon moment pour vendre leurs marchandises. Saint-Alphonse peut-il être de ceux-là? Probablement pas. Il n'a sans doute fait que respecter la contrainte de la Police montée. En exigeant que chaque personne possède une année de provisions pour entrer au Klondike, les policiers essayaient d'éviter la famine. Et la famine actuelle atteint surtout ceux qui, comme Liliane, se sont montrés rebelles, en contournant le poste de la police, en usant de tous les stratagèmes possibles afin de poursuivre leur route sans encombre. Elle comptait sur le Klondike pour s'approvisionner. C'était une erreur. Quand le malheur a frappé, elle ne disposait d'aucune porte de sortie. Heureusement, tout le monde n'a pas fait preuve d'autant de témérité. Les plus prudents ont apporté plus que le nécessaire. Les plus prudents n'ont donc rien à craindre de la famine. Les plus prudents, comme Saint-Alphonse. Contrairement aux hommes de Dawson, ceux des *claims* sont probablement nombreux à posséder des caches pleines à craquer. Ne pouvant compter sur la proximité des magasins ou des restaurants, les prospecteurs se sont assurés d'avoir de quoi se sustenter jusqu'au printemps. Pour la première fois depuis l'encan, une étrange sérénité gagne Liliane. La situation n'est pas parfaite, certes, mais si elle joue bien ses cartes, elle ne ressentira pas la faim de tout l'hiver. C'est déjà ça de gagné.

Elle revient vers la cabane, examinant, malgré le demi-jour, la végétation qui l'entoure. Des sapins sombres, des trembles dégarnis et une multitude de buissons fragilisés par le froid. Il n'y a pas d'autre habitation en vue mais, tout en bas, dans la vallée, Liliane entend sans le voir un brouhaha familier. C'est là que creusent presque tous les prospecteurs. Saint-Alphonse est seul sur sa colline. Seul, avec elle.

Les bras chargés de nourriture, Liliane retourne à l'intérieur. La première chose qu'elle fait, c'est d'ajouter du bois dans le poêle. Il ne faut surtout pas qu'il s'éteigne quand elle commencera à cuisiner. Il y a beaucoup à accomplir avant le soir. Cuire la viande, boulanger le pain, faire tremper les pois, et préparer la soupe. Tout cela l'occupe pendant plusieurs heures et, vers la fin de l'après-midi, grand plaisir d'entre tous les plaisirs, elle fabrique un gâteau aux fruits. Arrosé de whisky, ce dessert typique du temps des fêtes se conservera plusieurs semaines, voire plusieurs mois. À moins qu'on ne le mange au complet ce soir. Liliane en doute. Elle a préparé un si gros repas qu'il lui est difficile d'imaginer que tout sera consommé avant minuit.

Fière du travail réalisé, elle continue de s'activer, nettoyant les ustensiles, récurant la cabane, vérifiant la cuisson de tel plat, ajoutant des légumes dans un autre. Elle se sent emportée par une douce euphorie. Ce soir, c'est la veille de Noël. À partir d'aujourd'hui, elle mangera à sa faim jusqu'en juin. Elle vivra au chaud et dormira dans un lit. Habitée par ces bonheurs tout simples, elle repousse l'inquiétude qui naît dans son esprit. Elle ne laissera pas un détail ruiner sa journée, la tourmenter, l'empêcher de savourer ce qu'il y a de beau autour d'elle. Car, même si pour le moment elle ne peut pas savoir ce qui s'est passé avec Saint-Alphonse, elle refuse de penser à ce qui pourrait advenir la nuit prochaine. Quand elle y songe trop longtemps, l'angoisse la gagne et elle devient maussade.

– On pensera à construire un pont quand on sera rendu à la rivière, murmure-t-elle en se remémorant les mots que Georges Doré répétait à sa femme lorsque les difficultés de la vie ébranlaient l'harmonie familiale.

– Vous avez l'intention de traverser la rivière ?

Liliane se retourne d'une pièce, étonnée de découvrir Saint-Alphonse sur le seuil. Plongée dans ses pensées, elle ne l'a pas entendu entrer. Il doit l'espionner depuis un moment déjà, car la neige a fondu à ses pieds.

– C'est une façon de parler.

Elle s'essuie les mains sur le linge qui lui sert de tablier et son regard s'attarde sur les vêtements de Saint-Alphonse qui sont couverts de boue. Le visage non plus n'a pas été épargné.

– J'ai fait chauffer de l'eau pour la vaisselle, lance-t-elle en attrapant le chaudron rempli à ras bord, mais je n'ai pas eu le temps de commencer. Utilisez-la donc pour vous laver.

Il n'ajoute rien, mais retire son manteau pendant que Liliane verse l'eau chaude dans la bassine. Elle savoure un moment la caresse tiède de la vapeur sur son visage et ressent soudain une légère fatigue. Elle tend un linge propre à Saint-Alphonse et, ne s'étant pas accordé de pause de tout l'après-midi, elle s'affale sur le banc.

– Vous avez fait du beau travail, dit-il sans la regarder. Ça sent bon à un mille à la ronde.

Liliane apprécie le compliment et s'apprête à décrire le menu lorsque Saint-Alphonse entreprend de déboutonner sa chemise. Rouge de confusion, elle bondit sur ses pieds.

– Vous allez manquer d'eau, lance-t-elle en s'emparant du chaudron. Je vais faire fondre de la neige.

Quelques secondes plus tard, elle est dehors au grand froid, sans manteau, sans mitaines, sans chapeau, mais le visage en feu. Quelle impudeur, quand même! On ne se déshabille pas ainsi au milieu de la pièce. Personne ne lui a donc jamais dit que cela n'est pas décent? Surtout pas devant une femme! Où se serait-il arrêté? Après la chemise, le *haut-de-corps*? Et ensuite?

Il lui faut quelques minutes pour se calmer et se raisonner. Pour se laver le visage, Saint-Alphonse n'aurait rien retiré d'autre que sa chemise. Il est certain, cependant, qu'être en compagnie d'un homme à demi nu dans une cabane isolée n'est guère rassurant. Elle devra bien s'y faire pourtant si elle veut respecter son contrat. Il n'y a pas de divisions dans cette cabane. Une seule pièce pour vivre, un seul poêle pour se réchauffer et un seul lit pour dormir. Et puis elle n'a à peu près rien vu. Quelques poils sur le torse, un sous-vêtement de laine qui se dévoilait à mesure que la chemise s'entrouvrait, la peau humide et luisante dans le cou. Beaucoup de confusion pour pas grand-chose, somme toute.

Elle inspire longuement, emplit son chaudron en quelques coups de pelle et revient vers la cabane, bien décidée à ne plus se laisser effaroucher de la sorte. Lorsqu'elle met la main sur la poignée, des bruits étranges et diffus lui parviennent, assourdis par le vent. Elle ouvre la porte et découvre un drap suspendu entre le pied du lit et le mur.

– Pour l'intimité, lance Saint-Alphonse derrière son écran de fortune.

Il a allumé une bougie par terre à côté de la bassine. Il peut ainsi se laver, se déshabiller ou s'habiller à son aise. Émue par une si gentille attention, Liliane articule un timide merci, mais sa voix est étouffée par le linge qu'on tord bruyamment.

– L'eau doit bien être grise à l'heure qu'il est, dit-elle au moment de déposer le chaudron sur le poêle. J'en fais chauffer d'autre immédiatement.

– Pouvez-vous aussi préparer du thé ? J'ai eu tellement froid.

Liliane acquiesce et emplit la bouilloire. Si les conditions demeurent les mêmes, elle pourra vivre avec Saint-Alphonse. C'est ce qu'elle décide, les yeux fixés sur le drap où se découpe malgré tout une silhouette longue et mince dans le halo de la bougie.

*

Vers six heures ce soir-là, les premiers invités frappent à la porte. Liliane a astiqué les quelques meubles, mis la table, rangé les ustensiles. Tout est fin prêt. Si bien que la fierté peut se lire dans les yeux de Saint-Alphonse lorsqu'il accueille ses deux employés. Il s'agit de deux hommes d'une vingtaine d'années qui hésitent à pénétrer chez leur patron. Leurs regards parcourent la pièce, émerveillés, avant de se poser sur Liliane avec envie.

– Mais entrez donc, les gars ! grommelle Saint-Alphonse d'un air faussement bourru. Vous réchauffez le dehors !

Ils entrent vite, visiblement habitués à obéir aux ordres au doigt et à l'œil. La porte se referme derrière eux, mais ils demeurent sur le seuil, comme s'ils refusaient de s'engager sur un plancher si propre. Saint-Alphonse fait apparaître une bouteille de whisky dans sa main droite. Avec un large sourire, il continue de s'adresser à ses hommes en français :

– Sortez vos tasses ! Ce soir, c'est ma tournée.

Liliane est stupéfaite de voir les deux employés extirper de leurs poches tasse, assiette, couteau et fourchette qu'ils déposent sur la table dans un fracas de métal. Elle en retient cependant sa première leçon sur la vie dans les concessions : quand on va en visite, on apporte sa vaisselle. Pendant qu'il verse l'alcool, Saint-Alphonse s'occupe des présentations.

– Marcial Raizenne et Philémon Lebrun, voici Lili Klondike.

Raizenne est au moins aussi grand que son patron, mais beaucoup plus large. Ses épaules, Liliane l'a remarqué plus tôt, passent tout juste dans l'embrasure de la porte. Il est vêtu sobrement, comme tous les prospecteurs, et lorsqu'il retire son manteau, Liliane s'aperçoit que les manches de sa chemise de laine remontent haut sur ses avant-bras. En voilà un qui n'avait jamais fait de lessive de sa vie, songe-t-elle en détaillant le vêtement rétréci.

– On... On la connaît, lance Raizenne sans la quitter des yeux.

– Tout le monde la connaît, s'empresse d'ajouter Lebrun. Euh... de réputation, je veux dire.

Cette précision fait sourire Liliane quand elle leur serre la main. Lebrun mesure quelques pouces de moins qu'elle, mais la patte qu'il tend est au moins trois fois la grosseur de la sienne. Une main large, puissante, crevassée et brûlée par le froid, mais chaude et chaleureuse.

– Bienvenue dans le coin, mademoiselle.

Il y a si longtemps qu'elle a entendu quelqu'un l'appeler *mademoiselle* qu'elle demeure un moment stupéfaite. Puis, réalisant qu'ils la considèrent comme l'hôtesse, elle se tourne vers la table.

– Venez donc vous asseoir, dit-elle en leur désignant les bûches.

– Oups! On les a laissés dehors, s'agite Lebrun en donnant un coup de coude à son compagnon.

Ce dernier se retourne, ouvre la porte et sort précipitamment pour rentrer, une fraction de seconde plus tard, avec deux vrais bancs.

– C'est un cadeau de Noël, Saint-Alphonse. À toi et à mademoiselle. On les a découverts dans la cabane abandonnée par O'Neil. On s'est dit qu'à deux vous deviez trouver l'ameublement un peu…

Il hésite assez longtemps que c'est Lebrun qui termine sa phrase :

– Un peu restreint.

À ces mots, les deux employés s'esclaffent. Ils se ressaisissent toutefois dès que leurs regards croisent celui, très sérieux, de Saint-Alphonse. Car Saint-Alphonse n'a pas apprécié la plaisanterie et, même si Liliane n'en comprend pas le sens, elle devine qu'il n'est pas dans son intérêt d'en rire. Fort heureusement, on frappe de nouveau à la porte, et l'atmosphère se détend quand Dolly et son Suédois font leur entrée. Instantanément, la conversation passe du français à l'anglais.

– Doux Jésus! s'exclame Dolly avec admiration. Je n'ai pas vu une cabane de prospecteur aussi propre depuis longtemps.

Elle s'interrompt, observe d'abord Liliane, puis Saint-Alphonse, et ajoute, un sourire malicieux sur les lèvres :

– À part chez nous, évidemment. Et même là, je ne suis pas certaine que tout brille avec autant d'intensité. Et je ne parle pas seulement des meubles.

Saisissant immédiatement le sous-entendu, Raizenne, Lebrun et le Suédois éclatent de rire. Cette fois, Saint-Alphonse ne s'offusque pas de la plaisanterie et se laisse gagner par la bonne humeur générale. Liliane ne comprend pas davantage cette plaisanterie que la précédente, mais sourit pour éviter d'attirer l'attention.

– Si on mangeait, lance Saint-Alphonse en tirant sur la table afin de dégager deux places le long du mur. Mlle Lili nous a préparé un beau souper.

Et pendant que tout le monde approche sa bûche, Dolly prend Liliane à part et lui confie à voix très basse :

– Je t'ai apporté un cadeau. Il est là, près de la porte. Tu pourras l'ouvrir demain matin. Je suis certaine que ça va te plaire.

Liliane la remercie et jette un œil intrigué vers le paquet abandonné sur le seuil. Elle ne s'y attarde pas, car le service exige rapidement toute son attention. Elle s'occupe des invités comme le ferait une épouse, acceptant les compliments, répondant aux demandes des uns, anticipant les désirs des autres. Des éclats de voix, des rires et bientôt des chants font disparaître les craintes qui la hantaient encore. Pas au point, cependant, de la rendre imprudente. C'est donc parce qu'elle se méfie d'elle-même que Liliane refuse le whisky que s'apprête à lui verser Saint-Alphonse. Ce dernier n'insiste pas, lui fait un clin d'œil complice et emplit la tasse de Raizenne.

Contre toute attente, les plats se vident les uns après les autres, de même que les chaudrons sur le poêle dont on voit finalement le fond. Avant que la nourriture soit complètement dévorée, Saint-Alphonse a préparé une grosse assiette à l'intention, supposément, d'un voisin malade. Il est sorti la lui porter et, à son retour, Liliane finissait de couper des parts de gâteau aux fruits. Comme prévu, le dessert obtient un vif succès. Plus tard, lorsque même les dernières miettes ont disparu, Saint-Alphonse bondit sur ses pieds, s'empare de son violon et fait glisser l'archet sur les cordes tendues. Les premières notes imposent le silence à toute la tablée. Commence alors un reel connu, puis un autre, et Dolly entraîne le Suédois dans une danse joyeuse. Lebrun et Raizenne s'empressent de pousser la table contre le mur et s'élancent tous les deux vers Liliane. Elle rit en plaçant sa paume menue dans celle, énorme, de Lebrun. D'un geste brusque, l'homme la fait tourner sur elle-même avant de lui enserrer la taille pour valser avec elle au rythme du violon. Puis la musique se transforme, devient plus rapide, et Raizenne s'élance au centre de la pièce et entame une gigue effrénée. Autour de lui, on tape des mains, on tape du pied, on s'amuse, on chante, et ainsi, pendant près d'une heure, Saint-Alphonse divertit ses invités.

Puis, soudain, le violon s'arrête, pour reprendre en une douce complainte. Un mouvement lent et triste qui fait pleurer Dolly et arrache même quelques larmes aux hommes. Assise sur un banc près du poêle, seule Liliane demeure impassible, mais en dedans elle se laisse attendrir, fascinée par l'intensité qu'elle perçoit dans le jeu de Saint-Alphonse. Certes, elle ne connaît rien à la musique, mais en écoutant cette pièce et en examinant le visage du musicien, l'émotion la gagne soudain, comme si on lui dévoilait un secret bien gardé. Les yeux clos, Saint-Alphonse vibre autant que son instrument, trahissant ainsi une grande sensibilité. Et bien qu'il soit maigre, bien qu'il lui manque des doigts et que Liliane n'ait jamais vu quelqu'un avec si peu d'attraits, elle doit se rendre à l'évidence que le charme de Saint-Alphonse existe vraiment. Il se dissimule derrière une barrière d'indifférence et n'apparaît qu'en de rares occasions, aux quelques privilégiés qui s'attardent sur lui assez longtemps pour en percevoir les remous.

*

Les invités sont partis et la cabane a été nettoyée. En grande partie, du moins. Il y a encore un peu de vaisselle sur la table, il faudrait aussi replacer les meubles. Toutefois, parce qu'ils étaient tous les deux épuisés, Saint-Alphonse a déclaré la journée terminée. S'ils avaient veillé dans le Sud, le soleil aurait été sur le point de se lever. Et s'ils avaient veillé dans le Sud, c'est dans des lits séparés et dans des pièces différentes qu'ils passeraient le reste de la nuit. Mais ils ne sont pas dans le Sud.

Dans le Nord, on fait les choses différemment. Et la bienséance a une tout autre définition. Dans ces cabanes isolées, érigées ici et là sur les concessions, on construit les lits étroits et on y dort à deux, parfois même à trois, histoire de se garder au chaud quand, au petit matin, le poêle s'éteint. Et il s'éteint toujours, peu importe la quantité de bois qu'on y met le soir.

C'est donc fidèle à la coutume, mais non sans gêne, que Liliane s'allonge dans le lit exigu. Saint-Alphonse attend qu'elle soit bien installée et souffle la bougie. Il traverse la pièce dans l'obscurité et se couche près du mur sans la toucher. Ainsi côte à côte, ils demeurent tous les deux immobiles et silencieux pendant plusieurs minutes. Dehors, le vent s'est levé. Liliane entend les arbres geindre. Elle entend aussi le crépitement du poêle, le bruissement d'une bûche qui s'effondre, le toit qui craque dans la nuit froide. Elle entend tout, même la respiration de Saint-Alphonse qui, bien que lente, n'est pas parfaitement régulière. Il ne dort pas encore, ce qui empêche Liliane de se détendre. Elle ferme les yeux et tente d'ignorer sa présence en s'imaginant dans son lit, au-dessus du Sourdough's Café, ou dans celui qu'elle occupait sous la tente de Percy. Rien n'y fait cependant et elle devine, avec une acuité surprenante, chacun de ses muscles. Il lui semble sentir de la chaleur contre sa cheville. Est-ce son pied? Son mollet? Ou simplement le bas de son pantalon? Elle n'ose bouger pour vérifier de peur de s'en approcher davantage. Elle préférerait presque son état de la veille. Ivre, elle n'essaierait pas de contrôler sa respiration, ne craindrait pas qu'une main apparaisse sur sa cuisse, un bras, autour de sa taille.

Le temps s'écoule lentement, et Liliane a les muscles figés, douloureux à force de retenir ses mouvements. Lorsque Saint-Alphonse bouge enfin, la peau d'ours qui leur sert de couverture glisse sur le corps de Liliane. À demi découverte dans la tiédeur de la cabane, elle se sent obligée d'attendre que son compagnon s'endorme pour tirer un peu la fourrure vers elle. Les minutes passent, le silence de la nuit devient pesant, mais le souffle de Saint-Alphonse ne se calme pas.

– Bonne nuit, murmure-t-il au bout d'un moment.

Liliane remarque que sa voix est étouffée, ce qui confirme qu'il lui tourne le dos et fait face au mur. Elle lui renvoie donc la politesse en feignant une grande assurance.

– Bonne nuit, monsieur Saint-Alphonse.

Elle a parlé sans bouger et sans trahir son trouble. Elle en est bien certaine. Pendant de longues minutes, soulagée, elle écoute les arbres qui grincent dans le vent. Comme il ne dit plus rien, elle finit par se persuader qu'il dort enfin. Elle s'apprête alors à tirer sur la peau d'ours quand la voix de l'homme s'élève de nouveau, la forçant à immobiliser la main qu'elle tendait vers la fourrure.

– Appelez-moi simplement Alphonse, s'il vous plaît.

Liliane croit déceler une certaine irritation dans le ton, mais, n'en trouvant pas la cause, elle se concentre sur les mots. Ainsi donc, il se nomme Alphonse. D'où peut bien venir le préfixe «Saint»? Elle s'interroge à ce sujet lorsque, dehors, un loup hurle soudain. Le cri s'étire, plaintif et vibrant, puis s'évanouit, pour renaître et mourir une nouvelle fois. Bien que le son paraisse lointain, il force Liliane à prendre conscience des murs qui l'abritent, du poêle qui la réchauffe, de la relative sécurité dont elle bénéficie. Alors, avec un long soupir, elle se détend enfin.

– Vous avez bien travaillé aujourd'hui, dit encore Saint-Alphonse.

Elle répond par un timide merci en se demandant combien de temps il lui faudra pour s'endormir. Les yeux grands ouverts, elle scrute l'obscurité. Elle ne voit rien, bien sûr, mais elle imagine les formes familières des meubles. Son esprit s'attarde sur les deux bancs, cadeaux de Raizenne et de Lebrun. «Un ameublement un peu restreint», avaient dit les deux hommes avant de s'esclaffer. Ils faisaient de toute évidence référence à ce lit dont l'étroitesse lui apparaît soudain plus marquée. Elle se replie discrètement vers le bord au risque de tomber et se surprend à s'interroger. Que craint-elle donc? Ils se sont tous les deux allongés habillés, comme on le fait d'habitude dans le Nord. Si Saint-Alphonse avait l'intention de la forcer, il n'attendrait pas qu'elle s'endorme. Il n'attendrait pas non plus de s'endormir lui-même.

– Êtes-vous bien abriée?

– Oui, merci.

Elle ment sans bouger, et sa voix est pleine d'assurance, mais Saint-Alphonse ne se laisse pas berner. Elle le sent s'agiter, puis la fourrure glisse jusqu'à la recouvrir complètement.

– Il ne faut pas hésiter à la tirer de votre côté si vous avez froid.

– Je n'avais pas froid, dit-elle aussitôt, pour éviter qu'il ne découvre qu'elle ment depuis tout à l'heure. Pas encore, du moins.

Alors, comme une explosion fendant la nuit, un grand éclat de rire retentit. Sur le coup, Liliane a l'impression que Saint-Alphonse se moque d'elle. Elle s'apprête à s'offusquer, mais elle réalise à temps qu'elle se trompait. S'il s'abandonne à cet accès d'hilarité, c'est qu'il n'a pas trouvé d'autre façon pour faire baisser la tension qui l'habite. Bien malgré elle, Liliane se laisse entraîner. De nerveux, son rire devient franchement jovial au point que des larmes lui mouillent les joues. C'est ainsi que s'estompent leurs angoisses respectives. Il leur est alors possible de parler sans gêne.

– Il y a longtemps que j'ai dormi avec quelqu'un, avoue Saint-Alphonse en hoquetant, incapable de se maîtriser complètement. J'ai perdu l'habitude, je crois bien.

Cette explication pique la curiosité de Liliane. Si elle était plus à l'aise avec lui, elle lui demanderait sûrement avec qui il a dormi auparavant. Elle rougit à cette idée, consciente que le passé de Saint-Alphonse ne la concerne pas.

– J'aurais voulu avoir le temps de vous construire un lit, dit-il à brûle-pourpoint, mais les choses se sont passées tellement vite…

Il se tait quelques secondes et réprime un nouvel éclat de rire. Puis il ajoute :

– Je vais m'y mettre dès demain, si vous voulez.

Si vous voulez. Malgré la profonde obscurité, Liliane écarquille les yeux. Saint-Alphonse lui ouvre une porte sans qu'elle l'ait demandé. *Si vous voulez.* Si elle le veut, il lui construira un lit, qu'il installera quelque part dans la cabane afin qu'elle ne soit plus forcée de dormir avec lui. Avec cette offre, il diminue tout à coup la menace qu'il représentait pour elle. Liliane perçoit dès lors son corps d'une autre manière. Sous la peau d'ours, elle se sent bien, et ses pieds sont chauds comme ils l'ont rarement été depuis le début de l'hiver. C'est malgré tout avec étonnement qu'elle s'entend répondre :

– Ce ne sera pas nécessaire. Je n'ai plus peur de vous.

Saint-Alphonse ne fait aucun commentaire. Il se tourne de nouveau vers le mur. Son souffle ralentit. Il s'est endormi.

*

À son réveil, Liliane a l'impression de revivre la journée précédente. Saint-Alphonse a déjà disparu, et sur la table se trouve une assiette pleine de victuailles qui ressemblent à s'y méprendre à des restes de la veille. Elle a beau réfléchir, Liliane est persuadée avoir tout servi ce qu'elle avait préparé. Un détail lui revient cependant : Saint-Alphonse est sorti porter de la nourriture à un voisin malade. Elle ne l'a pas compris sur le coup, mais il ne pouvait pas y avoir de voisin malade, parce qu'il n'y a tout simplement pas de voisin. La cabane, tout en haut de la colline, est isolée. Ce sont donc ses propres fèves au lard que Liliane déguste ce matin-là. Son propre pain aussi, elle en est certaine.

Après avoir bien mangé, elle enfile son manteau et sort pour se rendre à la bécosse. Ce n'est qu'en revenant vers la maison qu'elle remarque des bruits inhabituels. Des chants s'élèvent de la vallée et sont portés par le vent jusqu'en haut de la colline. Liliane demeure un moment perplexe, mais elle a trop à faire pour s'y attarder. Elle retourne promptement à son poêle, à ses chaudrons et à son ménage. Comme s'il s'agissait de sa propre maison, elle lave, époussette et astique tout ce qui a été sali par l'activité de la veille. C'est en balayant le plancher qu'elle découvre le cadeau de Dolly, bien emballé dans de la toile. Liliane le dépose sur le lit et tire sur les bouts de la ficelle qui le tient fermé. Elle en sort une jupe et une blouse dont les manches bouffantes l'enchantent. Ce ne sont certes pas des habits du dimanche, mais à l'idée de posséder de nouveau des vêtements de rechange, elle vient les larmes aux yeux. Elle pourra laver son linge, enfin! D'un bref coup d'œil à l'extérieur, elle s'assure qu'il n'y a personne dans les environs et entreprend de se déshabiller. Elle retire sa blouse mais, avant d'enfiler la nouvelle, elle en profite pour se livrer à un brin de toilette. Puis elle change de jupe. Elle finit à peine de fermer les agrafes lorsque Saint-Alphonse entre sans frapper.

– C'est bien que vous soyez levée! s'exclame-t-il en fermant derrière lui. Si vous aviez été encore endormie, ceux qui s'en viennent auraient pris un malin plaisir à vous réveiller.

– Des gens s'en viennent ici?

L'incrédulité qu'on peut lire sur son visage amuse Saint-Alphonse.

– Les Anglais fêtent Noël comme on fête le jour de l'An par chez nous, explique-t-il en suspendant son manteau. Vous avez changé de vêtements ? Ça vous va bien.

Liliane n'entend même pas le compliment.

– Ils s'en viennent ? répète-t-elle. Tout de suite ?

Elle a l'impression d'être prise en faute. Saint-Alphonse feint toutefois de ne pas remarquer son malaise.

– *Tout de suite*, dit-il en l'imitant. Ne vous inquiétez pas. Tout est parfait.

– Mais... mais je n'ai rien préparé pour le repas. J'arrive tout juste de...

Liliane sent vraiment la panique la gagner. Elle s'en voudrait de mal recevoir leurs invités. Elle se rappelle l'énergie que dépensait Mrs. Burns pour tout prévoir. Elle craint de décevoir Saint-Alphonse. S'il fallait qu'il la retourne à Dawson, qu'il brise leur contrat parce qu'elle n'est pas à la hauteur, elle serait perdue. Il devine sans doute ses inquiétudes, car il s'approche d'elle. Sans dire un mot, il lui enserre les épaules de ses longues mains et l'incite à lui faire face. C'est la première fois qu'il la touche, et Liliane fige sur place, les yeux ronds comme des billes.

– Ne vous inquiétez pas, répète-t-il doucement. Ils ne viennent pas manger.

Devant son air perplexe, il ajoute :

– Ils viennent boire.

Pendant quelques secondes, leurs regards demeurent rivés l'un à l'autre. Liliane ne bouge pas, même lorsqu'elle sent la pression se raffermir contre ses épaules. Puis, aussi soudainement qu'il s'était approché, Saint-Alphonse la relâche et se détourne pour ouvrir la caisse de bois qui gît derrière la porte.

– J'ai tout ce qu'il faut.

Liliane y jette un œil et est un peu étonnée d'y découvrir sept bouteilles de whisky.

– Si nos invités viennent à bout de tout cet alcool, conclut Saint-Alphonse avec un clin d'œil, c'est en roulant qu'ils vont s'en retourner chez eux.

Il referme le couvercle au moment où on frappe à la porte. Une dizaine d'étrangers s'engouffrent dans la cabane en chantant. Liliane s'empresse de faire disparaître ses vêtements sales et recule près du poêle, fascinée malgré elle par la fête qui se déroule sous ses yeux. Il se dégage de ces hommes une telle énergie qu'il est difficile de croire qu'ils ont pu danser jusqu'aux petites heures du matin. Liliane ne discerne pas une ombre de fatigue sur leurs visages.

Saint-Alphonse leur sert à boire et attrape ensuite son violon. Chacun y va de sa gigue. Comme la veille, on tape des mains, on tape du pied, on chante, et, sans crier gare, les convives s'apprêtent à sortir avec aussi peu de cérémonie qu'ils sont entrés. Juste avant que la porte se referme, le dernier des visiteurs leur promet de revenir.

– Vont-ils vraiment repasser ? demande Liliane, incrédule, alors que les voix s'éloignent déjà.

– Probablement. Ils n'ont pas tout vidé.

Il désigne la caisse, qui renferme encore trois bouteilles.

– Ils vont donc fêter toute la journée ?

– Probablement, répète Saint-Alphonse. Mais en attendant, vous pouvez commencer à préparer le souper.

Comme s'il redoutait d'être seul avec elle, Saint-Alphonse disparaît à son tour. Il est déjà loin quand Liliane se rend compte qu'elle a oublié de lui demander combien de personnes ont été invitées ce soir-là.

Reproduisant les gestes de la veille, Liliane va s'approvisionner dans la cache et s'affaire tout le jour à cuire viande, soupe, pain et dessert. Les chanteurs reviennent au début de l'après-midi, font leur gigue au milieu de la cabane et s'en retournent, comme au matin. Saint-Alphonse part avec eux pour réapparaître vers cinq heures, seul et ivre. Il fige sur le seuil en voyant la table mise et toutes les victuailles qui embaument la pièce.

– Que se passe-t-il? demande Liliane remarquant son air ahuri. Tout est fin prêt pour recevoir vos invités.

– Mais il n'y a pas d'invités ce soir, articule-t-il avec difficulté en s'appuyant au chambranle. Il n'y a que nous deux pour souper. Ensuite, nous allons veiller chez…

– Mais vous m'avez dit de préparer le souper, l'interrompt Liliane, sous le choc.

Un nœud se forme dans sa gorge. Elle a cuisiné de quoi sustenter six personnes, comme la veille. Cela signifie beaucoup de nourriture. À l'idée d'avoir tout préparé pour rien, elle sent les larmes lui monter aux yeux.

– Qu'allons-nous faire de tout cela? bredouille-t-elle.

Elle lui montre, découragée, la viande bouillie, le pouding, les tartes, le pain.

Saint-Alphonse demeure jovial, ne semblant voir là aucun problème.

– On fera plaisir à Dolly en apportant une partie de ces victuailles avec nous, déclare-t-il en vacillant. Le reste, on le mangera demain.

Il s'appuie sur le lit en fermant les yeux, étourdi.

– Si vous le permettez, je vais piquer un petit somme avant le souper. J'ai un peu trop bu.

Il grimpe avec difficulté sur les fourrures. Une fraction de seconde plus tard, il dort à poings fermés.

Liliane observe un moment à distance ce corps qui ronfle bruyamment. Avec lenteur, de peur de l'éveiller, elle traverse la pièce et s'immobilise au bord du lit. Ainsi allongé, Saint-Alphonse paraît plus long et plus maigre, car ses pieds dépassent. Il n'a pas retiré ses bottes, et Liliane constate qu'il a de grands pieds. Son pantalon, bien trop large pour lui, est retenu à la taille par deux bretelles usées. Aux endroits où bâille la chemise, Liliane aperçoit la combinaison de laine qui l'a tant bouleversée la veille. Son regard longe les bras, s'arrête sur la main droite où il manque trois doigts. Cette infirmité n'empêche pas Saint-Alphonse de jouer du violon, car le pouce et l'index lui suffisent pour tenir l'archet. Soudain, l'homme gémit dans son sommeil, avant de se tourner vers Liliane sans s'éveiller. Elle le détaille, constatant encore une fois à quel point son visage est peu harmonieux. Les joues creuses et les lèvres minces disparaissent sous une barbe dense et foncée. Du bout des doigts, Liliane déplace la mèche de cheveux noirs et raides qui dissimule l'arcade sourcilière. Même clos, les yeux paraissent profondément enfoncés dans leurs orbites, ce qui accentue la maigreur du visage et rend ses traits anguleux.

« Décidément, se dit-elle en retournant s'asseoir près du poêle, Saint-Alphonse est loin d'être un bel homme. »

*

La soirée se déroule exactement comme celle de la veille, sauf que la compagnie s'avère plus nombreuse et qu'il y a deux violons au lieu d'un pour divertir tout ce beau monde. Les musiciens se relaient, et les reels s'enchaînent. Parce que la cabane du Suédois est plus grande que celle de Saint-Alphonse, ils sont bien une vingtaine à être venus y fêter Noël. Liliane a donc l'embarras du choix pour ce qui est des cavaliers, car les hommes rivalisent d'ingéniosité pour la faire rire et lui adresser des compliments. Dans ses nouveaux vêtements, elle se sent sûre d'elle pour la première fois depuis longtemps. La tension qui l'habitait se relâche dès que Saint-Alphonse a entamé les premières notes. Ensuite, pendant près d'une heure, elle se laisse entraîner, oubliant où elle se trouve et qui elle est. Ce soir, elle n'a pas de tâches à accomplir. Elle se sent donc libre et euphorique et elle ne pense à rien de ce qui pourrait gâcher la fête. Il y a si longtemps qu'elle s'est amusée autant. La nourriture abonde, les hommes sont beaux et la musique ne lui laisse pas de répit. Saint-Alphonse joue toujours. Bien que leurs regards se croisent de temps en temps, Liliane ne s'y attarde pas. Même sans alcool, elle s'étourdit. La faim, la solitude, le froid, tout cela a disparu pour faire place à la vie, la vraie. Tel le phénix qui renaît de ses cendres, elle est redevenue Lili Klondike. On la désire, on l'admire, tout le monde l'aime. Elle fête Noël comme une Anglaise et, grisée par tant d'attention, elle ne remarque pas les changements de musicien.

C'est plus tard, lorsqu'elle l'aperçoit en train de valser avec Dolly, que Liliane songe à Saint-Alphonse, qu'elle se rappelle qu'il est son employeur, mais aussi, en quelque sorte, son cavalier. Dans un coin, le Suédois plaisante avec d'autres convives. Il ne s'occupe pas des danseurs lui non plus. De temps en temps, il sourit à Dolly, indifférent au fait qu'elle danse avec un autre que lui. Les femmes sont si peu nombreuses au Klondike que les hommes se sont entendus pour se partager les tours de piste. Pourquoi, dans ce cas, Liliane se sent-elle si triste tout à coup? Pourquoi évite-t-elle de regarder le visage radieux de son amie? Le sourire désarmant de Saint-Alphonse? Pourquoi se tourne-t-elle vers le premier venu pour l'entraîner dans le reel qui commence? Plus un regard vers Dolly, plus une pensée pour Saint-Alphonse. S'étourdir encore. Voilà ce qu'elle recherche soudain avec avidité. Et lorsque la musique s'arrête et que le Suédois lui apporte une tasse de whisky, elle la vide d'un trait.

*

Le temps s'est adouci et la neige a commencé à tomber. Les bruits de la forêt sont étouffés par les rires et les cris des fêtards qui rentrent chez eux après une belle veillée. L'attelage a glissé sur la piste pendant une bonne demi-heure, avant de monter en ligne droite sur la colline pour s'immobiliser près de la cabane de Saint-Alphonse. Liliane demeure quelques secondes sur le traîneau à observer les lieux. Dans sa tête, la musique joue encore. Lorsque le violon s'arrête enfin et qu'elle est certaine que l'attelage ne bouge plus, elle se redresse avec difficulté, aidée par la main charitable que lui tend Saint-Alphonse.

– Je n'aurais pas dû accepter tout ce whisky, balbutie-t-elle en s'efforçant, en vain, de reprendre ses esprits. Je n'y avais jamais goûté avant d'arriver au Klondike.

Elle émet un bruyant hoquet et poursuit sur le même ton confus:

– C'est qu'on aime ça, la boisson, par ici! Moi, je le sais bien, je n'aurais jamais dû boire autant.

Elle se répète et exagère de manière grotesque chacune des syllabes. Elle en est pleinement consciente, mais ne peut s'en empêcher.

– Il faudra faire attention, souffle Saint-Alphonse en la retenant quand elle trébuche. Vous vous enivrez beaucoup trop vite.

– Mais je ne suis pas ivre, s'offusque-t-elle. J'ai juste trop bu.

– Oui, c'est ça.

Le fait qu'il acquiesce si facilement irrite Liliane, qui s'immobilise tout à coup.

– Vous vous moquez de moi, clame-t-elle, insultée. Vous approuvez ce que je dis, mais avec ce ton… Je vois bien que vous pensez le contraire.

Saint-Alphonse ne répond pas, car ils ont déjà atteint la cabane. Il ouvre la porte, et Liliane l'interroge, changeant complètement de sujet :

– Vous ne verrouillez pas votre porte, monsieur Saint-Alphonse ? Jamais, depuis mon arrivée, je ne l'ai vue verrouillée. Est-ce que c'est normal ?

Saint-Alphonse sourit, visiblement amusé par le nouveau comportement de Liliane. Il lui répond sur un ton très doux, mais profite de l'occasion pour la rappeler à l'ordre :

– Je vous ai demandé de m'appeler Alphonse. Et puis oui, c'est normal que la porte ne soit pas verrouillée. Je ne verrouille jamais rien.

– Vous pourriez vous faire voler.

Elle a répliqué avec une telle vivacité que Saint-Alphonse se tourne vers elle, étonné.

– Personne ne vole rien par ici, l'informe-t-il, patient. La punition est trop sévère.

– Ah, oui ! Je me rappelle.

Liliane secoue un doigt autoritaire à deux pouces du nez de son compagnon.

– On peut violer qui on veut dans la piste, lance-t-elle, mais on ne peut pas voler. Ça, c'est interdit.

Elle a encore prononcé chaque mot avec une exagération qui l'exaspère elle-même. Elle a beau se forcer pour afficher moins d'exubérance, elle n'y arrive tout simplement pas. Les yeux mi-clos, elle insiste, agitant toujours son doigt sous le nez de Saint-Alphonse :

– Vous devriez quand même y penser. Les gens ne sont pas tous gentils dans ce pays.

– Ce pays, c'est le nôtre, mademoiselle Lili. On y est chez nous.

Puis, comme si l'ensemble des paroles de Liliane parvenaient enfin à son esprit, il l'interroge à son tour :

– Est-ce que quelqu'un a essayé de vous… ?

Il hésite, soudain mal à l'aise.

– Dites-moi, se reprend-il. Dans la piste, avez-vous été en danger ?

Liliane ne cache pas sa surprise.

– En danger ? Mais tiens donc ! Évidemment ! Dès qu'elle sort de chez elle, dès qu'elle met le bout des orteils dehors, hop ! on veut s'en prendre à sa vertu. Eh oui ! Une femme est toujours en danger, monsieur Saint-Alphonse. Souvenez-vous de ça.

Elle se tait un moment, observe la pièce et s'étonne de reconnaître les meubles. Puis, elle se tourne de nouveau vers lui et conclut :

– Il n'y a rien comme un pantalon, je vous jure. Ça tient les hommes loin, un pantalon. C'est laid sur une femme et ça s'enlève drôlement mal. Mais c'est pratique pour tout le reste.

Parce qu'il est sans doute aussi ivre qu'elle, Saint-Alphonse éclate de rire.

– Mais c'est interdit par la loi, réplique-t-il en reprenant son sérieux.

– Ceux qui ont passé cette loi n'ont jamais porté de jupe, ça, c'est certain. Ils n'ont pas non plus vécu par ici.

Liliane éprouve de plus en plus de difficulté à se concentrer et à articuler correctement. Sa voix est quand même forte. Forte et décidée.

– Parce que s'ils avaient vu ce que MOI j'ai vu, insiste-t-elle en se frappant la poitrine de son index, et s'ils avaient vécu ce que MOI j'ai vécu, ils changeraient leur loi tout de suite.

– Vous parlez beaucoup plus qu'à l'habitude, mademoiselle Lili. Ça doit être la boisson.

– Oui! C'est ça!

Elle essaie alors de retirer ses bottes tout en demeurant debout. N'y arrivant pas, elle repère un banc, s'y assoit et entreprend de délacer ses mocassins.

– Attendez, dit doucement Saint-Alphonse en s'agenouillant devant elle. Laissez-moi vous aider.

Elle abandonne volontiers les lacets rebelles pour porter son attention sur le lit qu'elle trouve soudain invitant. Elle soupire bruyamment. Une fois, puis deux. Comme si elle éprouvait de l'impatience, ce qui n'est pourtant pas le cas. Elle est simplement fatiguée, lasse et absolument incapable de fixer son esprit sur quelque pensée que ce soit.

– Vous êtes bien gentil, monsieur Saint-Alphonse, balbutie-t-elle lorsqu'il se redresse pour l'aider à se lever. Vous êtes bien gentil, mais vous êtes vraiment pas beau.

– Je sais, oui.

Sa réponse est courte, et Liliane ne sait à quelle partie de sa phrase il fait référence. Elle ne lui pose pas la question, car, une fois hissée sur le lit, elle s'endort instantanément.

Chapitre xv

Un vent froid, digne du plus puissant blizzard, souffle sur la petite cabane de planches, et la tempête balaie White Pass City telle une bête en furie. Recroquevillée entre deux cordes de bois, le capuchon rabattu sur ses yeux clos, Rosalie fait semblant de dormir, les genoux repliés, les fesses sur une bûche dure et le dos contre le mur rugueux qui laisse s'infiltrer le souffle glacial comme une passoire.

Il s'est écoulé environ cinq heures depuis son arrestation. Cinq heures! De quoi sentir ses pieds et ses doigts s'engourdir. Encore une heure et elle se mettra à prier pour que Walsh se décide à partir, cela lui permettrait de marcher et lui éviterait peut-être des engelures. Walsh. Elle n'aurait pas dû être surprise de le trouver chez Mme Gagnon. C'était à prévoir depuis la réouverture de la White Pass. Mais, absorbée qu'elle était dans son conflit avec les porteurs, Rosalie en était venue à ne plus considérer Soapy Smith comme un danger imminent. Elle était loin de Skagway, son équipement avait presque franchi le sommet, et la piste depuis la côte n'avait pas encore été damée. Tout la confortait dans ce sentiment de fausse sécurité. Pourtant... Elle n'aurait eu besoin que d'un jour de plus. Un jour pour passer la frontière et se mettre sous la protection de la Police montée. Un seul jour…

Quelle idée, aussi, de s'attarder à White Pass City alors qu'elle aurait pu suivre les porteurs! Quelle négligence! Elle se revoit, entrant sans crainte dans le restaurant de Mme Gagnon. Son sourire s'était figé net en reconnaissant Walsh, debout près du poêle. Cinq hommes de main de Soapy Smith s'y réchauffaient avec lui.

– Vous êtes accusée d'avoir tué un cheval qui ne vous appartenait pas, a simplement déclaré Walsh en la mettant aux arrêts.

Rosalie a eu beau dire que c'était il y a deux mois, que le cheval en question allait mourir d'une minute à l'autre, que son propriétaire le battait férocement, rien n'y a fait.

– Vous avez tué un cheval qui ne vous appartenait pas, a répété Walsh en la poussant rudement vers la sortie. On m'a donné l'ordre de vous ramener à Skagway pour votre procès.

Walsh parlait d'une voix brusque, réprimant avec peine la violence qui l'habitait. Rosalie sentait qu'il ne lui pardonnait pas de l'avoir assommé pendant la nuit de la Thanksgiving. Il faut dire qu'elle n'y était pas allée de main morte. Le coup, dur et puissant, avait porté et il lui avait sans doute laissé une vilaine bosse, quelque part à la base du crâne. L'accusation n'est qu'un prétexte, Rosalie l'a bien compris en voyant les six hommes se ruer vers elle pour l'escorter. La vérité, c'est que Smith et Walsh ne digèrent pas qu'elle leur ait filé entre les doigts. Quelle que soit l'issue de ce procès, elle ne pourra lui être favorable. À Skagway, il n'y a pas d'autre justice que celle de Soapy Smith.

Pour une fois, la neige qui tombait sur la montagne s'avérait une bénédiction. Devant cette tempête soudaine, Walsh s'est vu forcé de remettre au lendemain son retour sur la côte. Voilà pourquoi Rosalie se retrouve maintenant captive dans la dépendance du restaurant, à l'endroit même où, quelques heures plus tôt, elle gardait encore ses précieuses provisions. Alanguie par le froid, elle se sent de plus en plus molle et faible. Bien que certaines bourrasques secouent la cabane au point de passer près de l'arracher du sol, Rosalie laisse son esprit basculer dans le sommeil. De toute façon, il n'y a rien d'autre à faire qu'attendre une accalmie, qui permettra à Walsh d'exécuter les ordres du Bandit de Skagway. Et dire que là-haut, dans la montagne, les frères Picard guettent encore son arrivée.

*

C'est tout d'abord le grincement d'une planche que l'on tord, un peu comme le fait le vent depuis le début de la soirée. Le grincement se transforme ensuite en craquement et s'interrompt, pour reprendre, quelques minutes plus tard, ailleurs, plus haut, plus près aussi. Il faut un certain temps à Rosalie pour le remarquer. Dehors, la tempête rugit toujours, secouant les murs et le toit.

C'est un bruit étrangement différent qui tire Rosalie du sommeil. Un son familier, mais inhabituel au milieu d'une remise. Elle ouvre les yeux. Bien que l'obscurité soit totale dans sa prison, elle n'en perçoit pas moins les nuances de gris qui se profilent autour de la porte. Vient alors une plainte de bois qui cède.

« Ça y est ! songe Rosalie en découvrant un trou gris charbon dans le noir qui l'enveloppe. Le vent va emporter le mur. »

Elle s'étonne que le reste de la structure tienne le coup, car la tempête semble vouloir tout détruire. C'est à ce moment qu'une voix lui parvient, soufflée à l'intérieur en même temps que la neige.

– Mademoiselle Lili ? Êtes-vous là ?

Pendant une fraction de seconde, Rosalie ressent de la méfiance, de la peur aussi. Si on la ramène à Skagway, c'en sera fini de son voyage au Klondike. Puis la raison se fraie un passage jusqu'à son cerveau. On lui parle en français : il ne s'agit donc pas d'un homme de Smith. Elle répond à voix basse elle aussi, espérant réussir à couvrir le tumulte.

– Je suis là. Qui êtes-vous ?

– C'est Maxence, mademoiselle. Je vous tends des raquettes.

Rosalie étire le bras et ses doigts se referment sur le treillis de babiche. Elle s'empresse de glisser ses pieds dans les courroies et se sert des cordes de bois pour se redresser. Une main lui empoigne alors l'épaule et descend pour rejoindre son poignet. Rosalie s'en empare et se laisse guider vers le trou qu'elle distingue à peine. Elle ne prononce pas un mot, ne pose aucune question. Elle ne connaît peut-être pas le plan de ses sauveurs, mais elle sait que Walsh a posté un homme devant la porte pour la surveiller. Vu l'ampleur de la tempête, ce gardien se sera probablement mis à l'abri, mais il ne peut être très loin. Rosalie s'en voudrait d'attirer son attention. Elle se retrouve rapidement dans la tourmente, le visage fouetté par la neige. Elle s'éloigne de la cabane marchant dans les pas de Maxence, comme on le fait au Québec quand on voyage en raquettes.

Sans aucune autre source de lumière que celle provenant des fenêtres des maisons, Rosalie prend un moment pour s'orienter et comprendre qu'ils contournent le village en longeant la forêt. Elle a conscience qu'ils sont trois et non deux comme elle l'avait cru au départ. Théophile ouvre la marche, en direction de la piste. Une certaine appréhension la gagne à l'idée d'affronter la montagne. Elle ne dit rien cependant, car elle craint Walsh davantage que la tempête. Au bout d'un moment, les bâtiments s'espacent les uns des autres. Lorsque le groupe atteint ce qui semble être l'extrémité de White Pass City, les frères Picard s'immobilisent. Rosalie ne discerne qu'une maison, sur laquelle la neige s'est agglutinée au point d'en effacer les contours. Une maison grise dans un décor gris.

– Donnez-moi votre chapeau, souffle Maxence en s'approchant d'elle, et allez nous attendre derrière cette maison.

Rosalie retire son couvre-chef et le lui tend, avant de piquer à quatre-vingt-dix degrés. Une fois cachée, elle voit les frères Picard s'éloigner vers la piste puis s'arrêter pour lancer le chapeau dans le sous-bois, là où il sera encore visible demain matin malgré la tempête. Ils font ensuite marche arrière, prenant bien soin de ne pas dévier de leurs traces. Lorsqu'ils arrivent vis-à-vis de Rosalie, ils mettent leurs pas dans les siens, et Théophile se sert d'une branche pour effacer les empreintes laissées dans la neige.

Ils la rejoignent et, ensemble, ils se dirigent vers la façade de la maison. Maxence frappe discrètement à la porte. On lui ouvre quelques secondes plus tard. Éclairé par un fanal déposé sur une caisse, un homme à la barbe cuivrée apparaît dans l'embrasure. Rosalie recule d'un pas, sous le choc. Elle le reconnaîtrait entre tous. C'est le salaud qui a osé lui prendre ses porteurs.

*

– Il n'en est pas question !

La voix de Rosalie tonne dans la pièce et les frères Picard, qui ne lui connaissent pas ce tempérament, demeurent figés sur place, abasourdis.

– Je ne lui fais pas confiance.

Elle a ajouté ces mots pour justifier son emportement, mais Maxence secoue la tête dans un geste empreint d'indulgence.

– Faut pas vous inquiéter, mademoiselle. C'est un gars de chez nous. N'est-ce pas que vous venez du Québec, Arthur ?

Il s'est tourné vers le dénommé Arthur qui semble soudain très attentif. Dans la lumière de la lampe, ses cheveux cuivrés ont des reflets de feux et son visage, où Rosalie distingue quelques taches de son, n'a rien de candide. Des sourcils fournis et aussi roux que la barbe accentuent la profondeur du regard au point de le rendre sévère. Il fait néanmoins un effort pour répondre en français à la question de Maxence.

– Québec, oui, dit-il avec un accent traînant. Valcartier. Arthur Hicks, mon nom.

En prononçant ces mots, il tourne vers elle un large sourire, mais l'éclair de malice qui brille dans ses yeux noisette ne trompe pas. Rosalie réagit aussitôt, explosant en français :

– C'est un menteur et un voleur, votre gars. Je ne comprends pas que vous lui fassiez confiance. À la première occasion, il me dénoncera à Soapy Smith.

Théophile a l'air scandalisé, comme si les propos de Rosalie tenaient du sacrilège.

– Il ne ferait jamais ça, mademoiselle, explique-t-il en plaçant une main sur l'épaule de Hicks. C'est un Anglais de Valcartier. On en voit souvent à Québec, vous savez, des Anglais comme ça. C'est un gars bien correct, j'en suis certain.

Rosalie se rappelle tout à coup les mots du détective Perrin. Il s'était moqué d'elle parce qu'elle était heureuse de parler français et fraternisait avec les cousins Picard. À l'époque, elle lui avait répondu qu'il s'agissait de compatriotes. Perrin avait ri. Il ne croyait pas qu'on pouvait juger d'une personne en se basant sur son origine. C'était en septembre. Aujourd'hui, presque trois mois plus tard, Rosalie comprend ce qu'il voulait dire. Si un jour elle le revoit, elle se promet de lui donner raison. Arthur Hicks, qui peine à suivre la discussion, s'interpose tout à coup, justifiant lui-même sa présence en s'adressant à Rosalie en anglais.

– Si j'avais su que vous étiez une compatriote, je n'aurais jamais agi comme je l'ai fait.

Compatriote. Dans la bouche de Hicks, ce mot perd son sens.

– Permettez-moi d'être sceptique, grogne-t-elle en lui décochant un regard acéré. À m'entendre parler, vous aviez certainement deviné que je n'étais pas américaine.

– C'est vrai. Je vous croyais française de France, vous m'en voyez désolé.

S'il comptait l'amadouer avec cette basse flatterie, il se trompe, car elle réagit de plus belle.

– Menteur ! lui lance-t-elle avec hargne. Vous êtes un menteur et un voleur.

L'autre écarquille les yeux et place une main sur sa poitrine, comme si ces accusations le blessaient. Ce geste théâtral achève d'exaspérer Rosalie.

– Qu'est-ce que vous faites avec ce gars-là ? demande-t-elle à Maxence. Il ment comme il respire.

– Vous croyez ?

Tandis que les frères Picard se tournent vers lui, Hicks cesse sa comédie et lance, terre à terre :

– Je ne vous ai pas VRAIMENT volé vos porteurs, puisque je vous les ai payés.

– Vous avez acheté quelque chose qui n'était pas à vendre, dit Rosalie en serrant les dents.

– C'est vrai. Mais vous avez quand même gardé mon argent.

Si elle ne se retenait pas, elle le frapperait tellement sa mauvaise foi est insultante.

– Ne faites pas l'innocent ! Vous saviez très bien qu'aucun Indien n'accepte l'argent de papier.

– Peut-être qu'un Indien ne l'aurait pas pris, mais vous, oui.

En entendant ces mots, Rosalie fouille dans sa poche et en sort une poignée de billets.

– Reprenez-les donc, Hicks ! dit-elle en lui lançant les billets au visage. De toute façon, les Tlingits sont déjà…

Rosalie s'interrompt net.

– Où sont les porteurs ? s'enquiert-elle en se tournant vivement vers Maxence.

– Eux ? Eh bien… Ils ont transporté vos affaires comme prévu. Ils doivent avoir traversé la frontière à l'heure qu'il est. En tout cas, nous les avons vus passer exactement comme vous l'aviez prédit. C'est pour ça qu'on est redescendus. On s'est rendus au restaurant pour se réchauffer, et Mme Gagnon nous a appris vos malheurs. On s'est dit qu'il fallait bien qu'on vous sorte de là.

– Et lui? Qu'a-t-il à voir là-dedans?

Comme ils sont toujours tous les quatre debout près de la porte, Maxence ouvre les bras pour désigner l'endroit où ils se trouvent.

– Il nous a offert ce refuge.

– C'est chez vous? demande-t-elle à Hicks, comme si elle n'en croyait pas ses yeux.

– J'ai loué la maison à un ami.

Rosalie lui jette un nouveau regard méfiant, avant d'étudier les lieux plus attentivement. Un poêle, deux chaises, une table et un lit constituent l'unique mobilier. Dans un coin, une caisse sert de coffre de rangement. Sur le couvercle refermé gît le long manteau d'Arthur Hicks, de même que son chapeau et un ceinturon garni d'un pistolet.

– Et qu'est-ce qu'il veut en échange? demande-t-elle en revenant à Maxence. Il exige certainement quelque chose pour me cacher ici.

Elle n'est pas dupe. Si Hicks a vraiment décidé de les aider, c'est qu'il compte y gagner au change. De cela, Rosalie est certaine. Justement, Théophile lui fournit l'explication qu'elle attendait:

– Il aimerait qu'on le prenne avec nous sur notre bateau. On peut bien faire ça pour un compatriote. Surtout s'il vous tire d'embarras, mademoiselle.

– S'il ne m'avait pas d'abord volée, je ne serais jamais tombée entre les pattes de Walsh, rétorque-t-elle sèchement, en les toisant tous les trois d'un regard sombre.

– Peut-être, mais là, nous sommes ici, maintenant, et vous ne pouvez pas sortir et…

– Je refuse de partir avec ce voleur !

– Ça ne sert à rien de remuer le passé, intervient Hicks en anglais, aussi normalement que s'il avait compris le dernier échange. Ce qu'il faut, c'est surveiller les allées et venues de Walsh et de ses hommes. Quand ils verront les traces et le chapeau abandonné, ils penseront que vous êtes déjà partie. Peut-être même qu'ils se lanceront à vos trousses. Mais ils vont vite se lasser en ne vous trouvant pas. Et puis ils n'oseront pas franchir la frontière. La Police montée a Soapy Smith à l'œil. Ceux qui vous cherchent devront donc redescendre. Quand le dernier des six aura quitté White Pass City pour de bon, on vous fera sortir d'ici de nuit et vous reprendrez la piste.

– Mais les Tlingits n'attendront pas tout ce temps !

– Vous avez raison, ils n'attendront pas, approuve Hicks. C'est pourquoi je vais les réembaucher. J'ai assez d'équipement pour les tenir occupés pendant trois jours. Quatre, si je divise davantage le poids.

– Ça va vous coûter plus cher. Et puis ils ne prendront pas votre argent de papier, c'est certain.

– Je trouverai bien un moyen pour les convaincre. D'ailleurs, ça, c'est mon problème.

Rosalie arrive difficilement à croire que celui qui l'a escroquée sans scrupule se soit transformé en bon Samaritain. Elle se tourne vers les frères Picard qui ont suivi, non sans difficulté, l'essentiel de la conversation.

– Et vous deux ? Que ferez-vous ?

– Nous deux, on reste ici comme arrière-gardes au cas où Walsh ne se laisserait pas berner.

Rosalie n'ose imaginer ce qui se passera si le bras droit de Smith ne tombe pas dans le piège qu'ils lui ont tendu. Mais il lui paraît inutile de poser la question. Anticiper le pire n'a jamais servi à rien.

– D'accord, dit-elle en s'assoyant enfin, les mains et les pieds près du poêle. Qu'est-ce que je dois faire, moi, en attendant ?

CHAPITRE XVI

Une grande confusion habite Liliane lorsqu'elle ouvre les yeux le lendemain matin. Une grande confusion, un sale goût dans la bouche et un mal de tête assourdissant. Elle perçoit le corps de Saint-Alphonse près du sien. Trop près pour qu'elle se sente à l'aise. Elle remue, se tourne sur le côté et bascule presque dans le vide. Comme s'il attendait ce signal, Saint-Alphonse se met à ronfler pendant un moment, puis le silence retombe. Liliane déglutit, et la texture pâteuse dans sa bouche lui lève le cœur. D'ailleurs, il n'y a pas que son haleine qui la dégoûte. La cabane au complet empeste les relents d'alcool fermenté. En une fraction de seconde, les images de la veille lui reviennent, les mots aussi. SES mots. Elle referme les yeux, s'efforçant de distinguer ce qui appartient aux rêves de ce qui constitue la réalité. À bien y réfléchir, il n'y a pas de rêve, qu'un horrible cauchemar. Peut-elle avoir vraiment tenu ce discours ? Elle n'arrive pas à le croire. Cela lui ressemble si peu. D'ailleurs, il y a tellement de paroles dans ses souvenirs. Trop de questions aussi, et trop de secrets.

Elle quitte le lit en prenant soin de ne pas éveiller Saint-Alphonse, enfile prestement son manteau et sort.

Dehors, la brume se mêle à la pénombre habituelle et efface la forêt. Tout paraît silencieux, même la vallée. Liliane n'en comprend la raison qu'en revenant de la bécosse, quelques instants plus tard. Ce matin, c'est dimanche. Et le dimanche, au Klondike, c'est jour de repos. Elle devra donc passer toute la journée avec Saint-Alphonse. Elle soupire et, pour repousser le début de son supplice, marche un moment dans l'air froid. Plus loin à sa droite se dressent les montants d'un treuil qu'elle aperçoit pour la première fois. Elle s'en approche et découvre, derrière un amas de buissons, le carré de madriers constituant l'entrée du puits de la mine. Le trou mesure presque deux verges de longueur sur autant de largeur et il est profond d'au moins douze pieds. Liliane examine l'ouverture, imagine l'effort physique nécessaire pour creuser dans le sol gelé et se sent encore plus coupable. Car à mesure que s'écoulent les minutes, les images de la veille se précisent au point qu'elle acquiert la certitude d'avoir vraiment déclaré à Saint-Alphonse qu'elle le trouvait laid. Elle s'est montrée d'une rare cruauté. Elle avait le droit de le penser, mais pas de le dire tout haut. Encore moins en pleine face. Maintenant, aucun mot ne pourra effacer ce qui s'est passé. Ni le réparer. D'ailleurs, aborder le sujet ne servirait qu'à enfoncer le clou. *Vous êtes bien gentil, mais vous êtes vraiment pas beau.*

Comment peut-elle avoir dit cela à l'homme qui l'a embauchée pour l'hiver? À celui qui l'a tirée de la misère? Qui lui permet de manger à sa faim et de dormir au chaud? Et qui va, en plus, la payer très cher? Que signifiait donc sa réponse à lui: *Je sais, oui*? Qu'il sait qu'il est gentil? Qu'il sait qu'il n'est pas beau? C'est bien pire! Il aurait dû réagir, la mettre à la porte, la secouer. Dans quel pétrin s'est-elle encore mis les pieds? Dire qu'elle commençait à s'habituer à cet homme, à dormir à côté de lui, à préparer ses repas et à s'occuper de son ordinaire! Dire qu'elle commençait à être bien. Juste bien.

Finalement, Liliane revient vers la cabane, plus penaude que lorsqu'elle en est sortie. Elle ramasse au passage quelques bûches qu'elle dépose doucement près du poêle après avoir refermé la porte. Sur le lit, Saint-Alphonse n'a pas bougé. Liliane s'attelle donc au déjeuner en évitant de faire du bruit. L'odeur du café remplace rapidement celle du fond de tonne. S'y ajoutent celle du lard qui grésille dans la poêle.

– Ça sent bon.

En se retournant, elle découvre Saint-Alphonse debout au pied du lit en train de replacer les bretelles de son pantalon.

– Vous en avez préparé pour deux?

La réponse est tellement évidente que Liliane ne dit rien. Sur la table, deux couverts ont été dressés. Saint-Alphonse tentait sûrement cette remarque pour briser la glace, pour meubler le silence.

Il sort un moment et, lorsqu'il revient les bras chargés de bûches, elle a déjà garni les assiettes et rempli les tasses. Il s'assoit devant elle et mange, en s'enfonçant davantage dans son mutisme. La tension s'accentue, devient presque douloureuse. Liliane aimerait trouver quelque chose à dire qui ne soit pas blessant, qui puisse adoucir ses paroles de la veille. Quelque chose qui leur permettrait de reprendre là où ils étaient avant ces mots cruels.

– Je vais chasser aujourd'hui, lance-t-il tout à coup les yeux rivés sur sa fourchette. Je serai de retour pour le souper.

Liliane acquiesce d'un hochement de tête, et le silence revient. Au bout d'un long moment, Saint-Alphonse se lève de table, attrape son manteau et son fusil puis sort sans rien ajouter. Liliane demeure assise longtemps à fixer la porte, espérant la voir s'ouvrir de nouveau. Mais rien ne se produit. Elle termine son assiette, vide sa tasse et se lève. Dans un soupir, elle empoigne le chaudron pour aller chercher de la neige. Puisqu'il faut commencer la journée...

*

La lessive est suspendue en travers de la pièce, entre le lit et le mur. Y sèchent non seulement sa vieille jupe et sa chemise délavée, mais également son linge de dessous. Elle a profité de l'absence prolongée de Saint-Alphonse pour laver tout ce qu'elle pouvait. Dans le chaudron bouillent encore les torchons, pour lesquels elle a réservé un espace sur la corde. Elle s'apprête justement à les suspendre lorsqu'on frappe à la porte. Liliane attrape d'un geste ses sous-vêtements et les glisse dans le lit. Puis elle replace dignement une mèche dans son chignon et va ouvrir.

– Doux Jésus! s'exclame Dolly en franchissant le seuil. Tu ne chômes donc jamais. La cuisine, la lessive. C'est dimanche, Lili, ne le sais-tu pas?

Liliane s'abstient de lui répondre, mais l'accueille avec chaleur, trop heureuse d'avoir quelqu'un avec qui parler librement. Elle lui prend son manteau, lui offre une tasse de thé et un morceau de tarte. Dolly accepte tout avec sa bonne humeur habituelle.

– Hans est parti à la chasse avec Saint-Alphonse. Je me suis dit que je viendrais te rendre une petite visite. J'ai toujours rêvé de faire ça. Rendre visite à une amie. Avant… Eh bien, avant, je ne menais pas vraiment une vie qui permettait ce genre d'agrément.

Elle s'installe sur un banc près du poêle et hume un chaudron où mijote le souper.

– Toute la région parle de ta cuisine, tu sais. Et ça fait juste deux jours que tu es arrivée.

– Deux jours…, répète Liliane pour qui cela semble une éternité.

– C'est sans parler de tous ces cœurs que tu as brisés hier soir en revenant au bras de Saint-Alphonse. Ta situation fait des envieux. Et pas juste chez les hommes. Mable LaRose a trouvé notre plan tellement intéressant qu'elle nous a imitées. La veille de Noël, elle s'est vendue à l'encan, debout sur le comptoir du Monte-Carlo. Mais elle a dû se vendre seule : j'étais déjà partie.

– Mable LaRose !

Liliane ne peut contenir sa surprise. La réputation de Mable n'a rien à voir avec la cuisine. Elle concerne plutôt ses charmes, qu'elle n'hésite pas, paraît-il, à offrir sur la Deuxième Avenue.

– Tu sais qui l'a *achetée*?

L'accent qu'elle a mis sur le mot *achetée* amuse Dolly.

– Un dénommé Sam. Un gars du Maine, à ce qu'on dit. Il l'a payée trente mille dollars, mais ça ne s'est pas aussi bien passé que pour toi. Un Italien a fait monter la mise. Il racontait à qui voulait l'entendre que cette Canadienne française là était pour lui. Quand Mable a crié : «Adjugée pour trente mille dollars au Yankee !», il paraît que l'Italien a sauté sur le Yankee en question. Ils se sont battus, et le propriétaire a dû les séparer.

Elle se tait, pensive, avant de répéter tout bas et avec envie :

– Trente mille dollars…

L'embarras est visible sur le visage de Liliane, mais cela n'empêche pas Dolly d'exprimer son opinion à haute voix :

– Je pense qu'à ce prix, elle ne va pas seulement s'occuper de la cabane.

Liliane a baissé les yeux et verse le thé brûlant dans les tasses. Tout à coup, l'idée d'avoir de la visite ne lui plaît plus du tout. Elle préférerait être seule, ne plus avoir à songer à ces ventes aux enchères ni à sa bêtise de la veille.

– En tout cas, tout le monde est bien content que tu sois dans le coin. Avec ta cuisine et la musique de Saint-Alphonse, ça nous promet un bel hiver.

Liliane hoche la tête, évasive. La musique de Saint-Alphonse. Elle le revoit, valsant et riant avec Dolly. Elle sait qu'ils s'amusaient, rien de plus. Mais elle n'aurait jamais pensé que cela l'affecterait autant. Elle s'est sentie dépossédée, comme si elle avait perdu quelque chose. Ou quelqu'un.

– Il s'appelle Alphonse, lance Liliane pour changer de sujet.

Dolly approuve d'un grognement en avalant sa première gorgée de thé.

– Pourquoi l'a-t-on baptisé SAINT-Alphonse ? reprend Liliane

– Il paraît que c'est parce qu'il ne joue pas, grommelle Dolly après sa première bouchée de tarte. Ni aux cartes, ni aux dés. Rien. Juste ça, c'était suffisant pour qu'on le traite de saint. Mais en plus, depuis qu'il est arrivé, au mois d'août, personne ne l'a jamais vu sur la Deuxième Avenue.

Liliane rougit en imaginant Saint-Alphonse déambulant devant les bordels.

– Certains gars racontent qu'il est marié, mais moi, il ne m'en a jamais parlé. C'est sûr qu'il est nouveau par ici, mais ça fait longtemps qu'il se promène. Il est ce qu'on appelle chez nous un *desperado*. Avant, il vivait au Colorado.

– Mais c'est un Canadien français ! Que faisait-il là-bas ?

– Je ne sais pas. Il m'a dit qu'il a passé quelques années dans les montagnes.

Dolly lève les bras pour désigner la pièce dans son ensemble.

– Il m'a dit que cette cabane est un véritable palais en comparaison de son refuge précédent.

– Une chose est sûre, souffle Liliane, il n'est pas habitué à avoir une porte.

Elle se rappelle leur conversation au sujet de l'absence de serrure. Ce souvenir-là, au moins, la fait sourire.

– Probablement pas. Là-bas, dans les montagnes, on se sert d'une peau d'animal pour bloquer l'entrée. Comme on le fait souvent ici pour la fenêtre.

Ces informations s'additionnent dans l'esprit de Liliane. Il lui semble qu'elle comprend mieux certains des comportements de Saint-Alphonse. Son besoin de solitude, ses silences, la difficulté qu'il éprouve à dormir avec quelqu'un d'autre.

– Comment ça se fait que tu sois au courant de tout cela? demande-t-elle, intriguée par les connaissances de Dolly. Je veux dire… Comment as-tu appris ce que tu sais à son sujet?

– Eh bien… Depuis mon arrivée au Klondike, j'ai rencontré pas mal de gens. Et puis, contrairement à toi, moi, quand j'ai une question, je la pose. Je ne me tourmente pas avec ça pendant des jours.

Liliane affiche un air exaspéré qui fait rire Dolly.

– Tu vois! C'est exactement de ça que je parle. Qu'est-ce que tu veux savoir, Lili?

Liliane laisse les mots glisser sur ses lèvres, prenant soudain conscience que cette question la torturait depuis un moment déjà.

– Dans ta vie d'avant, as-tu eu Saint-Alphonse comme client?

Dolly écarquille les yeux, avant de s'esclaffer.

– Je pense que tu ne m'écoutais pas, Lili. Je t'ai dit qu'il ne fréquentait pas la Deuxième Avenue. Ni aucun bordel, à ce que je sache. Aucune des filles que je connais ne l'a eu dans son lit non plus. Et ce n'est pas faute d'avoir essayé. C'est d'ailleurs Mable LaRose qui l'a baptisé Saint-Alphonse. Le nom est resté. Il ne court pas les femmes, c'est tout. On dirait même qu'il les craint. Comme s'il avait peur d'avoir mal.

– Pourquoi tu dis ça?

– Il danse, il rit, mais jamais il ne flirte avec personne. Il recule dès que ça pourrait devenir plus sérieux. Tout le monde sait qu'il garde les femmes à distance. C'est pour ça qu'on était surpris de te voir pendue à son bras hier soir. Tu es la première qu'il laisse s'approcher. Tu lui plais, je crois.

Liliane réagit violemment à ce dernier commentaire.

– Franchement! Tu ne penses quand même pas que je pourrais m'intéresser à un homme aussi…

Ses mots de la veille lui brûlent les lèvres.

– Quoi? Aussi quoi? insiste Dolly.

Elle a reposé sa fourchette et placé ses mains sur ses hanches, impatiente.

– Il est laid, murmure Liliane, intimidée par l'attitude de son amie.

Dolly proteste aussitôt:

– Tu ne m'as jamais dit que la beauté était une de tes priorités.

– Ça l'est.

Elle a soufflé ces mots, plus honteuse que jamais.

– Voyons, Lili! Tu ne vas pas rejeter un homme comme ça, quand même! Il a juste des qualités, ce gars-là.

Ébranlée par le ton agressif de Dolly, Liliane affiche une moue craintive.

– Mais c'est le plus laid que j'ai rencontré de ma vie, ose-t-elle ajouter.

– Peut-être, mais c'est le plus riche aussi. Et il est sur le point de le devenir plus encore. Et puis il t'a payée beaucoup plus cher que ce qu'on avait convenu. Si c'est pas de la générosité, ça, je me demande bien ce que c'est.

Liliane fige, stupéfaite.

– Comment ça, beaucoup plus cher que convenu?

Dolly se mord la lèvre, manifestement furieuse contre elle-même. Ce geste confirme les soupçons de Liliane.

– Ton encan était arrangé d'avance, n'est-ce pas?

Elle a posé la question, mais n'attend pas de réponse. Elle la connaît, la réponse. Elle ne pensait pas cependant que le montant aussi avait été fixé à l'avance.

– Je l'ai convaincu de t'employer pour l'hiver. Il avait besoin de quelqu'un pour s'occuper de sa cabane et de tout l'ordinaire pendant qu'il creusait. Il était prêt à te donner deux mille dollars en plus de te nourrir jusqu'en juin.

– Mais il m'a payée sept fois plus cher!

Cette constatation ébranle les certitudes de Liliane et avive ses inquiétudes. Qu'est-ce que Saint-Alphonse pensait acheter pour deux mille dollars? Et que croit-il obtenir pour quinze mille? Liliane ne peut s'empêcher d'additionner et de multiplier. Malgré ces calculs, elle n'arrive à aucune conclusion. Que vaut-elle? Elle n'en sait rien, car il lui est impossible de s'évaluer en termes financiers.

– Les choses ne se sont pas déroulées exactement comme on l'avait prévu, commence Dolly en guise d'explication. Disons que plusieurs de ces messieurs voulaient t'avoir pour eux seuls. Saint-Alphonse a été drôlement gentil d'augmenter son offre. Tu n'as pas idée à quel point tu as failli passer l'hiver avec Mr. Berton!

Liliane demeure silencieuse, bouleversée par ce qu'elle vient d'apprendre.

– Ma mère disait toujours que la beauté n'apporte pas à manger, poursuit Dolly. Saint-Alphonse est un bon gars.

– Il ne m'intéresse pas.

– Tu es puérile. Quel âge as-tu pour faire des enfantillages pareils? Pense à l'avenir, Lili, et essaie au moins d'imaginer de quoi aurait l'air ta vie avec lui.

L'insistance de Dolly agace Liliane. Elle a envie de lui rappeler qu'elle ne lui a jamais demandé son aide mais se retient. Elle sait que cela la blesserait. Et d'ailleurs, ce ne serait pas tout à fait juste. Quand Dolly est apparue au Phœnix, Liliane était vraiment désespérée.

– Je t'ai dit que je ne voulais pas me marier, lance-t-elle avec conviction.

– Tu m'as dit aussi que tu voulais être riche. Saint-Alphonse est riche. Et il le sera encore plus très bientôt.

– Je le serai moi aussi au 1er juin. C'est tout ce que je veux.

– Oh, non, Lili. Tu te trompes. Tu veux tout. Tu veux la liberté, mais tu veux aussi l'homme parfait. Celui qui sera gentil et dévoué comme Percy Ashley, dont le visage ressemblera à celui de Samuel Spitfield et qui possédera l'argent de Saint-Alphonse. Ce gars-là n'existe pas, Lili. La réalité ne sera jamais comme dans tes rêves.

La rudesse de ce dernier commentaire achève d'assommer Liliane. Dolly choisit ce moment pour se lever, endosser son manteau et se préparer à partir. La main sur la poignée, elle lui lance :

– Si j'étais toi, j'y songerais à deux fois avant de laisser une occasion comme celle-là me filer entre les doigts. C'est de l'or en barre, ce gars-là.

La porte produit un bruit sourd en se refermant. Assise près du poêle, Liliane ne prête pas attention au vent qui s'est engouffré dans la cabane avec le départ de Dolly. Pourtant, ce vent s'avère si froid qu'il la glace jusqu'aux os. Même aussi loin de chez elle, elle n'y échappe pas. On cherche encore à la marier.

Chapitre XVII

La frontière. Ce qui n'était que chimère prend forme devant les yeux éblouis de Rosalie. Pas un arbre, pas un rocher ne se découpe sur l'étendue blanche ondulant de part et d'autre du sentier. Baigné par la lumière bleutée de la lune, le paysage a quelque chose de céleste. Si ce n'était de ce vent qui souffle sans arrêt et bourdonne dans ses oreilles, Rosalie aurait l'impression de rêver. Elle a réussi, enfin.

Arthur Hicks avait bien anticipé les gestes de Walsh. Après avoir suivi pendant deux jours la fausse piste laissée par les frères Picard, le bras droit de Smith a fait demi-tour avec ses hommes, retraversant White Pass City, ne s'y attardant qu'une nuit. Dès que son départ a été confirmé par Mme Gagnon, Rosalie a pu sortir de sa cachette. En compagnie de Hicks et des porteurs tlingits, la jeune femme a repris la route en direction du sommet. Le lendemain, les frères Picard la rejoignaient, et, ensemble, ils franchissent ce midi le mythique col White que tous appellent par son nom anglais, la White Pass.

Des coups de marteau retentissent, réguliers, pour se perdre dans l'air glacial de la montagne. Rosalie est étonnée de découvrir, au milieu du défilé, cinq agents de la Police montée s'affairant à la construction d'un poste frontalier en rondins. À cause de l'absence d'arbres dans le coin, les madriers ont dû être transportés depuis les forêts, beaucoup plus basses. Une tâche énorme dans des conditions aussi extrêmes. Le froid ne semble toutefois pas affecter ces hommes qui travaillent sans relâche, ne jetant même pas un regard en direction des étrangers qui franchissent la frontière. Tant que l'édifice ne sera pas achevé, tous ceux qui arrivent de Skagway peuvent poursuivre leur chemin sur le versant est sans être inquiétés. Et ils sont nombreux, déjà, à serpenter entre deux lacs étroits, gelés et balayés par des rafales violentes.

Le vent cesse complètement peu de temps après le début de la descente, et un silence suspect s'abat sur la montagne. Pas un grincement, pas une voix, pas un souffle. On s'entend presque respirer. Une vapeur blanche et cristalline s'élève, bien droite, de la bouche de tous les êtres vivants qu'on croise, hommes et animaux confondus. Entre les collines arrondies se dessine un enchaînement d'étangs de glace où la neige, aussi légère que la poussière, n'adhère pas. Le sentier pique en travers des lacs afin de suivre la voie la plus facile. Le petit groupe constitué de Rosalie, d'Arthur Hicks, des deux frères Picard et des huit porteurs tlingits amorce la piste à la suite d'une centaine de marcheurs. Dans une zone aussi dégagée, ceux qui viennent en sens inverse forment une deuxième file sur leur gauche. Personne ne s'arrête, personne ne se parle. L'univers entier s'efface pour faire place à ce blanc infini et à cette paix troublante. Même la lune semble figée au zénith, éclairant les rives de roche polie où rien ne bouge.

Le groupe parcourt facilement les cinq milles qui suivent dans un paysage dont la beauté ne laisse personne indifférent. Puis le sentier recommence à descendre. Les montagnes réapparaissent, de même que les arbres dignes de ce nom. D'abord des conifères rabougris dont les branches les plus longues ne mesurent pas une verge. Leurs troncs se dressent assez près les uns des autres et en assez grand nombre pour constituer, ici et là, un boisé sombre qui dissimule l'horizon. Ils se densifient bientôt pour former une forêt que la piste traverse en sinuant sur plus d'un mille. Puis apparaît, comme surgi du néant, une minuscule cabane en rondins entourée de tentes et de monceaux de provisions. Rosalie n'arrive pas à croire que tous ces gens l'ont dépassée pendant qu'elle se terrait dans la maison louée par Arthur Hicks.

– Bienvenue à Log Cabin, déclare Maxence, en désignant l'édifice dominé par l'Union Jack.

Un sourire naît sur ses lèvres à l'idée d'être enfin de retour au Canada. Après deux ans d'exil, elle est émue de revoir le drapeau, même s'il est enroulé autour de son mât dans un tourbillon de bleu, de blanc et de rouge. Comme les frères Picard continuent d'avancer, les Tlingits sur les talons, Rosalie leur emboîte le pas. Ils déambulent à l'aise dans ce labyrinthe, se frayant un chemin entre les hommes, les feux et les toiles tendues. Elle suit ses compagnons, docile et curieuse, jusqu'à un amoncellement de marchandises abandonnées en bordure de la forêt.

– C'est ici qu'il vous faudra sortir votre argent, mademoiselle, lance Maxence en déposant la caisse qu'il transportait près de celles qui gisent sous les arbres.

Devant l'air perplexe de Rosalie, il s'explique :

– Comme partout ailleurs au pays, vous devez payer la douane sur les biens qui proviennent des États-Unis.

– Je sais, grogne-t-elle, en laissant tomber son sac sur le sol, aussitôt imitée par les Tlingits. Tout mon équipement a été acheté en territoire américain.

– Votre facture sera salée !

Arthur Hicks a éclaté de rire en prononçant ces mots, et Rosalie lui tire la langue avec mépris. Elle observe ses provisions, que les Indiens entassent sous un arbre à l'écart, et tente d'évaluer combien lui coûtera cette fameuse douane. Puis, se rappelant soudain sa mésaventure des derniers jours, elle fouille dans sa poche et en sort de l'argent de papier. Avec un sourire triomphant, elle passe les billets sous le nez de Hicks, qui ne rit plus. Cet argent, c'est celui qu'il a refusé de reprendre pour faire bonne figure devant les frères Picard. C'est aussi l'argent dont les Tlingits ne voulaient pas. Les agents de la Police montée, eux, sauront bien s'en contenter.

Fière de son coup, Rosalie se laisse choir sur les sacs de farine. Ainsi allongée, le regard perdu dans les nuages, elle soupire d'aise. Sa rencontre avec Arthur Hicks aura au moins eu cela de bon.

*

Ils sont entrés les uns après les autres pour faire leur déclaration. D'abord les frères Picard, puis Arthur Hicks, et enfin Rosalie. Elle écoute avec attention les deux policiers responsables de l'inspection présenter leur rapport au commandant. Celui-ci est demeuré assis et remplit maintenant un document, éclairé par une lampe à kérosène. Rosalie les observe tous les trois et est impressionnée par l'élégance de leur tenue dans une région aussi reculée. Leur uniforme écarlate est impeccable, et leur menton, contrairement à celui de tous les hommes rencontrés depuis des mois, est aussi glabre que du marbre. Du coup, elle se sent terne dans sa robe usée, maculée de boue, sous son grand manteau de drap gris, des mocassins aux pieds. Elle ne ressemble en rien à la cuisinière qu'elle était, encore moins à la dame qui se pavanait dans Seattle. Elle se trouve négligée, mal coiffée sous son capuchon, les joues brûlées par le froid. Elle se tient droite malgré tout, arborant fièrement l'identité de chercheuse d'or. La première étape franchie, le reste ne pourra qu'être plus facile. Du moins l'espère-t-elle. Elle paie la douane exigée et s'apprête à reprendre la route lorsque l'officier, toujours assis derrière son bureau, lui demande:

– Lequel de ces hommes est votre mari, madame?

Surprise par la question, Rosalie prend quelques secondes pour réfléchir. Que dire? La vérité lui fait tellement honte.

– Je ne suis l'épouse d'aucun d'eux, monsieur. Mon fiancé est demeuré à Skagway. Il était… indisposé.

– Je vous signale que les armes à feu sont interdites au Canada, poursuit l'officier.

Il a prononcé ces mots en plongeant son regard dans le sien. S'ensuit un moment de silence tendu.

– Sauf les fusils de chasse, ajoute le plus jeune des agents que cette tension soudaine semble embarrasser.

– Évidemment, sauf les fusils de chasse, approuve son supérieur sans manifester la moindre irritation. Mais je ne vois ici aucune déclaration concernant les armes.

Rosalie répond aussitôt, feignant l'innocence:

– C'est parce que je n'en ai pas à déclarer, monsieur.

Les policiers se regardent un moment, sceptiques, et l'officier poursuit:

– On nous a dit que vous possédiez un revolver.

Rosalie ne doute pas un instant de l'identité du traître qui leur a mis la puce à l'oreille, mais elle ne se laisse pas décontenancer.

– On vous aura mal informé, monsieur. Je n'ai pas d'arme.

– Un homme nous a assuré avoir aperçu votre revolver alors que vous campiez un soir au même endroit.

Quelques jurons traversent l'esprit de Rosalie, mais elle demeure aussi stoïque que les Tlingits.

– Je suis obligé de vous demander de vider vos poches, ajoute l'officier en quittant son bureau pour rejoindre les deux agents.

Rosalie craint tout à coup que son mutisme soit mal interprété. Elle décide de jouer le tout pour le tout et adresse son plus beau sourire aux policiers. Elle ouvre son manteau, plonge les mains dans ses poches et les vide avant de les retourner pour que les trois hommes constatent qu'elles ne contiennent rien.

– C'est tout ce que j'ai sur moi, dit-elle en désignant son mouchoir et le gousset plein d'argent qu'elle vient de déposer sur le bureau. J'avais une arme, c'est vrai, mais on me l'a confisquée à White Pass City.

Rosalie joue la partie serrée, elle le sait, mais elle ne donnera pas satisfaction à Hicks. Peu lui importe qu'il ait réussi à amadouer les frères Picard et à charmer les policiers. Elle en a vu d'autres. Elle replace ses vêtements et reboutonne son manteau sous les regards confondus des policiers.

– Qui vous a confisqué votre arme, Miss? demande alors l'officier en la détaillant des pieds à la tête.

Rosalie a senti une légère hésitation dans la voix du policier lorsqu'il l'a appelée *Miss*. Il s'agissait d'un *mademoiselle* douteux, suspect, peu honorable. Dans ce coin de pays, les femmes célibataires pratiquent pour la plupart le plus vieux métier du monde. Qu'on la prenne pour l'une d'elles est pour le moment le dernier de ses soucis.

– Les hommes de Soapy Smith, murmure-t-elle, timidement.

– Ce n'est pas dans les habitudes de Smith de confisquer les armes, encore moins celles des dames.

Elle leur adresse un regard attendri avant de se lancer dans une explication stratégique :

– Je suis comme vous, messieurs. Je ne supporte pas qu'on maltraite les chevaux. En septembre dernier, j'ai abattu un cheval qui ne m'appartenait pas. La pauvre bête se vidait de son sang dans la neige, maigre, malade et épuisée. Son propriétaire la frappait avec un bâton. J'ai abrégé ses souffrances, un point c'est tout.

La réputation des agents de la Police montée n'est plus à faire. Tous les Canadiens connaissent leur passion pour les chevaux. C'est pour cette raison que Rosalie ose leur révéler le crime dont on l'accuse en Alaska. Elle compte sur leur jugement et leur sens de la justice. Elle comprend qu'elle ne s'est pas trompée quand, après s'être consultés, les policiers lui sourient franchement.

– Il est peu probable qu'on vienne vous chercher jusqu'ici pour un délit de ce genre. Néanmoins, si jamais la chose se produisait, soyez assurée, Miss, que les hommes de Soapy Smith nous trouveront sur leur chemin.

Sur ce, l'agent recule et lui ouvre la porte. Rosalie réprime un élan de joie en passant le seuil. Une fois dehors, elle prend un air penaud qu'elle accentue lorsqu'elle voit les frères Picard s'avancer vers elle, Arthur Hicks sur les talons.

– Qu'est-ce qu'il y a, mademoiselle ? s'enquiert Théophile, visiblement inquiet. Ça vous a coûté plus cher que prévu ?

Rosalie fait signe que non, mais ne dit pas un mot. Elle attend de voir le sourire victorieux sur le visage de Hicks, ce qui confirmerait ses doutes à son sujet. Mais Hicks semble vraiment soucieux. Elle s'apprête à remettre en cause l'opinion qu'elle a de lui, lorsqu'il lui enserre les épaules de son bras.

– Ne vous en faites pas, dit-il en revenant avec elle vers leur campement. On m'a confisqué mon pistolet, à moi aussi.

Rosalie hoche la tête tristement, souhaitant ainsi camoufler le soulagement qui l'habite. Puis, d'un geste distrait, ses doigts effleurent sa jupe, là où le métal froid du canon fixé à sa jarretière frotte contre sa cuisse.

*

Rosalie était persuadée que l'ascension de la White Pass l'avait préparée à tout. Elle avait même fini par croire que plus rien au monde ne pourrait la surprendre tant la vie qu'elle avait menée pendant les derniers mois lui paraissait extraordinaire. Pourtant, quand elle émerge de la forêt après avoir serpenté entre les montagnes telle une rivière, elle s'immobilise, bouche bée. Les arbres se sont effacés pour faire place non pas à un village, mais à une véritable ville de tentes. Il y en a des milliers. De toutes sortes. Des rondes, des carrées, des tentes-hôtels, des tentes-saloons, des tentes-restaurants, des tentes-cafés, des tentes-chapelles, des tentes pour la poste, pour la boulangerie, pour la boucherie. Elles encerclent le lac Bennett comme un nuage de toile blanche, percées de tuyaux de métal qui crachent dans le ciel la fumée sombre et caractéristique du feu de bois vert. Plus impressionnants encore sont les échafaudages qui se dressent partout. Étourdie, Rosalie absorbe les images, incapable de poser son regard. Ses yeux errent sur les hommes, sur les piles d'équipement, de provisions et d'outils, sur les bœufs, les poulets, les porcs, les chevaux, sur les madriers, les planches, les troncs d'arbres ébranchés, sur les bateaux en construction, sur ceux qu'on a terminés, sur la multitude de montagnes environnantes, et sur la surface du lac, immaculée et sillonnée de ponts de glace. Après le silence de la forêt, le bruit de la vie humaine lui paraît assourdissant, et Rosalie en ressent une vive émotion, presque un vertige. Jamais elle n'aurait cru qu'ils étaient si nombreux à se rendre au Klondike.

– Mais avancez donc, Miss! ronchonne Arthur Hicks en lui poussant dans le dos. Il y en a qui attendent en arrière.

Rosalie se remet en mouvement, fascinée. Tout autour s'élèvent des monts arrondis dont les cimes ravinées et couvertes de neige rappellent celle du sommet. À mesure qu'elle progresse, Rosalie distingue mieux les détails de ce tableau aussi grouillant qu'une fourmilière. Malgré la pénombre, elle peut voir que la forêt a été grugée de chaque côté du lac, laissant la base des montagnes complètement déboisée. Partout, sur la moindre parcelle de terre, la moindre verge carrée, on a planté une tente, allumé un feu ou édifié un échafaudage. Voilà donc les fameux *sawpits* décrits par Maxence : une structure pyramidale en bois permettant de scier les billots pour obtenir les planches nécessaires à la construction des bateaux. Deux hommes y travaillent, un sur le dessus, l'autre en dessous, maniant en cadence un godendard, cette scie à deux poignées.

Rosalie et son groupe avancent dans la vallée en suivant un sentier tracé au fil des semaines par des dizaines de milliers de personnes. Elle jette un œil vers la gauche où s'étire, étroite, la glace du lac Lindemann. Des feux en jonchent les deux rives jusqu'à son extrémité ouest, là où aboutit la piste du col Chilkoot. Rosalie sait, parce qu'on le lui a dit, que les eaux des deux lacs communiquent par une série de rapides invisibles en hiver.

Le sentier s'éloigne vers l'est, longe la rive sud du lac Bennett, avant de se dissoudre complètement dans la ville du même nom. Des gens s'en vont à gauche, d'autres à droite, et les frères Picard se fraient un chemin entre les campements. De peur de perdre ses guides dans un tel labyrinthe, Rosalie les suit de près. C'est à ce moment qu'elle reconnaît enfin les différents bruits qui lui bourdonnent dans les oreilles depuis son arrivée. Il y a certes les éclats de voix humaines, les grognements des animaux, mais il y a surtout le grincement des scies qui domine l'ensemble. Des milliers d'égoïnes tranchent du bois dans le plus grand désordre. Le son est régulier, lancinant et pénible à la longue pour celui qui l'entend. Alors que dire de celui qui scie ?

Un attroupement spontané se forme tout à coup, qui attire les hommes de partout. La vague humaine emprunte la même direction que les frères Picard, et Rosalie craint un moment de les perdre de vue. Elle accélère.

– Que se passe-t-il ? demande Hicks qui marche derrière elle avec les Tlingits.

– Je ne sais…

Elle n'a pas le temps de terminer sa phrase. La foule qui les entoure se densifie soudain à tel point qu'il devient impossible d'avancer avec une caisse sur le dos. Rosalie se défait donc de son fardeau, l'abandonne sur le sol et s'adresse aux porteurs :

– Attendez-moi ici. Je vais essayer de rattraper Maxence.

Elle se glisse entre deux hommes, puis entre deux autres, puis encore entre deux. Elle doit faire preuve d'agilité pour éviter d'être broyée par les larges épaules qui lui barrent la route avec de plus en plus de vigueur. Malgré sa forte stature, elle n'arrive pas à voir à deux verges devant elle. Ce n'est pas tant que ceux qui l'entourent sont costauds, mais plutôt qu'ils refusent de céder un pouce de terrain. Rosalie réussit néanmoins à repérer la tête de Théophile, au moment où celui-ci se rue vers l'avant. Une énergie nouvelle s'empare alors de la foule. Des cris d'encouragement s'élèvent de partout. Viennent ensuite des soupirs de déception, puis encore des exhortations. Prise au piège derrière un mur de corps solides, Rosalie choisit la voie la plus simple. Elle s'accroupit et se faufile entre les jambes de ceux qui entravent son chemin. C'est ainsi qu'elle atteint une aire dégagée, illuminée par les flammes d'un feu bien nourri. En se redressant, elle se retrouve devant une bagarre qu'on tente de maîtriser. Les deux hommes qui s'affrontaient ont encore les poings levés et des éclairs de colère dans les yeux. L'un d'eux a un œil enflé tandis que l'autre saigne du nez. Ils sont maintenus fermement à distance par Maxence et Théophile qui leur parlent doucement pour essayer de les calmer, au grand dam de la foule qui s'excite, refusant à ce conflit un dénouement pacifique. Les frères Picard redoublent d'ardeur. À cause de la pénombre quotidienne, il faut un moment à Rosalie pour reconnaître en ces deux adversaires leurs cousins Eudes et Euclide, restés au lac pour construire le bateau. À force de ruades, ils réussissent à se libérer. Autour d'eux s'élève alors un cri de joie. Rosalie cherche comment arrêter le combat, comment forcer la foule à se ressaisir. Un coup de feu ferait certainement l'affaire, mais sortir son revolver correspondrait à dévoiler sa dernière carte d'atout. Elle opte donc pour la témérité, priant pour qu'Eudes et Euclide possèdent suffisamment de contrôle et de jugement pour éviter de la frapper par inadvertance. Elle attend que Maxence et Théophile les séparent de nouveau puis s'interpose pour apaiser leur fureur :

– Un peu de retenue, messieurs ! s'écrie-t-elle, assez fort pour couvrir le vacarme. Vous vous donnez en spectacle.

Ces mots ne produisent pas d'effet immédiat. Les deux hommes tentent à nouveau de se défaire des bras qui les retiennent et finissent par se jeter encore une fois l'un sur l'autre.

– Messieurs !

Rosalie a crié, et sa voix a fait sursauter plusieurs personnes dans l'assistance. Elle profite de cette accalmie subite pour se placer entre eux.

– Vous vous comportez comme des animaux de cirque. Regardez-vous ! Et regardez donc autour de vous ! Vous avez l'air de deux coqs dans une basse-cour. N'êtes-vous pas de la même famille ?

Les deux hommes lèvent des yeux furieux vers la foule et s'apaisent brusquement en constatant qu'elle dit vrai. Cependant, les spectateurs n'acceptent pas une réconciliation aussi rapide. Un peu partout, on leur crie de régler leur différend à coups de poing. Rosalie, qui se réjouissait du succès de sa manœuvre, refuse qu'on encourage la reprise des hostilités. Elle jette un regard à Maxence et Théophile qui saisissent à bras-le-corps leurs cousins.

– Allez-vous-en, s'écrie-t-elle alors en s'adressant aux spectateurs qui protestent. Vous voyez bien que c'est fini.

Puis, parce que personne ne bouge, elle ajoute :

– Il n'y aura plus de bagarre aujourd'hui. Retournez à vos occupations !

Son ton ne laisse pas de place à la réplique, et, aussi subitement qu'elle s'était rassemblée, la foule se disperse. Rosalie jette encore quelques regards autoritaires autour d'elle, avant de se tourner vers les cousins Picard que la poigne de Maxence et de Théophile maintient séparés. Elle est rejointe par Arthur Hicks et les Tlingits qui, eux, ne s'en mêlent pas, comme à leurs habitudes.

– C'est de sa faute, lance Euclide en essuyant le sang qui perle sur ses lèvres. Il me laisse faire tout le travail.

Outré par cette attaque, Eudes riposte :

– Ce n'est pas vrai. Je m'installe tous les jours dans ce maudit *sawpit*. Je tire et je pousse comme un bœuf. En plus, je reçois la sciure de bois dans les yeux et j'ai la face et les mains gelées. Je travaille aussi dur que toi. Tu devrais venir en dessous, tu trouverais pas ça drôle.

– C'est une bonne idée, ça, tiens ! Demain, c'est toi qui vas trimer sur le dessus, puis moi, je vais me la couler douce à ta place. Tu vas voir comment on se sent, sur le dessus, quand l'autre ne se force pas.

Cette dernière phrase jette de l'huile sur le feu.

– Mon maudit, toi! Je trime autant que toi.

Si ce n'était de la vigilance de Maxence et de Théophile qui les rattrapent *in extremis*, les deux hommes se seraient de nouveau pris à la gorge.

– D'accord, messieurs, intervient Rosalie, exaspérée. Demain, vous changerez de place. Vous verrez bien l'un et l'autre de quoi il retourne. En attendant, l'un de vous aurait-il l'amabilité de mettre de l'eau à chauffer pour faire du café?

Ce brusque changement de propos laisse tout le monde interdit. Arthur Hicks rompt la tension en se penchant pour fouiller dans sa caisse. Il en ressort une bouteille de whisky qu'il débouche avant d'en avaler une bonne gorgée.

– Je ne sais pas pour vous, dit-il en s'essuyant les lèvres du revers de la main mais moi, j'ai bien besoin d'un petit remontant.

Autant les cousins que les frères Picard se montrent d'accord, et l'alcool passe de l'un à l'autre avec un plaisir évident. Quand arrive le tour de Rosalie, elle s'empare de la bouteille et boit goulûment. Elle sent aussitôt la chaleur se répandre dans ses entrailles. Elle croise le regard complice d'Arthur Hicks. Pour la première fois, elle peut y lire de l'admiration. C'est elle qu'il admire si ouvertement. Elle et son tempérament d'acier.

– Tout ce qu'on peut faire maintenant, lance soudain Maxence après une seconde rasade, c'est vous souhaiter la bienvenue à Lac Bennett, mademoiselle. Installez-vous confortablement, surtout, parce qu'on ne bougera plus d'un poil avant la fin mai, peut-être même le début de juin.

Ces mots résonnent bizarrement dans la tête de Rosalie. Elle jette un regard aux alentours, et le paysage, la ville de même que ses habitants lui apparaissent sous un jour différent. Lac Bennett constituera son foyer pour les cinq prochains mois.

Chapitre XVIII

Liliane vit la dernière semaine de décembre avec l'impression de marcher sur des œufs. Saint-Alphonse part tôt et ne rentre que pour le souper. Souvent, il sort même le soir pour ne revenir que lorsque Liliane est endormie. Le 30 au matin, il lui annonce qu'il se rend à Dawson.

– J'amène Lebrun à l'hôpital, dit-il pour justifier son voyage.

– Est-il malade?

Puisque Liliane n'a pas revu Lebrun depuis la fête de Noël, la chose n'est pas impossible.

– Une vilaine blessure qui ne guérit pas, explique Saint-Alphonse. Le père Judge s'occupera de lui. Et puis je vais en profiter pour aller au magasin. Avez-vous besoin de quelque chose? La farine se vend bien une piastre la livre, mais si vous pensez en manquer avant la fin de l'hiver, je vais en acheter.

Liliane hésite. Lui fait-il cette proposition pour lui montrer à quel point il est riche ou a-t-il vraiment à cœur qu'elle dispose de tout ce qu'il faut pour la cuisine? Un malaise l'envahit. Elle se rend compte qu'elle n'arrive plus à lire Saint-Alphonse. Son visage demeure fermé depuis cette soirée trop arrosée chez le Suédois. Faute d'indice signifiant clairement ce qu'il attend d'elle, Liliane préfère décliner l'offre. De toute façon, la cache est déjà bien garnie. Elle sort quand même avec lui pour atteler les chiens. Lorsque tout est prêt, Saint-Alphonse se tourne vers elle.

– Je serai de retour demain, lance-t-il simplement.

Il se cramponne, debout à l'arrière du traîneau, et s'écrie :

– *Mush !*

Les chiens se mettent aussitôt en mouvement. Les patins dérapent d'abord sur le sol durci, avant de se stabiliser et de suivre l'attelage. Liliane demeure sur place, à le regarder disparaître dans la pénombre. Puis elle ramasse quelques bûches et retourne bien au chaud dans la cabane.

Elle passe tout le jour à s'occuper de la lessive, du raccommodage des vêtements et de la cuisine. Elle s'affaire à ce qui constitue désormais son quotidien, essayant d'oublier ses tourments. La réalité est blessante : Saint-Alphonse la fuit.

Le soir venu, elle s'allonge seule sur les peaux et frissonne. Le lit lui paraît vaste et difficile à réchauffer. De plus, Liliane a eu beau chauffer le poêle toute la journée, il fait froid dans la cabane. Dehors, la température continue de chuter et, jusqu'à deux pieds du sol, une couche de frimas recouvre les murs, le bas des meubles et tous les outils. Les bûches et les bancs n'y échappent pas non plus.

Liliane a fermé les yeux. Les bruits de l'extérieur lui parviennent, exacerbés tant par l'obscurité que par son isolement. Les autres cabanes sont loin, et de se savoir seule toute la nuit suffit pour lui faire craindre le pire. Et cette porte qu'on ne peut verrouiller ! Liliane a bien placé une chaise devant, appuyée sous la poignée, mais l'entrave ne saurait retenir un homme décidé à entrer. Les pieds glacés malgré ses bas de laine, elle fixe la lueur rougeoyante de la cheminée. Elle soupire, lasse. La nuit sera longue. Longue et froide.

*

Lorsque Liliane entend s'approcher le traîneau le lendemain, elle ne peut réprimer un sourire. Elle s'enveloppe de son manteau et, malgré le froid cuisant, sort pour accueillir Saint-Alphonse. Elle ne l'admettra jamais, mais elle est vraiment contente de le revoir. Elle aperçoit d'abord les chiens qui accourent en jappant joyeusement, puis la silhouette longiligne se découpe, plus sombre dans le demi-jour. Le traîneau s'immobilise à quelques pouces seulement de ses pieds.

– Bonjour! s'exclame Saint-Alphonse en bondissant sur le sol. Tout s'est bien passé?

– Il a fait froid.

C'est tout ce qu'elle a trouvé à dire, en cherchant ses yeux sous les rangées de foulards qui dissimulent son visage. Elle est heureuse de constater qu'il a l'air de bonne humeur. Au pire de la nuit, quand sa raison faiblissait, elle a craint qu'il ne revienne pas.

– À Dawson aussi. Commencez à décharger pendant que je dételle les chiens.

Liliane obéit et entreprend de transporter dans la cabane la dizaine de sacs de toile empilés sur le traîneau.

– Pas celui-ci! s'écrie Saint-Alphonse au moment où elle s'apprête à soulever le dernier. C'est le plus lourd, je vais m'en occuper.

À ces mots, il balance la poche sur son épaule, et tous les deux se réfugient à l'intérieur, dans la chaleur bienfaisante du poêle. Avant même d'enlever son manteau, Liliane met de l'eau à chauffer pour le café.

– Ça sent bon ici! Je suis content de voir que vous avez fait le souper. Je meurs de faim.

De toute évidence, la route a été difficile. Liliane ressent une certaine fierté à l'idée de lui servir ce qu'elle a préparé.

– J'ai fait du…

Elle s'interrompt en se retournant, stupéfaite. Saint-Alphonse la regarde, souriant, le visage aussi bien rasé que celui du vieux Walter. S'amusant de sa surprise, il se caresse le menton du revers de la main.

– Contrairement à ce qu'on pourrait penser, c'est moins froid comme ça.

Puis, devant l'air perplexe de Liliane, il ajoute:

– C'est à cause des glaçons qui se forment dans la barbe quand on respire.

Liliane hoche la tête et revient à la préparation du café. Devrait-elle commenter ce changement? Elle hésite, car Saint-Alphonse n'est pas plus beau sans barbe. Son menton paraît d'ailleurs plus osseux, plus proéminent. Elle préfère se taire et lui tend sa tasse avec un sourire.

– Votre café est délicieux, note-t-il. J'en avais grandement besoin, avec ce froid.

Liliane apprécie le compliment. Elle le remercie et retourne au poêle pour terminer le souper. Pendant ce temps, Saint-Alphonse défait les paquets, range les outils et empile, sur une caisse, les provisions qu'il faudra entreposer dans la cache. Lorsque Liliane revient vers la table, les assiettes à la main, elle fige sur place. Sur le lit se trouve, bien étalé, un pantalon tout neuf. Un pantalon bien trop court pour Saint-Alphonse.

– J'ai pensé que vous seriez plus à l'aise avec ça, explique-t-il en s'assoyant sur l'autre banc.

Liliane dépose les assiettes et s'empare du vêtement. La laine est parfaitement lisse et douce. Émue, elle sent les larmes lui monter aux yeux.

– C'est gentil, balbutie-t-elle en pressant le tissu sous ses doigts.

– Je vais me tourner pour que vous puissiez l'essayer.

Joignant le geste à la parole, Saint-Alphonse pivote pour se retrouver face au mur. Liliane retire promptement bottes, jupe et jupon avant d'enfiler le pantalon et se chausser de nouveau.

– Voilà! lâche-t-elle, la voix empreinte de fierté.

Saint-Alphonse se retourne et pose sur elle un regard étrange, un mélange de curiosité et d'embarras.

– Ce n'est pas très élégant, dit-il en lui indiquant de tourner sur elle-même.

Comme elle s'apprête à riposter, il ajoute :

– Pas très élégant, mais sans aucun doute pratique et… euh, sécuritaire.

Le visage de Saint-Alphonse trahit soudain un malaise :

– J'espère que vous n'avez pas l'intention de le porter ce soir, parce que j'en serais un peu gêné. S'il fallait en plus que l'inspecteur Constantine vienne faire son tour à la veillée…

– La veillée?

– Bien oui. La veillée. On va réveillonner chez Walter.

Les jours s'additionnent dans l'esprit de Liliane et, en ce 31 décembre 1897, elle accepte de céder du terrain.

– Dans ce cas, je ne voudrais pas te faire honte, dit-elle en lui offrant son plus beau sourire.

– Ce n'est pas que j'aurais honte, mais…

Saint-Alphonse s'arrête et son visage s'éclaircit. Il vient de remarquer qu'elle l'a tutoyé pour la première fois. Elle l'a fait exprès, bien décidée à rompre pour de bon la tension qui règne entre eux. Quelques minutes plus tard, elle lui sert le repas et l'écoute avec un plaisir évident raconter son voyage en ville. Et ce soir-là, à la veillée chez le vieux Walter, elle danse, rit et chante, mais quand Saint-Alphonse pose son violon, c'est avec lui qu'elle entame le quadrille.

Chapitre XIX

La vie à Lac Bennett s'avère d'abord facile pour Rosalie. Elle a monté son camp à proximité de celui des cousins Picard, imitée en cela par Arthur Hicks qui se montre avec elle presque agréable. La nuit, maintenue au chaud grâce à son poêle, elle s'allonge sur un lit de branchages, enroulée dans ses couvertures, savourant l'odeur alléchante des fèves qu'elle prépare quotidiennement afin de servir le déjeuner à ses compagnons. Car les choses sont claires, maintenant. C'est avec eux et sans doute aussi avec Hicks qu'elle entamera la descente du fleuve Yukon à la fonte des glaces.

Les porteurs tlingits ont repris le chemin de Skagway après avoir accepté de transporter l'équipement d'un groupe d'Américains qui campaient à la frontière. Rosalie a vu avec soulagement les huit colosses s'éloigner. Il ne s'était pas passé un jour, depuis leur trahison, sans qu'elle ait craint qu'ils lui faussent compagnie encore une fois. Mais maintenant que la voilà installée pour le reste de l'hiver, elle doit admettre que les Indiens se sont démenés pour elle comme convenu et jusqu'à la fin.

Étonnamment, il neige peu sur le versant est des montagnes Rocheuses. Le vent y est piquant, le froid, mordant, mais le blizzard humide qui sévissait à White Pass City n'existe pas. Tout au plus tombe-t-il quelques flocons de temps en temps, que l'air sec conserve intacts et souffle en poudrerie. Le jour est toujours aussi sombre. La ville, baignée par la lueur des feux multiples, a quelque chose de fantasmagorique. Rosalie considère, du moins au début, que l'endroit est assez confortable.

Seule l'humeur de ses compagnons la préoccupe. À mesure que les jours passent, elle se rend compte que l'immobilité les ronge comme un mal sournois. Ce n'est pas faute d'activités. Il reste beaucoup à faire avant l'ouverture du fleuve à la navigation, mais les hommes s'entendent de moins en moins entre eux.

La tension s'était pourtant relâchée quelque peu entre les cousins Picard avec l'arrivée de renfort pour le travail à la scie. Un plus grand nombre de bras a allégé la tâche de chacun en permettant davantage de rotations dans les équipes. Mais au début de février, les choses commencent à se gâter. Euclide râle tous les jours contre les travaux qui n'avancent pas assez vite, et ses plaintes continuelles tombent sur les nerfs de chacun. Maxence s'est blessé à la main droite en déplaçant un tronc d'arbre ébranché, ce qui le rendra invalide pour quelque temps. Eudes refuse de retourner dans le *sawpit*, se disant victime de sévices et de vengeance de la part de tous ceux qui ont travaillé avec lui. Comble de malheur, Théophile demeure allongé dans sa tente, en proie à une fièvre intense et à des délires incontrôlables.

C'est donc Arthur Hicks qui se place sous l'échafaudage, pendant qu'Euclide manie la scie d'en haut. Le soir venu, Rosalie est quitte pour une série de jurons que l'Anglais de Valcartier profère à l'intention de son partenaire, qui, lui, boude dans son coin. Tous ces irritants rendent la vie compliquée à Rosalie qui se sent de plus en plus impatiente, elle aussi. Le moindre commentaire sur sa cuisine la fait sortir de ses gonds.

D'ailleurs, des querelles éclatent partout à Lac Bennett. Les attroupements comme celui dont Rosalie a été témoin le jour de son arrivée sont si fréquents que personne ne prend plus la peine de séparer les belligérants. On les regarde se battre, on les encourage aussi, mais, lorsqu'ils abandonnent, le plus souvent à bout de forces, chacun retourne à ses occupations en attendant le prochain incident digne d'intérêt. Ainsi se passent les mois les plus froids. On travaille, on se querelle et on se réfugie dans sa tente pour bouder en silence. Car, conscients de l'animosité qui les habite tous de la même manière, les gens se parlent de moins en moins.

Fort heureusement, les jours ont commencé à rallonger. Parfois, vers midi, quand le ciel est dégagé, il arrive que toute la ville s'arrête pour s'extasier devant le soleil qui fait son demi-cercle à l'horizon. On l'appelle « le gentil » parce que sa lumière efface les ténèbres pendant quelques minutes, en plus de rendre les cœurs plus légers. Mais la nuit revient, inlassablement, et les jours nuageux sont les plus intolérables de tous.

Chapitre xx

Sur la concession de Saint-Alphonse, janvier se passe dans une franche camaraderie. Il s'affaire dans la mine, elle s'occupe de la cabane. Le soir venu, ils s'allongent dos à dos, se parlent un peu et s'endorment, épuisés par leur labeur quotidien.

Puis, par une nuit du début de février, on frappe à leur porte alors que la vallée au complet semble plongée dans le sommeil. Éveillé en sursaut, Saint-Alphonse bondit hors du lit et allume la lampe. Il empoigne ensuite son fusil de chasse qu'il brandit bien en évidence lorsqu'il ouvre.

– Qu'est-ce qu'il y a? demande-t-il.

Reconnaissant la silhouette costaude de Raizenne dans l'embrasure, il abaisse son arme. Liliane saute à son tour sur le sol, alertée par la détresse qu'elle lit sur le visage du nouveau venu.

– J'ai besoin d'un docteur, Saint-Alphonse.

Ce dernier se tourne furtivement vers Liliane, puis revient à Raizenne, l'air contrarié.

– Je ne pratique plus.

– Je sais, mais c'est pour Walter.

Devant l'apparente indifférence de son patron, il désigne un attelage, immobilisé à quelques pas de la cabane. À la lueur de la lune, Liliane peut voir des naseaux fumant dans le froid. Quelques chiens ont commencé à se rouler en boule dans l'espoir de se réchauffer un peu.

– Il est là, poursuit Raizenne, sur mon traîneau. Il a pris une balle.

Aussitôt, Saint-Alphonse dépose son arme et attrape ses mocassins qu'il enfile sans les lacer.

– Enlève tout ce qu'il y a sur la table! ordonne-t-il à Liliane avant de sortir. Et allume toutes les chandelles que tu trouveras.

Elle s'exécute avec diligence et passe près de s'évanouir lorsque Raizenne réapparaît, appuyé au chambranle, un corps inerte dans les bras. Saint-Alphonse entre juste après lui. Liliane distingue, au milieu des traces laissées dans la neige, une traînée de gouttes sombres.

– Dépose-le là!

Saint-Alphonse a parlé sans même regarder son employé, décollant la table du mur pour la placer au centre de la pièce.

– Lili, dit-il en se tournant vers elle. Trouve vite quelque chose pour lui soutenir les pieds.

Liliane approche deux bancs, les superpose et glisse cette structure plus ou moins solide sous les jambes du blessé. Elle aperçoit alors les marques de coups sur le visage raviné du prospecteur. Elle entrevoit aussi, sous le manteau ouvert, une grande tache de sang.

– Il s'est battu avec un Américain, explique Raizenne. À la fin, le gars lui a tiré dessus.

Saint-Alphonse fouille un instant dans la boîte où Liliane range les ustensiles de cuisine. Il s'empare d'un couteau avec lequel il découpe un pan de la chemise.

– Je pensais que la Police montée avait saisi les pistolets, dit-il, en gardant les yeux fixés sur Walter. Lili, fais bouillir de l'eau.

Muette, Liliane attrape le chaudron, quitte la pièce et revient avec de la neige, à temps pour entendre la fin de l'explication donnée par Raizenne.

– ... alors, il a sorti son fusil de chasse et lui a tiré dessus. Comme Walter voulait éviter que ça s'ébruite, il m'a demandé de le conduire ici. Le pauvre, il a perdu connaissance en chemin.

Saint-Alphonse palpe l'abdomen du blessé, puis ses doigts se glissent sous le flanc.

– La balle n'est pas ressortie, murmure-t-il, comme pour lui-même. C'était quoi la chicane? Une affaire de femme? Lili, apporte-moi le whisky, s'il te plaît.

Liliane obéit. Son esprit n'arrive pas à imaginer Walter dans un triangle amoureux. C'est pourtant ce que laisse entendre Saint-Alphonse avec sa question. Comme Raizenne ne répond pas, il lève les yeux et insiste :

– C'était quoi?

– De l'opium.

Le regard de Saint-Alphonse se fige de stupeur. Liliane, qui lui tend la bouteille, peut y lire un profond mépris. Il secoue la tête d'un geste réprobateur et revient à la plaie, sur laquelle il verse l'alcool. Raizenne regarde le liquide couler sur la table et se répandre sur le plancher. Il détourne les yeux, visiblement choqué de ce gaspillage, et va se poster près du poêle pour commencer son explication :

– C'est un des hommes de main d'Adams. Tu sais, le propriétaire de la fumerie. Il lui a fait crédit de nombreuses fois, il paraît. Mais Walter n'avait pas d'argent quand le gars s'est présenté chez lui. Pas d'or non plus, même s'il creuse tous les jours. Alors, l'autre s'est fâché et il a… Enfin… Tu comprends. Walter ne veut pas que ça se rende aux oreilles de l'inspecteur Constantine.

Saint-Alphonse n'émet aucun commentaire. Il s'éloigne pour fouiller dans un des coffres placés sous le lit. Il en revient avec une trousse qu'il tend à Liliane.

– Tiens-moi ça près de la lumière, ordonne-t-il en y puisant une pince étroite.

Puis, s'adressant à Raizenne sans le regarder :

– Et toi, tu étais où, tout ce temps ?

– Bien, chez lui. Walter m'avait invité pour une partie de cartes. Il voulait se refaire, qu'il disait.

Les yeux de Liliane vont de l'un à l'autre, jusqu'à ce qu'elle aperçoive la plaie sur le ventre du blessé. Avec dextérité, malgré ses doigts manquants, Saint-Alphonse remue la pince qu'il a enfoncée dans le trou laissé par la balle. Le sang gicle et rejoint l'alcool qui souille déjà la table et le plancher. Réprimant une nausée, Liliane détourne le regard. À ce moment, Walter revient à lui en gémissant.

– Empêche-le de bouger ! ordonne Saint-Alphonse en hochant son menton glabre en direction de Raizenne.

Ce dernier accourt et appuie fermement sur les épaules de Walter qui se débat violemment, le visage tordu de douleur. Lorsque soudain il ouvre les yeux, son cri fait tressaillir Liliane et lui glace le sang. Mais Saint-Alphonse continue de fouiller le flanc du vieux prospecteur.

– Les jambes, Lili. Attrape-lui les jambes avant qu'il me donne un coup de pied.

Abandonnant la trousse sur le lit, Liliane s'empare des membres agités. Walter remue encore un moment et s'évanouit de nouveau.

– Je l'ai, dit calmement Saint-Alphonse en retirant la pince de la plaie.

Il lève la main droite où il tient, entre ses seuls deux doigts, l'objet recherché. La balle reluit, malgré le sang dont elle est maculée.

– Sors une nappe propre, Lili, et découpe-la en bandes de six pouces de large.

Moins d'une demi-heure plus tard, Walter gît sur leur lit, le ventre bien serré sous le bandage de fortune. La table a été nettoyée, mais le plancher, seulement épongé. Tout le monde est trop fatigué pour entreprendre une telle corvée. Encore sous le choc, Liliane s'est assise près du poêle et ne quitte pas des yeux Saint-Alphonse chez qui elle décèle une colère retenue.

– Il faut que tu ailles en ville rapporter ton histoire à Constantine, déclare-t-il soudain en s'adressant à Raizenne.

– Je ne peux pas, rétorque ce dernier en se raidissant sur son siège. J'ai promis à Walter que…

– C'est une tentative de meurtre! On ne peut pas laisser ça impuni. On n'est pas à Skagway ici.

– Non, on n'est pas à Skagway. Mais si Walter ne veut pas porter plainte, on ne peut pas le faire à sa place.

Saint-Alphonse se rend à ce raisonnement en maugréant, mais son regard se durcit lorsqu'il ajoute en serrant les dents :

– Je lui laisse jusqu'au matin. Ensuite, tu l'emmènes chez toi et tu t'en occupes.

Raizenne acquiesce en silence et entreprend de bourrer sa pipe.

– Ah non! s'écrie Saint-Alphonse en lui retirant l'objet des mains. Tu ne vas pas t'installer pour passer la nuit ici. Tu t'en vas chez toi et tu reviens demain de bonne heure. Est-ce que c'est clair? Si tu n'es pas ici à huit heures, je transporte moi-même Walter à l'hôpital du père Judge. Et lui, je te garantis qu'il ne se gênera pas pour envoyer chercher Constantine.

Raizenne hoche vivement la tête, range la pipe que lui redonne Saint-Alphonse et quitte la cabane sans rien ajouter. Liliane l'entend houspiller les chiens, puis le silence revient. Elle décide de faire du thé pour éviter de dire quelque chose qui jetterait de l'huile sur le feu.

– Merci, murmure Saint-Alphonse lorsqu'elle dépose devant lui une tasse fumante.

C'est le premier mot qu'il articule où Liliane ne perçoit ni tension ni colère. Elle lui adresse un sourire timide et s'assoit de l'autre côté de la table, qu'on a remise à sa place. Mille questions affluent dans son esprit, mais elle se garde bien de les poser. Elle risquerait d'écoper pour Raizenne, pour Walter et pour l'autre que Saint-Alphonse semble mépriser. Elle étire donc les jambes, appuie la tête contre le mur et ferme les yeux.

– Je suis désolé, dit enfin Saint-Alphonse sur un ton très doux. J'aurais préféré que tu ne sois jamais témoin de ça.

– Je ne m'en porte pas trop mal, ment-elle sans rouvrir les yeux.

Saint-Alphonse n'ajoute rien. Pendant un long moment, le silence règne dans la cabane, troublé uniquement par le crépitement du feu dans le poêle que Saint-Alphonse vient de bourrer de bûches. Liliane se rend compte qu'il s'est écoulé plus d'une heure depuis l'arrivée impromptue de Raizenne. Elle étire le cou, à gauche, à droite, et tente de se détendre.

– Bonne nuit, dit-elle en inspirant profondément.

La voix de Saint-Alphonse lui parvient, lointaine. Elle a conscience qu'il la couvre d'une couverture ou d'un manteau. Elle sent aussi son souffle tiède quand il lui dépose un bref baiser sur le front.

– Bonne nuit, entend-elle, au moment de basculer dans le sommeil.

*

Dans les semaines qui suivent, Liliane observe Saint-Alphonse avec un intérêt nouveau. La précision de ses gestes, son calme permanent, ses connaissances manifestes en ce qui concerne la prévention du scorbut ou le nettoyage des blessures, tout concorde avec les dires de Raizenne. Saint-Alphonse est médecin. Ou plutôt, il l'a été. Bien que ce soit difficile à évaluer avec ses cheveux parsemés de gris et son visage anguleux, elle lui donne la mi-trentaine, tout au plus. Trop jeune pour être à la retraite. D'ailleurs, s'il a vraiment passé quelques années au Colorado, comme le prétend Dolly, cela ne lui laisse même pas dix années de pratique. De quoi piquer la curiosité de n'importe qui. Mais Saint-Alphonse parle peu. Liliane a beau fouiller dans les caisses, enregistrer chacune de ses paroles dans le but d'y trouver des indices, elle n'obtient aucune autre information sur son passé. L'homme est au Klondike en train de se creuser une deuxième mine, et il ne subsiste aucune trace de ce qu'il a été avant. Sauf sa réputation. Sauf peut-être aussi une épouse, quelque part au Québec, qui l'attend. De cela non plus Liliane n'a aucune certitude.

Mais à force de l'étudier sous toutes les coutures, elle finit par lui reconnaître les qualités vantées par Dolly. Il paie ses employés avec rigueur, même s'il exige d'eux un effort constant. Depuis le retour de Lebrun, cependant, se montre plus tolérant, leur donnant congé plus souvent qu'auparavant. Il est d'humeur égale, la plupart du temps jovial, et ne critique jamais le travail de Liliane. Qu'elle s'occupe de sa cabane est pour lui une bénédiction.

Pendant les pires mois de l'hiver, un nouveau village voit le jour dans la région. À la fourche des deux ruisseaux s'élève maintenant un gros bâtiment de deux étages baptisé le Grand Forks Hotel et appartenant à Mrs. Mulroney. Du haut de la colline, Liliane l'aperçoit, parfois, lorsque le soleil daigne se montrer un peu, aux alentours de midi. Les cabanes se multiplient dans la vallée, et elle s'est promis de descendre quand elle aura le temps, histoire d'évaluer les lieux. Elle avait vu juste en imaginant que s'installer dans les environs était une bonne affaire.

À la mi-février, la Police montée émet une interdiction de sortir. Le froid extrême qui sévit dans la région depuis une semaine a rendu les déplacements hasardeux. Les engelures et les amputations sont nombreuses, et l'hôpital du père Judge ne dérougit pas. Liliane et Saint-Alphonse passent donc leurs journées encabanés. Elle cuisine et coud, pendant qu'il lave de la terre avec sa batée et lit d'anciens journaux échangés en ville.

Une nuit, alors que Saint-Alphonse dort depuis un bon moment déjà, Liliane allume une bougie. Elle s'assure d'abord que la lumière ne le réveille pas, puis se lève en évitant de faire craquer le lit. Elle attrape les journaux abandonnés sur la table et s'empresse de retourner à la chaleur, sous les fourrures. Couchée à plat ventre, elle entreprend la lecture du quotidien le plus récent. Il s'agit d'un exemplaire du *Post-Intelligencer* daté du 12 août. On y parle évidemment de la ruée vers l'or, des bateaux qui vont quitter Seattle dans les semaines à venir et de ceux qui sont partis les jours précédents. On y parle aussi du *SS Mexico* qui a coulé près de la côte de l'Alaska sans causer de morts, mais entraînant avec lui la totalité de son fret. On y dresse des listes de matériel utile pour les aspirants prospecteurs et partout en grosses lettres, on écrit que l'or est à la portée de tous ceux qui daignent se rendre à Dawson.

«Une chimère», constate Liliane en refermant le journal qu'elle laisse tomber, avec les autres, sur le sol sous le lit.

Elle s'apprête à souffler la bougie quand l'envie lui prend d'étudier l'homme qui dort à côté d'elle. Elle s'appuie sur un coude et admire les reflets bleutés dans sa chevelure noire et raide. Curieusement, le sommeil confère au visage de Saint-Alphonse une harmonie qu'il ne possède pas durant le jour. On dirait qu'un tel abandon rend moins sévères l'arc de ses sourcils et la moue de ses lèvres. Sa main mutilée repose près de son menton, et Liliane peut observer, non sans malaise, l'endroit où se trouvaient jadis les doigts absents. À son grand étonnement, ceux-ci ne semblent pas avoir été arrachés. La coupure est nette, comme s'ils avaient été tranchés par une scie. Elle frémit en imaginant la scène et baisse les yeux sur l'avant-bras, dont le duvet noir et dense court en direction du poignet. Elle l'effleure du bout de l'index et s'amuse du tressautement produit par cette timide caresse. Soudain taquine, elle attrape une mèche de ses cheveux pour en faire glisser la pointe sur la peau velue. Les poils s'accrochent et s'entremêlent. Au bout de quelques secondes de ce manège, Saint-Alphonse émet un grognement, enfouit son bras sous la fourrure et se tourne vers le mur. Seuls demeurent exposés la joue et le cou. Liliane se rapproche afin de poursuivre son jeu. Elle est arrêtée dans son mouvement par une odeur qui produit en elle une étrange émotion, un effet de proximité, d'intimité. Jamais elle ne s'est trouvée à aussi faible distance de Saint-Alphonse et jamais elle ne l'a senti comme elle le sent en ce moment. L'effluve est musqué, presque fauve, mais suave et tellement enivrant que Liliane ne peut s'empêcher de se pencher, jusqu'à ce que son nez frôle la nuque broussailleuse. Les yeux fermés, le corps tendu, elle est entièrement absorbée par le parfum qu'elle respire. Puis, mue par une pulsion qu'elle ne contrôle pas, elle laisse errer ses lèvres sur la peau tiède. Un picotement naît au creux de son ventre et l'engourdit. Plus rien d'autre n'existe que cette sensation exquise qu'elle découvre dans ses entrailles. Elle serre les cuisses. Une langueur étrange monte en elle et aiguise chacun de ses sens. Liliane inspire de plus en plus profondément. Saint-Alphonse frissonne tout à coup. Pour éviter de le réveiller, elle s'en éloigne, retenant un dernier mouvement vers lui, une dernière inspiration.

Elle souffle la bougie, se couche sur le côté, dos à Saint-Alphonse, et cherche à entretenir la volupté qui l'habite. Elle a remonté la fourrure par-dessus son épaule et, les yeux clos, elle essaie de se souvenir de l'odeur, de la détailler, d'en analyser l'effet. Derrière elle, Saint-Alphonse remue. Liliane se raidit quand elle comprend qu'il est en train de se retourner. Elle cesse de respirer lorsqu'il glisse un bras autour de sa taille. Paralysée, elle perçoit le souffle chaud dans ses cheveux et, soudain, l'impression de bien-être revient, comme attisé dans son ventre. Elle sent grandir en elle une tendresse qu'elle ne soupçonnait pas. Dans un geste signifiant peut-être qu'elle renonce à combattre, elle pose sa paume sur la main intacte de Saint-Alphonse. Les longs doigts de l'homme se déplacent puis se referment sur les siens avec douceur. Ainsi blottie, Liliane s'endort sans se douter qu'au matin plus rien ne sera comme avant.

*

La nuit possède une force mystérieuse, une force qui produit des états d'âme suspects, des émotions nées d'une absence de prise tangible sur le réel. Le temps s'étire, comme si le jour ne devait jamais se lever. Liliane baptise cet état l'engourdissement nocturne et comprend qu'il lui faut s'en méfier quand, le matin suivant, la tension se réinstalle entre Saint-Alphonse et elle. Mais cette tension a pris une autre forme. Elle ressemble maintenant à un malaise qui donne envie de disparaître.

Au déjeuner, elle évite de soutenir son regard. Si elle le pouvait, elle remonterait le temps jusqu'au moment fatidique où, pendant ce diable d'engourdissement nocturne, elle a franchi la ligne qui la séparait de la quiétude. Ses yeux demeurent fuyants, ses joues, brûlantes, et ses mains n'arrivent pas à se fixer nulle part. Tourmentée par ce souvenir, elle sent la chaleur revenir dans son ventre, le picotement aussi, et elle regrette plus encore son audace.

Devant elle, Saint-Alphonse reste impassible. Liliane a beau, de temps en temps, jeter un œil au-dessus de la table, elle le découvre toujours égal à lui-même, aussi jovial et secret que d'habitude. Pour un peu, elle croirait qu'il s'amuse de sa gêne. Le noir de ses prunelles semble plus intense, son regard, plus brillant, et il soutient le sien sans broncher, comme s'il en ressentait une incompréhensible fierté. Chaque mouvement de Saint-Alphonse paraît mesuré, prémédité. Quand par inadvertance sa main touche le bras de Liliane, elle s'y attarde une fraction de seconde de trop, ce qui rend le geste suspect. Pour se calmer, Liliane doit se convaincre qu'elle rêve. Après tout, il ne s'est presque rien passé entre eux. Pourtant, une petite voix lui dit que bien des choses ont changé.

Le malaise persiste jusqu'au souper, mais au moment de se coucher, aucun d'eux ne répète l'élan de tendresse de la veille. La respiration de Saint-Alphonse tarde à prendre son rythme régulier. Pour cette raison, Liliane trouve difficile de se détendre. Elle s'endort néanmoins, si loin de lui qu'elle craint de tomber dans son sommeil.

Elle se réveille au milieu de la nuit, toujours en équilibre sur le bord. Elle perçoit dans son cou le souffle tiède de Saint-Alphonse qui s'est éloigné du mur pour se blottir contre elle, comme la veille. Étonnamment, ainsi au chaud, Liliane se sent très détendue. Bien davantage qu'elle ne l'a été durant tout le jour. Il n'en faut pas plus pour qu'elle trouve naturel de poser sa main sur celle que Saint-Alphonse a mollement abandonnée sur son ventre. Même à travers ses vêtements, elle perçoit la chaleur de la paume inerte. Aussitôt, le picotement revient mais cette fois, avec une curieuse démangeaison entre les cuisses. Un frisson la parcourt tout entière, provoquant chez elle un bref sursaut qui tire Saint-Alphonse du sommeil.

Au début, il ne bouge pas. Liliane se rend compte qu'il a cessé de respirer. Il est sans doute aussi surpris qu'elle de se réveiller dans cette position. Elle le sent qui se dégage, sa main glisse sur son ventre. Pendant une fraction de seconde, Liliane a envie de la retenir, mais n'en fait rien, la laissant partir, lui effleurer la taille et s'évanouir. Saint-Alphonse recule jusqu'au mur, et un courant d'air froid s'immisce sous la fourrure. D'instinct, Liliane se déplace pour retrouver la chaleur en se lovant contre le torse solide.

– Tu joues avec le feu, lui murmure-t-il tout près de l'oreille.

Elle ne dit rien parce qu'elle ne comprend pas en quoi le geste qu'elle vient de poser peut être dangereux. Saint-Alphonse remet sa main là où Liliane l'a trouvée en s'éveillant. C'est alors que la démangeaison entre ses cuisses se transforme en brûlure. Une impression de faim l'étreint tout entière, mais elle ne sait comment l'assouvir. Elle serre les fesses pour tenter d'apaiser cette sensation inhabituelle. Lorsqu'elle sent les lèvres de Saint-Alphonse contre sa nuque, elle est parcourue d'un nouveau frisson.

– Si tu ne veux pas aller plus loin, je pense qu'il serait préférable que tu t'éloignes un peu.

– Pourquoi?

La question est ridicule, mais c'est la seule chose qui lui vient à l'esprit. Comment pourrait-elle sinon lui annoncer qu'elle ne sait pas ce que signifie aller plus loin?

– Quel âge as-tu, Lili?

Elle ne répond pas tout de suite, calculant, comme toujours, la portée de sa réponse.

– Vingt ans, ment-elle.

– Et tu n'as jamais…

Elle secoue la tête, plus tendue que jamais. Réalisant toutefois qu'il n'a pas pu voir son geste dans le noir, elle balbutie un *non* à peine audible. Elle ignore ce qui s'en vient, mais elle est tout à fait consciente que son corps ressent une urgence. Une urgence impossible à gérer et que Saint-Alphonse peut soulager.

– Tu n'es pas obligée, Lili.

– Je sais, coupe-t-elle, alors qu'elle ne sait rien du tout.

Il attendait sans doute autre chose, car il lui laisse le temps de réfléchir. Puis, comme elle n'ajoute rien, il dépose un bref baiser sur sa joue.

– Tourne-toi, dans ce cas, souffle-t-il de sa voix basse et calme.

Elle s'exécute et se retrouve face à lui. Dans l'obscurité, elle ne distingue même pas le contour de son visage. Saint-Alphonse lui murmure alors un timide *Viens* en l'attirant contre lui pour l'embrasser. Liliane a l'impression que son corps va s'enflammer. Doucement, Saint-Alphonse s'empare de sa main qu'il place sur son entrejambe. Aussitôt, une bosse apparaît sous le pantalon, à l'endroit où il vient de poser sa paume. Liliane écarquille les yeux. La bosse durcit soudain et, stupéfaite, Liliane en écarte sa main.

– Ne crains rien. Je vais faire attention pour ne pas te faire mal.

Loin de la rassurer, ces mots la figent complètement. Jamais Liliane n'avait pensé qu'elle pourrait avoir mal. Elle se raidit davantage quand il lui déboutonne sa chemise. Il atteint le dernier bouton, fait de même avec le caraco, et ses doigts lui effleurent la gorge. Son dos se cabre lorsque la main de Saint-Alphonse repousse le sous-vêtement. Elle sent alors la bouche qui se promène contre sa nuque pour descendre, lentement, jusqu'à sa poitrine. Elle ferme les yeux au moment où il soulève un sein pour l'approcher de ses lèvres. La caresse est délicate, et la brûlure entre ses cuisses, cuisante.

Mais Liliane ne bouge toujours pas. Saint-Alphonse remonte, l'embrasse de nouveau et s'empare de ses mains qu'il monte vers son cou pour les déposer à l'encolure de sa propre chemise. Il entreprend, avec elle, de faire sortir les boutons des boutonnières. Liliane comprend ce qu'il attend d'elle et, lorsqu'elle laisse aller ses doigts pour passer au bouton suivant, la bouche de Saint-Alphonse lui effleure l'oreille.

– C'est bien, murmure-t-il.

Ses mains redescendent à la taille de Liliane où elles défont les agrafes qui retiennent le pantalon. Elle sent la paume qui lui masse doucement le ventre puis se presse entre ses jambes. Ce contact apaise d'abord la brûlure, puis l'avive. Avec une dextérité surprenante étant donné l'obscurité ambiante, elle détache le pantalon de Saint-Alphonse.

– Attends, dit-il en remuant pour l'enlever lui-même.

Liliane l'imite et se retrouve, quelques secondes plus tard, vêtue simplement de son caraco entrouvert et de sa culotte. Le souffle court, elle scrute la nuit, aveugle. Elle pose les doigts sur le torse de Saint-Alphonse et reconnaît sa combinaison de laine.

– On peut faire ça avec notre linge mais moi, j'aime mieux sans.

– Comme tu veux, murmure-t-elle en prenant sa bouche.

Séduit par cette initiative, il la serre plus fort pendant quelques minutes avant de la repousser pour se déshabiller. Liliane l'imite en s'efforçant de rester sous la fourrure. Une fois nue, elle se retrouve quand même transie en quelques secondes.

– Viens, répète-t-il en l'attirant à lui.

Liliane obéit et ferme les yeux lorsqu'il pose avec lenteur ses mains sur elle. Parce qu'elle ne sait que faire des siennes, elle les croise sur sa poitrine. Saint-Alphonse s'en empare aussitôt. Il en met une autour de son cou et l'autre directement sur cet appendice qu'elle devinait entre ses jambes. Il la contraint à y refermer ses doigts. L'organe devient plus dur encore, et Liliane sent comme une vague sous la peau tiède. Elle se crispe.

– Est-ce que tu sais comment ça se passe ? demande-t-il en plaçant sa main mutilée entre ses cuisses.

Elle secoue la tête, ne trouvant pas le courage de prononcer un mot. Les doigts de Saint-Alphonse l'effleurent, avant de la caresser avec davantage d'intensité.

– Est-ce que ça te brûle, ici ? demande-t-il.

Il a posé sa question en glissant ses doigts en elle. Elle gémit sans lui répondre. Elle n'en a pas besoin. Il a pris sa bouche, et elle lui rend son baiser avec avidité.

– Je vais entrer mon pénis ici. Surtout, n'aie pas peur, j'irai doucement.

Elle hoche la tête, mais se raidit encore une fois.

– Non, murmure-t-il contre son oreille. Si tu es trop tendue, je pourrais te faire mal. Détends-toi.

Liliane le voudrait bien, mais elle n'a plus le contrôle ni sur ses sens ni sur ses émotions. Son corps se cabre de lui-même lorsque Saint-Alphonse lui lèche la nuque en chuchotant :

– Si tu trouves ça douloureux, tu me le dis et je m'arrête tout de suite.

Sa voix est chaude, rassurante, malgré le contenu inquiétant de ses paroles. Puis il ajoute :

– C'est plutôt agréable quand c'est fait tranquillement.

Liliane se détend à mesure que Saint-Alphonse la caresse. Puis, lentement, il s'allonge sur elle.

– Ne crains rien, souffle-t-il.

Liliane le sent qui entre en elle. Son ventre est brusquement foudroyé par un pincement aigu, et elle ne peut retenir son cri. Comme il le lui a promis, Saint-Alphonse cesse de bouger.

– Est-ce que ça fait encore mal ? demande-t-il en se redressant sur un coude.

Liliane constate avec surprise que ce n'est plus le cas. La crampe qui l'avait assaillie s'est effacée, laissant la faim qui la tenaillait quelques minutes plus tôt resurgir.

– Est-ce que ça fait encore mal ? répète-t-il, visiblement inquiet de son mutisme.

– Non.

Et même le souvenir de la douleur disparaît lorsque Saint-Alphonse recommence à bouger, tout en caressant ses seins de ses mains, et en pressant insatiablement sa bouche sur la sienne.

Liliane a fermé les yeux. L'univers n'existe plus que dans un minuscule point au plus profond d'elle-même. Un point que Saint-Alphonse tourmente sans arrêt, allant et venant, accélérant, puis ralentissant, le souffle court. Elle a posé ses mains dans son dos et perçoit la sueur qui perle au creux de ses reins. Elle descend ses doigts jusqu'aux fesses qu'elle presse pour mieux coller son bassin contre le sien. Elle a conscience de ce dos musclé qui s'arque à tout moment, mais elle n'arrive déjà plus à se concentrer sur lui. Depuis quelques secondes, elle se sent aspirée vers cet endroit inconnu, celui que Saint-Alphonse assaille sans arrêt. Elle attend, impatiente, chaque retour de l'organe qu'il glisse en elle. Dès qu'il recule, il crée un manque qu'elle cherche à combler en avançant les hanches à son tour. Mais on dirait qu'il bat aussitôt en retraite, pour mieux la pénétrer de nouveau. À mesure que, tour à tour, il l'envahit puis l'abandonne, le désir s'avive. Qu'il revienne, qu'il ressorte, qu'il la reprenne sans fin. Son corps se tend encore une fois, mais ce n'est plus par crainte. Plus rien n'existe que cette attente que Saint-Alphonse comble avec constance. Puis, tout à coup, il se retire complètement, laissant sa faim inassouvie. Elle le sent qui se redresse au-dessus d'elle, qui s'appuie sur ses mains. Il répand par à-coups un liquide tiède sur son ventre tout en poussant un long râle douloureux. Puis il s'affale doucement, son visage enfoui dans les cheveux de Liliane. Il demeure ainsi un moment, haletant et couvert de sueur, avant de rouler sur le côté. Les yeux grands ouverts dans l'obscurité, Liliane touche du bout des doigts le liquide qui refroidit sur sa peau. Elle se dit qu'elle devrait peut-être l'essuyer, mais Saint-Alphonse ne lui en donne pas l'occasion. D'un geste, il l'attire à lui et l'incite à se blottir au creux de son épaule. Une seconde plus tard, il s'est déjà endormi. Liliane demeure troublée et étrangement affamée, puis elle ferme les yeux à son tour, consciente que sa vision du monde vient de changer.

CHAPITRE XXI

Une certaine routine s'organise dans la vie de Rosalie. Depuis trois mois qu'elle se trouve à Lac Bennett, elle ne sent plus la pression qui l'agressait à Skagway, ni le danger qui la guettait à White Pass City. Au début de février, la Police montée a établi son poste de douane dans la cabane récemment érigée au sommet, directement sur la ligne de partage des eaux. Les allées et venues d'un côté de la frontière à l'autre sont devenues chose rare, car, à moins d'une permission spéciale, n'entrent plus que ceux qui possèdent une année complète de provisions, soit près d'une tonne, si on compte l'équipement pour camper, les outils et le poêle. Les agents assurent également une certaine surveillance à Lac Bennett, où la population augmente de jour en jour. Rosalie peut dire qu'ils sont efficaces. Il y a mille fois plus d'ordre à Lac Bennett qu'à Skagway ou même à White Pass City. La ville n'est pas dotée de services sanitaires, mais elle est pourvue d'une police dont la réputation d'intégrité n'est plus à faire. Comme partout ailleurs au Canada, l'alcool y est permis tant qu'il est consommé dans le calme. Les armes à feu y sont interdites, sauf les fusils de chasse. Et le dimanche est un jour de repos et aucun désordre, de quelque nature que ce soit, n'y est toléré. Alors, malgré la tension qui habite les hommes, malgré les frustrations dues à l'hiver et aux diaboliques *sawpits*, Lac Bennett a tout du havre de paix, et Rosalie s'y sent plus en sécurité que nulle part ailleurs.

Voilà qui explique sa surprise mêlée de panique lorsque, par une nuit sans lune du mois de mars, une main puissante lui écrase la bouche, la tirant brutalement du sommeil. Elle a beau tenter de crier, sa voix est étouffée par les doigts rugueux qui se pressent sur ses lèvres. Elle se débat, essaie de se réfugier au fond de sa tente, mais une poigne solide la maintient sur place, la forçant seulement à se redresser. Puis un objet froid et dur se pose près de son oreille. S'ensuit le grincement du revolver qu'on amorce en reculant le chien du pouce, l'index sur la détente.

– Cette fois, vous ne m'échapperez pas.

Bien qu'il ait murmuré, Rosalie reconnaît d'emblée la voix de Walsh, empreinte d'une violence qui incite à la plus grande prudence. Dès qu'il retire la main avec laquelle il l'empêchait de parler, elle rugit :

– Walsh, mon maudit ! Qu'est-ce que… ?

Sous l'effet de la peur et de la colère, l'imprécation a surgi en français. Mais Walsh ignore le ton menaçant et lui lance son manteau au visage.

– Taisez-vous et habillez-vous !

Rosalie endosse le vêtement en ronchonnant :

– Si vous pensez que vous allez réussir à me faire passer la frontière sans que la Police montée intervienne, vous êtes vraiment un imbécile.

La réponse arrive, cinglante :

– Ce sont eux les imbéciles. Ils ferment le poste la nuit.

Rosalie émet un rire cynique, mais nerveux.

– Il doit bien y avoir quelqu'un de garde, dit-elle amèrement. Quelqu'un qui surveille pour que des salauds comme vous ne fassiez pas la loi chez nous.

– Peut-être, mais nous n'allons pas le réveiller, je vous le promets.

Le sarcasme de Walsh efface les dernières traces du sourire qui ourlait encore les lèvres de Rosalie. Pendant qu'il lui attache les mains dans le dos, elle s'en veut de ne pas avoir eu de meilleurs réflexes. Si elle avait été moins surprise par l'agression de Walsh, elle aurait pu attraper son revolver et, en ce moment, elle pourrait riposter au lieu de se laisser rudoyer. Mais l'arme gît toujours sous le branchage, exactement là où Rosalie l'a cachée en s'allongeant pour la nuit.

– Vous perdez votre temps, Walsh. Il n'est pas question que je vous suive. Et puis, de toute façon, vous n'avez aucun droit ici. C'est un territoire canadien. Vous ne pouvez pas…

Elle est interrompue par un foulard qu'on lui enfonce dans la bouche en guise de bâillon. Rosalie émet malgré tout un grognement retentissant.

– Taisez-vous, souffle Walsh près de son oreille avant d'y plaquer encore une fois le canon de son arme. Et avancez ! Sans faire de bruit surtout.

Rosalie geint de plus belle, espérant ainsi ameuter les frères Picard qui dorment dans la tente juste à côté.

– Taisez-vous ! répète Walsh. Ou bien je vous assomme.

Rosalie obéit sur-le-champ, la pression du métal s'accentuant contre sa nuque. Walsh lui donne alors une rude poussée, et Rosalie se met en marche. Dire qu'elle se sentait davantage en sécurité avec les agents de police qui patrouillent le long du lac. Connaissant Smith, elle aurait dû se méfier, demeurer sur ses gardes. Dans le fond, elle n'est pas surprise que Walsh soit parvenu à entrer en territoire canadien avec son pistolet. N'a-t-elle pas elle-même réussi un tel exploit? Certes, elle a usé d'une ruse bien féminine, mais Walsh n'a rien d'un enfant de chœur. Il est, de toute évidence, passé maître dans l'art de contourner les lois.

Dès qu'ils quittent le couvert de la tente, Rosalie sent quatre autres mains lui enserrer les bras. Walsh n'est donc pas seul. Elle ne peut s'empêcher de se poser la question : les nouveaux venus ont-ils des armes, eux aussi? Si c'est le cas, la Police montée ne se montre guère à la hauteur de sa réputation.

Walsh chuchote des ordres à ses comparses, et le petit groupe accélère. Rosalie sent toujours le canon, mais celui-ci est désormais appuyé dans son dos, lui interdisant tout mouvement de recul. Elle se demande bien comment ces hommes peuvent se déplacer dans une telle noirceur alors qu'elle ne voit même pas le bout de son nez. Intriguée, elle se met à scruter la nuit et découvre avec étonnement que les repères sont plus nombreux qu'elle le croyait. Plusieurs feux agonisants marquent le pourtour du lac. Au loin, il y en a un plus grand, sans doute allumé par un complice de Walsh, et dont les flammes servent à guider dans l'obscurité.

Rosalie cherche du coin de l'œil les silhouettes de ses agresseurs. Elle distingue deux ombres avançant à sa hauteur, très près d'elle. Ajoutées à Walsh, cela fait trois, plus celui qui nourrit le feu là-bas, sur le sentier menant à la frontière. L'urgence s'impose tout à coup dans son esprit. Si Walsh réussit à la ramener en territoire américain, elle devra dire adieu à sa liberté. Puisque pester contre elle-même et contre la Police ne sert à rien, elle met toutes ses énergies à chercher un moyen de fuir.

Le silence règne sur Lac Bennett. Il est peut-être trois ou quatre heures du matin. À moins d'un bruit énorme, rien n'éveillera des hommes qui dorment depuis plusieurs heures, surtout qu'ils ont bu. Comme chaque soir, Hicks, les cousins Picard et tous les autres avaient besoin de se réchauffer et de calmer les tensions du jour. D'ailleurs, avec la grande promiscuité qui règne à Lac Bennett, chacun est désormais habitué au brouhaha quotidien. Les pas qui crissent sur la neige, les chuchotements qui peuplent les soirées et les matins ne troublent plus le sommeil de personne.

L'idéal, ce serait un coup de feu. Lac Bennett n'est pas Skagway. Un tel vacarme attirerait l'attention. Mais Walsh n'est pas un imbécile. Le forcer à se servir de son pistolet pourrait s'avérer difficile. Il sait qu'une détonation révélerait sa présence et alerterait les policiers. Il fera donc tout ce qu'il peut pour éviter de tirer. Rosalie décide qu'il s'agit là d'un avantage. Elle doit cependant se montrer prudente. Il serait stupide de prendre une balle en essayant de fuir. La marche rapide imposée par ses geôliers devient tout à coup une occasion d'agir.

Les toiles des tentes claquent sous le vent. Rosalie repère la prochaine sur son chemin. À la lueur des braises, elle évalue la distance qui sépare la tente du sentier et le temps nécessaire pour la contourner afin de se réfugier derrière. Elle s'en approche encore de cinq ou six pas et fait semblant de se tordre une cheville fléchissant les genoux comme si elle s'écroulait sur le sol. Le bâillon étouffe certes le cri qu'elle a poussé pour feindre la douleur, mais, ainsi recroquevillée, elle est prête à bondir à la première occasion.

– Relevez-vous! ordonne Walsh en appuyant plus fortement l'arme dans son dos.

Les bras qui la tenaient entreprennent de l'aider à se redresser. Rosalie profite de ce changement de position pour s'arracher à leur poigne et se précipite vers la tente. Elle l'atteint en quelques enjambées, la contourne et s'élance dans la nuit.

– Attrapez-la, grommelle Walsh, avant de se mettre à jurer.

Mais Rosalie ne l'écoute plus. Elle a bien évalué la distance et, après la première tente, elle rejoint la seconde. Ses bras immobilisés dans son dos ne facilitent pas sa course, mais elle réussit tout de même à conserver son avance. Elle revient vers son campement, non pas pour s'emparer de son arme, mais pour réveiller quelqu'un qu'elle connaît. Elle entend derrière elle ses poursuivants qui gagnent du terrain et se voit contrainte de réagir avant qu'ils ne la rattrapent. Dans un élan désespéré, elle se met à briser les piquets d'une tente avec ses pieds. Son geste a un effet immédiat. Des voix d'hommes s'élèvent de sous la toile où on allume une lampe. Forte de ce succès, Rosalie arrache les piquets d'une seconde tente, puis d'une troisième et c'est à ce moment que Walsh braque son pistolet en plein entre ses yeux.

– Arrêtez tout de suite! ordonne-t-il, les dents serrées sous l'effet de la colère.

Rosalie donne un dernier coup de pied, ce qui fait tomber une quatrième tente. Les occupants poussent des cris furieux en se débattant. C'est la dernière chose dont Rosalie se souviendra. L'instant d'après, on la frappe à la nuque et elle s'écroule, inconsciente.

*

Lorsqu'elle ouvre les yeux, Rosalie ne comprend pas ce qui lui est arrivé. Elle ne reconnaît pas non plus l'endroit où elle se trouve. Elle est allongée dans un édifice de bois rond, dans un lit confortable. Un poêle dégage une chaleur bienfaisante qui se répand dans la cabane comme un baume sur son cœur malmené. Elle ne voit pas de fenêtre, mais une lampe décrit un halo incandescent sur le rideau qui sépare la pièce en deux. Des voix d'hommes lui parviennent de l'autre côté. Rosalie ne reconnaît pas les mots, mais le ton est celui des ordres que l'on donne avec autorité. Quelqu'un répond et une troisième personne ajoute un dernier commentaire avant que tout devienne silencieux.

D'abord intriguée, Rosalie amorce un geste pour se lever. Sa tête est foudroyée par la douleur, et elle s'affale dans le lit, étourdie. Elle porte une main à son crâne. Sous ses doigts se dessine une bosse énorme à l'endroit où on l'a frappée. Elle grimace ; Walsh n'y est pas allé de main morte. À cette idée, un sourire naît sur ses lèvres. Le coup qu'elle a infligé à Walsh lors de sa fuite de Skagway doit avoir produit un effet similaire. La bosse avait dû toutefois lui paraître plus douloureuse, car elle était jumelée à une blessure à l'orgueil. Rosalie avait réussi à lui échapper cette fois-là. L'échec avait dû être humiliant. Alors que maintenant…

Un signal d'alarme retentit brutalement dans son esprit. Le sentiment du danger immédiat lui revient d'un coup. Elle se rappelle alors sa course, la menace de Walsh. Plus tendue que jamais, Rosalie repousse les couvertures de ses mains moites et descend du lit, les sens en alerte. On lui a laissé ses vêtements, et ses mocassins gisent par terre. Elle les enfile sans faire de bruit, à l'affût du moindre mouvement de l'autre côté du rideau. Elle finit d'attacher le deuxième lacet quand le plancher grince derrière le rideau. Rosalie cherche autour d'elle un objet qui pourrait lui servir à se défendre. Le tisonnier appuyé sur le mur près du poêle s'avère l'arme la plus rapide à saisir. Elle s'en empare au moment même où on tire le rideau. Sans perdre de temps, elle brandit la tige de métal au-dessus de sa tête, prête à frapper. Elle s'immobilise en reconnaissant l'uniforme écarlate de la Police montée. L'homme lui jette un regard suspect.

– Qu'avez-vous l'intention de faire avec ça ? demande-t-il en désignant le tisonnier qu'elle tient toujours d'un air menaçant.

Son ton est si autoritaire que Rosalie abaisse immédiatement le bras, comme une gamine prise la main dans le sac.

– Je suis désolée. Je ne savais pas… Je veux dire, je croyais que vous étiez… Euh, un des hommes de Smith.

Encore un peu incrédule, elle détaille le policier qu'elle n'a jamais vu auparavant. La quarantaine avancée, l'air à l'étroit dans son uniforme, il demeure stoïque pendant qu'elle l'examine. Puis il lève les bras et lui montre ses paumes vides.

– Je suis le surintendant Samuel Steele. Vous n'avez rien à craindre ici, Miss. Vous êtes sous ma protection.

Rosalie a évidemment entendu parler du nouveau surintendant. On le dit arrogant et intraitable. Son intransigeance a d'ailleurs fait bien des mécontents, surtout chez les Américains qui se plaignent que la douane perçue à la frontière est un vol pur et simple. Or, l'homme qui se tient devant Rosalie n'a rien d'arrogant. Samuel Steele ne manifeste qu'un bienveillant intérêt à son égard. Elle pousse donc un long soupir de soulagement et, d'un geste las, lance prestement le tisonnier vers le poêle. Se produit alors un bruit sourd, qui trouble un moment la quiétude de la cabane.

– Je ne savais pas où j'étais, explique-t-elle, en proie à un soudain vertige. J'ai cru qu'on m'avait ramenée à Skagway.

Elle cherche un endroit pour s'appuyer et, ne trouvant que le lit, elle y retourne et s'y assoit, épuisée. Steele l'étudie puis, percevant sans doute son malaise, se dirige vers le poêle. Il en revient avec une tasse de café qu'il lui tend en silence. Rosalie le remercie d'un hochement de tête et avale goulûment les premières gorgées. Elle recule dans un geste de panique lorsque Steele se penche au-dessus d'elle.

– Je dois examiner votre bosse, dit-il en désignant d'un doigt sa nuque.

Rosalie se calme et lui permet de s'approcher suffisamment pour qu'il puisse faire son inspection. Elle se concentre sur son café, qui répand en elle une chaleur bienfaisante.

– Comment vous sentez-vous?

Sans attendre de réponse, Steele retourne derrière le rideau et en revient avec un banc sur lequel il s'assoit.

– Mieux, souffle Rosalie. Mais j'ai eu peur.

Le geste qu'elle s'apprêtait à poser avec le tisonnier lui semble désormais ridicule. Elle aimerait s'expliquer, mais le policier secoue la tête.

– Inutile de revenir sur le sujet. Si ça peut vous rassurer, votre agresseur et ses amis ont été reconduits à la frontière.

– J'aurais voulu voir ça! lance-t-elle en esquissant un sourire avant de lui rendre la tasse vide.

– Nous croyons aussi que c'étaient des hommes de Smith. Les connaissiez-vous?

– Seulement Walsh, leur chef.

Le policier hoche la tête comme s'il notait cette information dans son esprit.

– Je peux vous dire que ce Walsh n'avait plus l'air d'un chef quand nous avons confisqué son équipement.

– Parce qu'ils avaient de l'équipement? C'est impossible. Walsh n'aurait pas transporté une tonne de marchandise le long de la piste juste pour avoir le plaisir de me ramener à Skagway. C'est trop de travail pour une si maigre récompense.

Elle a beau y penser, elle n'en revient tout simplement pas. Y a-t-il des limites à la colère de Soapy Smith?

– Aucun d'eux n'aurait pu franchir la frontière s'il n'avait pas été équipé adéquatement, rétorque Steele. Je l'ai interdit. J'ai bien vu comment fonctionne Soapy Smith; j'ai passé près d'un mois à Skagway et à Dyea. Il est hors de question que je permette qu'on fasse de Lac Bennett un foyer de terreur.

Rosalie se rappelle les parties de faro, de poker, les coups de feu tirés à toute heure du jour ou de la nuit. Le harcèlement, les meurtres, les vols. Et les menaces. Skagway, pour elle, était ce qui se rapprochait le plus de l'enfer. Elle est heureuse de constater que le policier partage son avis.

– Je ne vous cacherai pas que j'étais content de mettre la main sur un jeu de cartes marquées et sur des dés pipés, poursuit Steele. Votre aventure aura au moins permis d'éviter à quelques gars de s'appauvrir au profit de Smith. D'ailleurs, je ne comprends pas comment le revolver de Walsh a pu échapper à la vigilance de mes hommes. Je peux cependant vous assurer qu'à partir d'aujourd'hui, ça ne se reproduira plus. J'ai fait resserrer les contrôles à la frontière. Les inspections prendront plus de temps.

Il a souri en prononçant cette dernière phrase. Un sourire malicieux qui incite Rosalie à se poser des questions sur la réputation du surintendant. Elle se souvient très bien des files pour les douanes. Plusieurs Américains se plaignaient de cette trop longue attente. L'air narquois de Steele lui indique que ces délais n'étaient pas innocents. Peut-être ciblait-il déjà les fauteurs de trouble. Rosalie réalise à quel point l'homme qui se tient devant elle est intelligent et rusé. Il l'est au moins autant que les bandits de Skagway.

– Que s'est-il passé ? demande-t-elle en observant de nouveau la cabane. Je ne comprends pas comment j'ai pu me retrouver ici.

– Après vous avoir assommée, les hommes de Smith ont essayé de vous enlever. Plusieurs amis à vous sont intervenus. Ils vous ont délivrée avant d'alerter mes agents qui, eux, ont arrêté vos agresseurs.

Rosalie n'a pas de difficulté à imaginer la scène, bien qu'elle trouve le résumé que lui offre le surintendant un peu bref.

– Vous parlez comme si la chose avait été facile, dit-elle en soutenant son regard. Mais Walsh était armé.

– Mes hommes aussi.

Cette fois, le sourire de Steele est cynique, mais rassurant.

– Mes hommes m'ont raconté que vous étiez recherchée en Alaska pour avoir abattu un cheval maltraité. Vous pouvez dormir sur vos deux oreilles à Lac Bennett. Walsh et ses complices ne sont pas près de remettre les pieds au Canada, je vous le garantis.

Comme Rosalie aimerait croire que cet agent de la Police montée est capable de la protéger! Comme elle voudrait dormir l'esprit en paix comme il le lui conseille! Mais elle ne se fait pas d'illusions. Si elle-même est parvenue à entrer au Canada avec une arme, d'autres ont réussi. D'ailleurs, Soapy Smith ne manque pas de ressources. Si Walsh a jugé adéquat de transporter une tonne d'équipement au-delà de la frontière juste pour lui mettre la main au collet, qu'est-ce qui lui dit qu'un autre ne fera pas la même chose? Rosalie quitte néanmoins le quartier général de la Police montée rassurée sur un point: le surintendant Steele aura désormais les hommes de Smith à l'œil.

Chapitre XXII

Le 2 mars, la vie change du tout au tout sur la colline. Le soleil n'a pas encore commencé à se montrer dans la vallée de la rivière Klondike, mais sa lueur produit un ciel orangé pendant quelques heures aux alentours de midi. Et il est justement un peu passé midi lorsque Saint-Alphonse pénètre dans la cabane, un seau rempli de terre dans les mains. Sans même s'essuyer les pieds, il s'élance vers le poêle.

– Lili, as-tu fini avec cette eau ?

Surprise, Liliane retire promptement le dernier vêtement du chaudron.

– Euh, oui. Mais qu'est-ce qui… ?

– C'est bien, coupe-t-il. Par ici, les gars !

Elle n'a pas le temps de terminer sa question que Lebrun et Raizenne arrivent presque en courant. Saint-Alphonse dépose le seau sur le sol, s'empare de sa batée et se met à y faire tourner de l'eau en saupoudrant de la terre gelée. Et, soudain, sa voix retentit.

– Ça y est ! C'est ça, les gars ! C'est de l'or !

Les autres s'approchent pour admirer de leurs yeux les petites pépites qui gisent au fond de l'assiette de métal. Puis, d'un geste brusque, Saint-Alphonse transvide le liquide dans le chaudron, dévoilant des morceaux aussi gros que des pois.

– Je le savais! s'exclame-t-il. Les vieux *sourdoughs* peuvent bien aller au diable! C'est moi qui vais rire maintenant.

– À voir la quantité qu'on vient de laver, complète Raizenne, je dirais que ce *claim* est encore plus payant que celui que tu possèdes avec Kresge. Si le reste est aussi riche, évidemment.

– Il l'est! jubile Saint-Alphonse. Il l'est, j'en suis certain. Je le savais! Je le savais!

Puis il se tourne vers Liliane et l'attrape par la taille. Tout à sa joie, il la fait tourner avec vigueur, la soulevant même un moment dans les airs. Puis, se ressaisissant, il la dépose sur le sol et se rue de nouveau sur sa batée d'où il retire la plus grosse pépite.

– Celle-là est pour toi, Lili, dit-il en la lui tendant.

Et pendant qu'elle observe avec attention le petit caillou doré qu'elle tient maintenant dans sa main, Saint-Alphonse retourne à l'assiette puis la vide d'un trait dans le sac de cuir qu'il garde toujours dans sa poche.

– Je le savais! se réjouit-il encore. Je le savais!

– D'accord, d'accord, tonne Lebrun d'un air faussement bourru. Tu le savais. Maintenant, on fait quoi?

– Maintenant, vous allez creuser et me sortir ça de terre. Moi, je file à Dawson faire analyser ce qu'on vient de paner. Je veux savoir à quoi m'en tenir en ce qui concerne la qualité. Lili, prépare nos bagages!

– NOS bagages?

Liliane s'étonne d'être ainsi incluse dans le voyage.

– Eh bien, oui! rétorque Saint-Alphonse, tout sourire. On va profiter de la ville pour fêter notre découverte. Ce soir, je te sors au restaurant, ma Lili. Et je te promets que tu boiras du champagne.

Liliane juge à propos de le ramener sur terre.

– Les restaurants sont fermés depuis décembre, Alphonse.

Il secoue la tête, radieux.

– Ash a rouvert le sien il y a deux semaines. Il vend tout très cher, mais juste avec ce qu'on a pané sous tes yeux, on peut se payer, et le restaurant, et l'hôtel, et tout le champagne qu'on veut.

Son état fébrile se communique alors à Liliane. Elle éprouve une espèce d'euphorie qui la fait rire avec lui. Un rire auquel se joignent Lebrun et Raizenne qui comprennent, eux aussi, à quel point la vie sur le *claim* vient de changer.

*

Ils ont atteint Dawson à temps pour souper et, comme Saint-Alphonse l'avait promis, ils ont célébré sa victoire. Puis, tard ce soir-là, ils s'allongent au chaud dans un lit relativement confortable, sous des vrais draps et des vraies couvertures. Dans l'euphorie qui l'habite toujours – et un peu ivre à cause du champagne, il faut le dire –, Liliane se love contre le dos de Saint-Alphonse, le ventre engourdi, les mains agitées. Ils n'ont pas refait l'amour depuis cette première fois, et elle est demeurée affamée sans trop savoir ce qui attisait cette sorte d'appétit. Elle est heureuse de sentir Saint-Alphonse se retourner pour lui faire face dans l'obscurité et l'attirer à lui.

– J'aimerais…, murmure-t-il près de son oreille avant de l'embrasser. J'aimerais te…

Pour toute réponse, elle lui rend son baiser et presse son ventre contre le sien. Comme la dernière fois, elle le laisse commencer à la dévêtir, mais demeure perplexe lorsqu'il s'arrête tout à coup.

– Tu n'es pas obligée si tu ne veux pas, souffle-t-il en immobilisant ses mains.

– Je sais.

Comment pourrait-elle lui expliquer qu'elle ressent cette faim étrange depuis le souper? Le picotement vient tout juste de se transformer en démangeaison. Liliane se rappelle très bien comment Saint-Alphonse s'y est pris pour l'apaiser. Elle l'embrasse et prie pour qu'il pose de nouveau ses mains sur elle. Sa voix lui parvient, tout près, et l'haleine tiède lui caresse le cou lorsqu'il lui glisse à l'oreille :

– Dans ce cas, j'aimerais allumer la bougie.

Liliane fige, saisie par ces mots.

– Je voudrais te voir, ajoute-t-il tout bas, et Liliane perçoit chez lui une soudaine timidité.

Elle n'est pas convaincue qu'il est convenable de se déshabiller devant lui, mais elle sait aussi qu'elle ne connaît rien dans ce domaine. D'ailleurs, quand elle y pense trop, elle devient confuse, incapable de départager ses désirs de ce qui est décent. Elle décide finalement de se fier à lui, car l'image de Saint-Alphonse nu n'est pas pour lui déplaire.

Elle ne dit rien, et Saint-Alphonse interprète son silence comme une approbation. Quelques minutes plus tard, la pièce baigne dans la lueur dorée d'une bougie. Liliane sent le rouge lui monter aux joues lorsqu'elle voit Saint-Alphonse se dévêtir. Elle l'imite avec maladresse, retirant sa chemise, sa jupe et son jupon, ne gardant que son caraco et sa culotte.

Debout au pied du lit, il la regarde. Liliane aperçoit la bosse qui grossit sous la combinaison, juste entre les jambes. Il se défait alors du dernier vêtement, et quand il apparaît enfin nu, Liliane est envahie par une bouffée de chaleur suivie d'une appréhension indescriptible. Elle observe d'abord la toison sombre qui lui couvre le torse, puis ses yeux se posent sur le sexe qui se dresse entre les poils de son entrejambe. Elle s'avère incapable de retirer ses sous-vêtements à son tour, paralysée tant par la gêne que par la peur.

– Ce ne sera pas différent de la dernière fois, dit-il en demeurant au bout du lit. Je vais te faire exactement la même chose. À moins que tu ne veuilles pas...

Elle n'a pas le choix : si elle veut qu'il éteigne le feu qui brûle en elle, elle aussi doit se déshabiller. Elle s'exécute donc, très lentement. La nervosité la rend malhabile et les petits boutons ne cessent de lui glisser des doigts. Elle enlève son caraco, et ses mamelons se durcissent lorsque la fraîcheur de la pièce les enveloppe. Sans culotte, elle ne peut s'empêcher de serrer les cuisses. Heureusement, son attention revient à Saint-Alphonse, qui l'observe toujours au pied du lit, le sexe dressé pointant dans sa direction.

– Tu es belle, lui dit-il en la rejoignant.

Comme il le lui a promis, il reproduit les mêmes gestes que la dernière fois. Il la caresse de ses doigts, avant de s'allonger sur elle pour se perdre dans un long va-et-vient. Chaque retrait fait grandir en Liliane un vide inexplicable, un manque que Saint-Alphonse comble, avant de se retirer pour le combler de nouveau avec une régularité telle que Liliane demeure presque constamment en attente. Elle sent lentement monter en elle une tension nouvelle, une effervescence liée à sa faim. Son corps se crispe. Chaque pénétration produit une contraction plus puissante que la précédente, comme si l'univers entier se préparait à exploser. Et c'est exactement ce qui survient. Une explosion de plaisir. Des spasmes délicieux qui s'étirent et s'intensifient avant de s'apaiser doucement. Lorsqu'elle reprend ses esprits, elle se rend compte que Saint-Alphonse s'agite encore. La brûlure entre ses cuisses s'est éteinte. Saint-Alphonse se soulève et se retire complètement. Elle voit son sexe apparaître sur son ventre et du liquide blanc se répandre par à-coups. Le visage de Saint-Alphonse se contracte. Liliane y lit une grimace douloureuse qui se transforme, à la toute fin, en moue de soulagement. Il s'affale alors sur elle, aussi délicatement que la dernière fois. Elle sent sa respiration contre son oreille. Une respiration saccadée qui ne se calme que lorsqu'il se retourne sur le dos. Liliane se blottit contre lui, laissant le liquide descendre, couler de son ventre jusque sur les draps.

– Pourquoi est-ce que… ?

La pudeur l'empêche de formuler en mots ce qui l'intrigue. Saint-Alphonse devine sa question et y répond en la serrant contre lui.

– Je ne voudrais pas te faire un enfant.

Les yeux de Liliane s'agrandissent, et elle recule contre le mur, prise d'une soudaine angoisse. Puis l'horreur la gagne au point qu'elle bondit hors du lit. D'un geste, elle attrape le drap et s'essuie vigoureusement l'abdomen.

– Qu'est-ce qu'il y a ? l'interroge Saint-Alphonse, que la situation semble d'abord amuser.

– Je ne veux pas de bébé. Je…

Elle tremble et continue de frotter sa peau déjà toute rougie. Saint-Alphonse quitte le lit à son tour et va s'emparer de ses mains qu'il immobilise entre les siennes.

– Calme-toi, Lili. Tu n'auras pas d'enfant. J'ai laissé couler ma semence en dehors, exprès. C'est juste si je la mets dans ton ventre que tu risques de devenir enceinte

Elle s'apaise un peu, mais son regard se porte au loin. Elle revoit ses frères et sœurs, sa mère et son gros ventre. Puis surgit l'image de son père. Elle a beau essayer, elle n'arrive pas à l'imaginer faisant à sa mère ce que Saint-Alphonse vient de lui faire. Et pourtant, si Saint-Alphonse dit vrai…

– Tu ne savais pas que c'est ainsi que…?

Elle secoue la tête sans lever les yeux.

– C'est dangereux juste si je laisse le liquide dans ton ventre, répète-t-il.

Lentement, les mots font leur chemin dans l'esprit de Liliane, la rassurant à demi. C'est d'une voix suppliante qu'elle demande enfin :

– Je n'aurai pas d'enfant, tu es sûr?

– Sûr et certain. La preuve, c'est que tu as tes règles normalement.

Elle acquiesce, mais demeure tout de même perplexe. Elle pense à Dolly et à son travail. Les questions se bousculent dans son esprit, mais elle ne se sent pas le courage de les poser. Elle se laisse plutôt conduire vers le lit où, allongée contre Saint-Alphonse, elle prend conscience de tout un aspect de la réalité qui lui échappait jusqu'à présent. Elle comprend aussi à quel point elle est passée près de ruiner sa vie avec sa naïveté. Quel est donc cet instinct qui la pousse dans les bras de Saint-Alphonse la nuit?

Ils retournent à la concession le lendemain. Le traîneau chargé de victuailles payées le gros prix est tiré par un attelage de malamutes énergiques et il atteint en quelques heures la cabane de Walter. Même s'il n'est pas totalement remis de sa blessure, le vieil homme les accueille avec sa chaleur coutumière. Il est seul chez lui, et c'est avec un plaisir évident qu'il leur sert le repas du midi. Bien que très claire, la soupe produit son effet. Liliane se sent vite ragaillardie.

– Comme ça, mon Saint-Alphonse, tu aurais trouvé de l'or! Ça parle au diable! J'espère que tu ne comptes pas trop là-dessus pour t'enrichir, parce que c'est certain que, s'il y a quelques pépites à cette hauteur, c'est par accident qu'elles sont arrivées là. Surtout, ne t'endette pas trop, sinon tu pourrais faire plus pitié que moi dans quelques semaines.

– On verra bien.

Cette réponse de Saint-Alphonse s'accompagne d'un clin d'œil en direction de Liliane. Celle-ci pourrait témoigner de la quantité d'or qui reposait au fond de la batée, mais les moqueries de Walter, ajoutées à l'air sérieux de Saint-Alphonse, l'en dissuadent. Chercher de l'or dans la terre est une affaire d'hommes. Le rôle des femmes, c'est d'aller le cueillir dans le fond des poches des mineurs. Et, en cela, Liliane est bien convaincue de réussir. Saint-Alphonse a déjà déposé le montant qu'il lui doit à la banque. Elle a vu la signature du gérant au bas du contrat qui les lie, elle et lui. Elle a vu l'or changer de main et bientôt, dans moins de trois mois, c'est dans ses mains à elle que se retrouveront ces mêmes pépites. Les propos alarmistes de Walter ne l'inquiètent donc pas, car il est dans l'erreur. Le labeur de Saint-Alphonse a porté fruit, qu'on l'admette ou non. Que personne d'autre n'en profite relève de l'imbécillité ou de l'orgueil.

– En passant, lance soudain Walter en changeant de sujet. Je ne sais pas si vous êtes au courant, mais il va y avoir un mariage dans le coin.

– Un mariage? Voilà qui est étonnant.

Saint-Alphonse a prononcé ces mots comme s'il les avait lus directement dans l'esprit de Liliane. Les femmes sont peu nombreuses sur les concessions. Les célibataires encore moins.

– Notre Dolly saute de plain-pied dans l'union sacrée avec son Suédois. Il y a bien juste au Klondike qu'on peut voir ça. Hein, Saint-Alphonse?

Celui-ci ne répond pas. L'allusion est claire comme de l'eau de roche. Ce qu'on peut voir au Klondike et pas ailleurs, c'est une prostituée qui se trouve un mari.

– Si le Suédois ne se montre pas plus difficile que ça, poursuit Walter, c'est de ses affaires. Mais qu'il ne pense pas qu'il va pouvoir l'emmener dans le Sud.

– Je pense, Walter, que tu devrais tenir ta langue, coupe Saint-Alphonse en posant bruyamment ses ustensiles sur la table.

Son regard acéré saisit quelque peu Walter. Mais le vieux *sourdough* ne se laisse pas longtemps impressionner. Il prend un air outré et se penche vers lui jusqu'à ce que son visage se trouve à deux pouces du nez de Saint-Alphonse.

– Tu ne viendras pas décider ce que je peux dire ou pas dire dans ma cabane, *cheechako*.

Ce dernier mot, prononcé avec mépris, prend soudain l'allure d'une insulte. Saint-Alphonse bondit sur ses pieds, attrape son manteau et celui de Liliane.

– On s'en va, Lili! lâche-t-il en français au moment où il pose la main sur la porte. On n'a rien à faire ici.

– Tu as beau te fâcher dans la langue que tu voudras, *cheechako* tu n'as plus rien d'un saint maintenant. Tout le monde sait ça.

Saint-Alphonse s'immobilise, un pied sur le seuil. Puis il se tourne lentement vers le vieil homme et lui lance un regard plus mauvais encore que le précédent.

– Tu peux bien parler! grince-t-il entre ses dents. Que je sache, les fumeries ne te sont pas inconnues, Walter. Et les balles perdues non plus.

Liliane n'attend pas la réplique de Walter pour sortir. La porte claque sur une série d'imprécations où elle reconnaît le mot « catin ». Lorsqu'elle atteint le traîneau, elle ne peut réprimer les sanglots qui l'étouffent, et les larmes jaillissent d'un coup. La catin, aux yeux du *sourdough*, c'est elle.

– Ne l'écoute pas, Lili, souffle Saint-Alphonse en la prenant dans ses bras. Walter ne sait pas de quoi il parle. Il n'a aucune idée de ce que vivent les filles qui arrivent seules ici. J'ai même vu des femmes mariées arrondir de manière illicite leurs fins de mois parce que le mari n'avait pas de travail.

Ces paroles ne produisent pas l'effet escompté, et Liliane pleure de plus belle. Jamais elle ne se serait attendue à un tel mépris, surtout de la part d'un homme qu'elle admirait. Du coup, elle se rend compte que, malgré toutes ses bonnes intentions, elle se retrouve sur le même pied que Dolly. Que ce soit avec un client ou avec cent, la fille qui se vend est une prostituée. Que le *deal* dure une heure ou une saison.

– Je ne comprends pas, balbutie-t-elle, accablée. Je croyais que Walter était ton ami.

– Il l'est. Mais c'est aussi un homme malheureux et jaloux.

Elle lève les yeux vers lui, perplexe.

– Jaloux, Walter ?

De ses mitaines, Saint-Alphonse lui essuie doucement le visage.

– Oh oui ! lance-t-il comme si la chose était évidente. Il aurait bien aimé avoir les quinze mille dollars nécessaires pour se payer les services d'une cuisinière aussi jolie que toi.

Liliane rit faiblement. La plaisanterie dissimule à peine le compliment. Saint-Alphonse lui sourit, de ce sourire qui allume une étincelle dans son regard.

– Ne verse plus une larme là-dessus, dit-il avec autorité. Promets-le-moi, Lili.

Sous le charme, Liliane promet, comme elle lui promettrait tout ce qu'il voudrait s'il le lui demandait. Mais cela, elle ne le sait pas encore. Lui non plus d'ailleurs. Ils s'installent enfin sur le traîneau.

– *Mush !* tonne Saint-Alphonse d'une voix où perce la colère.

Son cri déchire l'air froid de cette nuit précoce, et les bêtes s'élancent. Le vent rugit dans les oreilles de Liliane et lui brûle les joues où coulent toujours quelques larmes. Elle a tellement honte. Vivement qu'arrive le 1er juin. Il est plus que temps qu'elle prenne sa vie et ses affaires en main.

Les semaines suivantes s'écoulent comme à l'encontre du bon sens. Chaque jour, Saint-Alphonse et ses deux employés sortent du sol plusieurs milliers de dollars en poudre, mais surtout en pépites d'or. Tout le monde dans la région est au courant, et pourtant, la colline demeure déserte. Tant les *cheechakos* que les *sourdoughs* répètent qu'il s'agit d'un accident, que l'or ne se trouve JAMAIS sur les hauteurs.

Puis, un soir, alors que Saint-Alphonse est retourné à Dawson pour faire un dépôt, alors que Lebrun et Raizenne sont partis boire un coup à l'hôtel de Mrs. Mulroney, Liliane trace des plans, penchée sur la table, les pieds au chaud près du poêle. Sur un vieux bout de journal, elle a dessiné son futur *roadhouse*, comme on appelle ici les auberges. Il y aura une salle à manger certes, mais également une douzaine de chambres, petites mais confortables. À moins qu'elle ne garde un coin pour offrir des bains publics. Dieu sait que cela manque au Klondike, surtout loin de Dawson. Au verso de sa feuille, elle dresse une liste de l'équipement dont elle aura besoin, évalue les coûts de matériaux et de main-d'œuvre, calcule le nombre d'employés requis pour accomplir l'ensemble des opérations. Ses quinze mille dollars ne suffiront peut-être pas tout à fait, mais avec le temps, l'affaire devrait s'avérer profitable. Elle pourra alors penser à rembourser Mr. Noonan, son partenaire dans cette aventure. Si le pauvre homme voyait de quelle manière elle a perdu ses investissements, son cœur flancherait pour de bon, Liliane en est convaincue. Elle l'imagine, debout derrière le comptoir de son nouveau commerce à Vancouver. Il tient certainement boutique près du port où, c'est bien connu, on effectue les meilleures transactions.

Liliane esquisse un sourire en se remémorant le visage rougeaud de Mr. Noonan. Elle se recule, s'adosse au mur et ferme les yeux. Elle aime imaginer la vie qui l'attend, cet avenir rapproché. Elle n'a aucune difficulté à se représenter le bâtiment. Elle a déjà choisi son emplacement, non loin de celui de Mrs. Mulroney, à deux pas des fourches. Lentement, le sommeil la gagne et elle est emportée dans un tourbillon de chiffres, d'additions. Le bonheur. D'aucuns diraient qu'elle rêve, que tout cela n'est que fantaisie, et Liliane serait d'accord. Mais comme il s'agit de SA fantaisie, elle n'entretient aucun doute sur la faisabilité de ses projets. Ils sont d'autant plus réalisables qu'elle a de l'argent en banque. Et puis, les jours passent. Bientôt, elle aura rempli sa part du contrat. Bientôt, elle sera de retour en affaires.

De faibles gémissements la sortent de sa torpeur. Dehors, quelqu'un pleure. Elle enfile son manteau et, une lampe à la main, quitte la cabane. La voûte céleste est piquetée d'étoiles que l'absence de lune rend plus brillantes. Liliane fait quelques pas, à l'affût du moindre bruit. Le puits de Saint-Alphonse apparaît enfin dans le cercle lumineux. Le carré de madriers forme une structure inquiétante, mais puisque c'est de là que proviennent les gémissements, Liliane s'approche lentement. Elle suspend la lampe au treuil afin d'avoir les mains libres pour scruter le fond du trou sans craindre de tomber. Depuis son arrivée, elle a vu Saint-Alphonse creuser sa mine. Elle l'a vu allumer le feu, gratter le pergélisol ramolli par la chaleur, puis rallumer un autre feu, gratter encore, rallumer et gratter. C'est ainsi qu'il a creusé jusqu'à douze pieds de profondeur. De la même manière, à force de feux, de coups de pic et de pelles, il a creusé un tunnel horizontal, invisible de la surface. Un tunnel payant d'où il sort près de cinq mille dollars en or tous les jours.

Dans le noir du trou, deux petits yeux scintillent soudain. Les gémissements s'intensifient, deviennent suppliants. Liliane regarde plus attentivement la bête en essayant d'identifier de quel animal il s'agit. Les pupilles semblent trop rapprochées pour être celles d'un loup. Elle reconnaît enfin la plainte, celle d'un chiot.

Liliane reprend sa lampe et se précipite vers la niche où se trouve la femelle malamute qui a mis bas en janvier. La chienne dort, entourée de ses petits. Liliane les compte rapidement et constate qu'il en manque un. Ses doutes confirmés, elle revient vers la mine en songeant à la suite des opérations. Le froid s'intensifie, car le vent acquiert de la vigueur. Liliane en a les joues, les mains et les pieds gelés.

Elle observe les lieux, jette un œil aux outils, toujours à la recherche d'une idée. Elle pourrait descendre le seau à l'aide du treuil, mais rien n'indique que le chiot comprendra qu'il lui faut se hisser à l'intérieur. Le mieux est donc d'y aller elle-même. Le trou n'est pas vraiment profond et, voir les encoches creusées dans les murs, elle pourra remonter facilement en s'aidant de ses pieds.

Elle s'assure d'abord de la solidité du nœud, vérifie la longueur du câble puis le jette dans le puits. Elle l'enroule ensuite autour de sa jambe et, après avoir retiré ses mitaines, elle amorce la descente. Exposée au vent, elle sent le froid lui mordre les doigts, mais dès qu'elle arrive à la hauteur des parois, la douleur devient tolérable.

Liliane atteint le fond quelques minutes plus tard et s'en veut d'avoir laissé la lampe tout en haut. Avec la faible lueur qui lui parvient, elle distingue à peine le sol à ses pieds. Au-delà, dans le tunnel, tout est si noir que ça en est inquiétant. Même les yeux de l'animal semblent avoir disparu. Sans doute se terre-t-il dans l'obscurité, apeuré. Elle l'appelle de sa voix la plus douce. Une petite boule de poils apparaît aussitôt dans le cercle lumineux. Il s'agit bien d'un bébé malamute. Liliane le soulève, le serre contre elle pour le rassurer. Le chiot tremble dans ses bras. Il a dû faire toute une chute. C'est un miracle qu'il n'ait rien de cassé.

S'il ne vente pas au fond du puits, l'humidité qui se dégage de la terre y accentue le froid. Liliane décide de ne pas s'attarder. Elle noue les pans de son tablier pour former un baluchon et y glisse le chien. Elle agrippe ensuite la corde et entreprend la montée en se hissant à l'aide de ses bras, mais aussi de ses pieds qui trouvent appui sur la paroi.

Elle ne s'est pas élevée d'une verge qu'un des montants du treuil cède dans un craquement sinistre. L'ensemble de la structure s'effondre, donnant du mou à la corde. Liliane plonge alors et atterrit les fesses sur la terre durcie. Elle se redresse et observe le trou obscur qui s'élève au-dessus de sa tête. La lampe s'est éteinte sur le coup. Le noir de la nuit se confond au noir du puits, ce qui accentue la sensation de froid.

Dans son tablier, le chiot gémit de nouveau, visiblement insatisfait de ces mesures de sauvetage. Liliane le prend dans ses bras et enfouit les doigts dans sa fourrure pour se réchauffer. Elle s'en veut d'avoir abandonné ses mitaines là-haut, comme elle s'en veut d'avoir surestimé la solidité du treuil. Après quelques caresses qu'elle souhaiterait rassurantes, elle pose le chien et tâte la paroi. Elle sent les encoches servant de prise pour les pieds. Elle tente de grimper, mais se rend vite à l'évidence : sans la corde et sans lumière, l'ascension est impossible.

Elle se résigne donc à attendre le retour de Saint-Alphonse qui ne devrait pas tarder. Assise sur le sol, dans l'humidité de la terre, elle frissonne. Contrairement à ce qu'elle croyait, il fait aussi froid dans le trou qu'à l'extérieur. Elle attire le chiot à elle et l'installe contre son abdomen, sous son manteau. Ainsi installée, Liliane s'endort, bercée par la respiration de l'animal qui s'est endormi.

Elle rouvre les yeux beaucoup plus tard, complètement transie. Elle voudrait marcher un peu pour se réchauffer, mais ses pieds ne supportent plus son poids. Dès qu'elle les pose sur le sol, elle a l'impression que des milliers d'aiguilles s'enfoncent dans ses talons et sous ses orteils. Elle les masse vigoureusement afin d'y faire circuler le sang, mais la douleur devient vite insupportable. Il ne lui reste donc qu'à se recroqueviller et à attendre.

Les heures passent si lentement que Liliane en perd la notion du temps. Elle somnole par bout, redevient alerte quelques minutes et se rendort. Bien que vaguement consciente du danger qui la guette, elle rêve. Son avenir se mêle à ses souvenirs, et sa mémoire dérive. Elle revit sa chute dans le fleuve Yukon, l'automne précédent. Le contact avec l'eau glacée lui avait alors semblé la plus douloureuse des blessures. Les pores de sa peau lui étaient apparus comme autant d'aiguilles brûlantes. Elle avait cru se noyer et avait été étonnée de se réveiller sur la grève dans les vêtements de Dolly. Se réveillera-t-elle cette fois ? La nuit est si noire et il fait tellement froid qu'elle perd espoir. Personne ne sait qu'elle se trouve là. Saint-Alphonse a peut-être décidé de dormir à Dawson. Ou bien il est rentré et se sera endormi en se demandant où elle peut bien être.

Saint-Alphonse. Elle revoit son visage qu'elle jugeait si laid. Il n'a pas vraiment changé, mais il lui semble moins repoussant désormais. Quand elle parle à Saint-Alphonse, quand il la caresse, elle ne perçoit que son âme. Sa gentillesse, sa douceur, son dévouement, sa chaleur. Il est chaud quand il la prend dans ses bras. Chaud quand il s'allonge près d'elle, sur elle. Liliane se languit de lui en ce moment, de son corps, de ses mains, de son souffle qui lui murmure à l'oreille combien elle est belle. Elle repense à ce sourire qui surgit de temps en temps. Un sourire qui, comme une étincelle, allume dans son regard une tendresse qui n'y est pas autrement. Chaque fois qu'il lui sourit ainsi, elle perd ses moyens. Pourtant, le reste de son visage est si anguleux, si peu harmonieux…

Le pire, c'est qu'elle ne connaît presque rien de lui. Pourquoi un médecin renonce-t-il à son métier pour creuser une mine au bout du monde? Il pourrait s'occuper de patients, confortablement installé dans une belle maison de Montréal ou de Québec. Et pourquoi est-il parti de chez lui? Dolly prétend qu'il a séjourné dans les montagnes du Colorado. Un *desperado*, a-t-elle dit. Liliane a déjà entendu parler de ces hommes que plus rien ne retenait dans l'est de l'Amérique, de ces hommes qui fuient leur patrie pour éviter la justice. Saint-Alphonse est-il l'un d'eux? Il a soigné Walter sans exiger de paiement, et ce geste le rend énigmatique. Mais il n'évoque jamais son passé. Ni son avenir, d'ailleurs. En fait, il n'aborde que les sujets sans conséquence. Liliane rêve de percer à jour son secret. Son esprit divague. Elle entend sa voix, grave et parfois autoritaire. Elle le sent qui la prend dans ses bras. Le froid est toujours là, mais son cœur demeure au chaud, bercé par la main mutilée de Saint-Alphonse.

*

Elle ouvre les yeux et les referme aussitôt, éblouie par la lumière. Elle a froid, elle a chaud. Son corps tremble, et la fourrure qui la recouvre lui caresse la joue. Des voix lui parviennent, distantes et déformées. Elles portent des mots que Liliane n'arrive pas à saisir. Elle fait un effort pour lever une paupière, aperçoit entre ses cils la silhouette rondelette de Dolly et celle, élancée, de Saint-Alphonse. À côté d'eux, trois hommes dont les visages lui sont familiers, mais dont les noms demeurent abstraits. Puis la pièce se vide d'un coup. Épuisée, Liliane se rendort, bercée par le crépitement des flammes dans le poêle.

*

La fièvre l'habite toujours. Elle rêve de fuites, de courses, de poursuites. Ses cauchemars sont terribles jusqu'à ce que, finalement, elle reprenne connaissance, émergeant dans la nuit. La lueur des braises dans le poêle lui permet de deviner les murs, les contours des meubles et Saint-Alphonse qui dort assis sur un banc. Le silence est perturbé par le sifflement du vent entre les branches et par les charbons ardents qui, de temps en temps, s'effondrent dans un bruissement discret.

Liliane se met sur le flanc pour tenter de se tourner, mais la douleur lui assaille les tempes et elle gémit en retombant sur l'oreiller. Ce faible cri a suffi pour éveiller Saint-Alphonse qui s'éveille sur son banc. Elle voit son ombre bouger, s'approcher de la table. Elle aperçoit les longs bras qui se tendent avant que ne se produise le craquement caractéristique de l'allumette. La lumière fuse dans la pièce et, bien qu'elle ne provienne que d'une bougie, Liliane ferme les yeux, troublée par l'éclat qui lui paraît insoutenable. Puis, lentement, sa vision s'adapte, et elle réussit à entrouvrir les paupières.

– Comment ça va ? demande Saint-Alphonse en s'approchant.

Liliane articule une brève réponse, quelques mots signifiant qu'elle se porte sans doute mieux, mais qu'elle ne se sent pas très bien. Elle incline la tête et laisse sa joue se lover au creux de la main que Saint-Alphonse a approché de son visage. La chaleur de la paume la réconforte. Liliane sourit légèrement, mais ses dents s'entrechoquent tant elle tremble de froid.

– Comment c'était au Colorado ? demande-t-elle d'une voix chevrotante.

La main de Saint-Alphonse se raidit, demeure un moment immobile avant de se détendre et de lui caresser les cheveux.

– Sauvage, dit-il simplement.

Il l'abandonne et s'éloigne. Liliane regrette aussitôt sa question. C'était trop indiscret. Elle n'avait pas le droit. Qu'est-ce qui lui a pris ? Quel délire la pousse à l'interroger de la sorte ? Mais Saint-Alphonse revient avec un banc qu'il place près du lit pour s'asseoir.

– Sauvage et difficile, ajoute-t-il en pressant sa main sur la sienne.

Liliane aime ce geste d'une si tendre intimité. Elle lui rend son étreinte, et ses doigts s'attardent sur l'espace vide à côté de l'index.

– Que s'est-il passé ? murmure-t-elle en effleurant de son pouce la cicatrice.

Sur le coup, elle a l'impression d'avoir ouvert un gouffre immense. Saint-Alphonse soupire. Sa lassitude semble profonde et teintée de mélancolie. Il retire sa main et ferme les yeux. Liliane craint un moment qu'il replonge dans son mutisme, mais il prend la parole, avec des mots lents, douloureux.

– Mes doigts étaient sur la trajectoire de la scie, et le trait a duré plus longtemps que prévu.

– Tu travaillais dans une scierie ?

La voix de Liliane est légère, telle une caresse, appelant à la confidence. Elle attend la réponse, étrangement sereine.

– Je voulais moi-même construire ma maison.

Les mots de Saint-Alphonse s'emboîtent, comme les planches qu'il joignait les unes aux autres, après les avoir coupées de la bonne longueur, pour élever un mur, bâtir un toit.

– C'était où ? demande-t-elle afin de compléter le paysage qu'elle dessine dans sa tête.

– À Montréal, mais c'était il y a longtemps.

– Combien de temps ?

– Quinze ans.

Cette fois, malgré son grelottement et malgré l'éclairage de la bougie, Liliane ouvre grand les yeux, saisie d'étonnement. Quinze ans ? Puisqu'elle lui donne environ trente-cinq ans, elle effectue la soustraction. Elle imagine alors Saint-Alphonse à vingt ans, sans ces fils blancs dans les cheveux. Elle ne dit plus rien, ne pose plus de questions, mais attend la suite. À voir le visage torturé de Saint-Alphonse, il est évident qu'il a envie d'ajouter quelque chose. Et s'il a approché son banc, s'il allume maintenant sa pipe et se met à fumer lentement, l'air pensif, c'est qu'il aimerait en dire plus long, mais qu'il ne sait comment. Liliane lui laisse toute la place, réprimant ses frissons, serrant les dents pour éviter qu'elles ne claquent bruyamment. Saint-Alphonse soupire encore une fois, le regard perdu au loin.

– J'étudiais pour devenir chirurgien, lâche-t-il enfin. L'accident a changé ma vie, lui a fait prendre un tournant moins glorieux. Moins heureux aussi.

Avec cette image en tête, Liliane replonge dans ses rêves. Un médecin proscrit parce que mutilé, une maison abandonnée, un homme meurtri, un *desperado* vivant reclus dans les montagnes du Colorado. Un exil volontaire qui dure depuis quinze longues années.

*

Lorsqu'elle revient à elle, Liliane est seule. Elle reste couchée à regarder autour d'elle, étudiant les détails de la cabane, comme lors de son premier matin sur la concession. Les murs, les meubles, les objets, devenus familiers, ont sur elle un effet rassurant. Elle se tourne sur le côté et tend les mains vers le poêle pour profiter de sa chaleur. Au même moment, quelque chose remue à ses pieds puis remonte le long de son corps jusqu'à son visage. La tête du chiot apparaît près de la sienne, et l'animal entreprend de lui lécher les oreilles. Liliane le laisse se blottir contre elle. Elle enfouit ses doigts dans la fourrure et savoure cet instant de pure tendresse. Elle n'interrompt sa caresse que lorsque la porte s'ouvre dans un grincement. Saint-Alphonse franchit le seuil.

– Bonjour, dit-il, en essayant de dissimuler son soulagement. Comment te sens-tu ?

– Affamée.

Il rit, un peu nerveux, avant de s'éloigner vers le poêle pour en revenir avec une assiette à la main.

– Le repas de Madame est servi.

– Je peux manger seule, s'oppose Liliane en tentant de s'emparer de la fourchette que Saint-Alphonse tient dans l'intention de la nourrir.

– Ne me prive surtout pas de ce plaisir. Ça fait deux jours que j'en rêve.

– Deux jours ?

Liliane n'a pas conscience d'avoir dormi aussi longtemps. Ses derniers souvenirs sont tellement flous. Elle entend des mots, il lui semble avoir eu une étrange conversation avec lui, mais elle n'est sûre de rien. A-t-elle rêvé qu'il lui parlait de son passé de *desperado*, de l'accident, de la maison qu'il voulait construire ? Elle espère que non. La confidence lui semblait tellement douce, tellement complice. Elle se souvient soudain du chiot qui grelottait avec elle dans son manteau.

– C'est toi qui m'as sortie de là ?

Il hoche la tête et approche la fourchette de sa bouche. Pendant qu'elle mastique, il lui raconte comment Raizenne et Lebrun ont découvert le treuil effondré. Sur le coup, ils ont pensé que c'était l'œuvre d'un ours, jusqu'à ce que Saint-Alphonse revienne, tard ce soir-là, et trouve la maison vide.

– Tu as été chanceuse. Si Lebrun n'était pas venu me prévenir pour le treuil, tu aurais passé la nuit dans la mine.

Liliane termine son repas sans poser davantage de questions. La fatigue la gagne et, sans opposer de résistance, elle se laisse retomber sur l'oreiller.

– Dors encore, ordonne Saint-Alphonse en remontant les fourrures jusque sous son menton. Je retourne travailler, mais je reviendrai pour le souper.

– Je vais faire cuire…

– Inutile. Dolly a promis d'apporter du ragoût vers cinq heures.

Il tend sa main mutilée en direction du chiot qu'il caresse un moment.

– Je te laisse en bonne compagnie.

Liliane n'entend pas ces derniers mots ; elle est déjà endormie.

*

Ce soir-là, les visiteurs se présentent en grand nombre à la cabane de Saint-Alphonse. Les premiers arrivés sont Dolly et son fiancé. Le Suédois paraît si fébrile qu'il ne tient pas en place. Il lui adresse seulement quelques mots de réconfort avant de sortir pour rejoindre Saint-Alphonse.

– Tu l'as échappé belle, souffle Dolly en s'approchant du lit. On a bien cru que tu allais y passer. Doux Jésus ! Quand je t'ai vue, allongée sur les fourrures, presque aussi bleue qu'une morte, j'ai failli m'évanouir.

Liliane sourit faiblement. Cette image n'est sans doute pas loin de la réalité, mais elle n'en a aucun souvenir. Elle se rappelle seulement le froid de la mine et le chiot qui, d'ailleurs, ne quitte plus son chevet.

– Qu'est-ce qui se passe avec ton Suédois? demande-t-elle en désignant la porte que ce dernier vient tout juste de refermer. Il a perdu son calme habituel. Est-ce qu'il est malade?

– J'espère bien que non, on va se marier!

Elle rit de bon cœur à sa propre blague, imitée par Liliane qui attire le chien près d'elle.

– Mais ce n'est pas ça qui l'excite, poursuit Dolly, cynique.

Elle rit de nouveau, mais se ressaisit presque aussitôt.

– Il est venu poser des questions. Il pense avoir trouvé de l'or, lui aussi, mais il veut savoir ce que Saint-Alphonse en pense avant d'annoncer la nouvelle. Si son *claim* est aussi payant qu'il le dit, tu vas voir arriver du monde par ici.

Liliane demeure sceptique. Les événements des dernières semaines lui ont prouvé que les hommes ne bougeaient pas quand la découverte allait à l'encontre de leurs connaissances et de leur « science » de la prospection.

– La mine de Saint-Alphonse est payante, dit-elle. Pourtant, les collines n'intéressent personne ou presque. Il faudra plus qu'une confirmation pour voir les *sourdoughs* gravir les hauteurs, armés de pics et de pelles.

– C'est parce qu'ils sont encore convaincus que Saint-Alphonse a été chanceux. Une découverte, ça peut être de la chance. Mais deux, ça devient une évidence. D'ailleurs, Hans n'est pas le seul à creuser en haut. J'ai aperçu

Joe Stanley et Cariboo Billy reboucher, comme si de rien n'était, les trous qu'ils avaient creusés sur la French Hill. À mon avis, ils préparent quelque chose. Et je ne serais pas surprise s'ils avaient trouvé autant d'or que Saint-Alphonse sur leur colline.

Liliane écoute avec attention ces explications et finit par se rallier à l'avis de Dolly. Les choses sont sur le point de changer. Vivement qu'arrive juin, qu'elle puisse à son tour en profiter.

*

Les choses changent effectivement, et, pendant les deux dernières semaines de mars, il se produit une seconde ruée vers l'or dans la région. Sur les hauteurs, celle-là. La découverte du Suédois, jumelée à celle de Joe Stanley et de Cariboo Billy, modifie en profondeur les convictions des *sourdoughs*. Leurs rires et leurs moqueries se tarissent à mesure que l'on sort du sol les précieuses pépites d'or. Tous les monts environnants sont alors envahis de prospecteurs, et les vallées des ruisseaux Bonanza et Eldorado se transforment radicalement. Baptisée depuis peu *Cheechako Hill*, la colline de Saint-Alphonse grouille désormais d'activité. Où que l'œil se pose, il y a une cabane, un puits et un tas de résidus. Cette nouvelle affluence produit un boom immobilier à Grand Forks, et la ville prend naissance officiellement autour du restaurant-hôtel de Mrs. Mulroney. On y trouve des commerces de toutes sortes. Les millionnaires s'y comptent déjà à la douzaine.

CHAPITRE XXIII

Les mois de mars et avril se déroulent lentement à Lac Bennett. L'hiver se poursuit, mais les jours s'adoucissent, s'allongent aussi. La nuit, les aurores boréales animent le ciel, et le vent souffle du nord avec insistance. Les hommes qui arrivent des montagnes, épuisés mais heureux, ne cessent de s'extasier devant le peu de neige accumulée sur le versant ouest des Rocheuses. Ils racontent que, sur la côte, la couverture atteint presque vingt-cinq pieds de hauteur. Rosalie a du mal à les croire. Elle imagine la forêt et les maisons de White Pass City croulant sous le poids de la neige et sourit, persuadée que ces hommes exagèrent. La rumeur persiste cependant selon laquelle bon nombre de personnes seraient refoulées à la frontière faute de provisions, celles-ci étant ensevelies quelque part, impossibles à retrouver ou à extraire de la neige. Les récits d'avalanches, de morts et d'accidents la convainquent. Elle finit donc par croire que l'hiver est vraiment terrible en Alaska, mais jamais il ne lui vient à l'esprit d'aller vérifier.

C'est avec plaisir, toutefois, qu'elle observe les montagnes se dégarnir lentement. Au sommet, la neige persiste, mais certains jours, la fonte des glaces crée des rigoles qui ravinent les berges. Sur le lac, le couvert est plus mince, fissuré par endroits. En avril, la température monte de quelques degrés le jour, mais sitôt la nuit tombée, le froid reprend, et, le vent aidant, l'hiver perdure. Dans l'ensemble toutefois, les conditions météorologiques s'améliorent. Si on pouvait en dire autant des relations humaines, Rosalie n'aurait pas à se plaindre, mais la gestion des crises est devenue une occupation quotidienne. Quelle situation ridicule! On aurait pu croire qu'avec la durée d'ensoleillement qui rallonge, l'humeur des hommes se serait arrangée. Cela aurait peut-être suffi, s'il n'y avait eu le travail éreintant que constitue la construction du bateau. Et l'attente. L'interminable attente. Malgré la saison qui avance, le lac est toujours pris dans la glace, et le fleuve, en aval, n'est toujours pas navigable. Alors, l'atmosphère à Lac Bennett se tend davantage de jour en jour. La rivalité qui existait déjà entre Euclide Picard et ses cousins grandit jusqu'à devenir intenable à la fin d'avril.

Un beau matin, alors que Rosalie achève de laver la vaisselle du déjeuner, des cris furieux s'élèvent du *sawpit*. Au début, elle n'en fait pas de cas. Les querelles sont si courantes qu'elles n'attirent plus l'attention de personne. Or, ce matin, les cris vont en s'amplifiant. Rosalie pousse un soupir d'exaspération, abandonne sa cuisine et se dirige vers ce que les cousins Picard appellent, avec affection, leur chantier.

Sous l'échafaudage, Euclide pousse un juron, les yeux rivés sur le marteau qui gît à ses pieds.

– Si je mets la main au collet du gars qui m'a lancé ça, crache-t-il en épongeant, du revers de la main, le sang qui lui coule du front, je vous jure qu'il va passer un mauvais quart d'heure.

De l'autre côté du *sawpit*, Maxence et Arthur Hicks se regardent, perplexes. Là-haut, en équilibre sur les planches, Eudes demeure immobile, retenant la scie, l'air impatient. Il est néanmoins assez intelligent pour se taire. C'est Théophile qui parle le premier et se confond en excuses.

– Je ne l'ai pas fait exprès, dit-il en désignant le marteau. Je venais juste de m'en donner un coup sur le pouce. J'étais tellement enragé que je l'ai lancé au bout de mes bras. Je n'ai même pas regardé où il allait tomber tellement j'avais mal.

Comme si cela justifiait son geste, il lève bien haut un pouce rouge où l'enflure est déjà visible. Cependant, sous l'échafaudage, Euclide ne décolère pas.

– Toi, mon maudit! Tu vas voir ce qu'on ressent quand on reçoit un coup de marteau sur la tête.

À ces mots, il attrape l'outil et bondit en direction de son cousin.

– Mais je ne l'ai pas fait exprès, répète ce dernier. Je te jure que je ne l'ai pas fait exprès.

En quelques enjambées, Euclide l'a rattrapé et brandit maintenant le marteau d'une manière menaçante. Théophile a beau reculer, il est soulevé de terre et secoué dans les airs comme un pantin. Autour du *sawpit*, tous le regardent sans bouger. Ce n'est pas la première fois qu'Euclide pique une colère. Généralement, il se contente de râler contre le fautif, puis se calme au bout de quelques minutes. Mais ce matin, il ne semble pas près de pardonner l'agression dont il a été victime, même si l'agression en question n'était qu'un accident. D'ailleurs, Théophile, que la violence d'Euclide a un moment désarçonné, vient de se ressaisir. Il attrape *in extremis* le bras avec lequel

Euclide s'apprêtait à lui assener un coup de marteau. Ce geste donne le feu vert à la bagarre, et les deux cousins se jettent l'un sur l'autre. Personne ne semblant prêt à intervenir, Rosalie décide de prendre les choses en main. Sa voix saisit tout le monde, paralysant momentanément les antagonistes.

– Vous allez m'arrêter ça tout de suite ! ordonne-t-elle, si fort que même les occupants des tentes voisines figent sur place. On dirait des enfants. Des p'tits gars dans une cour d'école. Vous êtes des hommes, messieurs. Et vous n'êtes pas n'importe où. Vous êtes sur la route du Klondike. L'avez-vous oublié ?

Profitant de l'effet de surprise de ses paroles, elle s'approche de Théophile.

– Ça ne se fait pas de garrocher des affaires au bout de ses bras. On vit trop tassés les uns sur les autres pour se permettre de lancer quoi que ce soit. J'aurais pu te dire d'avance que tu frapperais quelqu'un avec ton marteau. Tu n'avais qu'à regarder autour de toi pour savoir ça.

– C'est vrai, murmure Théophile qui, malgré ses vingt-deux ans, a l'air aussi penaud qu'un enfant. J'aurais dû faire plus attention. Mais j'avais tellement mal…

– Maintenant, c'est quelqu'un d'autre qui a mal. Te sens-tu mieux pour autant ?

Il se secoue la tête, mais évite de la regarder. Rosalie se tourne alors vers Euclide.

– Toi, tu peux lâcher ton marteau. Tu ne feras rien de bon avec ça aujourd'hui.

Elle soutient de ses yeux étincelants le regard furieux d'Euclide, mais comme celui-ci ne réagit pas, elle insiste :

– Lâche-le, je te dis ! Et fais-moi le plaisir de venir t'asseoir devant ma tente sans rouspéter. Je vais examiner ta blessure. C'est vrai que ça saigne beaucoup, mais ça ne doit pas être si grave puisque tu te sentais assez bien pour te battre.

Euclide tente de s'opposer, mais Rosalie se montre intraitable.

– J'ai dit « sans rouspéter » !

Il l'observe un moment, avant de regarder ses cousins l'un après l'autre, à l'exception de Théophile. D'un hochement de tête, Maxence lui suggère d'obéir. D'un geste las, Euclide laisse donc tomber son marteau puis se dirige d'un pas sec vers la tente. Rosalie étudie sa démarche et constate que sa colère se dissipe à mesure qu'il s'éloigne du *sawpit*. Lorsqu'il s'est enfin assis sur le banc, elle pousse un soupir de soulagement en jetant un œil sévère à ses compagnons.

– Que j'en prenne un autre à lancer quelque chose ! Je vous jure qu'il aura affaire à moi. Il nous reste un mois à passer ici et on ne va pas le passer à s'entre-tuer.

Les hommes acquiescent. Maxence s'improvise alors contremaître :

– Hicks, c'est à ton tour d'aller en dessous.

Arthur ne s'oppose pas et s'avance vers l'échafaudage. La main que Théophile pose sur son épaule arrête son geste.

– Laisse-moi faire ça, lance celui-ci sur un ton décidé. Après tout, c'est de ma faute si Euclide ne peut pas travailler cet après-midi. Toi, prend l'autre bout.

Sans attendre de permission, Théophile s'empare de la scie et Arthur escalade l'échelle pour remplacer Eudes. Puis les hommes se remettent à la tâche comme si rien ne s'était passé. Rosalie s'éloigne vers sa tente, s'attardant distraitement au bruit qui meuble désormais la vie quotidienne. Avec le temps, elle a fini par ne plus l'entendre. Arthur Hicks pousse et tire pendant que Théophile tire et pousse, et la lame déchire le bois avec la régularité d'un pendule. Le bran de scie tombe comme une neige fine. Plusieurs grains se logent dans les yeux de Théophile qui les ignore, comme il ignore sa blessure au pouce. Il s'active, contraignant Arthur Hicks à adopter le même rythme effréné.

– Une invention du diable, murmure Rosalie en embrassant l'installation du regard.

C'est à ce moment que se produit le craquement. Le tronc se fend en deux. Le plus gros morceau s'effondre, entraînant avec lui l'ensemble de la structure dans un grand fracas. Hicks bondit et atterrit sur les genoux. Mais à l'autre bout de la scie, Théophile n'a pas le temps de se sauver, ni même de pousser un cri. Il s'affale sous les madriers, la nuque brisée.

CHAPITRE XXIV

Au début du mois de mai, Liliane a terminé de mettre au point ses plans. Sa santé s'est rétablie et elle se sent prête à affronter la réalité du milieu des affaires. Sur les monts environnants, la neige a fondu quelque peu. Là où la forêt a été coupée, le sol n'est que souches et débris. Les arbres sont de plus en plus rares et chaque pouce de terrain appartient à quelqu'un depuis la fin mars. Impossible donc d'acquérir deux ou trois cents pieds carrés pour y construire un restaurant. Qu'à cela ne tienne, Liliane n'est pas à court d'idées.

Par une belle journée ensoleillée, elle descend dans la vallée, Canuck sur les talons. Son chien la suit désormais partout où elle va. Liliane se rend compte que cela a ses avantages. Le malamute est déjà gros et deviendra sans doute énorme d'ici quelques mois. Dans la vie de tous les jours, il n'est peut-être pas aussi pratique qu'un pantalon, mais dans certaines circonstances, il s'avère au moins aussi efficace pour tenir à distance les importuns. Et puisque la compagnie de Canuck n'enfreint pas la loi, l'inspecteur Constantine ne trouve rien à redire.

Liliane se rend donc à Grand Forks à la recherche de Big Alex McDonald. On lui a beaucoup parlé de ce prospecteur dont le *claim*, 30 Eldorado, lui rapporte près de cinq mille dollars par jour. Ne se contentant pas d'être riche avec l'or de sa mine, Big Alex possède des parts dans les concessions les plus payantes en plus de multiples terrains. Il s'agit d'un des *Klondike Kings*, un de ces rois du Klondike dont la fortune n'est plus mesurable tant elle est considérable. Le cas de Big Alex diffère cependant des autres millionnaires à cause de cet empire foncier qu'il s'est bâti tant à Dawson que dans la nouvelle ville. Liliane est bien décidée à faire affaire avec lui.

Elle déambule sur la grand-rue boueuse, son chien sur les talons, s'arrêtant tantôt pour admirer les façades neuves, tantôt pour faire le compte des commerces récents et évaluer les possibilités et les besoins. Comme durant tout l'hiver, il règne dans la vallée une odeur de brûlé. La fumée stagne, dissimulant les sommets. Ici et là, l'Union Jack claque au vent, concurrencé par la bannière étoilée des farouches patriotes américains. Malgré l'aspect relativement dense de la ville, les chantiers sont nombreux, et les puits entourés d'amoncellements de résidus s'élèvent où que l'on pose les yeux.

Liliane atteint le Grand Forks Hotel de Mrs. Mulroney, un large bâtiment de deux étages, peu profond mais percé de deux rangées de fenêtres sur la façade, un luxe rare dans un coin aussi reculé. Après avoir ordonné à son chien de l'attendre à l'extérieur, Liliane franchit la porte principale. Il faut un moment à ses yeux pour s'habituer à la pénombre. Elle distingue alors le bar, tout au fond, les tables et les clients qui mangent en bavardant bruyamment. Elle reconnaît aussitôt Big Alex accoudé au comptoir, ses grandes mains s'agitant dans les airs pour illustrer ses propos. On raconte qu'il est natif de la Nouvelle-Écosse. Chose certaine, il parle avec un accent traînant bien différent de celui des Américains. De dos, on dirait un géant. Les épaules larges, une chevelure épaisse et hirsute lui cachant une partie du visage. Ce matin-là, Liliane le surprend en grande conversation avec la patronne.

– Vous ne comprenez pas, Mrs. Mulroney, est-il en train d'expliquer. Je ne veux pas plus de quarante-neuf pour cent des parts. Vous conservez votre autonomie et, moi, j'obtiens une partie des bénéfices. Je suis prêt à vous le payer un bon prix, vous savez. Regardez.

Joignant le geste à la parole, il sort de sa poche un sac de cuir d'où il retire une vingtaine de pépites d'or plus grosses encore que celle que Liliane porte au cou, sous sa robe. Le cadeau de Saint-Alphonse a pourtant la taille d'une noix.

– Et moi je vous ai dit que je n'en vendrais même pas deux pour cent rétorque la patronne, alors vous allez me faire le plaisir de changer de sujet ou bien je vous fais mettre à la porte.

Big Alex attrape son verre de whisky et s'éloigne, en ronchonnant.

– Vous êtes une femme difficile, soupire-t-il en s'installant à une table. Vraiment difficile.

De face, il est encore plus impressionnant avec son regard gris impénétrable, ses joues noircies par une barbe de quelques jours et cette large moustache qui dissimule complètement ses lèvres. Debout près de la porte, Liliane attend qu'il se soit calmé pour s'avancer vers lui. Elle se présente et lui donne une solide poignée de main.

– J'ai une proposition à vous faire, dit-elle en acceptant la chaise qu'il lui offre d'un geste.

– En voilà une qui se montre moins difficile, lance-t-il d'une voix forte à l'intention de Mrs. Mulroney. Une dame de qualité qui sait, elle, comment on fait des affaires par ici.

Derrière le bar, la patronne ne bronche pas. Un linge à vaisselle dans les mains, elle essuie les verres. C'est à peine si elle lui jette un regard de biais. Liliane a toutefois le temps d'apercevoir dans ses yeux un mélange d'indulgence et d'intransigeance qu'elle trouve déroutant. Comme si cette femme riche et sûre d'elle pardonnait à Big Alex son insistance, sans pour autant lui céder un pouce de terrain.

– Comment puis-je vous aider, Miss Lili?

Liliane demeure bouche bée.

– Vous savez qui je suis?

– Tout le monde vous connaît, Miss. À commencer par Berton et Ash qui se sont querellés sur la place publique afin d'obtenir vos…

Big Alex est interrompu par un brouhaha provenant de la rue. Liliane bondit de sa chaise en reconnaissant les aboiements de son chien.

– Excusez-moi un moment, dit-elle en s'élançant vers la porte, inquiète à l'idée qu'il soit arrivé malheur à Canuck.

Elle le trouve exactement à l'endroit où elle l'a laissé. Il grogne et bave devant un inconnu qui lui crie des insultes.

– J'ai voulu le flatter, se plaint l'homme en se tournant vers elle, mais il a essayé de me mordre. C'est une bête méchante que vous avez là, Miss. Une bête dangereuse!

Liliane le laisse grommeler à son aise jusqu'à ce qu'il se lasse et s'en aille en vociférant contre les maîtres négligents. Le sourire aux lèvres, elle se tourne alors vers l'animal qui n'a pas quitté l'inconnu des yeux.

– Bon Canuck! dit-elle en le caressant.

Le chien bat de la queue, tout content, et Liliane revient à l'intérieur rassurée. Cet incident sera connu de tout Grand Forks dans moins d'une heure. Plus personne ne tentera d'amadouer Canuck. Tous se tiendront sur leurs gardes quand elle arrivera en ville avec lui. Ce qui est très bien.

Lorsqu'elle reprend sa place à table, Big Alex l'interroge.

– Est-ce le chien qui vous a sauvé la vie, Miss?

Liliane réfléchit à toute vitesse. En quelle occasion Canuck lui aurait-il sauvé la vie? Elle n'en a pas la moindre idée, mais cette histoire lui plaît suffisamment pour qu'elle hoche la tête avec fierté.

– C'est toute une bête dans ce cas, poursuit Big Alex en se grattant le menton, l'air pensif. On raconte qu'il a averti Saint-Alphonse quand vous êtes tombée dans le puits de la mine.

Il jette un œil vers la porte, qu'on vient d'ouvrir. Liliane aperçoit Canuck, assis comme un soldat au garde-à-vous. Big Alex l'observe, lui aussi.

– J'ai souvent eu des chiens, dit-il en revenant à leur conversation, mais aucun d'eux n'a jamais eu l'intelligence de se montrer aussi utile. Si vous décidez un jour de vous en départir, je serais intéressé à l'ajouter à mon attelage.

– Merci, souffle Liliane que la situation amuse de plus en plus. Mais Canuck m'est bien utile à moi aussi.

– Canuck ? Vous l'avez baptisé Canuck ?

Elle lui adresse un sourire triomphant en guise de réponse.

– Eh, les gars ! s'écrie aussitôt Big Alex. Le chien de Miss Lili s'appelle Canuck !

Cette information provoque l'hilarité dans la salle à manger. Ce nom, Liliane ne l'a pas choisi au hasard. Il s'agit du sobriquet que les Américains donnent aux Canadiens. Il s'agit d'un mot souvent prononcé avec mépris. Or, Canuck est redoutable et intelligent. De quoi modifier la réputation des Canadiens, que les Américains, entre eux, qualifient de benêts inoffensifs.

*

– Ce ne sera pas assez grand, lance Liliane en parcourant de long en large la salle vide.

Le bruit de ses pas retentit, se répercutant en écho sur les murs. Elle imagine les tables, le bar, la cuisine. C'est ce bâtiment, construit à un jet de pierre de celui de Belinda Mulroney, que Big Alex lui propose pour faire son hôtel.

– Il faudrait aménager trois pièces plus petites au rez-de-chaussée, ajoute-t-elle en désignant le fond. J'y offrirai des bains publics.

Debout à côté d'elle, Big Alex prend en notes ses idées, visiblement impressionné par l'ampleur de ce projet.

– Trois baignoires, murmure-t-il en écrivant. Et les chambres ?

Il revient à la première page de son carnet.

– Vous avez dit qu'il y en aurait une douzaine.

– C'est pour cela qu'il me faut un deuxième étage.

– Ah, je comprends, souffle l'homme, d'un air entendu. Comme au Grand Forks Hotel. Belinda Mulroney va en être malade de jalousie.

Liliane soutient son regard, et ses lèvres ébauchent une moue victorieuse. Ce n'est pas tant de rendre jalouse une concurrente qui lui plaît, mais plutôt d'avoir atteint un statut qu'on pourrait envier. Elle poursuit donc sa visite, les mains croisées dans le dos, examinant chaque carreau des fenêtres, s'assurant que les pentures sont huilées, les portes, bien étanches.

– Des divisions pour douze chambres, murmure Big Alex en complétant ses notes. C'est tout?

– Il faudrait un coin assez grand pour la lessive. Et deux autres poêles pour chauffer l'eau. Nous allons offrir en plus un service de buanderie. Nos clients seront logés, nourris, blanchis.

Quand Big Alex hoche la tête, Liliane peut presque voir des signes de dollars dans ses yeux. Dans son esprit aussi les chiffres s'additionnent et se multiplient.

– La nourriture commence à réapparaître sur le marché, lâche Big Alex en changeant de sujet. Les prix sont encore assez élevés, mais ils ne devraient pas tarder à baisser avec les trente mille prospecteurs qui s'en viennent. Que voulez-vous que j'achète?

Liliane sort une liste de sa poche et la lui tend.

– Mais ne payez pas trop cher surtout. Dès que les premiers bateaux auront accosté, les prix vont chuter radicalement. On n'est d'ailleurs pas pressés. Pour le moment, les hommes ont amplement de quoi se loger. C'est pour les nouveaux qu'on construit cet hôtel.

Big Alex glisse la liste entre deux pages de son carnet avant de placer celui-ci dans son manteau.

– Vous avez vraiment pensé à tout, Miss Lili.

Liliane refait le compte des achats, revoit en pensée son plan. Lorsqu'elle est convaincue de n'avoir rien oublié, elle répond :

– J'ai eu l'hiver au complet pour monter ce projet.

– Dans ce cas, je vais tout préparer. Le 1er juin, on ouvre nos portes.

Il lui adresse un clin d'œil complice. Le 1er juin, Liliane Doré change de vie.

*

Le 7 mai s'annonce un jour comme les autres. Liliane s'affaire à l'ordinaire, pendant que Saint-Alphonse continue à sortir quotidiennement plus de cinq mille dollars d'or de sa mine. Les choses vont donc bon train. Liliane a dressé des listes, effectué des prévisions, et tous ces calculs l'aident à patienter. L'argent qu'elle obtiendra à la fin de son contrat avec Saint-Alphonse lui permettra d'effacer certains éléments moins glorieux qui entachent sa réputation. D'ici quelques mois, les commentaires de Walter deviendront désuets, peut-être même le vieil homme sera-t-il un des premiers clients à profiter des services qu'offrira le Lili's Café, Hotel, Baths and Laundry.

Liliane et Saint-Alphonse terminent tout juste leur repas ce soir-là lorsqu'on frappe à la porte. Saint-Alphonse laisse entrer son visiteur, mais son accueil est froid. Walter franchit à peine le seuil, l'air contrit. Sans doute regrette-t-il les dernières paroles échangées avec le couple, il y a plusieurs semaines déjà. Depuis, les choses ont bien changé. Saint-Alphonse est un homme riche, Big Alex se vante à qui veut l'entendre qu'il s'est associé à Lili Klondike et annonce pour bientôt l'ouverture d'un restaurant-hôtel à Grand Forks. De plus, la colline grouille de prospecteurs qui s'enrichissent chaque jour davantage. Si Walter n'avait pas été aussi borné et sûr de lui, il en profiterait aujourd'hui. Mais ce n'est pas le cas. Le temps que la nouvelle le rejoigne dans la fumerie d'opium, toutes les hauteurs avaient été divisées, et chaque concession avait trouvé preneur. Le commun des mortels assumerait la défaite et se montrerait humble en s'excusant. Mais Walter n'est pas de ceux-là. Il se comporte comme si rien ne s'était passé entre eux, comme si Saint-Alphonse était toujours le bienvenu dans sa cabane et lui dans la sienne.

– Il y a un gars malade sur un *claim*, dit-il en acceptant le thé que lui verse Liliane. À environ cinq mille en amont sur la Klondike. Il vous fait demander, Miss. À ce qu'on raconte, il n'en a plus pour longtemps.

– Je ne connais personne qui creuse dans ce coin-là, lui lance sèchement Liliane.

C'est la plus stricte vérité. Les frères Ashley se sont tous engagés sur des concessions de l'Eldorado. Qui d'autre voudrait la voir ? Walter répond rapidement à cette question.

– Il paraît que vous avez parcouru la piste Chilkoot avec lui. Samuel…

– Samuel Spitfield ?

– Quelque chose comme ça, oui. Il y a un homme qui s'occupe de lui là-bas, une espèce de police, je pense. En tout cas, il vous demande.

Un éclair de lucidité foudroie tout à coup l'esprit de Liliane. Tout le monde dans la région est au courant de son entente avec Alex McDonald, tout le monde sait qu'elle sera bientôt riche. Samuel Spitfield croit sans doute qu'il pourra se servir d'elle en la bernant comme il l'a déjà fait de nombreuses fois.

– L'avez-vous vu de vos yeux, Walter ? demande-t-elle, cherchant à vérifier son hypothèse. Je veux dire, le gars malade, l'avez-vous rencontré ?

– Non. C'est MacFergus qui est revenu de là-bas hier et qui m'a transmis le message.

Liliane serre les dents, en proie à une colère aussi brusque que violente. C'est sans doute encore un truc pour lui forcer la main. Le peu de sympathie qu'elle manifeste, ajouté à son air contrarié, choque Walter.

– Il va mourir, Miss, répète-t-il. Vous ne pouvez pas abandonner un gars qui va mourir. Ça ne se fait pas.

Elle se tourne vers lui, et son regard est aussi acéré que sa voix est tranchante.

– Vous ne savez pas de quoi vous parlez, Mr. Walter.

Elle ne peut lui décrire sa relation avec Samuel Spitfield, pas plus que lui expliquer qu'il lui a déjà joué cette comédie-là. Ce serait admettre qu'elle a succombé à son charme. Le vieux *sourdough* en tirerait des conclusions qui n'aideraient en rien sa réputation.

– Mais Miss, insiste Walter, ça ne se fait pas.

– Walter a raison, Lili.

Saint-Alphonse a parlé en plaçant une main sur la sienne, mais Liliane lève vers lui un regard suppliant. Elle ne veut pas y aller, mais surtout, elle ne veut pas y aller seule. Elle prie pour que Saint-Alphonse n'insiste pas.

– Habille-toi, Lili. Je prends ma trousse. On a encore quelques heures de clarté devant nous.

Liliane soupire, tant de dépit que de soulagement. Quand elle franchit la porte quelques minutes plus tard, elle jure d'étrangler elle-même Samuel s'il ne s'avère pas aussi malade qu'on le prétend.

*

Parce que la neige a fondu par plaques et parce que la boue rend les sentiers dangereux, Saint-Alphonse a refusé d'atteler les chiens. C'est donc en marchant sur le ruisseau gelé que Liliane, Saint-Alphonse et Walter progressent d'un pas rapide sur les traces de Canuck. Le malamute les précède d'une quinzaine de verges, trouvant sur la glace les passages les plus solides, les moins glissants aussi.

Il est près de six heures et le soleil brille encore, baignant la vallée de rayons incandescents. Il n'y a plus de forêt. Tous les arbres ont été coupés, soit pour fournir du chauffage, soit pour faire des feux sur le pergélisol et permettre de creuser les mines. Ce sont donc des monts arrondis et dégarnis qui se découpent sur le ciel de chaque côté du ruisseau jusqu'au confluent de la rivière Klondike. Lorsque Liliane et ses compagnons atteignent la jonction des deux cours d'eau, le soleil a disparu depuis longtemps. Le petit groupe s'empresse de monter le camp pour la nuit. Depuis leur départ, Liliane s'est emmurée dans un mutisme contrarié. Cette nuit-là, elle dort peu, les dents serrées tant de colère que de froid. S'il fallait que ce message de Samuel soit un piège, elle serait capable d'exploser.

*

Le lendemain matin, ils obliquent vers l'est, marchant directement sur la glace de la rivière Klondike dont les berges, peu accessibles à cause de la boue, se montrent de plus en plus traîtresses. Les arbres réapparaissent et créent une sorte de forêt qui, bien que clairsemée, peuple les rives et les monts. Le temps a changé depuis la veille. Au lieu du vent nordique, puissant et violent, le chinook souffle du sud-ouest en une tiède caresse. Liliane a même retiré son foulard et son chapeau, rapidement imitée par ses compagnons. C'est la première fois depuis le mois de septembre qu'ils peuvent se promener dehors tête nue.

– Le printemps s'en vient, murmure Walter lorsque, vers midi, ils s'installent pour dîner. Ça n'augure rien de bon.

Devant le regard perplexe de Liliane et de Saint-Alphonse, il s'explique :

– Si le chinook continue de souffler comme ça, il n'y aura plus de glace sur la Klondike pour notre retour. Et comme les berges sont déjà impraticables…

Il n'a pas besoin de terminer sa phrase. Au moment même où ils discutent, le vent chaud semble s'intensifier. Sur les rives, la neige fond à vue d'œil. Les conséquences d'un dégel aussi rapide sautent aux yeux. Il leur faudra demeurer en amont de la Klondike jusqu'à ce que la piste s'assèche, ce qui pourrait prendre des jours. Liliane fixe d'un œil furieux l'amont de la rivière. Tout cela pour Samuel Spitfield. Heureusement, Canuck vient la distraire en posant son museau sur ses cuisses. Il quémande une caresse qui efface aussitôt ses plus sombres pensées. Les doigts perdus dans la fourrure, Liliane se concentre sur sa fortune à venir, sur ce restaurant-hôtel qu'elle s'apprête à ouvrir en plein cœur de Grand Forks, sur sa future vie de femme d'affaires prospère.

Ils reprennent la route en début d'après-midi, toujours dans les traces du chien. Celui-ci paraît soudain plus nerveux. Il avance, renifle et revient souvent sur ses pas pour repartir sur un autre chemin. À plusieurs endroits, la glace est recouverte d'une mince couche d'eau, ce qui rend la marche difficile.

Puis, vers deux heures, le vent devient si chaud que Liliane doit ouvrir son manteau. La brise tiède s'engouffre sous ses vêtements et fait danser ses cheveux dont le chignon est un peu lâche. C'est le printemps, enfin. Après le long hiver du Nord, elle refuse de retenir le bonheur qui l'envahit. Malgré le danger que représente ce brusque changement de température, elle ne réprime pas le sourire qui naît sur son visage. La main qui rejoint la sienne lui confirme qu'elle n'est pas la seule à ressentir cette douce euphorie. Saint-Alphonse serre un moment ses doigts entre les siens avant de reprendre sa place devant elle, dans le rang.

Ils n'ont pas parcouru un mille qu'un grondement aussi soudain que terrible résonne dans la vallée. Tous trois figent sur place, alertes. La glace tremble un peu, grince surtout. Le bruit se transforme en craquement inquiétant. Canuck aboie plusieurs fois, le corps raidi, braqué vers l'amont.

– Peut-être qu'on devrait regagner la berge, suggère Walter qui ne quitte pas l'est des yeux.

La proposition est acceptée à l'unanimité. Comme les rives sont assez escarpées et de plus en plus boueuses, il leur faut trouver un endroit plus facile d'accès.

– Par ici, s'écrie Walter en désignant la pente douce sur laquelle Canuck vient tout juste de s'élancer.

– Dépêchons-nous !

Cet ordre de Saint-Alphonse est immédiatement mis à exécution, et tous les trois se hâtent de suivre le chien. La traversée de la rivière sur la glace se transforme alors en course à obstacles. L'eau s'accumule à plusieurs endroits et traverse le cuir des mocassins. Liliane a les pieds gourds. Elle glisse, s'affale de tout son long, mais se redresse aussitôt. Le chinook souffle toujours. Sa brise si douce apparaît désormais comme un véritable danger.

Un nouveau craquement retentit, plus puissant et plus foudroyant que le précédent. La rivière gelée se remet à trembler, pour de bon cette fois. Liliane sent les muscles de ses cuisses se tendre et, plus consciente que jamais de la menace, elle accélère pour rejoindre ses compagnons. Elle dérape alors qu'elle n'est plus qu'à une verge de la rive. Son genou heurte la glace et un bloc se détache d'un coup.

– Attention, Lili !

L'avertissement arrive trop tard. La rivière apparaît, aussi sombre que la nuit, et, en une fraction de seconde, elle creuse un fossé profond qui sépare Liliane de la terre ferme.

– Attrape ma main ! hurle Saint-Alphonse.

Liliane étire le bras, bascule vers l'avant, ses doigts rejoignant de justesse ceux de Saint-Alphonse. Ainsi suspendue entre la rive et les eaux terrifiantes, elle s'agrippe de toutes ses forces. Ses pieds traînent dans le courant rugissant, mais pas un son ne sort de sa gorge nouée par la frayeur. Elle voit la rivière prendre vie et essayer de l'aspirer. Elle s'accroche à cette main qui, bien que mutilée, la retient solidement et prie pour que Saint-Alphonse soit capable de la tirer de là. Mais il tarde. Allongé dans la boue, il peine à la soulever. Elle l'entend appeler Walter, lui donner des instructions. Afin de se soustraire à la rivière, Liliane hisse un genou dans la vase, puis l'autre, mais se sent malgré tout glisser vers le bas. Elle émet un faible cri quand ses pieds plongent de nouveau dans l'eau glacée. Entre la morsure du froid et la douleur de son épaule tendue à l'extrême, son corps n'est que souffrances. Là-haut, Saint-Alphonse lui parle avec sang-froid.

– Ne me lâche surtout pas, dit-il, la mâchoire crispée. Walter va me retenir pendant que je t'aide à remonter.

Liliane ne répond pas, les yeux rivés sur les blocs de glace qui se détachent autour d'elle. Puis elle se sent hissée vers le haut. Son bras lui fait mal et son épaule semble sur le point de s'arracher. Liliane atteint tout de même la terre ferme, couverte de boue, les pieds glacés, le cœur battant la chamade, mais vivante. Immédiatement, Canuck se rue sur elle, lui lèche les joues et gémit de bonheur.

– En voilà un qui se serait ennuyé s'il t'était arrivé malheur, lance Saint-Alphonse en se redressant sur les genoux.

La plaisanterie amuse Liliane qui peine à reprendre son souffle. Elle se tourne sur le dos, offre son visage au soleil et au vent tiède. Lorsque son regard croise celui de Saint-Alphonse, elle ne cache pas sa reconnaissance, son admiration et, malgré la présence de Walter, son affection. S'il n'avait pas eu le réflexe de lui tendre la main...

Ils ne reprennent la route qu'une heure plus tard, après que Liliane s'est réchauffée et que ses mocassins, bien qu'encore humides, s'avèrent suffisamment confortables pour marcher les trois milles qui les séparent de leur destination.

Et alors qu'ils s'éloignent du lieu où elle a bien failli perdre la vie, Liliane renouvelle sa promesse : si Samuel l'a envoyé chercher pour rien, elle l'étranglera de ses mains.

*

Le corps semble raide, allongé sur le lit de camp. La main du détective Perrin retire doucement le drap qui le recouvre. Apparaît alors le visage cireux et aussi blanc que la mort de Samuel Spitfield. Liliane sent un frisson la parcourir des pieds à la tête, et ses doigts se glacent. Elle est seule avec le détective dans la petite cabane où vivait Samuel. Le feu est allumé dans le poêle, mais ne réussit à réchauffer ni la pièce ni son corps exténué par le voyage. Pourtant, il ne fait pas froid puisqu'une brise tiède s'engouffre par la porte laissée ouverte. Mais Liliane tremble et cherche un endroit où s'asseoir. Elle se jette sur la première bûche qu'elle aperçoit. Puis elle observe les murs nus, le plancher souillé, les meubles rudimentaires. Samuel Spitfield vivait dans la misère. Il est mort pour vrai parce qu'il était malade pour vrai. Et elle, elle ne l'a pas cru. Malgré tout, elle ne ressent rien. Elle s'en veut. Elle devrait au moins avoir de la peine. Elle devrait au moins pleurer, ne serait-ce qu'un peu. Car elle l'a aimé, de cela elle est certaine. Pourquoi donc alors ressent-elle cette cruelle indifférence ?

– C'est le problème avec les menteurs, lance calmement Perrin en replaçant le drap. Personne ne les croit quand ils disent enfin la vérité.

Sur le coup, Liliane pense que le détective a lu dans ses pensées, mais il parle en réalité de ses propres remords.

– J'ai longtemps hésité avant de vous envoyer chercher, commence-t-il en attirant une autre bûche près du poêle. J'étais convaincu qu'il essayait de me manipuler.

Il se tait un instant et s'assoit à son tour. Après avoir tendu une branche dans les flammes, il allume sa pipe et fume, lentement. La pièce s'emplit de l'odeur du tabac.

– Il vous a demandée plusieurs fois, vous savez, poursuit-il en soufflant ses volutes bleues. Dès les premiers jours, en fait. Je lui ai dit qu'il était ridicule, que je n'allais pas vous faire venir aussi loin pour un simple rhume. Alors, son état s'est aggravé. J'ai cru qu'il exagérait pour me forcer la main. J'étais persuadé qu'il voulait que je m'apitoie sur son sort, que je panique et que j'envoie quelqu'un vous chercher. Or, plus il jouait ce qui me semblait être une comédie, plus son mal s'aggravait réellement. Je lui ai dit d'arrêter, qu'il perdait son temps, qu'il m'avait convaincu de monter ici, sur ce damné *claim*, et que j'exigeais qu'il reprenne du mieux parce que je n'allais pas travailler le reste de l'hiver tout seul. Ça n'a rien donné. Si vous saviez les mensonges qu'il m'a racontés au fil des mois… Ça devenait tout bonnement impossible de distinguer le vrai du faux. Alors, je ne l'ai pas cru. Et jusqu'à la fin, même après que je vous ai envoyé chercher, j'ai continué de douter. Parfois, il y avait un tel éclair de lucidité dans ses yeux, une telle mesquinerie dans son sourire. Il savait ce qu'il faisait, Miss, et ça m'enrageait. Il a refusé de combattre la maladie, préférant s'enliser et se diriger vers une mort certaine juste pour avoir gain de cause. Voyez donc où ça l'a mené!

Liliane fixe le cadavre.

– Vous qui l'avez connu, demande-t-elle, avez-vous compris ce qu'il voulait vraiment?

Le détective hausse les épaules.

– De votre part, la pitié sans doute, commence-t-il en tirant sur sa pipe. Votre affection peut-être aussi. Il souhaitait qu'on l'aime, qu'on l'admire, mais c'était un homme faible qui abusait constamment de la confiance des gens. Il n'y avait pas de limite à ce qu'il pouvait faire pour atteindre son but. Les lois ne le concernaient pas. Pas davantage que la souffrance dont il affligeait les autres.

Ces paroles soulagent Liliane de ses remords, parce qu'elles confirment son opinion sur Samuel. Le poids du doute s'efface lentement.

– Je l'ai connu suffisamment pour savoir à quoi m'en tenir avec lui, poursuit Perrin. J'ai suivi ses traces pendant des mois, j'ai vu les dégâts qui jonchaient la route derrière lui. Deux filles abandonnées, toutes deux enceintes de lui. Des futurs beaux-parents cambriolés en pleine nuit. Sans parler des bijouteries, ses plus célèbres méfaits. Depuis que je lui ai mis la main au collet, nous avons survécu à un naufrage sur le fleuve et nous avons creusé dans cette maudite mine en attendant que passe l'hiver. Si on évaluait l'intimité entre deux personnes selon le nombre d'heures de fréquentation, on nous aurait déclarés mariés depuis longtemps.

Il rit tristement de sa plaisanterie, mais Liliane demeure de marbre, se répétant mentalement les mots du détective. Deux filles enceintes, abandonnées dans le sillage de Samuel. Elle serait du nombre, si Perrin n'avait pas arrêté son voleur au bon moment. Encore une fois,

Liliane réalise à quel point elle est passée près du désastre. Dieu veille sur elle, il n'y a pas d'autres explications.

Le silence règne dans la cabane, rompu uniquement par le bruit des pelles. À l'extérieur, Saint-Alphonse et Walter creusent le trou qui servira de tombe à Samuel, car il s'avère impossible, dans les conditions actuelles, de ramener sa dépouille à Dawson. Il fait trop chaud, les sentiers sont trop mauvais et il est dangereux de se promener en canot sur la rivière à cause des glaces qui flottent encore ici et là. Walter et Saint-Alphonse s'attaquent donc au pergélisol comme des mineurs, en y allumant des feux et en grattant la terre ainsi dégelée.

Dans la cabane, Liliane écoute le récit du détective. Ses propos sont si criants de vérité qu'elle a l'impression qu'il lui parle d'elle-même, qu'il lui renvoie les échos de ses propres regrets, de sa propre méfiance, de sa propre colère.

– Le pire, poursuit-il en vidant sa pipe sur la bavette du poêle, c'est qu'ils seront nombreux à le pleurer. Spitfield avait du charme. Il fallait être aguerri pour voir clair dans son jeu.

Liliane approuve. Il fallait, certes, être aguerri. Comme Mr. Noonan ou comme Perrin. Pour une jeune femme innocente, Samuel représentait le prince charmant, celui des contes de fées, jusqu'à ce qu'elle découvre la vérité.

Quelques heures plus tard, Walter, Saint-Alphonse, Perrin et Liliane encerclent l'amoncellement de terre où repose la dépouille de Samuel. Tous affichent l'air grave de circonstance, et Liliane cherche en elle quelque chose à dire, comme c'est la coutume. Les mots qu'elle trouve cependant n'ont rien de flatteur. Elle préfère donc les garder pour elle, laissant aux autres le soin de prononcer l'éloge du défunt.

– C'était un gai luron, cet homme-là, lance Walter pour briser la glace. Je ne le connaissais pas personnellement, mais on raconte que malgré la sentence qui pesait sur lui, il s'amusait comme s'il n'avait aucun souci.

Le silence retombe dès qu'il se tait. Liliane croit un moment que personne n'ajoutera rien, mais Saint-Alphonse prend la parole :

– Lebrun m'a dit que Spitfield n'avait de conflit avec personne, lâche-t-il en jetant un œil complice à Liliane. Il paraît qu'il n'aimait pas les querelles.

Si elle n'avait pas croisé son regard à cet instant précis, Liliane se serait opposée avec vigueur. Mais Saint-Alphonse parle pour la forme, pour respecter l'étiquette, elle l'a bien compris. Le détective Perrin, cependant, n'a pas perçu le sarcasme dans les propos du *cheechako*. Il réagit, contenant tant bien que mal son mépris.

– C'est vrai qu'il n'aimait pas les conflits, commence-t-il sèchement. Au lieu d'affronter la colère des gens qu'il avait bernés ou dont il avait abusé, il trouvait moyen d'éviter le pire, soit en disparaissant dans la nature, soit en niant les faits, quitte à pleurer jusqu'à ce qu'on le croie innocent.

Et c'est ainsi que prend fin le témoignage funèbre en l'honneur de Samuel Spitfield.

CHAPITRE XXV

Mai s'annonce beau sur les rives du lac Bennett. La construction du bateau est presque terminée. Les cousins Picard, remis du décès de Théophile, en sont aux derniers préparatifs. Au sommet des montagnes, la neige a commencé à fondre, et sur les berges, le sol s'avère boueux. On dit que la glace s'apprête à se briser sur le fleuve. Ici, cependant, à la source même des eaux, les rives sont bien prises, et les hommes observent le paysage avec impatience.

Le surintendant Steele a fait numéroter toutes les embarcations et a noté les noms et adresses des occupants afin de pouvoir communiquer avec leurs proches si le pire survenait. Dans le cas du pauvre Théophile, Steele a établi que tous ses biens revenaient de droit à son frère. La chose a donc été promptement réglée. Malgré le sol encore gelé, on a creusé la tombe en bordure de la forêt. Il y avait là, déjà, une dizaine de sépultures, résultats d'accidents, de meurtres ou de suicides, Steele ne faisant pas de distinction entre les différentes circonstances des décès.

Quand Rosalie s'attarde près de la croix fabriquée par Maxence pour marquer le lieu où repose son frère, elle ne peut retenir ses larmes. Elle pense à la femme de Théophile, qui n'apprendra pas la nouvelle avant des mois. Elle pense à ses enfants, qui attendent sa prochaine lettre. Car Théophile écrivait régulièrement à sa famille. En inventoriant ses biens, parce que Maxence s'en était déclaré incapable, Rosalie a découvert du papier fin, une plume, de l'encre et une lettre inachevée. Maxence, bouleversé, a imité la signature de son frère et envoyé le pli à Skagway par un Français qui renonçait au voyage et s'en retournait chez lui, las, pauvre et épuisé.

Il en part tous les jours, des aspirants prospecteurs qui ne prospecteront pas. Mais il en arrive davantage. Tant sur la piste Chilkoot que sur celle de la White Pass, les files sont loin de se tarir, malgré l'épreuve que constitue la route. Comme quoi la fièvre de l'or sévit toujours, là-bas, dans le Sud.

Depuis la fin des travaux de construction, les arbres ont disparu du lac, et chacun doit s'aventurer de plus en plus loin pour trouver du bois. En ce matin de la mi-mai, Rosalie s'éloigne donc du camp en compagnie d'Arthur Hicks afin de recueillir quelques branches sèches, de quoi cuisiner et chauffer les tentes pendant un ou deux jours. Ils avancent prudemment dans les broussailles, évitant les souches, les racines traîtresses et les plaques de glace encore dissimulées sous la neige. L'air est vif et imprégné de l'odeur de la terre qui revit. Leur conversation est banale. Le temps qu'il fera dans les prochains jours, les nouveaux arrivants, les départs. Puis Hicks se met à lui parler de projets d'avenir. Dans la lumière chaude du soleil, sa barbe semble de feu. Ses yeux, que Rosalie entrevoit sous le chapeau, pétillent d'humour et d'émotion. Elle l'écoute, un peu intimidée par cette soudaine complicité.

– Quand je retournerai à Valcartier, dans un an ou deux, plus personne ne me reconnaîtra. Je pense bien que je ferai tailler mes habits à Montréal, comme les riches. Je porterai une montre suisse, ça, c'est certain, et Meredith me dira oui tout de suite si je lui demande sa main.

Autant de candeur chez un homme de la trempe d'Arthur Hicks surprend Rosalie.

– C'est pour ça que vous êtes parti pour le Klondike? demande-t-elle, amusée. Pour séduire une femme?

Hicks rit doucement, un peu gêné.

– Pour ça, et pour ne pas être dans la rue quand mon père mourra. Voyez-vous, mon père, il a déjà annoncé qu'il laissait tout à Brent, mon frère aîné. Puisque je n'aurai pas de terre ni de biens, je me suis dit que je n'avais rien à perdre. Meredith a promis de m'attendre. Elle non plus ne veut pas vivre en pauvresse. Alors, je suis aussi bien de revenir riche.

Il rit encore, aussi doucement que la première fois. Rosalie lui trouve soudain quelque chose de tendre, qui l'émeut profondément.

– Et vous, Miss? demande-t-il en percevant cette nouvelle ouverture chez elle. Pourquoi êtes-vous partie pour le Klondike?

En entendant cette question, Rosalie se rend compte qu'elle n'a pas vraiment de réponse. Au début, il y avait l'aventure, sans doute, la richesse aussi, mais surtout, il y avait la présence de Dennis-James. Elle a pris la route pour lui, pour le suivre. Maintenant qu'il n'est plus là, qu'elle doit continuer seule, elle avance simplement pour avancer. Elle n'a rien laissé derrière elle en quittant la maison de Mr. et Mrs. Wright. Si elle retourne un jour à Portland, elle ne trouvera que de vagues connaissances qui la salueront dans la rue. Elle reconnaîtra peut-être également le sourire touchant du fils Wright qui marchera sur la plage au bras de son épouse.

– Pour l'or, dit-elle simplement.

Arthur Hicks n'émet aucun commentaire. Qu'il agisse ainsi par respect ou par indifférence, Rosalie s'en fiche, du moment qu'il n'insiste pas. Ils continuent donc d'avancer en silence, chacun plongé dans ses pensées. Puis, au détour d'un gros rocher, tous deux s'immobilisent, plus surpris qu'apeurés. À moins de trois verges, un bébé ours joue dans un ruisseau. Il bondit sur une proie fictive et s'affale de tout son long dans le cours d'eau, éclaboussant du coup la jupe de Rosalie.

– Ne bougez surtout pas, souffle Hicks en lui attrapant le bras pour l'empêcher de reculer. La mère ne doit pas être loin.

Comme il termine sa phrase, une ourse surgit de nulle part et fonce sur eux.

– Sauvez-vous, s'écrit Hicks en se tournant pour affronter l'animal.

Mais Rosalie demeure paralysée, aussi fascinée que terrifiée. Devant elle, Hicks agite son chapeau en direction d'une bête faisant trois fois sa taille. Comme si un simple geste pouvait l'effrayer !

– Va-t'en ! hurle Hicks, sans que Rosalie sache s'il s'adresse à elle ou à l'ourse.

Ni l'une ni l'autre n'obéissent. L'ourse vient d'ailleurs de se lever sur deux pattes et a sorti ses griffes. Elle frappe l'homme à l'épaule, lui arrachant un cri de douleur. Ce geste force Rosalie à se ressaisir. Elle cherche autour d'elle un objet qui pourrait les aider à se défendre, mais n'aperçoit rien de tel. Devant elle, Hicks reçoit un autre coup, au visage cette fois. Il s'affaisse dans la neige granuleuse, laissant tomber son chapeau qui roule dans la boue. Rosalie ne réfléchit plus, elle a déjà relevé sa jupe. Sa main glisse contre sa cuisse, s'empare de son revolver et le pointe en direction de l'animal. Les paumes jointes sur la crosse, elle recule le chien et presse aussitôt sur la détente. La secousse l'ébranle au moins autant que la détonation qui éclate dans la forêt comme un coup de tonnerre. La balle manque sa cible, mais le bruit fait fuir tant le bébé ours que sa mère. Les bras ballants, Rosalie demeure un moment immobile, incrédule mais surtout, le corps violemment contracté. Le choc ne la maintient toutefois pas longtemps hors du temps. Au bout de quelques secondes, elle s'élance vers Hicks dont le visage est strié de sang. À genoux à côté de lui, elle pose son pistolet dans la neige. Hicks gémit.

– Arthur, est-ce que ça va ? demande-t-elle en lui soulevant la tête avec précaution.

Hicks se contente d'émettre un grognement affirmatif puis se laisse retomber sur les genoux de Rosalie.

– J'étais persuadé qu'ils vous l'avaient confisqué, souffle-t-il, mais je suis content malgré tout que vous ayez réussi à franchir la frontière avec votre revolver.

Ces mots évoquent dans l'esprit de Rosalie les regards suspicieux des policiers lors de son passage à la douane quelques mois plus tôt.

– C'est vous qui leur avez mis la puce à l'oreille, n'est-ce pas ?

Hicks hoche la tête, penaud.

– J'étais furieux d'avoir été humilié. Surtout par une femme. Mon orgueil en avait pris un coup.

Rosalie se revoit, lui passant sous le nez l'argent qu'il lui avait nonchalamment lancé après lui avoir ravi ses porteurs. Sans ces billets, elle aurait trouvé la facture de la douane vraiment salée. Elle plonge son regard dans celui de Hicks et lui souffle, un brin espiègle :

– Parfois, ne pas obtenir ce qu'on désire est une bénédiction.

– C'est bien vrai. Et je dois dire qu'aujourd'hui vous avez été à la hauteur de la situation.

Il ferme les yeux et sa bouche se tord dans une grimace douloureuse. De sa main droite, il tente de ramener devant lui son bras gauche, coincé dans son dos d'une grotesque manière.

– Je pense qu'il est cassé, gémit-il sans arriver à exécuter la manœuvre. Il va me falloir une infirmière pour s'occuper de moi pendant au moins trois semaines.

Imaginer qu'Arthur Hicks requiert autant d'attention a de quoi faire sourire, surtout quand on connaît sa robuste constitution. Cependant, sans ajouter un mot, Rosalie déchire un pan de sa jupe et entreprend de nettoyer le sang qui coule dans la barbe rousse. Les griffes de l'ourse ont laissé des traces indélébiles.

– Vous avez été chanceux, dit-elle en épongeant les plaies. Un peu plus et vous y perdiez un œil. Meredith ne vous aurait peut-être pas trouvé aussi beau si vous aviez été borgne à votre retour.

– Parce que vous me trouvez beau ?

L'aspect direct de la question étonne Rosalie. Elle réplique néanmoins, un peu railleuse :

– Quand vous vous comportez en chevalier comme vous venez de le faire, n'importe quelle femme vous trouverait beau.

Tous deux éclatent de rire, tant de nervosité que de connivence. Et alors, doucement, un lien nouveau se tisse entre eux.

– Voilà où s'en va la chevalerie, souffle Arthur lorsqu'elle lui offre son épaule en guise d'appui.

– Ce sont les risques du métier.

Elle lui adresse un clin d'œil, avant d'enjamber une racine, éviter un trou de boue et s'engager avec lui sur le sentier tracé une heure plus tôt. Ils aperçoivent bientôt la rive et sa multitude de tentes. Rosalie n'a pas besoin d'appeler à l'aide, la détonation a donné l'alerte. Des silhouettes accourent déjà dans leur direction. Parmi elles, Rosalie reconnaît celle de Maxence et sent soudain une vague de gratitude la submerger.

– On a entendu un coup de feu, s'écrie-t-il avant de s'immobiliser, stupéfait, les yeux rivés sur les plaies sanglantes qui strient le visage d'Arthur. Que diable s'est-il passé ? On dirait que vous vous êtes battus ?

– C'est exactement ça, oui. Mais pas avec elle.

Horrifié, Maxence s'approche et prend la place de Rosalie pour soutenir le blessé.

– Êtes-vous aussi mal en point que vous en avez l'air, Arthur ?

– J'espère bien que non.

Il rit de nouveau et conclut, pour éviter qu'on l'interroge davantage :

– On a été chanceux. Quelqu'un chassait dans les environs. La détonation a fait fuir notre ours.

Son regard s'attarde sur la jupe de Rosalie, exactement à l'endroit où il l'a vue ranger son arme.

– Quelqu'un chassait? lance Maxence, perplexe.

Sa question demeure sans réponse. Eudes et Euclide arrivent, on ne se préoccupe que des blessures infligées par la bête. Les plaies béantes saisissent d'effroi, et, rapidement, plus personne ne pense au coup de feu.

Rosalie emboîte le pas à ses amis, admirative de la sollicitude dont ils font preuve envers elle. Le mensonge d'Arthur lui a évité de se retrouver au quartier général du surintendant Steele. Pendant qu'elle masse son bras encore douloureux, elle contemple ces hommes que le désir d'une vie meilleure a conduits au bout du monde. Contrairement à ce qu'elle croyait une heure plus tôt, elle n'est pas seule dans cette aventure. Ils sont cinq, pour le meilleur et pour le pire.

Chapitre XXVI

En ce dimanche 29 mai, Liliane et Saint-Alphonse quittent Grand Forks dans un brouillard opaque. Les aboiements de Canuck, attaché à sa niche, les accompagnent longtemps après que la maison s'est effacée de ce paysage insondable. Le soleil est sans doute déjà haut dans le ciel, mais au sol, on n'en voit que la lueur blafarde et grise. On ne reconnaîtrait pas un homme à vingt pas. Malgré la tiédeur de l'air, Liliane frissonne. Son manteau est parsemé de gouttelettes qui perlent sur la laine avant de l'imprégner en profondeur. Puisque la boue caractéristique des printemps du Nord rend toujours les sentiers impraticables, Liliane a opté pour le port du pantalon, s'assurant cependant d'avoir dans son baluchon de quoi se changer à l'hôtel.

Dans des conditions aussi difficiles, Dawson paraît loin. C'est pourtant de gaieté de cœur qu'elle entreprend les quinze milles arides qui la séparent de sa fortune. Le contrat passé au Phœnix arrive enfin à échéance, et Saint-Alphonse a proposé de se présenter à la banque lundi matin pour finaliser l'affaire. Ainsi, avec son argent en poche, Liliane pourra s'investir à fond et préparer l'ouverture du *Lili's Café, Hotel, Baths and Laundry*. Il y a encore tant à faire avant de pouvoir accueillir les premiers clients. Quand elle y pense trop longtemps, la liste de tâches s'allonge et lui donne le vertige. Mais le travail ne l'effraie pas. Le succès est à portée de la main. Cette fois, rien ne se mettra en travers de son chemin. L'argent est en sécurité, et Liliane recevra son dû le jour prévu. En plus d'être fiable, Big Alex, son nouvel associé, est riche, ce qui devrait permettre d'éviter d'avoir recours à un prêt à moyen terme. De plus, le deuxième étage du bâtiment est enfin terminé. Liliane l'a visité et a trouvé les chambres à son goût. Pour le reste, elle n'a pas à s'inquiéter. Les denrées ont été amassées exactement comme elle l'avait prévu. Big Alex n'a pas payé trop cher et il a posté un homme à Dawson afin qu'il surveille le marché et effectue d'autres achats dès que les prix baisseront. Il ne manque donc qu'elle pour finaliser les détails. Elle suit donc Saint-Alphonse le cœur léger.

Le ruisseau Bonanza est gonflé par les eaux printanières. Au lieu de couler au centre de la vallée, il s'étire loin sur les berges, noyant le sentier, forçant les voyageurs à gravir la base des collines. Mais Liliane ne se plaint pas des difficultés qui surgissent sur la route, ni des insectes, qui se montrent voraces. Tout au bout, à Dawson, se trouve sa récompense. Cette idée suffit à la réjouir. Pour rien au monde elle ne fera demi-tour.

Dans la vallée, les activités ont changé depuis la fonte des glaces. Finie l'excavation. La terre s'est réchauffée si vite qu'elle a causé de nombreux effondrements de tunnels. En conséquence, personne n'ose redescendre dans les mines. De toute façon, l'heure n'est plus à creuser, mais bien à laver ce gravier entassé à la surface. C'est là qu'entrent en fonction les canaux de bois communément appelés *rockers*. Ce sont des conduits inclinés en pente douce et striés de crans de différentes hauteurs. Ils permettent de filtrer le gravier en utilisant l'eau de la rivière. L'or étant plus lourd que la terre et que les cailloux, il tombe au fond du *rocker* et se retrouve coincé dans les crans où on le récupère sous la forme de poussière et de pépites. La tâche s'avère longue et laborieuse, mais payante.

Partout, les hommes sont donc au travail, dès le lever du jour et jusque tard le soir. Leurs cris, leurs rires et leurs chants animent la vallée et, en ce matin brumeux, les éclats de voix traînent, diffus, flottant dans l'air stagnant. Liliane progresse péniblement, les chevilles enfoncées dans la boue. Elle suit Saint-Alphonse à la trace, essayant de mettre ses pas dans les siens, acceptant la main qu'il lui tend dans les passages plus difficiles. Ils discutent peu, comme à leur habitude, se contentant de se sourire mutuellement ou de se répondre par monosyllabes. Il s'est tissé entre eux un lien étrange : un mélange de complicité et d'affection. Jamais ils n'échangent ne serait-ce qu'une caresse en public. Mais la nuit venue, ils dorment blottis l'un contre l'autre, faisant l'amour au gré de leurs désirs, sans gêne, sans tension non plus. Liliane perçoit parfois une pointe de tristesse embarrassée dans le regard de Saint-Alphonse. À mesure que les jours passent cependant, elle sent naître en elle-même une émotion semblable. La fin du contrat signifiera aussi la fin de leur intimité illicite. À défaut de s'en réjouir, Liliane espère à tout le moins que la distance lui permettra de retrouver une réputation honorable.

Vers le milieu de l'après-midi, Saint-Alphonse s'immobilise complètement.

– Qu'y a-t-il ? demande-t-elle en le rejoignant. Pourquoi s'arrête-t-on ici ?

De la main, Saint-Alphonse lui montre la vallée qui s'étire devant eux. Tout au fond, bien qu'il faille le savoir parce qu'on n'y voit rien, coule la rivière Klondike. Liliane observe le gris du paysage et distingue sur le sol des étincelles de lumière qui percent le nuage de brouillard. Elle écarquille les yeux, estomaquée. C'est la rivière Klondike qui s'étend à leurs pieds, s'engouffrant loin dans le ruisseau pour former un delta infranchissable.

– Montons ! ordonne Saint-Alphonse en lui prenant la main. On va piquer à travers la montagne au lieu de contourner la pointe.

Ils escaladent ainsi une colline, puis une autre et, vers six heures ce soir-là, ils atteignent le sommet. Au nord, sur l'autre rive, la ville de Dawson s'élève, étrangement différente dans la brume. Le sol paraît plus sombre, les bâtiments, moins hauts, comme si on leur avait enlevé un étage. Les rues sont anormalement larges à plusieurs endroits, et la région est étrangement paisible. De plus tous les habitants ont disparu. Saint-Alphonse secoue la tête, l'air découragé.

– La ville est inondée, murmure-t-il, soudain blême, les yeux fixés sur l'autre rive.

D'abord incrédule, Liliane cherche des repères dans ce paysage insolite. Ce qu'elle constate démoraliserait n'importe qui. Si les bâtiments lui paraissaient moins hauts, c'est que l'eau monte jusqu'aux fenêtres. Les rues lui semblaient plus larges parce qu'elles ont complètement disparu, effaçant les trottoirs. Partout où l'œil se pose, le fleuve Yukon se mêle à la rivière Klondike et s'étire jusqu'à la base du Dôme où quelques centaines d'habitants se sont réfugiés.

– La ville est inondée, répète Saint-Alphonse pour lui-même, un accent de résignation dans la voix.

Cette fois, Liliane acquiesce. La ville est inondée et il n'y a aucun moyen de traverser. Et même s'ils traversaient, où iraient-ils ? Aucun commerce n'est fonctionnel. Ni les hôtels, ni les restaurants, ni la banque. Liliane voit surgir devant elle le spectre de la défaite.

– On retourne à Grand Forks, soupire Saint-Alphonse en pivotant.

– Et mon argent ?

Elle est demeurée sur place, refusant de laisser la nature gagner. Elle a tout fait dans les règles et attend maintenant son dû. Dieu n'a pas le droit de la décevoir encore une fois. C'est alors que son regard se pose sur la vingtaine de nouveaux bateaux amarrés qui dansent au gré des vagues et du courant, comme pour la narguer. Les *cheechakos* qui ont passé l'hiver au lac Bennett s'en viennent. Les premiers sont déjà là et elle n'est pas prête pour les recevoir.

– Ça ne sert à rien d'aller à Dawson aujourd'hui, lance Saint-Alphonse en s'éloignant. Et puis je ne serais pas surpris si la fièvre typhoïde faisait son apparition en ville. Avec toute cette eau, l'endroit deviendra vite insalubre. Aussi bien rester loin, le temps que les choses se tassent…

Liliane soupire, car son esprit repousse encore l'idée de rebrousser chemin. Elle cherche la banque des yeux, n'y devine aucun signe de vie. Et son argent ? Elle pense à ce restaurant sur le point d'ouvrir, à ces achats qu'elle n'effectuera pas, à cette cuisine toujours incomplète, à ces employés qu'elle ne pourra pas payer et à tous ces hommes qui s'en viennent au Klondike. Ils sont près de trente mille, à ce qu'on dit. Trente mille, et Liliane ne pourra pas recevoir un seul client avant d'avoir touché sa paie. Tout allait tellement bien !

– Je te prêterai ce dont tu auras besoin en attendant, lui lance Saint-Alphonse à mi-pente.

Comme elle ne bouge pas, il revient sur ses pas et lui prend la main.

– Il ne faut pas rester ici. Viens.

Il a parlé tout doucement, mais avec fermeté. Liliane ne s'oppose pas. Elle se laisse guider sans dire un mot, aussi pauvre qu'au matin.

Chapitre XXVII

Le 29 mai, un grondement s'élève dans les Rocheuses. La glace remue sur les lacs, bousculée par les flots descendant des montagnes. Dans un grincement douloureux, elle se soulève, se tord et se brise avec fracas. Sur les rives des lacs Lindemann et Bennett, les hommes et les femmes poussent des cris de joie. C'est le signal qu'ils attendaient. La ruée vers Dawson vient de commencer.

Ce jour-là, ils sont bien huit cents à s'élancer avec leur bateau vers le Klondike, entreprenant ainsi une descente périlleuse au milieu des glaces qui couvrent encore les cours d'eau. Parce que Maxence a décidé de ne pas jouer les téméraires, c'est le lendemain, lorsque le lac est complètement libéré, que son équipe entre enfin dans la course. Les quatre hommes font glisser leur esquif sur la grève, avant de le pousser à l'aide de longues perches pour le mettre à l'eau. À la barre, Rosalie s'agrippe, couvant d'un œil inquiet les caisses, les sacs, les poêles et le reste des marchandises qui remplissent les deux radeaux arrimés à l'arrière. Son regard se pose sur le billot où Maxence, ce matin même, a peint en lettres rouges le nom du bateau : le *Lili 1*. Rosalie s'émeut d'une si belle attention, mais cela ne l'empêche pas d'appréhender le voyage à venir. Le *Lili 1* quitte néanmoins la rive sans encombre et, quelques minutes plus tard, il rejoint la flotte des quelque sept mille embarcations qui se dirigent vers la décharge. On voit de tout sur l'eau. Des bœufs, des porcs, des chevaux, des poulets, des chiens, sans parler de la grande diversité des voiles fabriquées à partir de toile de tente, de drap, de vêtements, de drapeaux. Lac Bennett se vide, et ses citoyens s'engagent vers le nord, sur le plus sophistiqué des radeaux ou la plus simple coquille de noix. L'ensemble produit une clameur assourdissante qui se répercute en écho dans les montagnes. La région est jonchée de débris rappelant les terribles *sawpits*, mais de ville, il n'y a plus la moindre trace. Elle s'est transformée en une flottille énorme et magnifique, qui file vers la décharge.

La pointe ouest du lac Bennett s'apprête à disparaître. Rosalie se retourne une dernière fois, le cœur serré comme dans un étau. Si Dennis-James avait décidé de la rejoindre, nul doute qu'il l'aurait fait avant la fonte des glaces, avant qu'elle ne s'élance sur le fleuve à la conquête du Klondike. Il l'aurait fait avant qu'un autre prenne sa place. Elle parcourt le rivage, sa vue soudain embrouillée. Dennis-James n'y est pas. Seule la silhouette du surintendant Steele, debout sur une colline derrière son quartier général, se découpe sur le fond obscur de la forêt. Une main en visière, l'homme embrasse du regard la flotte tout entière. Est-il inquiet? Soulagé? D'aussi loin, Rosalie ne distingue que son maintien rigide et son uniforme écarlate.

– Cariboo Crossing, droit devant!

Ce cri poussé par Euclide ramène Rosalie à la réalité. *Cariboo Crossing.* C'est ainsi qu'on a baptisé la décharge du lac. Le passage est si étroit que deux bateaux ne peuvent s'y engager à la fois. Le *Lili 1* se met donc en file, et malgré la patience que nécessite cette attente qui durera près de deux heures, les hommes sont excités et heureux. Chaque visage affiche un sourire qui ne se tarit pas. Bien qu'il ait le bras en écharpe, Arthur Hicks fait preuve d'une énergie étonnante. Il pousse des cris d'encouragement, vérifie les amarres, teste la solidité de la voile, salue les équipages des bateaux voisins en agitant son chapeau. Puis il vient se placer à côté de Rosalie, à la barre, et lui enserre les épaules.

– Ça y est! dit-il au moment où le *Lili 1* s'apprête à s'engager dans le Cariboo Crossing. Ça y est!

La décharge constitue le second défi sur leur route, le premier ayant été la mise à l'eau. Rosalie remet le gouvernail entre les mains de Maxence et observe, impuissante, l'esquif qui penche, tantôt à gauche, tantôt à droite, afin d'éviter les écueils. Sur près de deux milles, le *Lili 1* avance au centre d'une vallée dégagée avant de se retrouver sur l'onde plus calme du lac Tagish. Une grande fébrilité gagne alors le groupe. Cette effervescence est d'ailleurs palpable sur tous les bateaux, sur tous les visages. Après des mois d'attente, ils sont en route pour le Klondike. Enfin!

*

Vers neuf heures, la brise tombe complètement et le lac devient une mer d'huile. Le soleil, encore haut dans le ciel, baigne les montagnes d'une lumière ocre, créant, dans le paysage, un mélange harmonieux de vert et de bleu. Ainsi réfléchi sur les eaux, l'ensemble fait surgir une paix nouvelle dans l'esprit des hommes et des femmes.

Une espèce de contentement les habite, la joie de se savoir si près du but.

Comme tous les bateaux, le *Lili 1* regagne la rive. Maxence et Euclide montent le camp pendant qu'Arthur et Eudes ramassent du bois. Rosalie prépare un repas solide : soupe aux pois, bœuf salé et pain boulangé cuit la veille. Lorsque la noirceur tombe, il est presque minuit. Des milliers de feux apparaissent alors sur les berges.

Soudain, une voix s'élève en anglais. Quelqu'un entame un chant bien connu, et Rosalie se surprend à en murmurer les paroles. Assis de l'autre côté des flammes, Arthur lui adresse un sourire bienveillant avant de l'imiter. Les cousins Picard se contentent d'en fredonner la mélodie. Rapidement, d'autres voix se joignent aux leurs, puis d'autres encore, jusqu'à former une gigantesque chorale. En ce moment précis, s'effacent le désespoir et les souffrances endurées dans la piste, le poids des caisses, la neige traîtresse. On ne pense plus à la rage dans les *sawpits*, à la colère contre un frère, un parent, un ami. On oublie les nuits froides, les engelures, les blessures causées par la glace, les haches, les couteaux, les fusils. Même l'impatience qui les rongeait tous, tant au lac Bennett qu'au lac Lindemann, semble s'être évanouie. Cette nuit, tous ensemble, ils chantent leur victoire : ils ont survécu à l'hiver dans Grand Nord canadien et, bientôt, ils seront riches.

Lorsque l'aube se lève à deux heures du matin, une brume diffuse laisse entrevoir les tentes, les embarcations et les hommes installés sur les berges. Ici et là, des braises incandescentes révèlent un repas qui mijote. On dort encore d'un sommeil peuplé de rêves. Dawson n'est plus qu'à cinq cents milles, et le trajet s'annonce aussi facile qu'une promenade en bateau.

CHAPITRE XXVIII

Saint-Alphonse tient parole. Le 1ᵉʳ juin au matin, quand Liliane ouvre les yeux, la cabane est déserte, et un gros sac de pépites et de poudre d'or gît sur la table. Elle quitte aussitôt la tiédeur des couvertures et traverse la pièce pour lire la lettre glissée sous le sac. À ses côtés, Canuck sautille, heureux de retrouver sa maîtresse après une nuit d'abandon. Il lui tourne autour, quémandant des caresses, mais Liliane l'ignore, saisie par les mots qu'elle découvre sous le pli. Ils sont peu nombreux, ces mots, mais les messages brefs sont souvent les pires, les plus violents, les plus mortels aussi. Porteurs de mauvaises nouvelles, de rupture, de déchirure, les mots qu'on trace avec parcimonie sont la plupart du temps cruels. Ceux de Saint-Alphonse ne font pas exception. Il n'y en a qu'une dizaine, écrits de sa main mutilée dans une calligraphie aussi filiforme que son corps d'homme torturé. Sans préambule, il lui annonce qu'il lui prête cinq mille dollars en or et lui souhaite bonne chance dans sa nouvelle entreprise. Pas un mot sur eux, pas un *au revoir*, rien de personnel. Liliane sent une boule naître dans sa gorge. Une boule qui l'empêche de respirer, qui lui broie le cœur à mesure qu'elle relit ces mots froids.

Puis elle laisse tomber la lettre qui glisse doucement sur le sol jusque sous le lit. Elle a respecté sa part du contrat, et Saint-Alphonse considère qu'elle est désormais relevée de ses fonctions. Tout est donc fini, si sèchement. Comme s'il n'y avait eu entre eux que ce contrat. Un *deal*, c'est un *deal*, aurait dit Mr. Noonan. Liliane a pourtant ressenti autre chose, un lien plus profond, une émotion qui, même ténue, lui a permis de voir le monde autrement.

Au cours des dernières semaines, elle s'était plu à imaginer la scène de leur séparation. Elle se voyait lui serrant la main, ou l'embrassant timidement puis avec passion. Elle croyait qu'il manifesterait un certain chagrin à devoir se séparer d'elle pour de bon. Elle-même se sentait déchirée entre le bonheur de ces quelques mois passés avec lui et l'exaltation que suscitaient dans son esprit les aventures à venir. Mais elle se savait toutefois déterminée à réussir au Klondike. Ce désir primait sur tous les autres. Rien de ce que Saint-Alphonse aurait pu lui dire ne l'aurait fait renoncer à ses projets.

Elle a donc imaginé des scénarios, des tendres et des plus violents, mais jamais elle n'a anticipé une telle indifférence. L'absence de Saint-Alphonse lui apparaît comme un abandon, un rejet. Ravalant des larmes qu'elle juge ridicules, Liliane prépare ses bagages avec empressement. C'est tout juste si elle jette un dernier regard vers ce lit, vers ces meubles, vers ces murs. Elle y a vécu des événements qui lui ont paru importants, mais tout s'efface en ce premier matin de juin. Sans avoir déjeuné et sans même récupérer la lettre, elle quitte la cabane, Canuck sur les talons.

Dehors, l'air est tiède et la brume se retire doucement de la vallée. De son pas décidé, Liliane entreprend la descente, les yeux rivés sur le Lili's Café, Hotel, Baths and Laundry dont l'édifice apparaît, fier et droit comme elle, en plein cœur de Grand Forks.

Chapitre XXIX

La course se poursuit sur le fleuve Yukon. En quelques jours, les sept mille bateaux se sont échelonnés le long du cours d'eau. La file s'étire maintenant à perte de vue, autant devant que derrière. Après avoir formé le lac Tagish sur plus de dix-neuf milles, le fleuve Yukon redevient étroit et retrouve son apparence de rivière. Le *Lili 1* y vogue depuis des heures lorsque la voix de Maxence retentit, puissante et autoritaire :

– Sortez les perches, les gars ! Vite !

Rosalie, qui s'était assoupie, bondit sur ses pieds en entendant ce cri d'alerte. Elle découvre les hommes, leur grand bâton à la main, qui poussent sur le fond en tentant de rejoindre la rive afin d'immobiliser leur esquif et les radeaux qu'il remorque. Un peu plus et le *Lili 1* s'écrasait sur un amas de bateaux qui vient d'apparaître après un méandre de la rivière. Désertes et immobiles, ces embarcations s'étirent sur une longueur de près d'un mille. Les premières sont retenues à la berge par des amarres et servent de point d'ancrage aux suivantes qui forment une chaîne dans la rivière, tel un pont de fortune qu'il faut enjamber pour mettre pied à terre. Impossible, toutefois, de distinguer de si loin ce qui cause le problème en aval. Sur la grève qui s'élève en pente douce, Rosalie aperçoit plusieurs centaines de tentes, des camps montés là pour la nuit.

– Je vais aller voir ce qui se passe, lance Maxence. Attendez-moi ici. On décidera de la marche à suivre à mon retour.

À ces mots, il saute sur un premier bateau, puis sur le suivant jusqu'au dernier d'où il rejoint enfin la terre ferme. Rosalie le regarde s'éloigner pendant qu'Arthur, Eudes et Euclide sortent les cartes. Durant près d'une heure, ils jouent partie sur partie. Rosalie, qui n'a pas de penchant pour ce genre de distraction, observe les environs. Sur les rives, des sapins se côtoient, mais aussi des trembles dont les bourgeons laissent deviner la frondaison à venir. Le sol est couvert de feuilles mortes, et le dénivelé, mis en évidence par un méandre de la rivière, permet d'imaginer que les berges sont moins avenantes en aval.

Il fait chaud au soleil, surtout en l'absence de brise. Rosalie a imité les hommes et relevé les manches de sa chemise. Elle sent les rayons déjà puissants lui caresser la peau et ferme les yeux un moment. Elle se serait peut-être endormie si elle n'avait pas ressenti une piqûre. Elle découvre sur son bras un moustique gorgé de sang. Elle le chasse, mais en aperçoit un second sur sa main, puis un autre, ailleurs. Ils sont bientôt des centaines à vouloir la piquer. Elle se souvient alors de l'automne, du harcèlement perpétuel des insectes. Elle trouve finalement un bon côté à l'hiver et se met à pester contre les minuscules mouches noires qui s'infiltrent partout, dans ses cheveux, dans ses vêtements, se ruant comme des bêtes affamées sur la moindre parcelle de peau à découvert. Elle est encore en pleine bataille lorsque Maxence revient. Les nouvelles qu'il leur apporte sèment la consternation.

– Ça ne passe pas, dit-il en pointant le canyon en aval. Le courant y est terrible et plusieurs bateaux s'y sont fracassés. Il y a eu des morts, à ce qu'on raconte. On vient juste de trouver quelqu'un qui pense pouvoir faire descendre tout le monde, moyennant un prix élevé, évidemment. Les premiers essais auront lieu demain. D'ici là, personne ne bouge, alors aussi bien monter notre camp.

– Et on restera ici combien de temps? l'interroge Euclide en observant la rive où les tentes se dressent, de plus en plus nombreuses.

– Aussi longtemps qu'il le faudra.

Cette réplique de Maxence irrite Euclide qui maugrée un moment puis finit par empoigner un paquet de provisions. Rosalie, qui marche derrière lui, l'entend jurer entre ses dents alors qu'il déambule entre les feux de cuisson. Ils s'arrêtent enfin dans une aire déserte qu'Euclide juge suffisamment grande pour que toute l'équipe puisse s'y installer. Bien que personne ne s'oppose à sa décision, Euclide ne décolère que lorsque le camp est monté et le souper servi.

De toute la soirée, les brûlots n'ont cessé de se montrer voraces, si bien qu'à onze heures, même s'il fait encore jour, Rosalie se réfugie dans sa tente. Une fois seule, elle retire sa chemise pour se laver et constater les dégâts. Elle a de toute évidence perdu la bataille. Des plaques rouges lui marquent les joues, le cou, les bras et les jambes jusqu'aux genoux. Ça promet pour les jours à venir. Elle enfile des vêtements propres et entreprend d'écraser tous les moustiques qui volent à l'intérieur. Son regard s'attarde sur la blancheur de la toile, et elle soupire, un peu découragée. Il fera bientôt nuit, mais cette nuit durera à peine quelques heures. Personne n'aura vraiment le temps de se reposer. Rosalie s'allonge quand même, épuisée, et apprécie soudain le confort de sa couverture malgré le bruit des verres, des cris et des chants qui s'élèvent des tentes-saloons, déjà nombreuses dans ce village improvisé. L'obscurité grandit de minute en minute, et avec elle, Rosalie sombre dans le sommeil. Elle a toutefois l'impression d'en être vite tirée par une voix bien connue.

– Miss Lili, dormez-vous?

Elle ronchonne en ouvrant d'un geste impatient le pan de toile qui sert de porte à sa tente.

– Je dormais, Arthur. Entrez vite! J'ai fait le ménage.

L'homme s'exécute et referme promptement derrière lui pendant que Rosalie allume un fanal. Lorsqu'il aperçoit son visage rougi, Arthur ne peut réprimer un sourire.

– J'ai acheté ça à Québec avant de partir, dit-il en lui tendant un flacon opaque. Je trouve ça un peu camphré, mais c'est efficace sur moi. J'ai pensé que ça vous ferait du bien.

Elle le remercie, retire le bouchon et inspire un bon coup. Le baume dégage effectivement des vapeurs très fortes et réussira sans doute à apaiser les démangeaisons qu'elle ressent un peu partout. Elle s'en verse une petite quantité donc au creux de la main.

– Attendez, souffle Arthur en reprenant le flacon. Je vais vous aider.

Rosalie s'amuse du stratagème. Si le but d'Arthur était de s'approcher d'elle, il a réussi au-delà de ses espérances. Avec des gestes lents, il la soulage des piqûres qui lui marquent le visage et les bras. Lorsqu'il la contourne et soulève son abondante chevelure pour lui enduire le cou, Rosalie frémit et ferme les yeux à demi. Les sens en alerte, elle écarte un peu le col de sa chemise. La main d'Arthur se fait légère, l'effleurant à peine, mais l'effet n'en est que décuplé. Les doigts s'immobilisent soudain à la hauteur de la nuque. C'est toute la paume qu'il presse alors sous son oreille, l'incitant à tourner la tête pour le regarder. Son regard cuivré l'interroge, et Rosalie hésite, une fraction de seconde. Puis, sans qu'il ait prononcé une parole, elle l'embrasse doucement. Arthur n'attendait que ce signal. Il la repousse, referme le flacon et éteint la lampe. Dans l'obscurité de la tente, Rosalie se laisse enlacer de nouveau, avant d'être emportée dans le tourbillon du désir. Et c'est malgré elle qu'elle imagine, appuyé contre ses hanches pendant l'heure qui suit, le corps aimé et connu de Dennis-James, ses mains de pianiste, la couvrant de caresses.

*

À son réveil, le soleil est déjà haut. Arthur a disparu, mais le flacon gît sur le sol dans un nid de fleurs sauvages. Rosalie est flattée par cette attention, mais elle soupire, lasse malgré quelques heures de sommeil. L'extérieur lui réserve toute une surprise. Ce ne sont plus des centaines de tentes qui l'entourent, mais des milliers. Elles reconstituent ici, en amont du canyon, la ville qui bordait le lac Bennett il y a trois jours à peine. Rosalie va chercher de l'eau et demeure longtemps sur la grève, fascinée par ce qu'elle voit. Aussi loin que porte son regard en amont, les bateaux ondulent au gré des vagues, attachés les uns aux autres comme les maillons d'une chaîne gigantesque. Ils couvrent le fleuve sur toute sa largeur.

Rosalie revient vers sa tente et s'émerveille devant la communauté qui prend vie. On coupe du bois, on allume des feux, on ouvre des boîtes de conserve. L'odeur de la nourriture se mêle rapidement à celle de la fumée. Rosalie s'installe à son tour pour préparer le déjeuner et est aussitôt rejointe par Euclide dont l'humeur semble meilleure que la veille.

– Je suis allé voir le canyon, mademoiselle, lance-t-il en désignant l'aval de la rivière. Ce ne sera pas facile à descendre.

Eudes, que l'arôme du café vient de tirer du lit, ajoute son grain de sel :

– C'est ce que tout le monde dit. On verra bien ce qu'en pense Maxence.

Ce commentaire amène une grimace de contrariété sur le visage d'Euclide, mais personne n'y prête attention. Partout dans le camp, les hommes apparaissent, les uns après les autres, éveillés par les parfums alléchants et les bruits habituels du matin. Apparaît Arthur, tout sourire. Il s'assoit juste à côté de Rosalie.

– Bonjour Miss, dit-il comme si de rien n'était. Vous avez bien dormi ?

– Et vous, Hicks, vous avez bien dormi ?

Cette question dans la bouche d'Euclide surprend tout le monde, à commencer par Rosalie qui craint tout à coup que sa nouvelle relation avec Arthur n'envenime la situation. Cependant, c'est mal connaître l'Anglais de Valcartier de penser qu'il laisserait les choses aller dans cette direction.

– Comme c'est gentil à toi, Euclide, de t'intéresser à mon bien-être! lance-t-il en feignant une grande joie. J'ai effectivement bien dormi, malgré ce damné soleil et ces moustiques du diable. J'ai même rêvé de mon *claim* au Klondike. Tu veux que je t'en parle?

– Non, ça va, grommelle Euclide comme s'il regrettait d'avoir posé la question.

– Je vais te le décrire quand même. Je suis certain que quelqu'un qui s'intéresse autant à moi s'intéressera aussi à mes rêves et à toutes ces choses que j'imagine sur mon *claim*. Tout d'abord, je vais me construire une cabane. Maintenant qu'on sait de quoi l'hiver a l'air par ici, aussi bien se montrer prévoyant. Ensuite, je…

– Je t'ai dit que ça allait! coupe Euclide avec impatience. Pas besoin de me raconter tout ça.

– Ah bon! Je pensais que ma vie privée t'intéressait.

Euclide grogne encore un moment dans son coin, murmure quelques mots à l'intention d'Eudes, et les deux hommes éclatent d'un rire méchant. Ils se taisent cependant lorsque Maxence fait son apparition derrière Rosalie.

– Bonjour tout le monde. Vous avez bien dormi?

Cette question sème l'hilarité. Même Euclide ne peut retenir le sourire qui lui vient aux lèvres. La tension baisse instantanément.

– Un peu de café, messieurs?

Debout, la cafetière à la main, Rosalie fait le tour, emplit les tasses et revient à sa place pour servir le déjeuner. Et pendant qu'elle finit de faire cuire son lard salé, elle observe ses compagnons. Ils sont passés à un cheveu de la bagarre, encore une fois. Elle se demande bien si les relations sont aussi tendues dans toutes les équipes.

*

Plusieurs bateaux tentent de descendre le Miles Canyon ce matin-là, mais tous se renversent, sans exception. Certains d'entre eux se fracassent même contre les murs de roche qui s'élèvent de chaque côté de la rivière. Debout sur le bord d'une de ces falaises, Rosalie observe le bassin circulaire qui termine le canyon. Les débris y tournent en rond. Les eaux y rugissent et les vagues lèchent les parois, y arrachant à un rythme régulier la végétation maigre qui tente d'y pousser. Le passage paraît impossible à franchir en bateau, mais le contourner constitue une tâche énorme. Dire qu'elle pensait ne plus avoir à transporter ses provisions sur son dos. L'avenir lui semble soudain aussi difficile que l'ont été les milles parcourus sur la White Pass.

Elle revient lentement sur ses pas et trouve la ville de tentes presque déserte. Tout en bas, sur la grève, une foule en délire accueille les six agents de la Police montée qui viennent de mettre pied à terre. Rosalie reconnaît le surintendant Steele et se sent, comme tout le monde, grandement soulagée. Si quelqu'un peut résoudre le problème du canyon, c'est bien lui. Le voilà qui se hisse justement sur un gros rocher et prend la parole, après avoir imposé le silence.

– On entend souvent vos compatriotes se plaindre de nous, commence-t-il en regardant autour de lui comme s'il cherchait quelqu'un à qui s'adresser en particulier. On dit que les agents de la Police montée créent des lois et des règlements de toutes pièces selon leur bon vouloir et au gré des situations.

Ces propos soulèvent un tollé, et Rosalie se rappelle les plaintes formulées par les Américains lors de leur entrée au Canada. Tous ces règlements et toutes ces interdictions n'étaient là que pour faciliter la vie en groupe, mais après avoir vécu à Skagway, les Américains considéraient ces restrictions comme des abus brimant leur liberté. Ce sont, pourtant, ces mêmes personnes qui protestent ce matin, niant avoir manifesté une quelconque opposition à l'autorité des policiers. Mais Steele n'est pas un imbécile et, même s'il met fin au chahut d'un geste autoritaire, son sourire narquois trahit le plaisir qu'il prend à voir ces gens le supplier de leur venir en aide.

– Eh bien! Je m'apprête à faire exactement ce que vous m'avez reproché depuis des mois. Je vais créer un règlement, ici, devant vous. Sachez que c'est pour votre sécurité.

Nouvelle clameur, mais moins intense que la précédente. Steele poursuit, heureux d'avoir l'attention de tous:

– Aucune femme et aucun enfant ne descendront le Miles Canyon sur un bateau. S'ils sont faits assez solides pour qu'on les ait emmenés au Klondike, ils sont bien capables de marcher les cinq milles qui nous séparent de la fin des rapides Whitehorse.

– Parce qu'il y a des rapides en plus?

Cette question provoque un soudain désordre. On jure, on crie, on se bouscule. Steele exige de nouveau le silence avant de répéter:

– Aucune femme et aucun enfant.

Cette fois, personne ne s'oppose, ce qui permet au surintendant de poursuivre:

– De plus, aucun bateau ne descendra le canyon sans un pilote COMPÉTENT.

L'insistance qu'il met sur le dernier mot prouve qu'il a été informé des désastres du matin. Il annonce alors qu'une amende de cent dollars sera imposée à toute personne enfreignant ces règlements. Sur ce, il donne des ordres à ses hommes, et la foule se disperse.

Trois jours plus tard, Rosalie et ses compagnons peuvent reprendre la route, après que leur bateau et les deux radeaux ont été descendus dans le Miles Canyon par des mains expertes jusqu'en bas des rapides White-horse. Le paysage change alors. Les rives s'étirent pour former une vallée immense, circonscrite par deux murailles sablonneuses. Autrefois, il y a très longtemps, le fleuve devait monter aussi haut que ces falaises blanches et lointaines. Aujourd'hui, cependant, il s'écoule en un lacet étroit, étincelant sous le soleil de l'été qui commence. Le spectacle est grandiose avec tous ces petits bateaux qui se laissent porter par le courant. Rosalie en est si émue qu'elle se convainc que le pire est derrière elle, même s'il reste encore trois cents milles avant Dawson.

Chapitre XXX

Voilà, ça y est! Tous les lits sont montés, les matelas recouverts de draps bien serrés et les planchers proprement balayés. Liliane visite chaque chambre, inspecte chaque meuble. L'hôtel lui semble fin prêt pour l'ouverture. Reste à vérifier les bains, la cuisine et à terminer la buanderie. Elle longe le corridor, jetant un œil appréciateur sur les rideaux opaques qui peuvent masquer, quand on le désire, la lumière insistante du soleil de minuit. Les poêles, bien que non fonctionnels pour le moment, rappelleront aux clients que le Lili's Café, Hotel, Baths and Laundry sera un refuge confortable l'hiver venu. Dans chaque pièce, une petite table accueille une couverture bien pliée et deux bougies supplémentaires. Des commodités essentielles pour un hôtel du Klondike.

Liliane atteint l'escalier et s'apprête à s'occuper des bains lorsqu'elle entend Canuck aboyer comme un forcené. L'animal, qui fait le guet au rez-de-chaussée, pourrait éloigner d'éventuels clients, Liliane en convient, mais l'auberge n'est pas encore ouverte. Une certaine surveillance est nécessaire. Et puis les curieux sont nombreux à venir simplement pour jeter un œil. Liliane n'est pas fâchée d'attirer l'attention. Au contraire, cela lui évite d'avoir à faire de la publicité. Un établissement comme le sien requiert cependant un minimum de sécurité. Surtout que la propriétaire est une femme, célibataire de surcroît.

Elle descend donc lentement les marches, de manière à laisser assez de temps à Canuck pour impressionner le visiteur. Ce dernier s'avère toutefois une visiteuse. Liliane accélère lorsqu'elle reconnaît la voix de son amie.

– Avec un chien comme ça, souffle Dolly, tu n'as pas besoin de fusil !

Liliane s'amuse de la remarque et, d'un geste, ordonne à Canuck de s'asseoir. Celui-ci vient se placer docilement à ses pieds pour se faire gratter la tête. De bête féroce, il se transforme en toutou câlin.

– On peut dire que tu l'as à ta main, celui-là ! lance Dolly, impressionnée.

Puis, se tournant vers la salle à manger, elle s'exclame :

– Doux Jésus ! On est loin du Lili's Café de la Chilkoot Pass.

Cette fois, Liliane rit franchement. En effet, son nouvel établissement n'a rien à voir avec sa tente-restaurant qui avait été dressée à flanc de montagne, sur un sol de terre battue et à la merci des intempéries. Dolly s'avance dans la pièce, effleure du bout des doigts les nappes, les serviettes et la vaisselle. Ses bottes résonnent sur le plancher de bois solide, surélevé de quelques pieds pour plus de confort en hiver. Elle parcourt la salle d'un bout à l'autre, admirant le bar, les tables, les chaises, les poêles placés à des endroits stratégiques de manière à maintenir une température assez élevée, même par grands froids. Lorsqu'elle revient vers Liliane, son visage exprime une vive admiration.

– Tu as réussi, Lili. Malgré toutes les embûches, tu as réussi.

Liliane hoche fièrement la tête, mais éprouve le besoin de préciser :

– Je ne serais pas là si tu ne m'avais pas aidée au départ.

– Je n'ai vraiment pas fait grand-chose. Vendre une fille comme toi à l'encan, c'était un jeu d'enfant.

Elles rient toutes les deux, et pendant un moment, un silence complice les unit.

– Jeu d'enfant ou pas, c'est grâce à cet argent si j'ai pu convaincre Big Alex de devenir mon associé. Et je dois te dire qu'il a dû mettre la main dans sa poche plus d'une fois.

– Si j'avais été riche, je te l'aurais prêté moi-même, cet argent, décide Dolly en admirant la salle encore une fois. Et tu vas t'occuper de ça toute seule ?

– Pour commencer, oui. Ensuite, j'embaucherai peut-être deux ou trois employés pour m'aider à la cuisine et dans la buanderie. As-tu des nouvelles de Saint-Alphonse ?

Elle a posé cette question malgré elle, parce que c'est son plus profond désir de savoir ce qui lui arrive. Elle n'a pas osé retourner sur la colline, et lui n'a pas remis les pieds en ville. Cela fait cinq jours. Cinq longs jours pendant lesquels elle n'a cessé de penser à ce qui serait advenu si Saint-Alphonse avait été là le matin de son départ. Parfois, le soir, elle entend son violon. Il joue sans doute dehors, assis sur un banc devant sa cabane. Elle l'imagine regardant la vallée, la cherchant peut-être même du regard. Son archet glisse, produisant une complainte nostalgique qui plane sur Grand Forks pendant des heures.

413

– Il va bien, dit simplement Dolly en se dirigeant vers l'escalier. Et si tu me montrais les chambres ? Tout le monde se demande de quoi elles ont l'air. Si je suis la première à pouvoir en faire une description, je pense que je deviendrai vite très populaire à Grand Forks.

Séduite par l'explication de son amie, Liliane la précède jusqu'à l'étage où elle lui montre chaque pièce. Ensuite, après la visite des bains, de la cuisine et de la buanderie toujours en chantier, les deux femmes s'assoient dans la salle à manger pour prendre le thé.

– Saint-Alphonse est venu chez nous le matin du 1er juin, lance Dolly à brûle-pourpoint.

Liliane allait porter la main à sa tasse mais arrête son geste en chemin. Tout à coup, elle ne se sent plus prête à entendre la suite. Elle n'a pas envie de revivre les émotions qui l'ont habitée ce matin-là. Pas envie qu'on lui confirme l'indifférence de Saint-Alphonse.

– Tu aurais dû lui voir la tête, poursuit néanmoins Dolly en feignant d'ignorer sa nervosité. Il me faisait tellement pitié…

Liliane lève vers elle des yeux surpris. Saint-Alphonse, faire pitié ? Autrefois peut-être, mais aujourd'hui la chose lui paraît impossible. Puisque Dolly n'est pas le genre de femme à se taire alors qu'elle vient tout juste d'amorcer une conversation, Liliane se rassure : elle aura son explication en détail. Son amie entreprend d'ailleurs de lui raconter ce qui s'est vraiment passé à l'aube du 1er juin.

– Il est arrivé à quatre heures. Peux-tu croire ça ? Hans lui a ouvert la porte, son fusil dans les mains. Saint-Alphonse est entré en retirant son chapeau. Il avait les cheveux collés au visage et tous ses vêtements étaient trempés à cause de la bruine. Il y avait un tel brouillard dans la vallée que je me suis demandé comment Saint-Alphonse s'y est pris pour trouver son chemin jusque chez nous. Quoi qu'il en soit, Hans a rallumé le poêle, et moi, j'ai préparé le déjeuner. C'est seulement quand je lui ai servi son café que j'ai compris qu'il était complètement bouleversé. Il s'est mis à parler très vite. Comme s'il avait peur que les mots qu'il retenait lui pourrissent le cœur.

L'image jaillit dans l'esprit de Liliane. Saint-Alphonse sur un banc, le visage blême, ses mains s'agitant en tous sens devant lui. Sans perdre une seconde du récit de son amie, elle remplit les tasses avant de redevenir immobile, captive tant de ses souvenirs que des émotions qu'elle sent grandir en elle.

– Il nous a dit qu'il n'était tout simplement pas capable de te voir t'en aller, poursuit Dolly en buvant tranquillement son thé. Il paniquait presque à l'idée de rentrer chez lui et que tu sois encore là. Comme il savait que partir était ce que tu désirais le plus au monde, il est resté avec nous jusqu'à deux heures de l'après-midi. Il ne voulait pas souffrir comme un pauvre diable quand tu refermerais la porte ou faire un fou de lui en essayant de te retenir.

Liliane imagine Saint-Alphonse, adossé au chambranle, lui bloquant le passage. Elle le voit lui empoignant le bras avant qu'elle ne franchisse le seuil. La vérité lui saute aux yeux : ces gestes, ce sont ceux qu'elle a secrètement désirés. Sans jamais se l'avouer, elle avait souhaité que Saint-Alphonse la retienne, qu'il lui montre à quel point elle comptait pour lui. Mais qu'aurait-elle fait s'il avait été là ? S'il avait agi comme elle l'avait tant espéré ?

– Il a tellement peur que tu te moques de lui, Lili, si tu savais...

– Pourquoi est-ce que je me moquerais de lui?

Liliane a été malhonnête en posant cette question, car elle connaît très bien la réponse. De toute façon, Dolly ne se laisse pas berner.

– Parce qu'il est laid, tiens donc! Il a craint que tu le rejettes, que tu lui ries au nez s'il se montre audacieux.

Liliane se souvient de cette nuit fatidique. Pourquoi n'a-t-elle pas su retenir ces mots cruels?

*

Deux autres journées passent, pendant lesquelles Liliane termine les derniers travaux. La buanderie est désormais fonctionnelle, et sur la tablette au-dessus du poêle se trouve une vingtaine de pains de savon. Cela suffira pour commencer. Fixées au mur, trois planches à laver et trois grandes cuillères. Près de la porte, trois gros chaudrons. Même les bains sont prêts à être utilisés. Il ne restera qu'à faire chauffer l'eau et les clients pourront s'y prélasser.

Liliane reprend la direction de la cuisine où mijote une soupe qui embaume le restaurant.

– Dommage que nous ne soyons pas encore ouverts, soupire-t-elle en entamant la descente de l'escalier.

Elle s'arrête sur le premier palier. Tout en bas, assis à une table, Saint-Alphonse caresse Canuck.

– Bonjour, dit-il en se levant. Tu es bien installée.

Liliane dévale les dernières marches, mi-heureuse, mi-fâchée.

– Merci. Je croyais que j'avais un bon gardien, raille-t-elle en adressant un regard furieux à Canuck. Je constate cependant qu'il est moins efficace que je le pensais.

– Il ne faut pas lui en vouloir, on se connaît bien lui et moi.

C'est vrai, songe-t-elle en l'observant avec attention. Mais elle aussi le connaît. Suffisamment en tout cas pour savoir que Saint-Alphonse est vraiment content de la voir. Il affiche le sourire désarmant qui allume cette étrange étincelle dans ses yeux.

– Je m'apprêtais à souper lance-t-elle avec un soudain enthousiasme. Manges-tu avec moi?

Il hésite juste assez longtemps pour que Liliane perçoive son malaise. Qu'est-il venu lui dire? Elle ne comprend pas pourquoi il se met dans cet état et maintenant, elle regrette un peu de l'avoir invité. Elle est donc soulagée lorsqu'il décline son offre.

– Merci, mais il faut que je m'en retourne. En passant, la banque est rouverte. Si tu veux, tu peux m'accompagner à Dawson demain. On réglerait les derniers détails du contrat.

Ce n'est manifestement pas ce qu'il venait lui dire, mais Liliane saisit la balle au bond.

– De nouvelles liquidités ne seraient pas de refus. Je suis à la veille d'ouvrir le restaurant.

– C'est ce que je vois.

Il jette un regard admiratif sur la salle à manger, s'attarde sur le bar où reluit la nouvelle balance. Liliane n'est pas peu fière que tout soit en place et bien propre. Cela fait sérieux. Cela fait « d'affaires » aussi. Elle redresse ses épaules en tâchant de se montrer comme elle voudrait qu'il la perçoive, en aubergiste compétente.

– Je passerai te chercher à six heures.

– Je serai prête.

Elle ne trouve rien d'autre à dire, et lui non plus. Ils se regardent un moment, intimidés l'un et l'autre par ce silence qui leur rappelle le début de leur cohabitation, alors que Liliane tressaillait dès que Saint-Alphonse entrait dans la cabane. Aujourd'hui, c'est lui qui baisse les yeux en poussant un soupir énigmatique.

– Bon, je dois y aller, lance-t-il enfin. À demain !

Il caresse une dernière fois le chien, pivote et ouvre la porte. Aussitôt, Canuck lui emboîte le pas.

– Reste ! lui ordonne Saint-Alphonse d'une voix sévère.

Puis il pose son regard troublé sur Liliane.

– Si tu as encore le pantalon que je t'ai acheté, je te suggère de le porter. Je ne pense pas que l'inspecteur Constantine te fera des misères, surtout que la route est mauvaise...

La porte grince légèrement lorsqu'il la referme derrière lui. Canuck renifle un moment le seuil, pendant que Liliane s'avance vers la fenêtre adjacente. Elle suit des yeux la longue silhouette qui s'éloigne dans la rue sans se retourner. Elle s'appuie au montant, la gorge nouée par une émotion indéchiffrable. Elle ne sait pas ce qu'elle attend de lui, pas davantage que ce qu'elle attend d'elle-même.

Chapitre XXXI

Après une nuit sur la rive du lac Laberge, le *Lili 1* suit une vingtaine d'embarcations dans un des segments les plus dangereux du fleuve Yukon, *Thirty Miles River*. Là, sur les rochers bordant la rivière, une dizaine de carcasses de bateaux gisent en guise d'avertissement ou de présage, selon la témérité de celui qui s'est improvisé capitaine. Le *Lili 1* est propulsé dans le creux d'une vague, puis soulevé avant d'être attiré de nouveau vers le bas, et projeté en l'air, sous les cris terrifiés de ses occupants. Les radeaux le devancent, reprennent leur position derrière, et le devancent encore. Sur une distance de trente milles, l'équipage est entraîné dans une valse à vous glacer le sang. Eudes passe à un cheveu de tomber dans les flots quand une lame violente balaie le pont. Arthur, solide sur ses pieds, garde un œil sur Rosalie qui, elle, s'accroche de toutes ses forces. À la barre, Maxence essaie d'anticiper les écueils et autres dangers qui surgissent à tout moment. Lorsque les eaux redeviennent calmes, enfin, l'atmosphère est si tendue à bord du *Lili 1* que personne ne dit mot, chacun gardant ses peurs pour lui-même.

Il est bien six heures du soir quand de nouveaux rapides apparaissent en aval. Rosalie soupire, épuisée, découragée et en proie à une si grande lassitude qu'elle songe un moment à se jeter par-dessus bord, histoire d'en finir avec son anxiété. Elle se rappelle pourtant les instructions du policier qui, la veille, sillonnait la rive du lac Laberge, s'arrêtant à chaque feu pour informer les navigateurs peu expérimentés. *Five Finger Rapids*, voilà comment il désignait l'obstacle, qui se dresse maintenant devant eux. Ainsi que l'a décrit l'agent, cinq rochers émergent de la rivière, comme les cinq doigts d'une main, forçant les hommes à choisir parmi les passages celui qui semble le moins dangereux. Rosalie jette sur Maxence un regard inquiet lorsque celui-ci barre à gauche. Euclide bondit pour se placer en face de lui de manière à lui bloquer la vue et imposer sa volonté.

– À droite, Max! ordonne-t-il en saisissant la barre.

– Je sais ce que je fais, lance calmement Maxence en penchant la tête pour voir derrière son cousin.

– Il n'est pas question qu'on aille par là! s'oppose Euclide. Le policier a dit à droite, et ce n'est pas pour rien. C'est parce que c'est moins dangereux.

Maxence secoue la tête, toujours impassible malgré le danger qui les guette tous.

– Ce n'est pas ce que je pense, rétorque-t-il à l'intention de tous ses passagers. À gauche, la rivière a l'air beaucoup plus calme.

Puis, levant un regard buté vers Euclide, il ajoute:

– Et si tu ne t'enlèves pas de là, je vais te balancer par-dessus bord. J'ai besoin de voir en avant et je ne veux plus être dérangé. Tasse-toi!

Euclide pivote et retourne à son poste en serrant les poings. Debout à la proue, il se met à scruter le fleuve à l'affût des plus gros rochers. Eudes et Arthur, perche à la main, n'osent émettre de commentaire. Les dangers ne manquent pas, comme le constate Rosalie quelques minutes plus tard. Les eaux se précipitent soudain dans un creux en produisant un grondement de tonnerre. La rivière ballotte le *Lili 1* comme jamais auparavant. Le bateau grince, craque et semble se tordre dans les joints. Rosalie s'agrippe à la base du mât et prie pour ne pas mourir avalée par le Yukon. Les vagues éclaboussent le pont, entraînent avec elles tout ce qui n'était pas attaché.

Un bruit sec retentit tout à coup, fendant le tumulte comme un coup de fouet. Le second radeau vient de briser ses liens. Il descend le courant et passe devant le *Lili 1*. En quelques secondes, il est submergé, cassé en deux, puis en une multitude de morceaux. Les provisions, l'équipement, tout est englouti dans les flots. Impuissant, l'équipage a assisté au naufrage. Euclide se tourne vers son cousin, l'air furibond mais ne dit rien. Maxence barre à droite, puis à gauche, mais ses manœuvres s'avèrent inutiles dans un tel courant. En tant que capitaine, il a bien vu ce qui vient d'arriver au radeau. Il garde néanmoins les yeux sur l'aval, ignorant délibérément le regard méchant de son cousin.

Lorsque le *Lili 1* regagne enfin la rive, près d'une heure plus tard, Euclide saute dans la rivière avant même que les amarres ne soient lancées et s'éloigne dans la forêt. Rosalie l'entend secouer les arbres et proférer des jurons avec une telle violence qu'elle en demeure paralysée. Personne ne se met en travers du chemin d'Euclide ce soir-là. Et le lendemain matin, personne n'est surpris lorsqu'il lance à Maxence, sur un air de défi :

– On sépare le radeau du *Lili 1*, Max. Je continue la route sans toi.

Toujours aussi sûr de lui, Maxence réplique en buvant son café comme si la colère de son cousin ne l'intimidait pas :

– Personne ne séparera quoi que ce soit.

Cette apparente indifférence déclenche la colère d'Euclide.

– Je t'ai dit que je m'en allais, rétorque-t-il. J'ai travaillé autant que toi à ces maudits bateaux. Tu conduis celui que tu veux, mais j'en veux un.

– Aucun d'eux ne t'appartient, Euclide.

– Aucun d'eux ne t'appartient non plus. Tu t'es arrogé le titre de capitaine, tu te prends pour le chef. J'étais d'accord pour te laisser faire ton petit *boss* tant que tu ne risquais pas la vie des autres. Hier, tu m'as prouvé que tu manquais de jugement, et je ne remettrai pas les pieds sur le même bateau que toi.

– Dans ce cas, tu peux bien rester…

Maxence n'a pas le temps de terminer sa phrase. Le poing d'Euclide lui fracasse la mâchoire, l'envoyant sur le sol. Se produit alors ce qui était devenu inévitable. La fatigue de ce voyage qui dure depuis presque un an, le manque de sommeil dans ce jour permanent, le harcèlement incessant des moustiques, tout convergeait pour qu'éclate l'ultime affrontement, celui qui opposerait enfin les deux cousins les plus raisonnables, les plus capables et les plus expérimentés. Dès qu'il s'est redressé, Maxence a sauté sur Euclide et il lui enfonce maintenant son poing dans l'estomac. Les coups fusent, sans merci. Rosalie pense un moment à intervenir, mais Arthur pose une main sur son bras pour la retenir.

– Ça ne sert à rien, murmure-t-il sur un ton fataliste. Il fallait qu'ils en viennent à ça un jour. Laissons-les s'épuiser d'abord.

Rosalie acquiesce et assiste au terrible spectacle qui dure bien quinze ou vingt minutes. Quand Arthur et Eudes séparent enfin les deux hommes, le sang macule leurs vêtements, leurs visages et leurs poings.

– D'accord! crache Maxence avec mépris. Tu peux prendre le radeau, maudit traître.

Euclide réagit, prêt à lui faire ravaler l'insulte, mais Arthur intervient, se plaçant entre les deux:

– Ça va, les gars, on a compris, dit-il, en les regardant à tour de rôle pour s'assurer que tous deux l'écoutent bien. Puisque le radeau qui s'est renversé contenait les biens de tout le monde, on se sépare l'équipement qui reste. Mais il faut au moins une personne pour faire la route avec toi, Euclide. C'est trop dangereux de te laisser partir tout seul.

Debout derrière Maxence, Eudes hoche la tête, se portant ainsi volontaire.

– Alors, on partage. Deux cinquièmes pour vous, trois cinquièmes pour nous.

Ce dernier «nous» inclut naturellement Rosalie qui se sent trop lasse pour manifester la moindre opposition. Maxence, pour sa part, se résigne, non sans une dernière insulte à l'intention de ses cousins qu'il accuse de désertion. Puis les provisions sont dûment divisées, l'équipement aussi. Eudes et Euclide partent avec une tente, laissant à Rosalie, Arthur et Maxence les deux autres.

Les nouvelles équipes s'affairent alors à préparer leur embarcation respective. Le radeau est promptement muni d'une voile, et, avec l'aide de deux perches, Eudes et

Euclide quittent les lieux sans un mot. Maxence demeure un moment sur la rive à regarder ses cousins s'éloigner.

– Ça devait arriver, Max, souffle Arthur en lui mettant une main réconfortante sur l'épaule. Ça couvait depuis trop longtemps.

– Je sais. Je sais.

D'un geste impatient, il se dégage, tourne les talons et s'enfonce à son tour dans la forêt. Rosalie l'entend frapper les arbres et jurer aussi fortement qu'Euclide la veille. Lorsqu'il revient, les poings en sang mais le visage plus détendu, il leur lance simplement :

– Bon ! On continue.

Sur ce, Rosalie et Arthur attrapent les perches, et le *Lili 1* reprend la route.

*

Quand Dawson City apparaît enfin, après un méandre de la rivière, Rosalie demeure bouche bée. Au pied d'une montagne arrondie, déchirée par une gigantesque tache de sable, se dresse une ville plus spectaculaire encore que ne l'était Lac Bennett. Ce sont plusieurs milliers de tentes qui encerclent sur trois côtés un noyau de cabanes. Il y en a partout, sur les collines environnantes, le long du fleuve, autour du confluent de la célèbre rivière Klondike, de même que sur ses berges loin vers l'est. Des toiles et des toiles sont tendues dans tous les sens. Et sur l'eau, les bateaux s'accumulent par milliers, eux aussi, formant une chaîne semblable à celle qui dominait Miles Canyon.

– Ça y est, Miss, souffle Arthur en désignant l'ensemble du paysage de ses bras ouverts. Voilà Dawson City !

Debout à la barre, Maxence répète les mots d'Arthur d'une voix faible, presque incrédule.

– Dawson City…

Puis, sans avertissement, il soulève Rosalie et, dans un geste emporté, il l'embrasse sur la bouche. Le baiser est bref, mais violent et si intense qu'elle en a le souffle coupé. Lorsque, un peu gêné, il recule, il lui lance pour se justifier :

– Pour la chance, mademoiselle.

Rosalie demeure immobile, sous le choc, hésitant entre la gifle et le fou rire. C'est alors qu'Arthur s'avance vers elle, hilare, et l'attrape par la taille.

– Comme le dit si bien Max : pour la chance ! s'écrie-t-il avant de l'embrasser à son tour, mais à pleine bouche, comme seul le ferait un amant.

Rosalie lui rend son baiser, plus amusée que choquée.

– Vous êtes pire que deux enfants ! les gronde-t-elle lorsque Arthur la repousse au bout d'un long moment.

Cependant, parce qu'elle se sent aussi fébrile qu'eux, elle se tourne vers la ville, le visage radieux. En bordure de la rue qui longe la grève, un chien aboie aux pieds d'une femme en pantalon. Les yeux de Rosalie ne peuvent s'en détacher tant la scène lui paraît insolite. Certes, le long de la piste, elles étaient plusieurs à braver les lois en portant des vêtements masculins. Le geste était presque légitime, étant donné les conditions de la route. Mais ici, en pleine ville… Quel culot, quand même !

Son attention se détourne soudain pour suivre le regard de l'inconnue. Alors que tous les bateaux arrivent et jettent les amarres dans ce qui sert de port, un seul s'en va, se dirigeant vers le nord, s'éloignant résolument de Dawson. À son bord, trois hommes naviguent tant bien que mal, deux debout à l'avant, une perche à la main, le troisième assis à la barre. Rosalie les observe un moment et croit soudain reconnaître celui qui, debout, salue une dernière fois la femme en pantalon. Est-ce possible que ce soit le détective Perrin, là, dans cette coquille de noix ballottée par le fleuve? Elle voudrait crier, l'appeler pour s'en assurer, mais Maxence et Arthur viennent se placer de chaque côté d'elle. D'un commun accord, ils la prennent par la taille et la serrent très fort. Elle rit avec eux et ne peut que leur rendre leur étreinte, soudain ramenée dans le bateau, dans sa propre vie, dans cet avenir qui commence.

Puis, elle les embrasse tous les deux sur la joue.

– Pour la chance! répète-t-elle à son tour.

Et malgré son sourire, malgré le contentement qu'elle ressent d'avoir enfin atteint son but, une tristesse lancinante s'immisce en elle et lui gâte son plaisir. Pendant que Dawson se déploie sous ses yeux, elle n'a qu'une pensée: elle a réussi, mais elle a perdu Dennis-James en chemin.

Chapitre XXXII

Debout sur la grève, Liliane regarde le bateau s'éloigner et se rappelle, l'automne précédent, le départ du *Weare*. Comme il s'en est passé des choses depuis la première tentative du détective Perrin pour quitter Dawson! Il y a eu la famine, l'incendie, l'encan. Il y a eu les glaces, la mutinerie à bord du *Weare* et le retour dans la première vague de froid. Il y a eu tout un hiver, et la mort de Samuel. En cette fin d'après-midi du 8 juin 1898, alors que le soleil continue de briller comme s'il était midi, Liliane a l'impression de perdre son ange gardien. Elle laisse ses doigts errer dans la fourrure épaisse et chaude de Canuck en pressant la lourde tête de l'animal contre ses cuisses. D'une certaine manière, le chien est devenu son ange gardien lui aussi, et ça la rassure. Elle n'est donc pas surprise lorsque le chien étire le cou et aboie, saluant le départ de son prédécesseur.

Devant eux, le bateau glisse sur un fleuve brillant, mais tumultueux. Alors qu'il rétrécit à l'horizon et que les bruits de la ville reprennent la place qui leur revient, Liliane sent ressurgir l'émotion, celle qui la tenaillait il y a une demi-heure à peine.

Elle sortait de la banque, riche et libre, et croyait que plus rien ne pourrait changer le cours de sa vie. Elle se revoit, le regard triomphant, les joues baignées de soleil, avec dans son sac les dix mille dollars que Saint-Alphonse venait de lui remettre. Tous les détails du contrat étaient enfin réglés. Les deux parties avaient rempli leurs engagements respectifs et elle avait reçu tout son dû, malgré les quelques jours de retard imposés par la nature.

Saint-Alphonse se tenait près d'elle sur le trottoir. Il regardait droit devant lui et son visage maigre ne trahissait rien des sentiments qui l'habitaient. À l'intersection de la Front Street, ils se sont arrêtés d'un même geste. Liliane avait des courses à faire et s'apprêtait à prendre à droite. Saint-Alphonse rentrait à Grand Forks et se dirigait vers la gauche. Elle lui a tendu une poignée de main sincère.

– Merci pour tout, a-t-elle dit en lui serrant la main.

– Merci à toi.

Elle était sur le point de reculer, de faire demi-tour pour continuer sa vie, quand d'un brusque mouvement du poignet, Saint-Alphonse l'a forcée à pivoter. Elle s'est retrouvée dans ses bras, pendue à son cou, ses lèvres brûlantes se pressant sur les siennes. Pendant un long moment, elle n'a rien entendu, que le souffle de Saint-Alphonse, que les battements de son propre cœur qui s'emballait. Puis, des éclats de voix ont brisé le silence relatif de la rue.

– Eh, Saint-Alphonse! s'est écrié quelqu'un. Tu t'es enfin décidé à quitter ton nuage!

Ni Liliane ni Saint-Alphonse n'a laissé cette phrase refréner leur étreinte.

– Eh, les gars! a crié quelqu'un d'autre, Saint-Alphonse a choisi d'être un homme après tout.

Les mains qui pressaient le dos de Liliane l'ont serrée plus fort encore, et elle a compris qu'il posait enfin le geste qu'elle avait attendu toute la semaine.

– Ouais, il est des nôtres finalement.

Le baiser s'est poursuivi pendant une autre minute, peut-être plus, puis la voix d'une fille de joie a brisé le sourire que Liliane percevait sous le sien.

– Tu n'as pas choisi le plus beau, Lili Klondike.

Et, tout à coup, Liliane s'est sentie humiliée comme jamais elle ne l'avait été dans sa courte vie. Sous les éclats de rire qui fusaient dans la rue, Saint-Alphonse s'est raidi, l'a repoussée et a pris la direction de la rivière sans ajouter une parole. Liliane l'a vu s'éloigner, le cœur meurtri. Si les mots de la prostituée l'avaient blessée, elle, ils avaient complètement dévasté l'homme qui s'en allait d'un pas brusque sans se retourner.

Pourtant, ce n'est pas à lui qu'elle pensait en ce terrible instant. Elle ne pensait qu'à elle-même et avait honte parce que Saint-Alphonse l'avait embrassée en public. Elle avait honte aussi parce que tous ceux qui la regardaient venaient de la juger sans retenue. Mais elle avait honte, surtout, parce qu'elle s'est rappelée à quel point il est laid. Les mots de la prostituée de l'autre côté de la rue venaient de lever le voile sur la réalité. Or, au moment où elle réalisait tout cela, Saint-Alphonse avait disparu de son champ de vision. Seule sur le trottoir à fixer l'endroit où il avait tourné, elle se haïssait plus encore qu'en cette soirée où elle lui avait dit ce qu'elle pensait de lui. Puis une voix l'a tirée de ses admonestations.

– Vous êtes entre de meilleures mains avec lui que vous ne l'étiez avec Samuel Spitfield.

Liliane a répliqué sans se retourner.

– Je ne suis entre les mains de personne, a-t-elle lâché, irritée.

Elle a alors pivoté pour se retrouver en face du détective Perrin. Devant son air indulgent, elle s'est vite ressaisie.

– Excusez-moi, a-t-elle murmuré en lui serrant la main. Je ne suis pas dans mon assiette.

Il lui a rendu sa poignée de main et a poursuivi sur le même ton que précédemment :

– C'est un homme capable, celui-là.

Il désignait l'endroit où Saint-Alphonse marchait quelques minutes plus tôt.

– Honnête et capable, a-t-il ajouté en hochant la tête, pensif. Vous n'avez rien à craindre de lui.

– Je sais.

C'était vrai, elle ne pouvait le nier. C'est alors qu'elle a remarqué le maigre bagage qui gisait aux pieds du détective.

– Vous partez ? s'est-elle exclamée d'emblée.

Sa surprise était sincère, de même que le chagrin qu'elle n'a pas cherché à cacher. Le détective a souri et lui a montré un bateau sur la grève où on s'apprêtait à lever les amarres.

– Voici Jack London, a-t-il dit en lui présentant un jeune homme qui s'installait à la barre. C'est un bon marin, il paraît. Il a décidé de s'en retourner à San Francisco par ses propres moyens. Je me considère comme chanceux qu'il m'ait invité à faire la route avec lui et son camarade. Je n'ose même pas imaginer ce qu'aurait été le voyage de retour autrement, en passant par les montagnes et tout. Quel calvaire, quand même, tout ce qu'il nous a fallu endurer pour arriver jusqu'ici !

Liliane a approuvé, lui a serré la main et l'a regardé rejoindre ses nouveaux compagnons. Et maintenant que la petite embarcation disparaît dans le premier méandre du fleuve, son regard se pose sur l'amont. Plusieurs centaines de bateaux sont déjà amarrés, et il s'en trouve au moins tout autant qui approchent. Le gros de la flotte, cependant, est encore à venir. Liliane n'a donc pas le temps de se laisser aller à son chagrin et à ses remords. Après une longue inspiration, elle ferme les yeux et retient un instant l'air dans ses poumons. Lorsqu'elle le libère enfin, c'est un peu comme si elle libérait aussi son esprit de ses tourments. Pour le moment, du moins. Après un dernier regard vers les bateaux qui approchent, elle prend la direction du magasin de la Baie d'Hudson.

– Viens, Canuck ! ordonne-t-elle en appelant son chien d'un geste.

Mais l'animal demeure sur place, continuant d'aboyer en direction du fleuve.

– Viens ! répète-t-elle plus doucement. On va finir nos courses en ville, et ensuite, on se dépêche de rentrer chez nous. Avec tous ces gens qui arrivent, ce sera bientôt le bon temps pour ouvrir une auberge au Klondike.

Et dans ce soleil qui refuse de descendre au-dessous de l'horizon, Liliane sourit franchement. Malgré ses dix-sept ans, elle est sur le point de devenir une prospère femme d'affaires.

Informations à caractère historique

Bien que Liliane Doré, Rosalie Laliberté et leurs principaux compagnons soient sortis tout droit de mon imagination, certains des personnages secondaires de ce roman ont réellement existé. C'est le cas de Soapy Smith, le «Bandit de Skagway», de Belinda Mulroney, la femme la plus riche du Klondike, du «Klondike king» Big Alex McDonald, de même que les agents Constantine et Steele de la Gendarmerie royale du Canada. Grâce aux recherches des historiens, on connaît assez bien le rôle qu'ils ont joué pendant la ruée vers l'or. C'est en me fiant à leur réputation respective que je les ai insérés dans mon récit. J'ai évidemment pris la liberté de les faire interagir les uns avec les autres de même qu'avec mes propres personnages. À mon humble avis, les propos qu'ils tiennent ici sont vraisemblables.

Je tiens aussi à souligner que ce récit respecte la chronologie des événements, telle qu'on la connaît aujourd'hui. Comme pour le premier tome, je ne m'en suis éloignée à aucun moment.

À ceux que le sujet de la ruée vers l'or intéresse, je recommande deux livres qui s'ajoutent aux quatre mentionnés dans le premier tome de *Lili Klondike*:

En français :

L'appel de la forêt et autres histoires du pays de l'or, de Jack London, publié aux éditions 10/18. Il s'agit ici de la traduction de *The Call of the Wild*. Jack London n'avait que vingt et un ans lorsqu'il a pris la route du Klondike. Sa mine d'or à lui, ce fut les histoires des vieux *sourdoughs*, racontées au fil des soirées bien arrosées dans les saloons de Dawson. Ces récits ont grandement contribué à faire connaître l'écrivain.

En anglais :

Women of the Klondike, de Frances Backhouse, publié aux éditions Whitecap Books. Cet essai présente les femmes les plus célèbres de la ruée vers l'or. On y trouve plusieurs extraits de correspondance et de journaux personnels.

De plus, je propose les poèmes de Robert Service à tous ceux qui se sentiront habités par le Klondike après la lecture de mon roman. Ces textes, facilement disponibles sur le Web, ne sont malheureusement pas traduits en français.

Grelet, Nadine, *La fille du Cardinal. T. III*

Gulliver, Lili, *Confidences d'une entremetteuse*

Gulliver, Lili, *L'univers Gulliver 1. Paris*

Gulliver, Lili, *L'univers Gulliver 2. La Grèce*

Gulliver, Lili, *L'univers Gulliver 3. Bangkok, chaud et humide*

Gulliver, Lili, *L'univers Gulliver 4. L'Australie sans dessous dessus*

Hébert, Jacques, *La comtesse de Merlin*

Hétu, Richard, *Rendez-vous à l'Étoile*

Hétu, Richard, *La route de l'Ouest*

Jasmin, Claude, *Chinoiseries*

Jasmin, Claude, *Des branches de jasmin*

Jobin, François, *Une vie de toutes pièces*

Lacombe, Diane, *La châtelaine de Mallaig*

Lacombe, Diane, *Gunni le Gauche*

Lacombe, Diane, *L'Hermine de Mallaig*

Lacombe, Diane, *Moïrane*

Lacombe, Diane, *Nouvelles de Mallaig*

Lacombe, Diane, *Sorcha de Mallaig*

Laferrière, Dany, *Cette grenade dans la main du jeune Nègre est-elle une arme ou un fruit?*

Laferrière, Dany, *Le goût des jeunes filles*

Lalancette, Guy, *Il ne faudra pas tuer Madeleine encore une fois*

Lalancette, Guy, *Les yeux du père*

Lamothe, Raymonde, *L'ange tatoué* (Prix Robert-Cliche 1997)

Lamoureux, Henri, *L'infirmière de nuit*

Lamoureux, Henri, *Journées d'hiver*

Lamoureux, Henri, *Le passé intérieur*

Lamoureux, Henri, *Squeegee*

Landry, Pierre, *Prescriptions*

Lapointe, Dominic, *Les ruses du poursuivant*

Lavigne, Nicole, *Les noces rouges*

Lazure, Jacques, *Vargöld. Le temps des loups*

Massé, Carole, *Secrets et pardons*

Maxime, Lili, *Éther et musc*

Messier, Claude, *Confessions d'un paquet d'os*

Moreau, Guy, *L'Amour Mallarmé* (Prix Robert-Cliche 1999)

Nicol, Patrick, *Paul Martin est un homme mort*

DATE DUE

1 8 FEV. 2010	
0 3 JUIN 2010	
DEC 0 4 2014	
JUL 2 8 2016	
Aug 13 2016	

BRODART, CO.   Cat. No. 23-221

Cet ouvrage composé en Garamond corps 14 a été achevé d'imprimer au Québec
le deux février deux mille neuf sur papier Enviro 100 % recyclé
sur les presses de Imprimerie Lebonfon Inc. pour le compte de VLB éditeur.